上海阴沉沉地飘着小雨

一个世纪以前的教堂钟声

早已成为放课铃

她从红砖缝里寻觅来一枚戒指

戴上过他的无名指。

你是长夜，也是灯火

The long night with light

岁惟·著

陕西新华出版 三秦出版社

上海阴沉沉地飘着小雨，一个世纪以前的教堂钟声早已成为放课铃，她从红砖缝里寻觅来一枚戒指，戴上过他的无名指。

这是 2016 年，他们见的最后一面。

这一生高楼危塔，纸醉金迷，
疯魔一时，是我罪名。

你是长夜，也是灯火

目　录

[CATOLOG]

Chapter 01

2009年秋，温凛遇见了杨谦南。

很多年后她这样向人形容他们的相遇——一场处心积虑的意外。

那天是管院MBA班的开幕式，来了几家媒体，弄到很晚。

温凛在会议厅门口站着，把塑料工作牌摘下来绕一个圈，搁在门口的签到桌上。

九点零五分，嘉宾走得差不多了，她静静等着关门。

会议厅的灯暗了一半，一排排整齐的软椅全湮没在昏昧中，她向里望了一眼，意外地看见了陆秉青。西装革履的学者和几位媒体方面的人握手交谈，操着中年人没有辨识度的社交嗓音，笑容艳似主席台上的粉紫绢花。

他是新闻学院的院长，不该在这个场合出现的。

于是学院间流传的隐秘传闻变得可信——

据说他们院长在业界左右逢源，全靠娶了一位大人物的女儿。

温凛上过陆院长的一门传播学理论，花了不少心思，期末考卷得到过他的赞赏。那时她还是象牙塔里的大学生，对学者有股子莫名的崇敬，看着师长化作面容虚假的中年人在这迎来送往，胸中有股说不清道不明的别扭。

但她很擅长遗忘。抿抿嘴唇心里一抹，眼睛依然清澈。

只是把目光移开了。

就这样，看见了杨谦南。

那年她二十岁，见过最好看的男人是学校里的翩翩白衣少年，和画报里盛装打扮的男明星。

他两种都不是。

几位领导在主席台下亲切会晤，他就坐在一旁。没有人与他交谈，他也没有理会任何人，好像是这个社交场景里凭空多出来的一个人物。杨谦南对这样的场合缺乏尊重，半靠在会议厅紫色的软椅上，手里百无聊赖地拨弄着一个东西。

金色，发亮。

居然是只打火机。

他是这场谈话的陪衬，却把正在谈话的人映衬得多余。

温凛看着他，手按在签到桌上，无意识地抓了抓。

那其实不过是两张课桌，上头罩了暗红色绒布，用来摆签到簿。触手所及，薄而柔。早秋的夜晚，多摸两下，才察觉布面是冰凉的。

他像这布面。暗、沉，气质似阴天。

中年男人们沉厚的声音很催眠，内容无聊却能看上去相谈甚欢，没完没了。温凛也不知道这场寒暄要持续多久，靠在大门上放空。她不由自主地频频往杨谦南的方向望。他在长江头，她在长江尾，一起消磨耐心。温凛被这个想法惊到，盯着自己脚尖，轻轻嗤笑一声。

脑海里思绪却活泛开了：那人面孔陌生，只凭侧脸，她联系不上任何一个有头有脸的人物。

是谁呢？她在心里想。

那天一直候到夜里九点半。

这是学校勤工助学办分配给她的工作——管理教室。每天使用会议厅的活动都需要来她这登记，有时是名人讲座，有时是学术论坛。像开幕式这样的场面劳心劳力，其他值班同学纷纷找借口一走了之，留她一人守到最后，负责关门。

她觉得这算一种命。

一种就算闭着眼睛，也会降临的宿命。

就在她靠在门上昏昏沉沉，差不多要睡着的时刻，有人替她把灯关上了。

黑暗倏然降临。她惊醒，才发觉刚才那人近在眼前。领导们不知何时已经走光，只剩陆院长等在不远处。杨谦南的手在她眼前一晃而过，他看她一眼，寡冷的丹凤眼，却笑了一下。

温凛像一把弓似的弹起来，向陆秉青恭恭敬敬地鞠躬："陆院长好。"

院长似乎对她没什么印象了，脸上还挂着社交式的笑："这么晚了，还守在这儿呢？"

温凛浅笑："这是最后一间了。"

陆秉青拍拍她胳膊，体恤道："早点回去。"

这时候又是一个平易近人的师长了。

温凛心里百转千回地点着头，杨谦南已经走到楼梯口，不高不低地喊了一声："姑父。"

他看起来总是没什么耐心，身量很高，背并不绷直，隐在廊灯阴影里，象征性回半个头。

好像是个对众生漠然的人。

被唤作姑父的院长却殷勤地"哎"了声，加紧脚步向他走去，嘴上忙交代着："待会儿你姑姑来……"

陆秉青的皮鞋在她面前匆匆掠过，话音漫失在楼道里。

温凛下意识翻开签到簿，把他的名字找出来——

杨谦南。

自始至终，他未曾真切将她看入眼底。包括方才他替她关灯那一瞥，她觉得他的眼底是空旷的，就好像掠过一个礼仪小姐。有谁会留意礼仪小姐长什么样？

整栋楼已经全黑了。

她却反复想着那一个笑，心里好似鼓着海浪，一起一伏。

虚荣，不甘，心动。万千形容词碎在这海浪里，犹待后人评说。

这场短暂的照面本该到此为止，是命运无意中给了她机会。

温凛抿着唇，慢慢地收拾自己的东西。走出底楼大厅，秋夜冷风呼啸而来，她怀中不过一本书、一只手机。书是看教室的时候打发时间用的，至于手机——手机响了。

顾璃带着哭腔的声音传来："凛凛，你值班结束了吗？"

"你先别哭。出什么事了？"

"我……我和程诚分手了。"顾璃的声音很甜，连哭腔都是糯的，"凛凛……我一天没吃东西了。你回来的时候，能给我带一份排骨汤吗？"

排骨汤是她们学校附近商厦里的一家私房菜，专做排骨，在学生间口碑很好，步行大约十五分钟。顾璃挑食，就爱吃这一家。温凛停顿了片刻，淡淡说好。顾璃早已习惯她的善良与照顾，感激地"嗯"了一声，收收眼泪说："凛凛你真好。那我先挂了哦。"

温凛无声地点点头。

也许真是命吧。她排了二十分钟的队，买到最后一份排骨汤。在坐电梯下楼的时候，又遇见杨谦南。

她疑心自己看错。

整栋楼已经没有几家商铺开门，他从电梯里出来，没有看任何人一眼，方向明确地走向影城。温凛端着一盒汤，视线追随着他的身影。

心里不由自主地默念他的名字——杨谦南。

他果然对她毫无印象，目光甚至没在她身上停留半秒。

呆滞间，电梯门自动合上了，里面有人好心帮她挡了一下。

有个女生喊她："温凛？你愣在这做什么呢，再不走商场就要关门了。"

温凛回神，莫名生出一个念头："潇潇，你回宿舍吗？"

"回啊，我和周妍正打算回呢。你不一起？"

电梯里还有个女生，也是她们班同学。

"我有点急事。"温凛把装排骨汤的袋子往前递，语气诚恳，"这是顾璃让我带的排骨，我现在不方便回去，能麻烦你们帮忙捎一下吗？”

另一个女生闻言笑了：“顾璃又怎么啦，有手有脚的，成天让你带这带那。”

刚刚和温凛说话的女生劝阻：“周妍，你说什么呢……”

温凛淡淡笑了笑：“她失恋了，心情不好。”

“她三天能失两回恋——”

“好了周妍！”孟潇潇接过温凛手上的食品袋，不忘叮嘱，“我帮你带回去。你也早点回去啊，前两天校门口有流氓堵人呢，保卫部都通报了。你一个女孩子，太晚了不安全。”

温凛微笑着答谢她，站在原地没动。

电梯在她面前沉下去，还能听见周妍跟同伴说话的声音——“顾璃这公主病也是没谁了，温凛真倒了八辈子霉才摊上这种室友，被人当老妈子使唤呢……”

温凛深吸一口气，转向影城的招牌。

电梯沉闷的灰色转瞬化为灯光斑斓。眼前几块广告牌，像旧宅门里的长廊，廊柱上是时换时新的电影海报，广告语激情澎湃，一会儿是深情不渝，一会儿是乱世浮沉。

她擦干净手背上沾的油腻汤汁，低头穿过去。

已经过十点，还在排片的片子并不多。温凛越走越深，没看见杨谦南的人影，于是挑了正在检票的一场电影。文艺片，以叙事基调沉闷著称的一个导演，难以想象他爱看这个。

只剩VIP厅。

她掏出学生卡，说：“我是R大的学生，能打对折。”

售票小哥垂着眼，仿佛在说不用她提醒。

他叩叩机器：“选个座吧。”

视线移向屏幕——

本来就是小厅，只卖出去几张票，前排两对都是紧挨着的。只有一个红色方块，在最后一排，孤独醒目，整行只有他一个。她赌博似的指了红色方块旁边的位置：“五排五座。”

买完票才发现，她怀里还抱着本书，一本德文专著。

傻里傻气的，抱本书来看电影。

她想找个地方搁，但最终没舍得。这书是从文图借来的外文原版书，丢一罚三。

温凛抱着书过检票口，听影城工作人员说“走到底左拐”，心怦怦跳起来。

说不清为什么。穿梭在幽暗的影厅走廊里，暗红色的地毯在她脚下沙沙作响，她抱紧怀里的德文书，觉得嗓子眼里有疾风穿过，身体灌满凉风，将要浮起来。

直到进影厅看见那个身影，确确实实，孑然坐在最后一排。

她赌对了。

那个位置，大荧幕的光像一层浮游的萤火，斑驳落在他棱角分明的侧脸上。他脸上光影变化，眼眸却始终盯着某处黑暗，沉沉的，望不见底。

那一刹那她从半空降至实地，心里无端浮现一个词——

鬼迷心窍。

电影进行到一半，杨谦南就睡着了。

准确地说，他从她进影厅那一刻起就没清醒过。温凛怀疑他进影院本身就是来睡觉的。

VIP厅的座位是沙发，中间两对情侣全把椅背放下来躺着看，甚至有个姑娘蹬了凉鞋，窝在她男朋友怀里。相较之下，杨谦南的睡姿太端正了，单手撑额，椅背不过微微倾斜，一双长腿交叠在前排座底。温凛始终正襟危坐，却觉得他放松时的仪态并不比她差多少。

电影中规中矩，有几个长镜头确实很催眠。但温凛是个再沉闷的东西也能认真看进去的个性，仔仔细细看完片子，乃至没留意身边人是什么时候睡熟的。

毫无征兆，杨谦南把头靠在了她肩上。

沉甸甸的一下。身体里仿佛有一只手，把她的心也拽下去一截。

温凛的下巴蹭到他熟睡时的额头。体温交换的感觉是奇异的，古人言交颈而卧，她是从这一刻才领略，那是种怎样的缠绵。

电影进入悬疑情节，背景音乐激昂澎湃。温凛目光抖颤，姿势别扭，很怕杨谦南在此刻醒来。

幸好他没有。

他似乎很疲倦，近了瞧眼眶是深陷的，眼周阴影很深，双眼皮被倦意扯宽，像个瘾君子。

温凛花了很久，渐渐抽回神识，适应肩上的那颗脑袋，沉浸入电影里。

擂鼓般的心跳渐渐平复，但那片子后半段讲了什么，她脑子里一片空白。

终场灯光亮起的时候，她还在发呆。两根手指突然碰到她怀里的书，把她吓了一跳。

温凛抱紧书页，扭头惊愕地看着他。杨谦南已经醒了，却仍把下巴搁在她肩上。落入他眼帘的第一件东西是那本书，于是他就随手拨了拨。他斜挑着眼，看着书页里若隐若现的便签："学德语吗？"他嘴角似笑非笑，还想继续翻几页。

"……嗯。"她很警惕地后退了一些。

就在这几秒，影厅的顶灯一层层打开，他的眼睛在她面前，越来越清晰。

杨谦南说："我是不是见过你？"

这不是一句搭讪的套话。他们确实刚刚见过。

温凛表情茫然，有意等他自己想起来。

"R大的学生？"他终于问。因为懒散，还省略了主语。

她颇为犹豫地点了下头。

"R大还有德语系。"他自言自语，一边稍稍起身，单指挑一下她微烫的耳垂，“小姑娘也不叫醒我？”他天生一张瘾君子的面相，被看的人会觉得自己也跟着轻飘飘。

那语气暧昧得，再多一分就是戳穿了。

温凛忽然脸热，霍地站起来就逃。

杨谦南措手不及地看着她的侧影，拧了两下酸痛的脖颈，鼻间溢出一丝笑。

那本德文书被她紧紧按在怀里，封底早已脱落，一眼望去，好似书的最后一页是她的衬衣。年轻女孩子相貌文秀，鼻翼一点咖啡色的小痣，低着头仓皇离场。

对于长远的记忆，人总是会记得一些莫名其妙的瞬间。譬如某个久远的清晨，教室里的一堵墙，譬如温凛后来总会回想，他小指上的一枚戒指。

而杨谦南脑子里的瞬间，是书的最后一页。

回去的时候，顾璃不在。

那碗排骨汤她就动了几口，搁在桌上，骨头已经干成灰白色。温凛猜测她是去找程诚了。

她们俩的宿舍是罕见的两人间，有一个好处是当一个人不在，整间屋子就属于另一个人。

那个晚上属于杨谦南。

温凛梦见了他。

梦境第二天醒来就忘了。她只记得梦里他眼窝陷得很深，挑起来看她，似在嘲弄。

竟然这么清晰，清晰得让她心虚。

她以为这是他们最后一次见面了。可是每当想起自己跟踪他进影院的那一幕，那种鬼迷心窍的感受就又回到她胸腔里，一次一次地令她心虚。

平平淡淡过去一个月，京城下起了雨。

那几天很反常，雨时下时歇，却一直不停，让人摸不准阴晴。温凛去会计室报销发票，出门的时候尚且干燥，走到半路，雨越落越大。

周末的教学区没什么人，道路上是空空的深灰色。

温凛怕弄湿发票，把文件袋抱在胸口，在雨里佝偻着背疾行。

她用手掌挡在额前，也就没发现，主干道上开来的那辆车。

那是一辆很低调的黑色奥迪，车速缓慢行进在校园里，杨谦南坐在后座发短信，一抬头就瞥见前方那个女孩子。透过镜面上斑驳的雨水，隐约能瞧见她鼻翼一点咖啡色的小痣。

也是凑巧，司机师傅慢悠悠开到了她身边。

杨谦南忽然说："在这停。"

陈师傅疑心听错，回头重复："在这停？"

"就这儿。"他笑。

陈师傅开车很温和，慢慢滑到温凛脚边，恰好刹住。

前轮没入一摊积水，吸引了温凛的注意。

她下意识侧退一步，怕溅着水。杨谦南把车门一开，笃定地坐回去，说："要去哪儿，送送你？"

温凛抬头，这才愣住。

"不记得我了？"

他那眼神非常确信，她还记得他。

温凛反应了一秒。那一秒像是在做梦，清醒后却不曾回到现实，而是一脚踏进梦里。得天独厚的人，连老天都会帮忙，雨在这一刻突然又下大了几分。温凛站在老楼的房檐边，被几颗饱满的雨点砸中，红着脸，一鼓作气坐进了车里。

她教养很好，坐进去之后先抚了抚背后的裙子，说："谢谢。"

小姑娘满身狼狈，坐最少的身位，连椅背都不靠，怕弄湿他的车。杨谦南问她去哪里，她报了个科研中心的位置，给司机师傅低声指路，文文弱弱的，也不敢多看他。

杨谦南忽然觉得好笑，从身旁抽了个靠枕出来，往她身后一搁。

温凛腰后突然垫了个软绵绵的物件，下意识回头去摸。

杨谦南手还扶着那垫子：“累不累？”

温凛受宠若惊地摇摇头，说不累。

姑娘是真挺难伺候。这是杨谦南对她的最初印象。一路上他不挑起话题，她就安安静静的，也不乱看，只望着后视镜。偏偏他也不是太爱聊天的人，跷着腿按手机。

学校里原则上不允许社会车辆进入。为了不扎眼，陈师傅开得很谨慎，一段雨路走了很久。到校门口附近，温凛突然出声，细若蚊蚋：“到这里就好了。”

陈师傅应言停下。杨谦南却不让她走，看了看路：“不是还剩一段？”

温凛笑笑说：“再过去就跟你不顺路了。”

小姑娘不声不响的，还挺会察言观色，知道他这一趟是要出校门。

杨谦南说没事，吩咐陈师傅继续开。

他待她太周到了，温凛不知为何坐立难安，仍说要下去：“雨还要下一阵呢，你也不能一直送我。”

杨谦南顿住，笑容一丝一丝抽开，说：“你怎么知道不能呢？”

温凛到底资历浅，没遇见过这种阵仗，一下就没了言语。

男人在他这个年纪是奇怪的，失却了少年气韵，却还残存几分少年心性，走之前偏还对她说：“你尽管进去，办完事要去哪，我再送你。”

这话其实带几分玩笑，温凛没当真，但心情依然很好，笑呵呵地替他关车门，说：“谢谢你啦，我走了，再见。”那语气回想起来有点羞耻，甜滋滋的，不像她了。

结果半小时后，真再见了。

她一张张发票敲完章出来，刚想把空文件袋顶上头，就看见了他的车。还停在原地，雨刮器很有节奏，左一下右一下。

杨谦南说完那句话没急着走，就想等等看，看她什么时候出来。其实也没刻意在等，心里想着下大雨也没地方可去，索性在车里玩玩手机。

一玩半小时，真把她给等着了。

温凛笑着敲他车窗的时候，他怔了一下。半个钟过去，他其实早忘记自己之前说过什么话了。但她还记着，惊喜地冲他笑，说：“你还真等呀！”方才还文静拘谨的小姑娘，如今笑得眼角弯弯。她眼睛生得秀气，一笑就弯成一条轻柔的线，雨丝打湿的鬓发贴在额角，蜷成两个卷，像《大话西游》里的白晶晶。

那几天阴雨连绵，她不知道，她眼底是有光的。

杨谦南没来由地笑起来，眼神像捞着个宝贝，打开保险说：“你上来吧。”

那天他们一起去吃了顿饭，吃完他亲自把她送回来。

雨早就停了。京城气候干，才停一阵，地面已经露出了原本的颜色。她站在宿舍楼前，指着半干的水泥地，说：“雨可算停了，今天多谢你啊。”

那夜一定有风吧。杨谦南双手插口袋，嘴角挑起浅浅弧度：“雨停了，你就不想见我了？”

温凛的脸烧红一片，喉咙里像铺了一层薄荷糖，凉凉腻腻地痒。

这夜她说了什么，情态多么窘迫，她都已经记不得了。只记得夜空中没有月亮，校园里到处是明晃晃的灯光，她站在狭窄的楼门口，清凉感一直向下透，充满她的整个体腔。

那是一种命运穿堂而过的凉。

他俩的相遇，就是这样半推半就。分不清几分刻意几分巧合，几分是天定，几分是人为。

等身边人反应过来的时候，杨谦南已经是那个经常约温凛出去吃饭的人。

其实杨谦南周身上下，也没什么唬人的行头，就像他们俩的饭局，通常很平淡。他食量很小，主食从来只吃几口，连累温凛也不敢多吃，经常回去之后找顾璃一起点宵夜。顾璃觉得奇怪，说这什么人啊，这么小气，请客都不让你吃饱。温凛笑得筷子都掉下来，假称：“不是啦。只顾着聊天，忘记吃饭了。”

其实他们说的话也很少。他只是习惯找个人陪他吃饭，经常点一大份薄切马肉，问她：“吃吗？”温凛是生鱼片都不怎么吃的人，猩红的生马肉戳到面前，吓得闭起眼睛。

杨谦南总是逗几下就停，一个人索然地笑，好像她是来给他的晚餐增添乐趣的。

然后他慢条斯理地擦净手指，勉强和她说一说自己。

他说，他近几年状态不太好，恰好他姑父调任R大，家里人把他弄去念个MBA，所以他每个星期会来一趟。

他二十八了，重返校园，“换个心情”这是他原话。

温凛若有所思地揣摩他说的“状态不好”是什么意思，连不小心吞了一瓣生肉都不自知。

杨谦南把餐巾叠一个角，过去帮她擦嘴角的血迹，心情看上去很好：“这不是吃得挺好的？”

他指背上有淡香水和锡纸的味道，温柔得太醒目。温凛半翕着唇，小心地从眼底打捞起一捧目光看他，一动不动地由他擦拭。

这算是他们最亲密的时刻。其他时间聊城市聊交通，聊到彼此也是他淡淡一句“那你平时都吃什么？”，温凛很仔细地回答，但他只顾吃东西，让她连一句“你呢”都递不出去。

何况像杨谦南这样的人，也不会安心读学位。一个学时四位数的课没露过几面，仅有的几次都来找她，频率也不算高。温凛的生活除却多了一个出手阔绰的饭搭子，也没见有什么变化。

她依旧是大学里最常见的那种好学生——均绩年年前三，社交圈狭窄，不熟的人突然找她，一定是为了参考作业。

真正发生变化的时刻在十二月。

一学期课程结束，温凛趁考试周来临之前浏览网页，打算订回家的车票。选择时间的时候，又犹豫了一下——考完试要不要和他见个面？虽然他已经好几个礼拜没找过她。

顾璃总说他是在追她，可她觉得他只是惯性找人作陪。不过顾璃有一点是对的。他对她，至少是有一点兴趣的。至少有一两个瞬间，他觉得有这么个姑娘在身边，也不错。

只是这样的姑娘或许有很多。

女人都是自己选的。主动找他，或者做通讯录里几十个笔画。

恰巧是年终，温凛看着手机，静坐到手脚冰凉，最后给他发了四个字，“新年快乐”。

很俗，不指望他能从千百个联系人里理到她。但扣下手机没多久，杨谦南的消息突兀地进来了：“会打麻将吗？”

温凛一阵失语。他还有这癖好？

有这癖好的，其实是杨谦南的一个朋友，叫应朝禹。

温凛见到这人的第一面也很震惊。主要是因为，他帅得有点出人意料。

杨谦南起先给她打的预防针，说他这朋友是个“二缺”。一般二代们由于没必要奋斗，都会培养些个人爱好。有些人喜欢打球，自己搞篮球俱乐部办业余联赛；有些人情趣高雅点，自己经营个独立书店年年亏损。应朝禹是一朵奇葩，热爱打麻将。

“他老子在大理搞旅游，洱海边上酒店顶层，打算弄个无边泳池。他不肯，死活要安麻将桌子。”杨谦南寒风中讥诮。

温凛在他耳边笑了一声：“后来呢？真的安了吗？”

“谁知道。”

他的话到此为止，温凛却被挑起了好奇心：“他们家办什么酒店呀，叫什么名字？”

夜里七点，路灯从车窗外投进来刺目的光，杨谦南转过脸看她，她却看不清他的表情。只觉得那一瞬间，他的眼神有些晦明难测。温凛暗诽自己得意忘形，这样直截了当地问他朋友的家底，有些僭越了。但他只是一笑，拿起她手掌说：“那俩字还挺生僻，我写给你看。”

一笔一画，在她手心写下来。

那两个字确实不常用，温凛辨认出来费了一点劲，下意识念读音。

杨谦南开京腔逗她："文化人儿啊。"

这种无聊的笑话，她也配合地嘁一声，面上笑盈盈。他就揉揉她头发，说："待会儿注意点。是个挣钱的好机会。"

温凛的笑容不知道有没有垮一下。

他知道她一直在跟学校的助学项目。所以有意无意，她总觉得他这句话是在影射什么。车上少了她叽叽喳喳的追问，变得微妙的安静。

幸好那天路不堵，没几分钟就到了。

那地方就在银泰旁边，白色简约的门牌，外表毫不招摇。踏进去，整个风格很后现代，太空式装潢，大堂安安静静，暗蓝色地面泛着粼光，踩上去能看见一个阴沉沉的倒影。

侍应生认识杨谦南，派了两个人引他们进包厢。

一进屋，桌上摆一排高脚杯，男男女女唱歌的唱歌，喝酒的喝酒。应朝禹一个人在角落摆了桌麻将，俊秀眉目蹙在一块儿，朝人正喊："把钟惟叫来，钟惟为什么不来？"

不知是谁喊："你喊不来人我们就喊得来啊？让杨谦南帮你叫！"

说曹操曹操便到。杨谦南走进去的时候，温凛觉得这些人安静了一瞬。

这寂静短暂得不易发现。好像他们都只是同时愣了个神，然后又刻意地回到方才的状态。二十来个人该干吗干吗，谁也不在杨谦南身上多停留一眼。

只有应朝禹迎出来，扬着张年轻得过分的脸，几乎扑他身上："谦南哥，你可算来了！"

应朝禹1990年出生，比她还小一岁。温凛以为这种传闻中的奇葩一定长相欠奉，见了面才晓得，怎么说呢，海水不可斗量。他这个长相，说他爸爸是娱乐圈大鳄她也是信的，毕竟一般有钱人想中和出这样出色的基因，靠娶个港姐都不够。

杨谦南自然地坐去他那一拨，说："什么时候回来的？"

"昨天。"然后闲聊起来，"南边那块地儿我是再也不去了。东霆哥最近不是在四环那儿整一场子吗？我打算入个小股，喝他点汤。”

“你爸准你留京？”

“准啊，怎么不准！”

……

他们这对话没头没尾，温凛从情节到人物一个也听不懂，视线在屋子里漫扫。

一圈下来，恰好和麻将桌边两个女孩撞上。

温凛是偶然和她们对上的这一眼，心里却突然很不舒服。

其实她们年纪与她相仿，气质一个赛一个的出众。可是她们看她那眼神，探究、冷漠、嘲弄，懒洋洋的目光把她从头打量到脚，温凛脚趾都下意识地一蜷。

那俩女孩毫不避讳，彼此相视一笑，笑出了声。

包间里唱歌的不知是谁，英文发音很准。温凛默然地听着，跟着旋律像在热身，努力融入这里的气氛。其他人各有各的玩法，热热闹闹一团。只有她旁边那俩女孩袖手旁观，侧坐在沙发凳上，专门在等应朝禹。

过了一会儿，杨谦南把温凛叫上牌桌，对应朝禹说：“给你找来的牌搭子。”

温凛坐过去，点头说了声：“你好。”

应朝禹仿佛第一眼看见她，假模假样地瞪大眼：“哟，这个妹妹怎么称呼啊？”

“我叫温凛。”

“凛妹妹啊。”

其实他还没她大。

温凛后来回想应朝禹这一声招呼，总觉得那口气相当熟稔，像《红楼梦》里宝黛初见，宝玉瞧了瞧黛玉，说：“这个妹妹我曾见过的。”

何止是语气像。应朝禹这个人风流也似贾宝玉。

那俩女孩子一个坐她上家，一个坐她下家，全程只和应朝禹搭话，笑脸转到她这儿就没了，像个职业开关。应朝禹也只理她们，但那热络与他先前对待杨谦南的那种，又有所不同。他偶尔拿调情的姿态问她一张牌，目光里轻佻未掩，温凛只觉得别扭。

暖气可能太足了，闷得她透不过气。

浑浑噩噩打完两圈，杨谦南倾身看她的牌，恰好遇到温凛天胡，刚拿到手就推出去。应朝禹怨声载道，指着牌嚷嚷："谦南哥，你这又是哪找的财神奶奶？"温凛也看向杨谦南，眼里细碎光芒闪烁。杨谦南没理会其他人，旁若无人俯身，捏捏她红扑扑的脸蛋，说："你下手轻点，让让人家。"

温凛胸中郁着的不快顷刻间散尽了，心跳得怦怦响，乖巧地答应："好啊。"

然后听到他扭头不知吩咐谁："窗户开一点。"

他说完就回来，虚搂着她的背看牌。靠窗那伙人里自觉站起一个栗色头发的女人，手里夹一根女士细烟，神色不明地朝他们望了一眼，又背过身，把窗推开一条缝。

夜风凉丝丝，拂在她颊上。温凛后面的心思都被这丝凉风吹散了，输回去一点，但还是赢得盆满钵满。

上下家两女孩结伴说去洗手间，牌局暂时散了。温凛错过了她们俩这一拨，坐了一会儿也要去，问在哪里，杨谦南揣个打火机在手里，说："带你过去。"

温凛于是随他出去。

女洗手间里有个陌生女人站着补妆，两个隔间锁着。

其实她有预感的。

一踏进隔间，旁边两个女生好像站起来了，聊天——

"刚开窗那个是房婧吧？她不是跟了钱东霆吗，怎么还这么听杨谦南的话。"

另一个说："那可不是，毕竟跟过杨谦南的人，能不听话？"

刚刚那个了然地笑起来："不好伺候吧？"

又突然一转弯，聊起温凛。

“刚刚打牌那女的是谁。新的吗？一进来我还以为是杨谦南他妹。”

另一个嘲讽道：“怎么可能！你见没见过他妹妹？肯定不是这样。”

“脸有点像。”

“哪儿像啊——”

……

温凛等她们俩结伴出去，才踏出隔间。

方才补妆的女人还没走，看到她脸色，莫名轻笑了声。

其实她内心没多大震动。他们这样的圈子很好懂。那个女孩跟过杨谦南一阵，转头又搭上朋友里的谁，最后似露珠滚下荷叶，清池渺渺不见。

他们对这种事见怪不怪，所以不说“女朋友”，也不说“在一起”，用这个字——跟。

杨谦南不好跟。

温凛不关心这个。

她在意的东西很奇怪。她在意的是——她怎么就不能是他妹妹了？

镜子里的她明明姿色不差，穿着、气质素净，没有一丝寒酸的地方。

温凛烘干了手，埋头出来，正撞上当事人。他正倚在洗手台边，抽一根烟。

看见她出来，杨谦南低头笑了一下，轻声说：“是挺好赢的吧。”

他指间的烟雾随着排风扇飘散，接着说道：“应朝禹在他们小孩子间有个诨号，叫亚洲慈善赌王。”说完，他眼神调笑，“给你开发条门路。把牌技练好，常来他这玩。”

温凛听见这两句话，就知道他都明白。来时车上她为什么沉默，他心如明镜，光可鉴人。

但他照顾得这样周到，七分诚恳三分玩笑，解释得坦坦荡荡。这份温柔不是人人都能有。

有时候她会觉得，他在她面前实在好得过分了。

温凛笑得好似什么也听不懂，说："那你呢？跨年夜就在这站着，不无聊吗？"

他微抬手指，说："我抽完这根烟就走。"

没什么话好接了。温凛点点头说："那，我先回去啦？"

他闭一下眼睛："去吧。"

但和他说话比赢牌魅力大多了，温凛脚步又顿住，没话找话地问他："对了。跟我打牌那俩女孩叫什么呀？"

"应朝禹没告诉你？"

"我和他不熟，不好意思问。我只认识你。"

杨谦南仰头，象征性思考："我也不知道。"

"……"

她还是没有要走的意思。

烟气覆面，她不知道哪来的勇气，瞪他一眼，推他的手腕。

杨谦南手指贴得更紧，笑了会儿自己停下了，在她脸上逡巡一阵，哄孩子似的说："进去吧。"这态度已经算在赶人。他大多数时候是挺孤僻一人，深夜里容色倦怠。

"牌桌上头随意，下了牌桌自己掂量。"

温凛揣着他这句叮嘱，一个人回的包间。

那晚她几乎一直在赢。

应朝禹不服气，让她给留个联系方式："我经常在这片玩儿，喊你出来啊。"

温凛冷不丁看向杨谦南，傻傻地说："好啊，你联系他就行了。"

应朝禹也看过去，语气又是诧异又是调侃："凛妹妹这么乖啊？"

杨谦南在一旁了然地笑，他一笑就咳嗽，断断续续，听得人心里又凉又麻地难受。

却也不表态度。

应朝禹于是又骗又哄，一会儿说请她吃饭，一会儿又说带她去哪玩，最后也没把她号码搞到手。以他这等姿色，大约是人生第一次吃这种瘪，扁扁嘴挺没趣，拎来一瓶香槟："叫你半天妹妹，那陪我喝一杯总行吧？"

温凛眼睛像有杆尺，香槟杯倒到平分线就喊停，举起来说："差不多了。"

"哇。"应朝禹有点喝多了，表情醉醺醺的莫名天真，指着她说，"赢我一晚上就抵这几滴酒？你等着，下回我赢你，换成酒让你喝回来。"

也许是他长相太乖了，好看的男孩子说什么都是对的。温凛眉眼弯成一条线，说好啊，那我等你下次赢我。

然后他就拎着他的半瓶香槟，花蝴蝶一样扑去别桌。

他们包厢一共一个桌球区和两张长沙发，隔壁一摊看见他站起来，嘘他："应朝禹你来干吗？推你的长城去……输光啦？"

"谁说我输了！"

2010年到来的那个凌晨，满室都是笑声、霓虹、香槟泡沫。

温凛面前是一群脸上没有忧愁的年轻男女。他们碰杯，将九色彩球撞入袋中。香雾萦绕空盏，月色融解寒冬，灯火缀满整片街道，煌煌如白昼。

皇城多少梦，衣香鬓影，一醉方休。

温凛都有些喝多了。

这间KTV每个包厢都带阳台。温凛逃出去，外套都没有穿，吹十二月的晚风。头发被凛凛寒风吹乱，她身上有点冷，但很惬意地仰起头，拥满怀冷风。

杨谦南靠在她身边，说："应朝禹人不坏。"

温凛点点头。她真的有点喝多了，嘴角控制不住，听什么都一脸虔诚地甜笑。

屋里在放港乐，歌词像情话，绵绵诉不尽。

杨谦南手上夹一根烟，但没抽，倚在护栏上，眼睛里有黑夜也有灯光："他祖上是广东人，他爸至今跟家里人还讲粤语。应朝禹粤语歌唱得还可以。"然后他转过来，对她淡淡翘起嘴角，"想听吗？我让他唱给你听。"

酒精把温凛的脑子溶成渣了。她灿烂地笑，灿烂地点头。

杨谦南真把她拉进去了，从一团玩骰子的人里拨出烂醉的应朝禹，叫他去点歌。

那伙被打断了游戏的人也不敢说话，有几个女孩看见杨谦南背后牵着的温凛，眼神几分漠然，停在他们相握的手指上。温凛明白那种眼神——有些东西就是这样，像千金买醉。你冷眼旁观，说昙花一现，买的人太过愚昧，可是闻到酒香还是在带点嫉妒地想，有什么了不起呢，我狠一狠心，也不是没有机会。

那一千金也不昂贵，其实人人都凑得出来，一段青春罢了。

只是那时她头晕得厉害，对这些微妙的人情世故视若不见。垂苏顶灯在她眼前天旋地转，她捏捏杨谦南的手，说想找个地方坐。

她声音小，杨谦南转身："你说什么？"

温凛站不住了，往前一扑，说："你抱我啊——"

然后就真的，一头栽进了他怀里。

他那天穿了件衬衣，薄薄的面料，意外的柔软。温凛发烫的脸颊贴着他的胸膛，满脑子是他的皮肤、他的体香。那一瞬间他犹豫过吧，眼底光影明灭。满室的人都不太能相信，有人敢让杨谦南陪她秀这种恩爱。

他们盯了几秒不好再围观，各自左顾右盼。

杨谦南忽然轻轻笑了一下。各个角落里暗暗觑来的目光自然不会少，但他视若不见，沉了个烟头进酒杯，另一只手压住她肩膀，嘴唇若即若离地擦到她耳郭："扶你去坐一会儿？"

温凛仰头，那张笑脸任谁都难忘。年轻女孩不谙世事，温顺得要命，讲什么她都点一下头，说好呀，都听你的。

那首歌，温凛是躺杨谦南怀里听完的。

应朝禹唱歌品位剑走偏锋，点了首歌叫《芳华绝代》，死不正经地举着话筒，说送给凛妹妹。前奏响起时他还冲杨谦南邪邪一笑："那我开始唱啦谦南哥？凛妹妹睡着没听到，应该不怪我吧？"

杨谦南很少受这种调笑，嗤然勾了勾嘴角，说你唱。

这歌其实有个伤情的历史。梅艳芳最后一场演唱会，张国荣和她合唱的就是这一首《芳华绝代》。

偏偏鼓点密集，应朝禹的嗓音妖孽又蓬勃——

“唯独是天姿国色不可一世

天生我高贵艳丽到底

颠倒众生吹灰不费

收你做我的迷……”

这一生高楼危塔，纸醉金迷，你敢不敢，抱一抱。

疯魔一时，是我罪名。

……

温凛醒来的时候，已经在酒店床上了。

柏悦六十层，能俯瞰整个京城的中轴线。从东长安街到国贸CBD，遥至西山云海，神京右臂。城市似棋盘展开，一头扎进地平线深处。

金色晨光洒漏，她望着房间里的窗，觉得自己可以在这张坐标轴的每一个点上。

但是不该在这里。

她最后的记忆是应朝禹在唱歌。那间包厢正中央有个圆形舞台，能升降。他带着几个女孩一起跳张狂的舞，气氛热火朝天，好像每个人都大汗淋漓。一曲末尾，应朝禹扣子开了三颗，坐在舞台上慢慢回落，一低头，汗湿的额发黑得瞩目。

那画面该怎么形容？星辰之欲坠，玉山之将倾。

那几年她无数次感慨，他是真的好看。

……

至于2009年是怎么过去的，她彻底遗忘。

温凛很少流露出无助的时候，但那天抱着被子，活像个失忆新娘。

手机铃响的时候，她吓得一厥。

是个陌生号码，声音却有点熟悉：“温小姐，你醒了吗？”

这问句有点惊悚。可不知怎么的，她觉得他不是坏人，后知后觉“嗯”了一声。

一小时后，她终于想起来，自己是从哪里听过这个声音。

她坐进熟悉的黑色奥迪，司机依然是那天那位陈师傅，开车很稳妥，办事也很稳妥。温凛坐上去，陈师傅对她的态度仿佛不是对陌生人，而是载了个远房侄女，蔼声问：“闺女，回学校吗？”他说话有点南方口音，不是北京人。温凛莫名觉得亲切，说：“嗯。”然后望向窗外。

还是有些不好意思。坐他的车，和陌生人待在一块儿。

她觉得该给杨谦南打个电话。

响了七八下，他没接。

那靠枕还在他车上。温凛咬了咬下唇，偷偷伸过去，揪了两下。

她让陈师傅停在校门口，自己走进去。

一月来临，广场周围的玉兰叶子都秃了。她敞着长外套，冷风吹得有点头疼。

酒店里那种常年萦绕的香水味在她鼻腔，被寒气彻底剜尽。

这才是真实世界吧，她回来了。

顾璃还没起床。

宿舍灰扑扑的，是老式的桌椅，温凛开衣柜的声音吵醒了顾璃。她起来一看手机十点，吓得从被子里窜出来：“我的天啊，怎么都要中午了。”然后她才望向温凛，睡眼惺忪：“你怎么从外面回来，昨天没回来睡吗？”

温凛挂好外套，抽出一本书摊开，又拆开一袋面包：“你没发现我没回来？”

“……我昨晚看中新史看睡着了。”

顾璃爬下床，狐疑地看着她：“你怎么还敢出去玩，‘三座大山’都复习完了？”

“嗯，差不多了。”

顾璃一脸要哭："你是不是人啊。"

这就是顾璃。温凛第一次进宿舍，她就这么躺在床上。顾璃提前一天报道，床铺和柜子都被她妈妈喊的钟点工擦拭一新，她躺在自带的毯子上，懒洋洋地伸手，问她能不能帮忙倒一杯水。温凛放下手上的大包小包，默然替她接了这一杯水，从此人生中多了一个大宝贝。

顾璃还说了什么，要她帮她补习，问她昨夜去了哪儿，温凛都答得心不在焉。

最后她虚弱地回头，说："顾璃，我昨晚喝多了，头有点晕。"

大宝贝愣了一下，过来搓她的脸，心疼地说："凛凛你怎么这么可怜呀。你好好睡一觉，我这就滚出去，保证不打搅你。"

然后她风风火火地套上裙子，水都没拍一个，麻利离开宿舍。走之前还从抽屉里抱出五盒冲剂，糖果一样往温凛面前堆："这些都是我妈给我留的，你看看，有哪个可以吃？"

其实大学四年，系里没几个女生喜欢顾璃。温凛那时和她也算不上要好。

大宝贝有她可爱的地方，就像只宠物，平时当祖宗似的伺候着，换流泪时分，它毛绒绒赏你一个肚皮睡。

但那天她其实不需要安慰。温凛把一盒盒冲剂拿起来看，眼眸流转着思忖。

这场感冒她甘之如饴，甚至不太愿意好。

温凛手里攥着个盒子，突然有了点底气，一鼓作气给杨谦南打过去。

他嗓音有丝困倦，不知白天黑夜，哑声问她是不是醒了。她猜测昨夜她睡着之后，他们玩到了天亮。

睡到现在也没几个小时。温凛心里泛过一丝细微的心疼，但狠狠心，还是用质问的语气说出口："杨谦南，你就把我一个人扔酒店啊？"

"陈师傅没来接你？"

"接了，你家司机特别周到，隔一个小时打一次电话，每次只响两下。

我顺顺利利睡到九点。”

杨谦南听她事无巨细地播报，轻轻笑了声。

然后她就咬着牙，沉默了。

也许是脾气太好了，也没谈过恋爱，连发火都不懂怎么发。

杨谦南竖了个枕头起来，饶有滋味地靠上去，说：“那我应该怎么做……陪你睡吗？”

温凛恨不得扑过去打他，威胁地喊：“杨谦南！”

电话那头传来隐隐约约的咳嗽声。他一笑就这样，这次大约是把手机拿远了，她只听到窸窸窣窣的声音。那是他的被子吗，还是枕头，和话筒不停摩擦，迸出细小火花。听得她心里一阵泛酸，又一阵抓痒。

温凛为自己的遐想低下了头。然后就听到他重新贴上话筒，用一种几乎算得上诚恳的语气，黯声说：“凛凛，以后不是没这个机会。”

2010年的1月1日，她的人生好像翻了一页。

他是从什么时候开始叫她凛凛的，温凛已经忘记了。印象里他从不在她面前遮掩本性，那些轻佻、浮浪、绮靡的一切他都展露给她看，不惧怕她逃跑，也不怕她把他与另一些人混淆。

在温凛心里他永远是不一样的。她忘不掉他坐在烟酒靡靡的夜场，看那些人犹如看舞台上的戏子，随手点一个，说你喜欢吗，我让他唱歌给你听。

这通电话，温凛不说话，他就默认她还在生气，说：“好了好了，别生气。明晚应朝禹又有局，想来吗？”

温凛吸吸塞住的鼻子，奇怪的冷静：“我要考试的。”

杨谦南说：“那考完试以后？”

温凛：“考完试……我就回家了。”

杨谦南默了一秒：“那等你有档期，我们再联络。”

急的居然是温凛：“……我不是那个意思。”

他就明知故问，逗弄道：“那你是什么意思呢？”

温凛被噎住了。

杨谦南就这么笑起来。温凛怕他再咳嗽，弱弱说“你少抽点烟吧”，他像没有听到一样，跳过这句话，说：“你安心休息，好好考试。”

“等考完了，我来找你。”

这就是他的承诺——我来找你。

感冒冲剂正方形的盒子在温凛手里，被捏得凹下去一块，像个立体的心形。

大约没有哪次，比这一年更期待考试了吧。

那一年的元旦，还发生了一件大事。

一位文化界泰斗过世。老爷子是世纪老人，其实算是喜丧。这件事引发社会热议，闹得轰轰烈烈沸沸扬扬，主要是因为一个新闻。

那是考中新史的前夜，整个新闻学院灯火通明。

顾璃哼着《今夜无人入睡》，走到温凛身边，看她的电脑屏幕，“咦”了一声。

“这不是庄师姐吗？”

庄清许。陆院长亲自带的研究生，今年研三。

顾璃和温凛由于是那届新生的最后两名，被分去了硕士宿舍楼。所以走廊里来来往往，经常能撞见这个师姐。她总是行色匆匆的，捧着本书，文静低调。

听说毕业打算工作，已经签约了一家报社。

那夜新院的灯火里，也有几盏为她而亮。

屏幕上在播视频，看得出是在医院，一堆媒体记者挤在一起，画面有些混乱，摄像机和话筒晃来晃去，还有记者靠在墙边拟通讯稿。

嘈杂人声中，忽然有个记者寒声对着摄像机问了一句：“还没有死吗？”

画面定格在这一刻，文章标题醒目刺眼——《谁在等待他的死亡》，一时间将新闻学院和R大推向风口浪尖，公众追问新闻从业者的职业素养，更有甚者质疑整个R大新院的学生素质。

温凛看着屏幕上庄清许的脸。她的表情是木然的，带有她一贯的苍白。

那是个很羸弱的师姐。有一年京城开春杨絮纷飞，庄清许做她们的助教，请了好几周的假，复课后虚弱地向她们道歉，说："不好意思，师姐最近身体不好，耽误你们学习了。"她还记得她戴着淡蓝色口罩，纤纤弱弱向她们鞠躬的模样。

人生无常。

出这么一桩事，她的职业生涯也算毁了。

顾璃手捧一本讲义，一个劲儿地往电脑前凑："确定是她？别是弄错了吧。"

温凛："她手里拿着话筒，是她实习那个单位。"

顾璃手里拿的是她们院的自编教材，据说是某一年师姐们为了对付中新史这门虐课，集结在一起编的，从此之后代代相传。传到2003级，又大幅编修过一次，庄清许的名字还印在第一页的鸣谢名单上。

她拿着书，怎么都看不进去，皱着眉头反复寻思："庄师姐人那么好，那视频不会是假的吧。她得罪谁啦？"

温凛感冒闹得正凶，用浓重的鼻音回她："你还是先复习吧。"

顾璃瞄她一眼，安静了。可能还觉得她有点冷血。

同情本来就是一种廉价的情绪，无关人士再惋叹，听着也像风凉话。温凛把网页点掉，喝了口热水，什么也没解释。

那时候她还不知道，这件事会以怎样曲折迂回的方式，应到她身上。

——"我不看了！"

顾璃把讲义一拍，大义凛然道："睡觉睡觉。不信他还能挂了我。"说风就是雨，把灯一拉，欢欢乐乐铺床，"凛凛你不是还病着吗，我们早点休息好了！"

温凛扯扯嘴角，对她这门课的命运表示悲观。

于是她们宿舍成了整个新闻学院最早熄灯的一间。

温凛吞了颗药，浑浑噩噩躺在床上，想那篇文章，想庄清许，当然更多地……想杨谦南。其实他与这一切都没有关联。她只是时常会想到他，想他这一会儿，又在哪里呢。

她闭着眼睛也睡不着，干脆睁开，小声说："顾璃，你睡了吗？"

顾璃哪是那么容易睡的主，噼里啪啦发着短信，说："还没。"

温凛那儿沉寂了好久。

"怎么啦凛凛？"

久到她短信都发完了，把手机往床头一扔。

温凛鼻子塞住，深呼吸了一口气，说："你给我讲讲程诚吧。"

顾璃愣住了。

程诚是她男友，谈了小半年。这小半年里他们有三分之二的时间，是在分手状态。

那人是个混子，脾气不好。不过分手倒也不是他提的，他只负责把顾璃气哭，或者骂哭，然后顾璃就一咬牙一跺脚，哭着朝他吼，你滚啊，我们分手！

这个剧情不出三天，会以顾璃主动上去求人家和好告终。

概括起来只有三个字——闲得慌。

这还是她们俩第一次在深夜聊起情感问题。

温凛这个人性格好，能帮的忙都会帮，但是顾璃和她同寝一年多，总觉得跟她熟不起来。她试过主动联络感情，可温凛总是独来独往，不喜欢和人结伴吃饭，从不上自习，也没见她跟谁凑一起聊过八卦。后来顾璃总结出来了，两人从三观到生活方式都差太多，也没必要硬凑一块儿。家里人问她和室友相处得怎么样，她就甜甜地一笑，永远三个字："还可以。"

突然这么亲密，顾璃都有点不习惯。

不过大学时代，真要聊起来都能聊一宿。顾璃换了个趴下的姿势，作开场白："我们最近挺好的啊。"

温凛说："他人好吗？"

“好什么呀。”顾璃扑哧一笑，娇哼了声，“贱骨头。”

顾璃是个上海姑娘，四年间亲自教会了温凛许多上海话，譬如“贱骨头”，譬如“死棺材”。上海话里有许多这样的词，恶狠狠把人骂到骨髓里。可是温凛听多了，总觉得这些词都是好话。顾璃从来只骂那一个人，带着七分的糯，三分的嗔。

每次她一骂，温凛就想笑。

顾璃从被子里探出来点：“我给你说，他这人平时可过分了，我说两句他就吼我。但是上回我去他场子里玩，遇到点麻烦，他出来保护我，像不要命一样……吓死人了。”

她在黑暗里比给她看，眉头紧紧皱着，可温凛觉得她的甜蜜泡沫已经淹到天花板。

温凛平躺着：“后来呢？”

“后来就这么忍着呗。”顾璃也躺下来，说，“反正不管怎么样，他总归是喜欢我的吧。”

反正不管怎么样，他总归是喜欢我的吧。

温凛琢磨着这一句，忍不住问：“那以后呢？”

顾璃那种娇糯的声音一点一点放平，一点一点沉下去：“以后么……走一步看一步吧。”温凛第一次发现，原来大宝贝这把嗓子也能叹出尘满山河的灰。

说完，她又突然扭捏地翻一个身面壁：“凛凛你不要笑话我。我知道你这样的人，肯定觉得我们都是傻的。”

“没有。”温凛连忙安慰她，“其实我挺羡慕你的。”

“羡慕我什么呀？”

“……”

温凛也答不上来。可能是羡慕她傻吧。

药效终于起来了。

温凛昏昏沉沉，不知自己是何时睡过去的。

她们聊了一夜情感话题，结果如有神助，顾璃没挂科，温凛也没失手。那个学期温凛的绩点不降反升，担着一身感冒病菌，力夺学院第一。

往后的两年半里，她再也没能重现这一年的辉煌。

出分那几天，顾璃再一次和程诚闹掰，哭得比往常更凶。据说是因为程诚场子里新签了个驻唱歌手，女的。温凛听到这儿就知道，又是一出醋缸子打翻的戏码。

那几天北京寒冬冷雨，十分应景。

温凛也不好受——宿舍的暖气阀门坏了。

外头凄雨潇潇，学校宿舍的阳台门关不严实，滋啦啦地渗冷风。温凛第三次摸到冰凉的暖气片，觉得不是办法：“要不今晚陪你去哪散散心吧。明天再打电话找人来修。”

后来再回想，她这个提议真是吃饱了撑的。

顾璃整个人好似回光返照，双目通红，目光倔强，带着她一辆车打去了朝阳区。从此她俩的关系得到了本质上的升华，算是有了过命的交情。

chapter 02

这天夜里，杨谦南接到消息——应朝禹进局子了。

京城这场雨下个没完，一点要停的意思都没。他挂了电话面色阴沉，问身边人：“我车是不是在你这儿？”

“那小子又央你去？”

钱东霆乐不可支，抖了抖烟。他脸型偏长，黄皮厚唇，是港片里的奸人面相，吊着只眼戏谑：“应朝禹就是他老子的一颗雷。他们那群瘤子，一摸一个准。我看你不如省省力气，让他在里头安生几天。”

有人走过来递车钥匙，杨谦南接过去，说：“走了。”

派出所在商圈附近。

这地界最不缺的就是酒吧，最有名的几家年年在换，往下一排小酒吧迎街而敞，正对商厦，从半空望，每栋建筑都是一团七彩光雾。在这条街上，低音炮的震动沉入胸肺。

温凛就是在这出的事。

顾璃来红场找人，不凑巧，程诚没在。她在走廊跟几个服务生起了争执，那几个穿制服的男人也不惯着她，歪着嘴说：“那我能怎么办，今儿不是诚哥的班，我还给你变个出来？”顾璃喝了点酒，不依不饶：“你打电话，喊他过来。”

“凭什么啊——”

那人笑着想走，被顾璃死拽住。正当两方都失去耐心的时候，应朝禹出现了。

他和一帮人正被领去包厢，突然顿住脚步，指着温凛给旁边一男的看：“那是不是上回赢我牌那女的？”

旁边男的说不知道，应朝禹就自己过来看。

他有点异样亢奋，认出温凛，笑得妖孽非凡：“哟哟哟凛妹妹啊，一个人来玩？”

温凛有点怕他这模样，正斟酌着该怎么回答，顾璃那吵完了。那服务生挣脱她的手走了，顾璃红着眼，转身一愣，收收眼泪看温凛：“凛凛，这都是些谁啊？”

应朝禹笑看着她：“朋友？”

温凛点点头：“嗯。”

“那正好，一起玩儿啊。你们开台没有？……来来来，给她们并上。”应朝禹一边招呼着服务员，一边一手揽一个，把她俩带进了包间，一面问，“这个妹妹怎么称呼啊？”

一样的套路，顾璃吓得不轻。她还处在蒙的状态，被弄进个烟雾缭绕的大包间，金色台面上密密麻麻摆满了酒瓶，一对男女在沙发上拥吻。要不是有温凛在，她估计都报警了。

里面不知是谁，怪腔怪调地喊应朝禹：“又换俩啊？”

应朝禹给那人踹一脚：“去你的。”又随手指一张空沙发，“凛妹妹你带你朋友坐那儿……拿张酒水单，给她们点。”他招呼完毕，往人堆里一躺，眼睛在房间里筛人，“钟惟呢，钟惟又没来啊？”

温凛也是后来才知道，钟惟就是那个驻唱歌手。

红场的装潢风格如其名，墙面上拼满不规则的几何图形，装了LED灯，在黑暗的环境下散发着暧昧的红光。这里的DJ没什么名气，生意不温不火，八点以后有演出，也没什么人仔细听。温凛觉得这屋里有股怪味，闻得想吐，悄悄开了一条门缝。外面隐隐透进来音乐，歌手是个欧美嗓，其实唱得不错。

顾璃还攥着她的手，问东问西：“凛凛，你哪儿认识的这帮人啊？”

温凛盖住顾璃纤瘦的手背，心不在焉：“你不是想出来玩玩吗。就在这儿吧，反正哪儿都一样。”

这时，有个金色头发的年轻男人过来说认识认识，调笑道：“要不要给你俩叫几个人过来？”

顾璃刚想问什么人，温凛淡笑着摆摆手，说：“不用了，谢谢你啊。”

金毛男一屁股坐在顾璃旁边：“看你们俩挺面生的，第一次来啊？”

顾璃很礼貌，点头说：“嗯。”

“上学呢？”

“嗯。”

“哪个大学的？”

“就……”

顾璃一根直肠子，正要报出校名，被温凛拉了一把，替她答：“挺远的，不在这附近。”

正在这时，钟惟进来了。

门口漏进一束光，吸引了半个包厢的目光。

温凛觉得她至少有一米七五，高腰紧身裤里塞一件黑纱衬衫，是飘逸的阔袖。她一进来，直奔台面，弯腰倒了杯金方。半边菱形耳环坠下来，细碎零落的光衬着她的雪白皮肤，一头卷发落几丝到台面上。

应朝禹帮她捞了把头发，挑眉：“小姑奶奶，总算舍得来啦？”

钟惟喝着酒润嗓，挑唇看他一眼，像瞧个小孩子。

应朝禹双手帮她束着头发，狗腿地嬉笑：“你也不能总不理我吧。该给的面子，适当给一下。”

钟惟也笑了一下。她连喝了两杯，干干脆脆道：“说吧，想听什么。”

旁边一人哎哟一声，说：“唱什么歌儿啊，刚都听过了。”金毛男暂时放弃了顾璃，远远比去一个手势，起哄：“是啊钟惟——”

红色LED灯映着钟惟的脸，她没动，也没说话，朝着一个无意义的方向，深呼吸了一口。

温凛就这样和她猝不及防地对上目光。

她不知道她看出了什么。

只知道下一秒，警察就冲进来了。

房间里所有人都被抓走，总共二十来号人，路上没有一个人吭声。只有顾璃趴在前排座椅背上，不停解释："警察叔叔我们是被连累的。真的，我都不认识他们。"

民警都被她逗笑了，故意道："那也得好好查查。年底不法分子流窜，咱得保障社会治安。"

顾璃急得哭都忘了："那你们也不能'草菅人命'啊。"

开车那位民警年纪大一点，说："小方你可别逗人女孩子了，这办公呢。"趁路况好，他扭了个头，"我看你们俩女孩也不坏。回头做个笔录，通知你们学校领回去……"

"别别别！叔叔，别通知学校！"顾璃打断了他。

钟惟和她俩一辆车，望着窗外，笑出声来。

温凛转过头去看她。这么近的距离，才发现她真是个美人。一身演出装扮中和了她身上那股子英气。钟惟见她看过来，朝她妩媚一笑。

温凛小声开口："应朝禹他们……经常这样吗？"

钟惟轻飘飘地点头，说不会有什么事。

温凛皱了皱眉。

"他们这群人又不傻，好端端的万贯家财，知道什么能碰，什么不能碰。"钟惟微仰着头，声音浮在寒夜里，摸不到情绪。

一行人被带进派出所。温凛全程都没怎么说话，安安静静地做笔录，安安静静地做检查。中年民警边做记录边用严肃的口吻教育她们："交朋友也要看看对方是什么人，你们这个年纪的女学生，最容易误入歧途，自己心里要把着杆秤。"

顾璃特诚恳地点头，一口一个叔叔，委委屈屈地做保证。那年轻民警小方斜坐在一旁桌子上，拿着她材料笑："还是R大的呢，高才生啊。"他把一叠纸拿在手里拍，举个搪瓷杯子抿一口，“你说说——”

……

温凛百无聊赖，望向办公室的窗。

那是什么树呢，还有几片叶子。雨点子砸上去，力度重气势却轻。

她心想，雨要停了。

应朝禹在另一个房间里，一时半会儿还出不来。温凛正思索下一步该怎么办，外头来了辆车。那是辆陌生的车，车型在高档车系里不算昂贵，车牌却惹人注目。她的心里油然而生一层预感，没挪开眼睛。

钟惟就在她身边，和她靠在同一张长凳上，也看着外头，“认识杨谦南吗？”

温凛吓了一跳，被惊回了神。

钟惟微微讶异：“真认识啊。”

温凛问：“你认识他？”

她只是笑了笑，有意沉默。

悄寂的走廊响起踢踢踏踏的脚步声。应朝禹那拨人的声线在深夜安静的警局里格外明显，隔着扇门也能听得清清楚楚。

轻松的。

畅快的。

声波钻进门缝，不像同一个世界的响动。

五分钟后，温凛立在派出所前台，把椅子让给顾璃。

大宝贝失去了方才认错写保证书的欢乐与憨傻劲，低着头，不知在难过什么。

温凛也有些疲惫，蹲下来仰着头，像跟小朋友交涉一样，轻声细语地说：“对不起啊璃璃。当时我应该带着你走。”

顾璃还是埋着头，抿着唇，一个劲儿地摇头，说不关她的事。

温凛其实不太擅长哄人，也不擅长道歉。

两人就这么僵持着。不知过了多久，顾璃慢慢地抬起头，刘海有点乱了，她好像不知道自己现在是怎么一副模样，只是翕动嘴唇，说：“我是不是不该来找程诚啊。”

错过值班时间，遇上突击抓捕。

寒天雨夜里泥沙沼泽滚一圈，全都是因为不该来找你。

温凛都被问住了。

其实没有什么该不该。温凛只是看着她这副样子，久久张不了口。

杨谦南进来找应朝禹，看见的就是这样一幅画面。

二十岁，被保护得好一点，心智也就跟十几岁差不离。他靠门边看着，等到温凛蹲得腿麻，摇摇晃晃像要跌倒，过去扶了一把。

顾璃经历今晚这场大起大落，对她身边出现的男人已经丧失了探知欲，抬一下眼皮，就又埋下去。惊讶的反倒是温凛，由着杨谦南把自己搀起来。

温凛借着他手臂站稳，说：“没事了……”示意他可以松手。

杨谦南没松，手改扶为握，往下滑到她腰侧，淡淡一扫，在她耳边道：“瘦了。”

那天顾璃坐的是杨谦南的车。她报了一个小区地址，杨谦南到地方把她放下，把车就停那儿了。小区里，顾璃丢了魂似的身影没入阵雨方歇的夜色。温凛目送她渐渐走远，转身对杨谦南说：“这里好像不能停车的……我们走吧？”

其实大晚上，也没人管他车往哪儿停。

但是杨谦南什么都没说，单手扶着方向盘，侧着身看她。可能是为了来酒吧，她化了个淡妆，束腰的羊绒裙子，一绺头发垂在额角。他目光似深潭，拨开那缕碎发，吻了上去。

那一年的西府海棠，还远远没有盛开。

道路旁光秃秃的花树，无叶亦无花。地面斑斑驳驳的叶子，湿淋淋黏在横道线上，雨水混杂着泥土的涩味，沉在冷飕飕的夜里。

她记住这个平淡的夜晚，为他。

杨谦南没有和她纠缠太久，好似只是自然地尝了尝她唇上滋味，起身说道：“想去哪儿？”

温凛睖睁着双眼，肩背都是僵的。

他笑了笑，问：“放假了？”

“……嗯。”

她有点怕他问太多。

刚做完这种事，再和他坦然自若地聊学业问题，有种说不出的羞耻。

温凛主动挑起话题：“今天谢谢你啊。”

她每次都是这句话。他也配合，说：“谢我什么？”

刚才从警局出来，应朝禹还敲着他的窗，说给凛妹妹赔不是，还说下回再出来，他一定郑重其事请她吃一顿饭。

她本来就是被他朋友连累的，所以也不必道谢。

温凛想了想，说：“谢谢你送顾璃。我朋友她今晚心情不太好，我本来不知道该拿她怎么办。”

太客套场面的话，他就懒得配合了。

杨谦南撑着半个胳膊，耐心十足看着她。

温凛斟酌着说：“如果不是今天凑巧遇上，你打算……什么时候来找我啊？”

他终于，笑了一下。

温凛才发觉，他的眼睛也不总是漠然的。他对她笑的时候，里面也有黑曜石的光。

杨谦南就这么笑着说：“凛凛，你真的很有意思。”

这话就过于轻佻了。温凛皱皱眉，给他递一个不满的眼神。

他伸手安抚她，大拇指抚了抚她眼下淡淡的阴影，说：“想睡吗？”

夜已经很深了。她刚刚度过一个凶猛的考试周，眼袋都熬出了一点。

温凛知道他没有别的意思，但还是冷不丁地想起他那句话。

——“凛凛，以后不是没这个机会。”

后来，温凛才知道，这个小区是程诚租的地方。

顾璃半夜去门口守着，凄凄惨惨的，任谁都不忍心。程诚一言不发地开门，先冲了个澡，才跟她坐下来谈话。

出租屋的浴室铺的是地砖。顾璃坐在外面等他洗澡。老式浴帘湿漉漉，露半截脚。他脚背宽大，晒得黑，脚底粗糙，小腿上稀疏体毛，和浴帘上的霉斑一个颜色。

程诚说："我就是这么个人，今后也不定好到哪儿去。你一个大小姐，老巴着我做甚？"

她今晚也许是太累，话很少。

程诚说了几句，放弃了。

"你今晚还回去吗？"

顾璃犟着说："不回去。我就在这儿。"

程诚抿着烟，从背后抄起她就往门口端。

他手臂虬结有力，她又想挣扎又怕摔下去，紧紧揪着他手臂扭。他单手开门的时候，被她扭了下来。程诚凉凉一笑，把要逃走的人堵回来。他抱着她，闻着她身上那种天然的、被优渥人生浸泡出来的馨香，说："别动，让我抱一会儿。"

他呼吸略促，呼在她肩头，隐隐约约听见他自言自语："迟早有一天你是我的。"

顾璃天真地说："我现在也是你的呀。程诚，我们别分手了好吗？我保证以后乖乖的，不犯小姐脾气，也不惹你生气。"

他一摸她脑袋，笑："得了吧，你少去我场子里捣乱，别的随你。"

那晚在出租屋门口等到人的，还有庄清许。

她坐在楼梯间，脚边两个大箱子。钟惟踩到最后一节，替她捞起落在地上的一个颈枕。庄清许表情疲惫，在地上抬起头。钟惟边开门边说："晚上出了点事，回来晚了。"

"我打过酒吧电话，他们说你被警察抓走了。"庄清许有点为难地说，

“你以后还是别去那家了吧，红场听说挺乱的。”

钟惟笑着摁亮日光灯：“你还是管好自己吧，庄大记者。”

她们俩都没吃晚饭，在出租屋里分享一锅泡面。

钟惟脸上还化着浓妆，夹了一大筷泡面：“你也太包子了。不就在视频里说了句话吗，砸他家招牌了？报社说毁约就毁约，你就不会拿着三方合同，把他们告上劳仲委？”

“纸媒圈子就这么大，告了一家，同行更不可能要我了。”

“现在你就有人要？”钟惟吃完一杯面，眼梢冷冷挑起，“事情摆在这里，你还想再在这个圈子里混？不如去告，好歹拿几个月工资。”

庄清许还是埋着头，无声地否决。

从小到大，她都是这副死心眼又好欺负的样子。

“我只会做这个。”

“……”

也不知沉默了多久。

“算了。”钟惟站起来，把她那杯面也收了，说，“你暂时在我这住下吧。也不用联系学校了，反正我这里再差，比你们那宿舍还是好一点。泡面吃不惯可以跟我说，我改天让人来通燃气。”

庄清许心里突然一酸，啪啪掉了两滴眼泪。

钟惟动作顿住：“哭什么呀？”

“对不起……”

钟惟笑：“瞧瞧你这没用的样子。怎么啦，一个高才生，沦落到让我一个唱歌的养，不乐意啦？”

“我不是这个意思……”

庄清许擦擦眼泪，主动起来帮她收拾桌子。

钟惟袖手旁观，在窗边点了根烟，抽一口走神，发尾的卷随着细微的咳嗽，一声声颤动。

庄清许看着她这副样子，慢慢停下手中的动作，欲言又止道：“阿惟。”

“嗯？”

“你和那个姓杨的……还在来往吗？”

一定有那么一个夜晚。

有那么一个夜晚，所有人的命运都还没有起航。

温凛坐在副驾驶上深吸一口气，把之前打开的安全带又系回去，说：“杨谦南你开吧。你去哪里，我就去哪里。”

她看着前方，道路湿泞，兆头好像并不好。可她目光执拗，一秒都没向他的方向看。

杨谦南扣安全带的动作都犹豫了下，一瞬间竟然拿不准去哪儿。

他一向习惯拿主意，很少管别人的看法。这天却反常地回了一下头，问：“送你回学校？”

温凛垂下眼眸，撒了个谎：“有门禁，这会儿进不去了……”

或许连杨谦南自己都觉得反常，车开了一路，最终拐进了三环里一个别墅区。京城遍布这样的住宅，中式的格局和名字，假山流水中卧一栏屏风，细节处添几分别致古意。

温凛感觉有点怪。杨谦南没有带她去酒店，但这里也不太像是他会置业的小区。

那栋楼很隐蔽，绕了一大圈才到。

房子里有人。窗帘没有拉严，一条小缝里透出明亮的灯光，仿佛在昭示着什么。

杨谦南把车停稳没急着下，发了条短信出去。然后他就安心坐在车里等着，转身过来捏了捏温凛的脸：“这什么表情，困了？”

温凛摇摇头说：“还好。”

看上去更困的是他，他又换了个舒适的姿势半躺着：“待会儿随意玩一会儿，累了也有地方睡。”

温凛其实没怎么明白他的意思，但是很听话地，点头说“嗯”。

很快，大门开了。

一个穿着黑色紧身马甲的男人迎出来，拉开正驾的门，弯腰和杨谦南打招呼：“哟，好久没来啦。”然后瞄了一眼副驾上的温凛，轻车熟路道，“您进去玩儿，车我待会儿喊人帮您停。”

由于门是开着的，温凛听到了里面传出来的，隐隐约约的，推筹码的声音。

那样清脆。

她联想到了一句很不应景的诗：玲珑骰子安红豆。

温凛只是发呆了一小会儿，那边杨谦南已经下车了。她跟着享受了一把客户待遇，马甲男帮她把这边的车门也拉开，恭恭敬敬往下一请，“小心台阶”。她微微有些窘迫，掩饰性地捋了丝头发在耳后，一抬头，杨谦南正好整以暇地等着她。

一盏路灯，灯罩被做成中式的红色方格。落在他身上，有种别样的沉静清幽。

她仰头一笑，挽住了他的胳膊。

就这么走进门，才知道那是个私人会所。

这里没有任何招牌，也不对外开放。整个场子干干净净，总共就几桌人在玩，也有人抽烟，但味道并不重，轻薄的烟雾在暖灯下腾起，好似碎金弥散。

坐在桌边的几个她都有点眼熟，应该是在跨年夜的局上见过。温凛大致在心里有了谱——这是他们小圈子里的私人聚会。

温凛环顾一周，倒是没见着哪都能掺一脚的应朝禹。想必今晚这一趟他也伤筋动骨，没力气到处浪了。

这地方跟先前几个场子不同，性别非常单一，全场只有她一个女人。

一踏进来，好多双眼睛同时落在她身上。

杨谦南带她在桌边坐下，点了两杯低酒精饮料。

他一坐下，先有人随口问起：“应朝禹的事儿摆平了？”

说话的人叫傅筹，是钱东霆那场子的另一个股东，和杨谦南关系也好。傍晚出事的时候，钱东霆那屋里坐着好几个人，傅筹就在其中，眼看着他出的门。

这些人来来回回就这么几个地方，结果后半夜，又撞上了。

杨谦南“嗯”了声，俯下身来帮温凛摆筹码，低声对她说：“用不用教？”

温凛说：“我会一点点。”

“会一点点。”他重复，“上回怎么赢的应朝禹？”

杨谦南说话时的气息轻轻的，拂在她面颊，很好听。

温凛莫名有点脸红：“那个是……运气好。”她又低低地说了一句“打麻将和这个哪能一样”，但杨谦南好像已经没在听了，在和服务生吩咐些什么。

倒是傅筹理了她一下，说：“那要不换个简单点的？”

温凛不好意思地摆摆手，轻声轻气说：“不用了。”

傅筹饶有兴致地笑了声，觉得这姑娘，怎么说，和杨谦南以前看上的那些，有点不大一样。具体哪里不同，他也说不上来。反正上了牌桌都是一样的，玩儿起来没有章法，看得出来她是在瞎碰运气。

他们进来的时候就已是后半夜，这天会所里人不多，来的几个性格也比较压得住，气氛冷冷清清，也就是看着杨谦南的面子，紧撑着没散场。

温凛感觉到了他们兴致不高。这伙人都不是真正的赌徒，玩这个不为赢，只为打发时间，消遣良夜。到后来，甚至有点陪她玩儿的意思，玩起了骰宝。

杨谦南让她随便押，温凛就真的随便押，也不在意输赢，庄荷开出什么来她都接受，淡淡扫一眼，就开下一把。但经不住她运气真的好，赢多输少。

后来她回想，那几年里只要她上牌桌，少有败绩，何其风光。一辈子总有那么一段春风得意马蹄疾的时候，就是眼下。

到凌晨三四点，天蒙蒙亮的时候，她真有些困了。

杨谦南把她带上楼，她才发现这地方专门辟出了几间休息室，和酒店的区别可能只是没有浴室。

一走进去，落地窗边摆着圆形桌几，旁边一个矮书柜，里面甚至有几本投资学相关的书。

温凛坐上去，好奇地翻了翻。

杨谦南把门关上，说："又不困了？"

"习惯性翻来看看。"温凛笑着读了几页，说，"你们真的有人看这东西吗？"

杨谦南把她手上那本抽过去，翻过来看了眼作者，嗤笑："你还是别看了。"

"怎么啦？"

杨谦南忍俊不禁："一叔叔，人不着调，退休之后用笔名写自传。这地方老板跟他有点交情，估计买了一车吧。"

温凛说："真的啊？你都喊人家叔叔，这个书可以看看，应该比市面上大部分作者有水平了。"

杨谦南躺上沙发，冲她眯了下眼睛："改天让他来给你讲讲课。"

温凛趴过去，面朝他的脸，认真地说："怎么啦，嫌我牌技太差了？"

杨谦南转过脸，笑着没说话，好像是为了不拆穿她。

温凛居然不领情，说："其实我真的是懂一点的。比如刚刚玩那个骰子，我上经双课的时候老师给我们讲过，Martingale（马丁格尔）套利策略。"

"什么？"

"就是往同一边押嘛。每次不管输赢，筹码加一倍。这样只要本金无上限，稳赚不赔。"很低浅的入门策略。

杨谦南说："那刚刚怎么不用上？"

"那样就没意思了。"温凛蹙着眉，有点小懊恼地说，"其实我刚刚想故意输一点的。都是你的朋友，我野心勃勃上去张牙舞爪地盯着赢，多难看啊。谁知道运气来了，输比赢还难。"

杨谦南笑着把她抱自己身上，在腰上掐了一把："你净想着输呢？"

温凛被掐到了痒肉，笑得弯下来："这不是没输成呢吗……"

天已经快亮了，夜色无尽稀薄，路灯的光线都被衬托得依稀暗了几分。好似在向人宣示，夜就这么长，人生就这么长，来抓紧我。

他们俩闹了好一会儿，温凛笑得快要伏在他肩上。

杨谦南的手在她腰上扶着，碰到了一块细腻的皮肤。

她的羊绒裙子是半分体的，腰中央有一块菱形细长的镂空，平时穿在身上看不出来。

室内暖气其实很足，他的手是温的，碰上去并不刺激。可是温凛浑身像过了电似的，又像炸开一泓滚烫的泉，全脸全身都烫成只熟透了的螃蟹。杨谦南呵笑了声："凛凛。"

她窘迫地应："嗯？"

他看着她的神色，话里有话地问："不舒服？"

温凛更窘迫了，揪着他一只袖子，干脆把头埋他肩上。

她的背是僵硬的。

就像几个小时前，她跟就义似的扣上安全带，对他说，"杨谦南，你去哪里我就去哪里。"他居然把她带来了这儿。人都是有点趋利避害的，知道有些东西拿起来容易，放起来难。倒不是他好心，而是他，怎么形容，有点怕了她。

结果快到天亮，居然莫名其妙，又到了这一步。

杨谦南把她稍稍放下来，借着落地灯的暖光和窗外微明的天色，看清楚眼前的这个人。

她长得很灵巧，鼻子小，骨架小，纤弱似蒲草般的模样。但人却是另一种灵巧，执拗、坚定、心思通透。即便一晚上在各种场所里走了一遭，风月与泥沙俱下，她身上依然保有她纯净的气味，没有香水，没有任何人工的、世俗的香。

这么抱在一块儿，温凛身体有点发软，四目相对，胆怯地挪开视线。

他笑了笑，低头吻她。

或许是因为休息室的灯光昏黄，温馨得不像样。温凛躺在一片暖堂堂的阴影里，合上了眼睛。无论他想对她做什么，她都认的。

杨谦南抵了下她的鼻子，鼻尖对着鼻尖，能看清她睫毛下浅浅的阴影。他用这么近的距离端详她的脸，总觉得这时候该对她说些什么。

温凛察觉到自己在细微地颤栗，忍不住睁开眼睛。但低下头，只能看见他隆起的肩胛，一个沉默的背。沙发上空间有点小，她蜷着手，不知该往哪放，眼睛不自觉地看向他修长的后颈，那地方皮肤很白，白得让人有点垂涎，她几次想将双臂搂上去，却一直差一分勇气。

突然，杨谦南的手在她蝴蝶骨边顿了一下。很快，她也听见了门外的脚步声，以及接踵而至的，礼貌的叩门声。

门没锁，但对方当然不敢贸然进屋。

杨谦南有点厌烦地起来，懒于应声，自己去开门。

门外人压低着声音说："您的电话。"

他的手机方才落在楼下桌子上了，他也没有太在意。凌晨四五点，现代通讯工具都是一种摆设。所以他听见"电话"，想也没想就按了接听。

反正不用猜是谁。

只有那个女人，隔着时差，从来不管他这有没有天亮。

——"听说你又找了你陈叔叔？"一上来就是质问。

杨谦南忽然笑了一声，说："妈，你知道国内现在几点吗？"

那头沉默了好几秒。

叶蕙欣仿佛刚刚明白过来，有点不知所措，但又强撑着面子，维持一个不伦不类的慈母形象，体恤他："打扰你睡觉了？"

"这个倒没有。"

他这吊儿郎当的态度有点激怒叶蕙欣。她近几年变成了个很敏感的女人，一丝丝风吹草动都能感觉到他对她的不满，皱紧眉道："我打电话来是给你提个醒。你陈叔叔公务忙，以后你那些不入流的朋友出了什么不入流的事，少去麻烦人家。"

应朝禹算不入流的朋友，那什么样的算入流？

他还没问出来，叶蕙欣就回答了他："你就不能跟人家钱东霆学学。你爸给你这个姓，你有一天用在正道上吗？”

杨谦南想了下钱东霆是怎样的。经营夜场，几乎没什么正经营生，手头倒是有家正儿八经的资本管理公司，随随便便给员工开百万年薪，就差在招聘启事上写“寻找卖空机会”。

他是真的忍不住想笑：“你就这么盼我蹲号子？”

没等叶蕙欣真正发怒，他就把电话挂了。

一回头，小姑娘侧躺在沙发上，好像睡着了。

这时候要有点晨光多好。他心里莫名泛出这个念头，觉得她就这么睡在疲惫的夜里，身影清清寂寂，太浪费她身上那股浑然天成的温暖气质。

其实温凛也没睡着。她只是模糊感受到了他的不悦，觉得他不会希望她旁听完这通电话。所以就让她当个一无所知的人，这样最好。

杨谦南走过来的时候，她演技很精湛地在他脚步最重的那一下醒来，迷迷糊糊睁开眼睛，仿佛不知今夕何夕似的，看了下窗外，又疲然地倒下来，轻轻说：“你打完了？”

她几乎熬了个通宵，嗓音都是天衣无缝的微哑状态。

杨谦南对她点了点头，把手搭在她脑袋上：“很困？”

“有一点……”她半梦半醒地挪位置，给他留出一个宽敞的空间坐。

杨谦南说：“那去床上睡。”

“不要。”她迷蒙的眼里突然有几分狡黠，头一偏躺在了他腿上，眼睛亮晶晶地仰视他，“我睡这儿，行不行？”

杨谦南脸上的不悦冲淡了很多，手臂搭在沙发背上，和她对视：“打算睡多久？”

“就一会会。天亮了我们去吃早餐，好吗？”

他几乎没可能说不好。但她还是坚持睁着眼睛，等到他点头为止。杨谦南都拿她没办法，遂她的意开口道：“你睡。”

她得逞地笑了一下，翻身换了个睡姿，抱住他的腰。

这是真的陪她睡了。这个姿势，他几乎没有入睡的可能。

但出乎意料，杨谦南居然迷迷糊糊睡着了几次。只是他睡眠质量一向很差，会在睡着的同时突然惊醒，每次都是如此。不知是第几次睡醒后，晨光已经有些刺眼，照得人不住皱眉。

温凛还在熟睡。

人睡着了都会有点憨傻，她的模样尤甚。

杨谦南觉得不能再看下去了，伸进她肚子上那道菱形缺口。她果然惊醒，惊慌失措地抖了一下，全身绷得像只兔子。

看见他，身子才陡然一松。

那张怨愤、羞耻又气恼的小脸。

杨谦南觉得自己真有点喜欢上她了，表情蓦地有些下作："醒了啊？"

大约是很久没干过这么不上台面的恶作剧，他装作不经意地抬起脸，心想挨道巴掌也认了。但怎么说，她要是真打上来吧，又有点丢面子。

温凛当然没打，她恼恨地掐他的腰，红着脸说："杨谦南……"

他只好继续调戏她，俯下身去笑："到这份上了，还害羞呢？"

温凛没想明白，他俩昨晚也……没干什么，到哪个份上了？

然后他就问了一个惹怒她的问题——

"有男朋友吗？"

对她做了那么多越界的事她都没生气，这回居然一皱眉头，一脸不可置信，撑着沙发就要坐起来。

他把她当什么人了？！

是觉得她一边跟人谈着恋爱，一边还能跟他这么玩儿？

杨谦南好像倏地醒悟回来，一把捞住她的腰，把她死死按住，从背后抱着人说："好了好了，知道你没有。是我说错话，行了吗？"

温凛没挣扎，只是就着他的手臂把腰弯了下去，莫名地红了眼眶。

杨谦南还是第一次遇上问一句有没有男朋友能把人惹哭的，新奇地屈起食指，擦了擦她眼睑。还好，是干的，就是有点肿，昭示着山雨欲来。

他就这么把人松松抱着，好久之后才突然道："我说，凛凛。"

温凛忍着委屈回他："嗯？"

还以为他要说多严肃的话呢，结果一开口，杨谦南坏笑起来：“真不用再睡会儿？”

她一下把他胳膊甩开了，又像哭又像笑：“杨谦南，你怎么这么坏啊。”

“没办法。名字取得太好，人就要坏一点。”

他跟她开着玩笑，顺手把她的手指给扣了，牵在手里说：“走吧，去吃点东西。”

温凛不情不愿“嗯”一声，挣扎着爬起来。她确实有点饿。

她这个角度，撑着沙发站起来的时候必然要先弯腰，那双腿就暴露在他面前。

杨谦南大字形坐着，伸手揉了一把，手心白皙软腻的皮肤仿佛要溢出去，他欣赏着这个画面。温凛脾气也发不出来，咬着牙回头瞪他。

他愈笑愈深，趁她回头亲了她一口。

“趁现在，多习惯习惯。”他手作势往上滑了一寸，吓得温凛一个激灵，往前跨了一步。杨谦南倒是一点也不介怀，忽然笑起来。

他想，以小姑娘现在这个脸皮，碰一下会不会吃了他。

温凛就没见过他有这么高兴的时候，满眼笑意，揽着她往外走。

一楼人已经走光了，几个服务生趴在吧台上小憩。

温凛踏出别墅看见耀眼的晨光，才有一点点真实感。

天亮了。

这个人，下作又恶劣的这个人，现在是她的了。

她从从容容地上他的车，杨谦南没交代说去哪儿，她也不问。一晚上少眠的倦意真正涌上来，他还没开出三环，她就睡着了。

杨谦南等红灯的间隙，扭头看见她。

这会儿果真有晨光了。

小姑娘倦意浓浓的脸，半边靠着车窗，半边沐着晨曦，像某种金色的果实，覆着一层薄薄的绒毛，底下藏着可口的、甜软的果肉。

也许他不知道，他起步的时候，车速慢了不少。

杨谦南开车向来是不讲章法的，清早路面上车已然不少，但拦不住他的速度。

他莫名想起叶蕙欣给他找司机，从退伍军人里挑，反复要求说其他都不要紧，只要人稳重，开车一定要稳妥。最后找了个陈师傅那样的，起落平稳，俨然能去驾校拍教学视频。

今儿或许是心情好，连叶蕙欣都显得可爱了。

温凛醒来的时候，杨谦南已经解了安全带，正赤裸裸地对着她瞧。

“醒得倒是正好，刚到。”

温凛往外瞧了眼，是间茶馆，开在间四合院里，古典门楣，大门前还蹲了俩石狮子。她惊讶地笑了一下：“你还来这种地方呀？”

“熬了个通宵，吃不下正经东西。”他神容淡漠，问她，“吃不惯？”

温凛摇摇头说“没有”。她又补了一觉，精神头更足了，神采奕奕地把他望着：“以后不让你熬夜了。毕竟……不年轻了嘛。”

他们俩其实年纪差挺多的。这是他们第一次谈起这个话题，以前温凛总像避着防着，什么也不提。

杨谦南目光一凛，冷笑了声。

温凛都不用翻译他那眼神，就知道自己在自寻死路。她自行解了安全带，以最快速度逃下了车。杨谦南下来扶着车门，看着这丫头活蹦乱跳。

日光炽盛，暖到不像是深冬。

这天的北京城，晴，零摄氏度。

茶馆是典型的三进四合院。

杨谦南偏爱散座，靠窗的檐廊，有一串铜钱风铃。桌上用的是铜壶盖碗，细斟一杯茶，耳边好似能听见清末民国的街道上，人声喧喧而来。

温凛抿了口茶水。金骏眉，入口回甘。

她放下茶碗，将他看着。

其实杨谦南这人很奇怪，他喜欢公共场合，爱往人堆里凑。可真正坐在人堆里，又一言不发，安心当个背景。

温凛想起他们第一次见面，这人没事去电影院，就为了睡两个钟头。

杨谦南放下盖碗，说："在看什么？"

清晨六七点钟，他的眼睛都是透明的。

温凛忽然笑起来："我就是觉得你有点……老年人。"

店主养了一只鸟，就挂在廊下，在笼子里啾啾啾地扑棱翅膀，好似在附和她。

杨谦南也不生气，剥着颗白瓜子："还惦记着这茬呢？"

"不是说你老。"她连忙改口，绞尽脑汁也没想出新的形容，"就是……有点老年人。"

"不是老态龙钟的那种老，是老气横秋的那种老。"

她补充道。完了又觉得不合适。

可以用老气横秋形容的，大多是少年，多少有点为赋新词强说愁的滋味。但他不是的，他明明拥有最好的风华，也在纵情地享乐，可就是在不经意间，透露出顽固的、腐朽的心态。

这么一长段，温凛自己都觉得解释不清，只敢放在心里想一想。

杨谦南也不知有没有领会她的意思，放了粒瓜子肉在她嘴里。

温凛慢慢嚼了嚼，平淡的瓜子味，倒是挺香。抬起眼，杨谦南已经在剥下一颗。

他敛眉，低睫，眼下有淡淡的青色，一双骨节宽大的手，拨弄白色的软壳。

下一颗是他自己的，一下抛进嘴里，又剥一颗，去逗鸟。

温凛说："你平时通宵完，就来吃这个呀？"

"也不是。"他又抛一颗。

"空腹喝茶，对胃不好的。"

他顿一下，好像没听到。那鸟扑腾来扑腾去，撞在了笼门上。

温凛又说："我后天就回家了。"

杨谦南这才收回了视线，把注意力放在她身上。

“你会想我吗？”她忽然展开了眉眼，方才那素净的、有点苦情的面相一下打开，眼里闪动着狡黠。

他忽然笑了，在她下巴捏上一下：“你说我想不想？”

“那我都快走了，你还光顾着逗鸟。”温凛假模假样地蹙起眉，严肃地说，“你找什么人我都认了，但是我总不能连鸟都不如吧。”

杨谦南闻言，怔了一下。

他在瓜子碟里捞了一把。白色的黑色的灰色的，如砂石般从他指缝间流下，积成一堆。

“凛凛，你是不是有什么话要说？”

他不擅长装傻。

但温凛擅长。

她眨了两下眼，说：“没有啊。”

杨谦南忽地笑了一声，抬眸看她。

那眸子像是玻璃做的，带着光，扫向她。

“连鸟的醋都吃。”他语调带着点宠溺，“活的东西醋你都吃？”

这话其实不用她回答的。温凛只笑笑，说没有啊。

杨谦南掀开碗盖，说：“那以后家里面不能养狗了，猫也不成。”

他也许就是随口一说。可温凛记着这句话，在心里翻捡着，一直记到回去。

杨谦南把她放在宿舍楼下。

他的车停在蓝色自行车棚边，十分醒目。温凛觉得不该久坐，解开安全带就想下车。

杨谦南把她拉住了，递来个东西。

温凛回头看，是一袋茉莉茶。方才有个茶艺师给她推荐这个，说是他们家特色，这玩意儿润燥香肌、口味甜淡，适合小姑娘。她对茶没研究，摆摆手没要，杨谦南当时在逗鸟，看上去也没兴趣。

不知道他什么时候买的。

温凛笑着接过来，看了眼包装："你还买这个呢？"

"和那家店老板熟，做他点生意。"

温凛喊了声，一脸了然。

杨谦南浅浅地笑："拿着吧。听说丰胸。"

话音刚落，一个袋子就砸过来了。他用胳膊挡住，笑得没脸没皮。

"鬼扯吧你。"温凛拎着茶袋下车，把车门给他狠狠甩上。

杨谦南目送她绕车头，按了下喇叭。她不理，他又按一下。

温凛回头，他正坐在车里，对着她笑。

鸣笛声在寒冬寂静的晨，尤为刺耳。

温凛紧张地敲开他那边车窗，探进去："在学校里鸣喇叭，你疯啦？"

杨谦南按住她脑袋，在她脑门上亲了一口。他的唇是温的，很有力度地一印。

她瞬间老实了。

冰凉的额头仿佛被他注入一股暖流。温凛颈后是北方冰冷的清晨，脸上扑着他车里的热气，都忘了站直，敛着眼睑轻轻说："干什么啊……"

"乖点。"他这么说。

"……嗯。"她这么应。

扎眼的车型消失在树丛后。

温凛从口袋里翻门禁卡，余光一瞥，看见个人。

柯家宁，她们院院草，正靠在大门边。

整个新闻学院也没几个男生。像他这样身材高大、长相斯文的，妥妥的就是院草了。

他跟她打了个招呼："温凛。"浓眉大眼，笑起来都是干净温柔的。

大清早的，女生宿舍楼下。想也不用想，他应该是在等人。

温凛掏卡的动作顿了一下，怕他碰巧看见了刚才那一幕，目光有些闪躲地点头："……早啊。"然后顺利刷进了门。

一进宿舍，她像松了口气，搁下大衣。

顾璃居然已经起了，正站在穿衣镜前，检查自己的妆容。

“起这么早？”

“嗯啊，柯家宁约我去逛梵·高展。好多人呢，去晚了该排不上了。”

温凛有点发愣，说：“我在门口撞见他了。”

大宝贝举起自己左腕，叫起来：“啊啊，他怎么来这么早呀。这才八点多呢。”

“你们约了几点？”

“九点呀，我这边眼线还没画呢。”顾璃一边闭着半只眼睛描眼线，一边说，“你昨晚又去哪啦？你最近夜不归宿的频率可高了。”

“……朋友那里。”

顾璃突然凑到她面前，一张花红柳绿的脸笑得喜气洋洋：“昨晚送我们那个朋友呀？”

“嗯。”温凛被她盯得心里发毛，“怎么了？”

顾璃说：“挺帅的。”

温凛：“……”

“说真的，很有气质。”顾璃又回去画眼线了，一边懊恼地说，“我当初怎么就瞎了眼，找了程诚这种贱骨头呢。”

她又开始骂人了。温凛皱了皱眉，试探：“你们和好了？”

“嗯啊，和好啦。昨晚后来就是他送我回来的。”

果然。

温凛想到了什么，茫然道：“那你还约柯家宁去看展？”

“嘻嘻。”大宝贝终于化完了妆，把化妆镜一合，挑挑眉毛，“这你就不懂啦。程诚身边那么多乱七八糟的莺莺燕燕，就不准我有几个纯洁的男性朋友？再说了，他工作那么忙，从来不陪我，我也要给自己找点乐子的好伐。”

“不跟你说了，我要迟到了！”顾璃挎上包，摇曳生姿地走了。

空气里飘过一段香水的甜香。

温凛反坐在椅子上，茉莉茶的袋子透着股澄澈青涩的花香。

她从前觉得学院里那些女同学不喜欢顾璃，可能是因为她的小姐脾气。现在仔细思考了一下，可能还有别的原因吧。大宝贝她……跟她从前的认知不太一样。

其实她以前也很少关注身边人都在做什么，压根没有一个基本的认知。

这一天，晨光渐亮，太阳从地平线下升起，人间从眼前浮现。

温凛捏了捏手里的袋子，茶叶在袋子下发出窸窸窣窣的声响。

每个人，好像都有自己不为人知的一点秘密。

Chapter 03

温凛是腊月初八回的家。

在家里窝了大半个月，年节一天天挨近。

她很少联系杨谦南。想知道他的动向很容易，只要关注应朝禹的主页就行，每天定时刷新。越过应朝禹那张“祸国殃民”的脸，再越过几个姑娘蜘蛛腿一样的睫毛，无论光线多暗霓虹多闪，她准能在角落里一眼发现杨谦南。

然后掐准时间，在他独自归家的路上，装作不经意般给他发：“我把茶叶孝敬我妈了。她说味道很好。”

杨谦南要隔很久才回她，问在家里待得好吗。

温凛说：“挺好的，就是有点想你。”

隔着屏幕都能看见，他一定笑了一下，说：“那年后早点回来。”

“好啊。”

温凛平平淡淡地答应，跟他道晚安。

2010年初，大年初一恰好是二月十四日，情人节。

除夕那天下午，母亲郁秀载着全家，去乡下外婆家过年。

温凛生在苏州，外婆早年唱过评弹，算是个小文艺世家，但到她们这一辈，已经看不见当年光景。母亲一进屋就和几个姨娘凑了一桌麻将，父亲进灶房处理硬菜。几个亲戚坐在条凳上剥豆角，烟雾袅袅，分不清是炊烟还是尼古丁。

一大家子人。

温凛想挑个地方坐，一眼相中了她家小侄女。那是她表哥家女儿，在上海读初中，拿着个掌机在玩《口袋妖怪》。温凛礼貌地凑过去，指着一只绿色树精问："这只叫什么呀？"

"这是木木枭的进化体，叫狙射树枭。"

"厉害吗？"

"还可以吧。"

打麻将的大表嫂闻声看过来："琅琅你别成天打游戏，多跟你小姑姑学学。数学写完了伐？趁今天在奶奶家，让你小姑姑教教你，人家像你这么大的时候，数学可是天天考满分噢。"

小侄女被念得把掌机一收，耳朵一捂，踢踢踏踏到楼上看电视去了。

温凛僵着嘴角，坐在原地。

郁秀在牌桌上会心地笑，关心她："你也别在这坐着，上去和琅琅一起看电视呀。"

她点点头，却有点心不在焉。

这个年纪多少有些尴尬。早就没资格和琅琅抢电视遥控板，又没法参与中年话题，厨房人甚至太多了，一进去就会被友善地赶出来："凛凛你去看电视！豆角用不着你剥！琅琅不是在上面吗？你去陪陪她呀！"

温凛哭笑不得。姑妈们几年见一次，大约还没意识到她已经在读大学。

于是她只能去上网。

应朝禹的主页没更新，一年到头难得动静全无，大约也去过年了。她从过往照片里看见张他打麻将的图。那副麻将她摸过，背面镀银，材质却很轻，是他特别定做的。不像郁秀她们打的这种，蓝色绿色的底，掂上去很有分量。

天色渐渐黑了，吃过晚饭，分别一年的亲朋们搁下碗筷，有说不完的家长里短，鸡毛蒜皮，欢声笑语。温凛拉着琅琅，从那两大张饭桌里挤出来。

"想出去走走吗？"

小姑娘欢呼雀跃："好呀！"

苏州乡下景致很好，左手是远山眉黛，右手是半亩风荷。

可惜是冬天，满溪荷叶枯黄，像枯败的芦苇荡。

又幸好是冬天，一道长桥卧在夜色里，头顶一步一盏烟花。

红的绿的，映黑瓦白墙。

温凛拿出手机，照了好几张。琅琅穿着羽绒服，拿袖子捂住耳朵："小姑，我们去哪呀？"

"随便走走。"温凛说，"觉得冷吗？冷就回去吧。"

小姑娘双颊冻得通红，说："我不回去！我一回去，我妈又该催我写作业了！"

她们找了个桥栏靠着。

温凛回复着几条新年祝福短信。自从那天一起进过局子，顾璃和她更亲近了，连祝福短信都是精心编辑的，一看就不是群发，虽然也不过是祝她变美变好看变漂亮，年年拿第一，且能找到如意郎君。温凛给她回："谢谢，你也是。"

琅琅趴在桥栏上，观察水面。

"小姑，北京好玩吗？"

好玩吗？整肃的城区街道，大同小异的明清园林。

温凛答不出来："琅琅想考去北京？"

"也没有。"琅琅吊在栏杆上，小腿一勾一勾，"下学期我妈妈想送我去北京学表演。她想让你到时候照顾我，所以才讨好你的。"

小女孩又天真，又耿直。

温凛笑了声，不置可否："你喜欢表演？"

"那哪能啊——"琅琅皱着眉苦大仇深，"那我学习又不好，又没什么特长，除了学表演也没其他好弄了。要么花钱出国，她又不舍得咯。我们家又不是很有钱！"

温凛想说学表演也挺花钱的，但被她逗笑了，好一会儿都停不下来。

琅琅心有余悸地睨了她一眼："你们从小数学考满分的人，是不懂柴米贵的。"

温凛摸摸她的头，眼睛笑成一条线："你还挺有文化的，知道什么叫柴米贵。”

过了好一会儿，琅琅看上去冻得不行了。

“回去吧。”

“嗯！”

归来路上，又遇见零星几盏烟花。

这天好几家人都睡在了外婆家里。房间不太够，温凛和琅琅挤一间。快要零点，郊外烟花一同盛放，照得天空半透明一般明亮。琅琅放下了她的口袋妖怪，去窗边看烟花。

温凛悄然来到阳台，拨了个电话出去。

江南的冬天其实很冷，空气潮湿，丝丝蚀骨。

她披了件包到脚的长款羽绒服，蹲在阳台的窗户下面，不让人发现。

零点一到，炮竹与烟花齐响。电话刚接通，温凛来不及说什么，就把手机往外伸，尽力收纳满世界的璀璨纷呈。

噼里啪啦过了一分多钟，声音渐渐稀疏了些。

温凛把手机拿回来看，诧异道：“你还没挂电话呀？”

沉默了好几秒。

杨谦南那里很安静：“在哪里？”

“在外婆家。这边烟花放得特别热闹，打过来让你听听。”

温凛说：“北京市区没法放烟花吧？”

杨谦南说：“我不在市区。”

但依然是安静的。

寂静无声。

温凛捂着手机，放轻了声音：“我是不是……打扰到你睡觉了？”

除夕夜，全中国都醒着。

杨谦南嗓音含倦，尾音缠绵地调笑：“你打扰我能说什么吗。”

这人……又调戏她。温凛抱着双膝，赧然地不说话。

电话里只剩零落炮竹声，在她这儿声声炸响。但在他那儿，听起来是遥远的。

“有点吵。”他揉了揉额角。

温凛连忙看了眼阳台门，不太方便进去。

“那我等没有声音了，再给你打个过来？”

“不用。”杨谦南问，“什么时候回来？”

温凛想起自己答应他早点回，尽量往早了说：“等过完年？”

“几号是过完年？”

“……二十来号？”

过一秒。

温凛突然改口：“要不我大后天就回吧。和家里说学校里有事，很容易就回来了。”

杨谦南突然低低地笑起来。

温凛窘然得不好意思开口。好像只要在他面前，她就成了琅琅。

“丈母娘茶叶还够喝吗？”杨谦南倏地起了个调。

她那点薄薄的脸皮，又快要被他扯断了：“……你讨厌死了。”

“再待几天吧。多陪陪家里人。”他这么说。

温凛莫名地有点失望。

烟花也快放完了。

温凛深吸了一口气，面前都是白雾：“杨谦南。”

“嗯？”

“情人节快乐。”

她平时很少跟人说这种话。就连新年快乐她都很少发，通常只会被动地、矜持地回一句“你也是”。

温凛手攥住冰凉的金属栏杆，抚了两下，让自己冷静下来。

寒冬深夜，不锈钢被淬得像刀子，从掌心刺进去千万分凛冽，连心都是冰凉的。

“以后的情人节，我都陪你过。”她很冷静了，也够坚决了。

杨谦南不是没听过这种话。

放在其他女人的嘴里，这是一句例行公事般的撒娇，语调要更娇糯，气氛要更甜腻一些，但是在她这儿却有十二分的郑重其事。好像是一个名单公示，决议已经拟好了，她只负责通知到他——这辈子，我给你了啊。

他觉得自己当初怕了她，不是没道理。

杨谦南好似没听懂，揶揄道，那我就等你回来了。

又互道了晚安。

电话挂断，夜空也落入了沉寂。

温凛用冻肿了的手指扶住墙，一鼓作气站起来。膝盖又冰又僵，她“啊”了一声，东倒西歪了两下，才趔趔趄趄地站稳当。

琅琅的脸从纱门后探出来：“小姑姑，你没事吧？”

温凛红着耳朵：“你帮姑姑开一下门。姑姑腿麻了。”

琅琅欢欢喜喜把她扶进去，表情鬼精：“我都听到了，你在跟男朋友打电话！”

温凛被琅琅念叨了一个春节。

小姑娘仗着她这个姑姑脾气软没威严，缠着她问长问短，八卦了个透彻，还说到了北京要见见真人。温凛招架不住她，色厉内荏地威胁：“小心我告诉你妈妈啊，你在学校里肯定找小男孩了。”

琅琅这个年纪，正是少女最春心萌动的时候，对感情有种隐秘而强烈的憧憬，所以对爱情故事格外感兴趣。温凛敏锐地嗅到了荷尔蒙的气味。说白了就是，这丫头想谈恋爱了。

这招果然奏效，琅琅用掌机盖住脸，一阵蹬腿：“小姑姑！讲一下又不会怎样嘛！”

温凛笑着，留她一个人去脸红。

感觉自己有点变坏了……跟某人学的。

也因为这个，她特别想见杨谦南。

回北京是二月底。那是一个傍晚，飘着小雪，火车站人不多。也许是因为这个缘故，温凛降低了警惕，走出站台才发现，钱包被偷了。包被划了道口子，她检查了下其他财物，全都塞进行李箱里，把包扔在火车站垃圾箱。

身上只剩几十块零钱，打一趟车就没了。

白雪纷飞。

握手机的手指暴露在空气中几秒，就冻得麻木。

杨谦南接她的电话，说自己在朋友的夜场，今天是节后正式营业第一天，他算是去捧场。温凛听到那三个字愣了一下，心想他有朋友在脱不开身，淡淡地说："那你好好玩。我过来找你。"

"你要来？"他有点不能置信。

温凛望着灰白飘雪的天，"嗯。"

杨谦南没反对："那我让陈师傅接你。"

"不用了。"温凛把手搭上行李箱，"我自己来。"

杨谦南把地址发到她手机上，地方在东四环附近，打车费勉强能承受。

这种天气，车站载客的出租很抢手。温凛不善于争抢，站在队列里规规矩矩地等车，等到车都快没了，一个司机师傅冲她招呼一声："姑娘走不走啊？再不走没咯！"

他是向她招的手，后面一个蠢蠢欲动的中年妇女不好意思明抢，瞟了她一眼。

温凛提上箱子说："走。"

师傅古道热肠，一上车就吹上了，说瞧她站那儿好久了，大雪天的看不下去小姑娘受冻。温凛轻声说"谢谢您"，然后报上地址。司机不熟悉路，她就补充说："是个夜总会，开过去就能看见。"

那师傅看她的神情唰地一下，就变了。

这女孩儿……刚瞧着挺安生的啊？！

温凛在心里又无奈又好笑，假装看雪景。

北京断断续续下过好几天雪，绿化带里一团一团的白色雪块沾泥，像解体的塑料泡沫。天色一路开一路暗，道路旁的路灯渐渐地亮起来。

有一点点塞车。

到了地方，司机师傅的耐心已经要耗尽了，半踩着刹车："这地儿没你说的夜总会啊。"

"没有吗？"

"你瞅瞅那儿。这里是1597号，那边是1601号，中间只有个西庭宾馆。是没你说的那地方吧？"

温凛环视路面。雪下小了，车塞成一长条，红色尾灯亮了一串，不见有什么挪动。

她从口袋里翻出零钱递过去："就到这儿吧。师傅您看看够不够。"

司机找了她一个钢镚。

温凛就在那条路上，来回寻觅，用那个钢镚猜方向。正面是左边，反面是右边。

钢镚不太灵。她迷路了。

西庭宾馆外面有个古建筑式的石门，斗拱飞檐，高耸四五米，里面一条铺着红地毯的长道，通往主建筑群。橘色的灯光从红毯尽头传来，在黑夜里显得明亮幽深。

温凛倚在门上给杨谦南打电话："你在哪儿呢？这条路没有1599号啊……"

杨谦南开口连咳了好几声，说："石门看见了吗？"

温凛抬头一望："宾馆的门？"

"嗯。"

"我就在这儿呢。"

杨谦南说："那还找不到？"

她小声说不行。

电话那头，杨谦南长长出了口气。气息声被麦克风放大，听得温凛暗暗埋怨自己。

怎么就这么笨呢……连个地方都找不到。

良久，杨谦南把烟头在缸里磕灭，说："站着别动，我来接你。"

钱东霆坐在对面一张沙发上，颇讶异地一挑眉："谁啊，面子这么大，还要你亲自接？”

杨谦南抓了件外套，勾勾嘴角：“一瞎子。”

温凛等在石门下，小雪飘飘洒洒，落到手心，像晶莹的霜花，凉丝丝的。她百无聊赖地玩着雪里夹的冰块，一回头，杨谦南正从红毯最深处款款而来。

夜至参横，整个画面的饱和度都被黑暗加深。

深红的地毯，深邃的长廊，路灯是一盏盏玉兰花的形状，光影落在他肩上，半边昏沉，半边明亮。

杨谦南穿得单薄，拾级而上走到一半，不走了，歪着身子打量她。

温凛连行李箱都不顾，踩着红毯上的碎冰跑向他。

她紧赶几步到他面前，握住他袖子：“怎么不穿外套呀？”

杨谦南把臂上搭的外套举到她面前，说：“你闻。”

温凛凑上去猛吸一口，被浓烈的香水和烟味呛得打喷嚏。

杨谦南朗声笑起来。他烟抽得猛，这样笑会犯冲，面颊上泛起几丝生理反应的红。雪落在他额发上，晶晶亮亮。

这时候的他难得有了些少年气，温凛看得都有些呆了。

雪是静的，灯也是静的，时间好像善良地为她凝固，留给她做梦。

一瞬间她忘了刚才司机是怎么看她的，开开心心地挽住他的胳膊，说：“那我们赶紧进去吧。站久了该感冒了。”

杨谦南侧眸看了一眼她的装束。

呢外套，毛衣，短靴。

他把手伸到她领口，拨着衣领数了数：“这要感冒可不容易啊。”

这是嘲笑她穿得多！温凛把他胳膊一拽，明明是在生气，仰起头却是一张笑脸：“我是在说你呢！”说着就拉着他往里走。

杨谦南盖上她手背，没挪步子。

“怎么了？”

他掌心是暖和的，包住她通红的手，细细地揉抚。温凛本来都冻得没知觉了，渐渐地能感觉到痒，想抽回来。杨谦南牢牢攥着，低着头替她暖着，漫不经心道：“那种地方你不要去。”

手背上的痒透遍四肢百骸。

温凛环顾四下空荡荡的街，佯装自然：“……那我们去哪儿呀？”

杨谦南手掌往上一套，拉拉她最里面那件单衣的袖口，眼梢一挑：“去个方便脱衣服的地方。”

这地方就在脚下。

从这条红毯走到尽头有条分岔，会所大门开在左下，向右则是正常的酒店大楼。也难怪温凛刚才没找到。

杨谦南折回去拎上了温凛的行李箱，带着她向右。

酒店暖气很足，温凛觉得自己一下回了温。

杨谦南摸着她通红的耳垂，笑她傻：“找不到怎么不坐在车里，让司机带你找。”

“我钱包被偷了……再堵一会儿，该付不起车钱了。”

杨谦南眉心一蹙，说：“什么时候的事？”

“就在火车站，被扒了。”温凛摊开手说，“要不然我怎么没带包呢。”

“包也没了？”

她撇撇嘴：“嗯。”

杨谦南把她揽进怀，双目眯起来：“改天给你买个。”他嘴角抑着笑，微微向下，“怎么没把自个儿给丢了呢，嗯？”

靠近了闻，他衬衣上也有香水味。

温凛蹙起眉，从他怀里转出来，戳戳他衣扣：“你就是不想让我来吧。你朋友的场子好玩吗？味道这么重。”

“吃醋啊？”

“没有！”

杨谦南笑着伸手解了三颗扣子，把衬衣扯了。

杨谦南躺坐在一张沙发椅上，拧了瓶矿泉水喝，眼眸拢成两条诱人的线：“还哪有味儿？你自个儿来。”

他的肩很宽，比看起来要魁梧，躺坐的姿势把腹肌卷起，稍露出一点肉，大叉着腿。温凛都不敢看他，把围巾扔床上，扭过脸说：“我去洗澡了！”

杨谦南噙着笑，欣赏她解呢外套的扣子。

然后是毛衣。真佩服她，毛衣脱掉，里面还有件内搭的衬衫。温凛不好意思再脱，蹬了靴子想去浴室再脱。

温凛找到床头柜里的棉拖鞋，一只只换上。

她一手撑着床，一手取拖鞋出来换。

杨谦南拧上矿泉水盖，迤迤然向她而来。

他含了含她红彤彤的耳垂，在她耳边呵气：“待会儿再洗。”

雪好像下大了，沙沙作响。

她的每一丝紧张，每一记心跳，都呈现在皮肤。

温凛看不见他的眼睛，也不敢看他的眼睛，紧抿着唇，盯着床头一盏台灯。

那光线是淡橙的，将她的肤色衬得昏黄。

她喉咙发紧，小心又小心地，吞咽一下。侧着的脖颈绷着一条硬筋，脆弱又凛然。

杨谦南看得笑了笑，声音和指腹一起拨弄她的心尖：“放松点，凛凛。”

她听话地张口，却忍不住深吸了一口气。

像条涸泽之鱼。

……

黑夜里，雪静悄悄地铺洒。

温凛洗完澡，穿了条浴袍出来。杨谦南还是同一副姿势，鞋也没脱，半躺在床沿。温凛小心地斜他一眼，几次想张口，但最终，只是拿了件自己的毛衣过去给他罩上："……不冷吗？"

他眸子向下慢慢扫过她，不知过了多久，突然嗤然一笑。

温凛心虚，胡乱扯了被子给他蒙到肩："有暖气也不要这样。很容易着凉的。"蒙完又觉得不对，看看他脚上的鞋，说，"要不你去冲个澡吧，去去寒气。"

杨谦南把她肩膀揽到胸前，懒洋洋看她一眼："我等着你给我去去火气。"

温凛惊愕了几秒。

"……你别生气了。"她踟蹰地抿抿唇，忽然撩起自己坠下来的两丝头发，小心翼翼地俯身下去。

这是她第一次主动吻他。

触及的那一霎，她心想，他的嘴总是冷硬冷硬，但嘴唇总是温的、软的。

她也不会什么技巧，碰一下就翘起唇微笑，哄他："……很快就好了。"

说这话的时候，她眼眸清澈又坦荡，双颊淡淡的温热绯红，有点难为情。

一捧雪团从窗框上掉下来，砸了一下玻璃。

两人不约而同看过去。

温凛先是一愣，然后突然惊喜地，跑去窗边。

整座城市白皑皑一片。

"杨谦南！雪下得好大。"她把窗帘撩开来，兴奋地比给他看，"外面雪都积这么厚了。"

温凛是没怎么见过雪的江南人氏。

杨谦南是没怎么见过江南人氏的北方人。

他靠在床上，看她那个激动的傻样子，突然笑了起来。房间里开着暖气，但她一撩窗帘，隐隐约约好似漏进来几丝冷风。他换了个姿势，一眼没看雪，尽是在看她。

怎么说呢，小姑娘是真的有一点蠢。但也让人觉得，心里很熨帖。

那天的情潮就这样被积雪掩盖。

杨谦南醒来接到个电话。又是早上六七点，不用看就是叶蕙欣。她消停了一个春节，终于在元宵节前后按捺不住了，寻了个由头叫他去探望。到底是亲妈，到底是过年，杨谦南飞去英国一个周，把温凛寄给应朝禹，让他带着玩儿。

温凛心里挺舍不得他。她提前来北京，就是为了陪他。

但她没有表露出一丝不高兴，懂事地说："那你去陪陪她吧。她一个人在那边，肯定很想你。"又说，"你妈妈喜欢喝茶吗？要不我给她也买一点吧。"

杨谦南好笑地吻她的额头，说："你乖乖等我回来就行。看着点应朝禹，别让他再犯事儿。"

"放心！"

其实有上回半夜进局子的前车之鉴，应朝禹也没胆子带她往乌七八糟的地方钻。

周末一起早，雪霁冰消。应朝禹开车来学校接她，把她载去他爸开发的度假山庄。为了凑一桌麻将，叫了两个玩得好的哥们儿，一个叫叶骞，一个叫绪康白。

"凛妹妹你放心，都是正经人。"在应朝禹的世界观里是这样的。

温凛望着他开车的侧脸，心里腹诽，你自己都不算什么正经人……

就这样，悄然笑了一声。

她坐在后座。一侧头，和旁边的男人面对面。

温凛有些尴尬。

叶骞咧嘴一笑："还记得我吗？"

老实说，温凛对他有印象。一头金发，正是那天在红场搭讪顾璃的那位。

叶骞叼着根烟，解释那天的事："我没恶意的啊！现在的女孩儿警惕心太足！我就是看你俩坐那边无聊，过来招呼招呼你们。哪知道你们把我当坏人？”

绪康白从副驾上转过来，攥一把他的头毛：“你这尊容能像好人吗？”

“嗨呀——！”叶骞左边一躲，又被驾驶座上的应朝禹扯了烟，不禁破口大骂，“干吗呢，都干吗呢这是？”

应朝禹把烟往车窗外一扬，眼神郁闷：“这趟可是去我爸的地盘，给我老实点。”

叶骞单眼皮，小眼睛，不以为意地挑一边：“你爸还能喊人来逮你啊？”

提起这事就闹心。应朝禹把方向盘一转，说：“总之你别惹事。”

温凛大致领略了下这俩都是什么正经人，独自望着黄褐色的蟒山。

雪已经化了。

杨谦南的飞机应该落地了吧？

正好车上在聊杨谦南。

温凛插了一嘴：“听说他妈妈也姓叶，和你有什么亲戚关系吗？”

叶骞吓了一跳，往后躲了躲，直摆手：“别，可别埋汰我。我可不敢跟他妈攀关系。”

温凛以为他们这一大个圈子，多少会有几分亲缘关系，诧异地说：“他妈妈，很厉害吗？”

车上安静了好一会儿，没人回答她。

“厉害的倒也不是她。”

叶骞嘴皮子虚虚一扯，好心给她比划：“这么跟你说吧。普济寺年年开春闭寺一天，门口贴张告示说要修缮，清人清走半条街，那是因为他妈要去敬香。”

“懂了吧？”他问。

温凛半懂不懂，怔愣着点点头。

叶骞哈哈笑：“你也别被吓着。这事儿吧，也就是个排场，想有大家都能有。只是一般人不搞这一套，懂吧？”

这句温凛是明白的。

越是高处的人，越是将自己藏得深。将权力摆到明处，反而不是聪明人的做法。

她好像隐隐约约地，能领会杨谦南为什么对他妈很不耐烦。

绪康白低沉的声音从前座上传来：“你小心点。敢这么说叶姨。”

这人戴一副金丝眼镜，算是这拨人中间最符合“正经”这俩字的人。

叶骞打着马虎眼：“我这不是……随口说说嘛。随口说说，是吧？”他转过来，拉温凛做同伙，“凛妹妹是自己人，又没关系，是吧？”

她素来性格软，一副被威逼的模样，低低“嗯”一声。

车上又安静了。温凛垂着眼眸，默不作声。

虽然百转千回，她还是在心里默默地，很受用这句“自己人”。

那一个周过到一半，R大就已经开学。

顾璃打电话来问她怎么还没来报到，温凛小声地求她帮忙，把她抽屉里的学生证拿去敲章注册。

“我很快就回来。”

顾璃狐疑道：“你去哪了呀？”

“我在……北京。”温凛补充，“京郊。”

京郊，蟒山。

冬天的景致其实不太好，青山荒凉，绿水结冰。

度假山庄里没几个人。庄里配套一个射击场馆，只有他们这一拨顾客。应朝禹手把手教她打靶，温凛上百下就中一个十环，把应朝禹气坏了，指着旁边大屏幕说：“你瞅瞅那个记录好吧，谦南哥打的。你好歹向他看齐一下。”

温凛：“他什么时候来的呀？”

“还没开那会儿。来玩了几天。”应朝禹专心指导她的姿势，没怎么顾得上回答。

温凛指着第二的那个记录，随口问道：“那下面这个呢，是你打的吗？”

应朝禹想也没想，脱口而出："不是，那个是钟惟。"

一串问句猛地砸进她的脑子里——

"认识杨谦南吗？"

"真认识啊？"

她依然记得钟惟好整以暇地靠在警察局冰冷的墙面上，似笑非笑的样子。说不明白，这两人会有什么关联。可那关联仿佛已经呼之欲出了。

温凛再继续练习，心思总牵在那块屏幕上。他们俩紧挨着的记录那么刺眼，搅得人心神不宁。应朝禹见她没长进，逐渐放弃了她。

"哎哟，人各有长啊。你还是去打牌吧！"

兴许是情场失意赌场得意，这天晚上的麻将桌上，温凛又把应朝禹赢了个底朝天。

和这伙人打牌没有心理负担，温凛每次把牌摊下来都有种莫名的光荣感——劫富济贫，除暴安良。

她总结了一下三位对手的牌风：叶骞是被拉来的壮丁，完全不会；应朝禹属于牌技奇烂，无药可救；至于绪康白，他有点心不在焉，打三轮麻将接了两个电话。

到八九点钟，对麻将十分虔诚的应朝禹看不下去了，劈手夺过绪康白的手机："你这是哪个妞啊，这么烦人。"

"哪是妞啊。"叶骞瞧也不瞧，边混牌边说，"他大伯去年年底不是给了他个项目吗。这个月要上映，宣发那边事儿多嘛。"

和他们仨玩了五天，温凛大致也摸清了他们各自的背景。

绪康白是传媒集团小少爷。他们家是家族企业，上一辈亲戚都是股东，他本人比应朝禹大个两三岁，已经在接手几个项目试水。温凛看过那电影的预告片，成本虽不算大，但制作上乘，成片质量应当不错。

"就你闲，成天泡妞。"绪康白把手机拿回去交代工作，镜片底下一抹讥笑。

"你大伯不是把钱都放给你了？那财大气粗的架势，宣发这块还用愁？

我去市中心砸十个广告牌，八个是你家的。"

"给你说了你也不明白。"他干脆放弃了打牌，向后一仰，拇指按得飞快。

温凛见他们没有继续牌局的意思，喝了口茶。

"宣传效果不好吗？"

绪康白的眸子从眼镜底下提起来，瞟了她一眼，嗤笑："就那个效果。"

这个圈子里的人姿态迥异，也不是人人都爱当混子。温凛看得出来，绪康白人还算靠得住，对这个项目很上心，至少寄予了厚望。但怎么说呢，天不遂人愿，有些事凭的是机缘。即便是他们这群呼风唤雨的人，也不能插一株柳就成荫。

资源不好吗？海报、视频，该铺出去的物料都铺出去了。

效果不好吗？线上、地面，该到位的宣传都到位了。

六十分保底。但也可能只有六十分。

温凛想了想，说："试试看在社交网络上铺呢？"

"发软文呀？"

"嗯。"温凛说，"不是那种传统的软文，发影评做推广。这种效果有限，传播渠道很窄。可以试试看在强社交类型的平台上营销。去年下半年不是有部恐怖片，是在微博上做的宣传吗？最后票房四千万，看起来没几朵水花，但是那个出品公司名不见经传，演员也没什么票房号召力，能有这个成绩全靠名人效应，不露痕迹地做广告，引导大众跟风去看同款。"

叶骞和应朝禹两人已经碰着酒杯，躺在沙发椅上嬉闹，不知在聊什么话题，时不时迸发一阵笑声。她和绪康白两人面对面，正襟危坐地闲聊。

那是2010年初，微博产品上线的第二年，智能手机尚未普及，移动端应用还处在一片混沌之中，学生群体间最火的社交软件依旧是人人网。

也是那一年，中国电影市场发生跃进。然而国产大片过亿票房，也不过堪堪十几部。

绪康白反应了一下，勉强想起她说的那部片子，斜着眼点头："你说电影学院那帮人拍的那部？"

温凛不清楚这个，囫囵着"嗯"一声，"我看你手头这个片子，挺适合这个套路的呀。校内转得很火的那种网友自拍小视频，大部分都是这种情感题材。你稍微剪一剪，找个情感类话题，在情人节的时候发，有的是单身大学生帮你做义务宣传。"

"这个法子成本很小。但是传播不是一分价钱一分货的东西。如果能制造一个转发热点，它就像一个病毒，能扩散到全网。校内的用户群体是中学和大学生，恰好能覆盖青春爱情片的主要受众目标。"

绪康白觉得这也算个办法，搞起来不麻烦，笑着对她说："你学什么的啊，点子挺多。"

"我在R大读新传，辅修经双。"温凛弯起灵秀的眉眼，"怎么啦，是不是够格给你当个助理。"

"助理太屈才了。"绪康白很给她面子，递了张名片给她，"讲真的啊，我手头挺缺人的。温小姐哪天牌桌上混不下去了，欢迎来我这挣本金，我保证给你开高价。"

温凛打开抽屉，把名片认认真真塞进去："绪老板别开玩笑啊。到时候二面好歹让我进一下。"

她不拿乔，还有点真本事在，来往打趣都不过度。绪康白嘴角提了一下，觉得她挺有意思。

他俩五天来其实都没讲过几句话，通常是他们三个在聊，她做个陪衬。但这一回之后，温凛算是彻底跟他们熟络，饭桌上开玩笑，也会拿她一起开。绪康白甚至不经意地，附耳给她讲解了几道菜的来历。温凛一道道尝过去，餐毕和他互换了手机号，算是交了个朋友。

温凛对绪康白的印象不差，但扪心自问，像绪康白这样不常出来厮混的富家子弟，应该和她再也没交集了。毕竟她也不会真的去传媒公司实习。

谁料第二天晚上，她在自己房间里正要休息，手机突然进来一条短信。

正是绪康白，让她给他开个门。

其实她有犹豫过。

一周的度假快要结束，应朝禹定好第二天返程，她和他也许往后都不会再见面。于是今天晚上开这个门，就显得……有点暧昧不清。

温凛深吸一口气，打开门，尽量显得自然："有什么事吗？"

走廊灯光昏昧，淡金色的墙上挂着金属画框。

绪康白穿着件睡袍，摘了眼镜在手里擦。这让他的面容有点陌生，总觉得他鼻梁上少了什么。他一抬头，见温凛没有请他进去的意思，笑了一下："不情之请。"

"嗯？"她的笑容已经有点绷不住。

他突然笑得很开怀，说："你们新闻学院有没有那种……文笔好的学生，接外快？"

温凛怔了片刻。

"你那个想法，发行那边觉得可以做。"他倚在走廊的墙上，戴上眼镜，笑容很友善，"他们急需一批写手。最好年轻点，像你这样，没做过营销的，写出来的东西匠气别太重。"

温凛立刻明白了他的意思，左右思忖了一下，说："你要得急吗？"

"急。不过你不用放心上，我就是问一声，其他渠道也能找着人。"

意思很明确，这是个机会，是卖给她的面子。

温凛想了一想，很快做了决定："现在太晚了，可能找不到合适的人选。"

绪康白刚点一下头，想说那没事，就听见她轻轻的一声——

"你看我行吗？"

那天晚上，温凛在绪康白房间里通了个宵。

绪康白叫了他助理和几个专员来山庄，一起在套房里工作。他监了一会儿工，把要求下达，就去叶骞房间里待了半宿。到快天亮的时候，又折回来，看进度。

公司方面的人只负责策划和审核，所有具体材料都是温凛在写。

绪康白回来的时候，书桌前只有温凛一个人醒着。

她转过来，表情有一瞬的错愕，第一反应是给他比了个噤声的手势：“嘘——”

其他人都睡着了。

绪康白失笑。他身为老板，员工们全睡着了居然不发火，还得当心别吵醒他们。

他浅笑着对她点点头，食指挡在嘴唇前，故意蹑手蹑脚地走过去。

然后端起温凛的笔记本电脑，连着她一起带进卧室。

关上门，他才正常出声：“弄得怎么样了？”

温凛把屏幕给他看：“差不多了。”

“我看看。”绪康白接过去，说：“你在这休息一会儿吧。有问题我随时叫醒你。”

温凛点点头。她其实是不太擅长熬夜的人。平时写论文，期末复习，都没有通过宵。这一天透支了精力，沾床没几分钟，她就和衣入睡。

一觉睡到天光大亮。

杨谦南的飞机落地得早，开在荒芜的高速上，他忽然想起些什么，让司机掉了个头。

“去蟒山。”

横跨北京城，到她那儿，正好九点。

应朝禹和叶骞都没早起的习惯，这会儿接到他电话，高高兴兴说：“那成啊。谦南哥你吃早饭了没？正好一起吃个早午餐。”

他说没。

应朝禹于是吩咐厨师多准备一份，然后喊服务员去把人都叫下来。

女服务员回来了，说温凛房间没人。

“奇了怪了，去晨练了啊？”他在餐桌边叠餐巾，“去健身房找找看。”

杨谦南进门的时候，正听见这一句话。

Chapter 04

那天应朝禹使坏，喊上人提前溜号。整座山庄只剩下杨谦南和温凛，面对面坐在餐厅里，拿刀叉拨弄盘子里的鸡肉菲希塔。

这个时候已经快要十一点。

餐厅是两面玻璃幕墙的格局，晌午光线明晃晃，照亮哑绿色餐桌。

外面有一小泓温泉池，竹枝斜出，添几分暖冬翠意。

温凛鼓起勇气，说：“你怎么不吃啊……”

杨谦南看了她好半晌，嘴角浅浅地，勾起一个弧度。

半个小时前，她醒来的时候，他就是这个表情——

杨谦南坐在书桌边，手边的烟灰缸里积了两三个烟头。他单手夹着烟，两手握着一份文件。那是发行公司带来的策划案，A4纸单面打印，背后被她打上了提纲草稿。

他看的是背面。

外头一干工作人员没她这么幸运，早就被叫醒，去下一个地方上班。叶骞检举揭发她在这儿，之后立马捎上好哥们，提前出去避难。

温凛醒过来的时候，用个不恰当的词形容，叫作举目无亲。

杨谦南朝她勾着唇：“这都是你写的？”

温凛下意识想掀开身上的被子，动作落空才发觉，她早上睡的时候没盖被子。衣服还穿得很齐整，只是有点皱。她眯着眼侧过身，晨光一缕穿过她的睫毛，氤氤氲氲，以为自己在做梦，“杨谦南……？”

她嗓音干哑，像做过什么事似的。

杨谦南用指甲拨了一遍那沓文件。厚厚一沓，她连草稿都打了好多页。

翻完，心里莫名有些焦躁。他脚尖一点，把一沓纸往桌上一丢，过来吻她。

温凛被动地接纳这个吻，觉得他有点三心二意。

肢体的接触最能体察一个人的情绪。杨谦南每一个动作会有微小的停顿，好似在犹豫，又好似在对她生气。

“老子昨晚等你电话，等了一晚上。”

他很少骂粗口。温凛听到这沉哑的嗓音，不由睁开了眼睛。

还好，他神情尚属平静。

——“我……不小心忘了……”

她习惯于睡前给他打个电话，但也不是每天都打，杨谦南也没有等她电话的习惯。只是昨晚他在首尔转机，机场很破，他坐在休息室里喝完两杯热茶，看了眼手机。运营商短信提示他，关机的这段时间错失了几个未接来电。他翻了翻号码，都不是什么重要电话。

只是居然没有她打来的。

转机等候的那两个小时是她平时入睡的时间，一般这时候她会给他报个晚安。

昨晚这个项目也没等到。

温凛捉住他的胳膊靠上去，和他依偎在一起，“我以后不敢了。”

还没等他兴师问罪，先把所有的软给服了。

“不敢什么？”杨谦南揽着她的腰。

温凛好像被触到了痒肉，瑟缩了一下，告饶：“以后都听你的话。你让我玩，我就去玩。”说得一本正经。

杨谦南嗤然看着她。温凛卖乖地笑，揉眼睛说：“好困……”

她一伸懒腰，腰线从毛衣底下漏出来，奶酪似的一小片。杨谦南顺手搭上去，感受了下。温凛好像奸计得逞，冲他暧昧地眯了一下眼。

从仰躺的角度看过去，会觉得他的神情异样温柔。

杨谦南在她腰上掐了把："起来，去吃饭。"

他是真有点饿了，起身的动作有一丝迟缓，拿起椅背上搭的外套，低语了一句："还说让你看着应朝禹，看样子该让他好好看着你。"

讥诮的口吻。

没等她起来，杨谦南就兀自向外面走了。

温凛寻觅着任何一丝他吃醋的痕迹，好像能从这背影里看出朵花。劳碌过一夜的身体有点沉重，她撑着坐起来，心情被阳光晒得有些发飘，踉踉跄跄才穿上鞋。

洗漱一番，坐在了餐桌上。

厨师是墨西哥人，三层点心架子上搁了几种酱汁和餐包。

温凛取了一个在餐盘里，几乎没动。

杨谦南朝着满院园景，净顾着喝餐酒。

也不知耗了多久，他说："怎么认识的绪康白？"

温凛反问："你和他熟吗？"

"不熟。"

"……那我也不熟。"

小姑娘像只狐狸一样，软软绵绵的，但是刀枪不入。

杨谦南短促地一笑，不冷不热张口："那怎么想到帮他干活？"

"就……应朝禹的朋友嘛。能帮的忙，就帮一点。"

温凛回答完这句，做好了十足的准备，以为他要对她冷嘲热讽了。

杨谦南只是低着头，往嘴里一小口一小口地送食物。他进食通常很短，象征性吃一点就停，细细咀嚼，慢慢咽下去，举杯喝一口酒。

好半晌。

"我让应朝禹带着你玩，没让你给他们当苦力。"他眼梢凉凉的，勾住她的心魄。

温凛屏息凝神，等来的宣判，是这句话。

她讷讷地叉了口餐食，鸡肉菲希塔辛辣浓郁的酱汁从舌尖滑过去，竟寡若白水。她努力地吞咽下去，嘴角上翘，尝到一丝本不该有的甜味。

后来有过几年，她不得不经常去吃墨西哥菜。

这种料理口味酸辣，用料粗犷，2003年曾有一家跨国餐饮集团雄心勃勃将主打墨西哥风味的品牌引入中国，结果没几年就迅速败走，墨西哥菜从此也在“最不适合中国胃”的榜上题名。

可是她吃的时候，总觉得味道是好的。

为他。

为那些年，即使他没那么喜欢她，但却是真真正正地，把她当女朋友宠。

春季学期已经过去了一个周。

温凛到学校是周五晚上，一般学生已经结束了一星期的课程，但她还有经双的学位要念，急匆匆地赶去教室。

杨谦南总算没带着她招摇过市，在校门口把她放下，说：“明天来接你？”

温凛为难地盘算了下，说：“明天不行……下回吧。”

他眼里有一丝难以言说的意味淌过。

“那行。”

他把车窗升了上去。

温凛站在原地，目送他的车开走，才抬腕看了眼表，疾步向校园里跑去。

离上课还有五分钟，顾璃正坐在后门墙角，吃一个鸡肉卷。

她看见温凛，吓了一跳：“你来学校了啊？”

“嗯。”温凛拉开凳子坐下来。

顾璃分她半个鸡肉卷：“吃不吃？”

“不了。”温凛一边整理衣裙一边说，“我吃一天鸡肉卷了。”

顾璃当她是在外面吃的快餐，感慨一句：“好可怜哦……”

温凛瞧她的桌面：“带教材了吗？”

“没买。”

“……”温凛拿她没辙，环顾教室，轻拍前排一个女孩的背，“潇潇，能借你的教材拍张照吗？”

顾璃边吃着晚饭，边旁观她忙活。温凛甚至抽了张纸，在上面记了几个要点。她脸上化了淡妆，侧脸精致而干练，顾璃叹为观止。

“你不会刚从蟒山回来吧？”

“嗯。”温凛头也没抬。

顾璃：“好玩吗？”

“还可以。”

“下次一起去玩吧。”

温凛慢慢抬起头，看着她：“这才开学第一周呢，你又策划着出去玩啊。”

顾璃嘴唇嗫嚅：“那玩总要……玩的咯……”

“而且是你先出去玩的好伐。”顾璃找到了突破口，“我跟你说，教务不让我代你敲章，注册的事差点就黄了，还是柯家宁帮的忙。你要好好谢谢人家。”

柯家宁是他们班班长，院里许多杂务都经由他手。

温凛想了想，说：“他看的是你的面子吧。”

顾璃以为她是在八卦自己，推推她胳膊，昂起头：“你不要想歪哦。他人很好的呀，谁的忙都肯帮的。”

温凛点点头，心想也是：“那改天请你俩一起吃饭。”

周六一整天，除了要把学期初的学杂事务搞定，还得补上一周的课程内容。温凛从孟潇潇那拿到了两个学位的笔记，誊抄到傍晚，接到了绪康白的电话。

他联络她有点频繁了。

不过好在，每次联系她都是好事。

“把你的银行账户给我。”

“怎么了？”

“你的稿酬。”绪康白说，“今晚上线。你可以关注一下，如果效果好，数据会直接反映在你的收益上。”

温凛笑着说：“那我就拭目以待了。”

挂了电话，她仿佛就忘了这事。

当天晚上，温凛还在扫老师放在公邮里的PPT，背后传来一阵娇呼。

“凛凛！”

她没回头：“嗯？”

顾璃把手机上的网页给她看，双臂抱着她脖子：“我们白色情人节去看这个片子好不好？”

温凛淡淡扫一眼，果然是绪康白投的那一部。她精打细磨的稿子被疯狂转发，数据量呈几何式井喷，首页上好几个同学相互提醒，说要结伴去看。

不知为什么，许多重大的时刻，她的表现总是过于平静。在无人知晓的英雄时刻，她期待的奖赏却从来不是银行账目上的数字。反倒暗自回想起那天早上，有人冷着张脸对她说：“我让应朝禹带着你玩，没让你给他们当苦力。”

……

“你不跟程诚去看吗？”温凛镇定看向PPT，随手抄下几个公式。

顾璃说：“这片子是讲分手的呀，我干吗要跟他去看！”

温凛心想他们这架势也差不多了：“那你跟柯家宁去看。”

“哎呀，你能不能别提啦……”

顾璃抱着个枕头，开始跟她讲自己寒假里背着程诚和学长吃饭，结果被抓个现行的故事。温凛左耳朵听，右耳朵出，中间抽空给杨谦南发了条短信。

末了，她合上电脑，说：“片子可以跟你一起去看。我可能还能拿到几张提前点映的票。”

“不过……情人节我有约了。”温凛友好地晃了下手机。

绪康白给她打了一笔稿酬，足有数万。

温凛拿它换了一身行头，去见杨谦南。

那天的开端其实就不太顺利。

下午最后一节课的教授拖了个堂，直接把她拖进了中关村南大街最恢弘的晚高峰里。

温凛交叠着光裸的长腿，和灰蒙蒙的天对望。也许蹙过一下眉，但眉头刚要聚到一起，忽然想起杨谦南，心里的那点期待就像把熨斗，把她的额头烫平，恨不得要在眉梢眼角熨出一缕春风来。

司机堵着也没事干，频频从后视镜里看他的乘客。

温凛精心化过妆，一身白色外套，露出修长的天鹅似的颈项，黄昏将她的睫毛染成浅浅的金色，仿佛能照亮眼前的一切。

即使羽翼未丰，她依然是那种让人想要多看上两眼的姑娘。

杨谦南打来电话，问她到了哪里。温凛鬼使神差一样，捂着手机说："我这可能还要堵一两个钟头呢，你别去餐厅了，把晚饭叫去房间里歇着吧，等我来吃。"

然后放下电话，司机又在看她。

"用不着一两个钟头啦。前面转个弯就不塞了，二十分钟肯定能到。"

这时候被拆穿，其实杨谦南已经听不到了。但温凛还是很心虚，扶着前座惭愧地低了低头，轻声说："……我知道的。"

她觉得自己心思足够龌龊了，竟然有朝一日会借口连连，骗他进酒店房间。

电梯升上四十层。

温凛拐进走廊，莫名有点紧张。服务员正好推着餐车经过她。她看见推车上摆的房间号码，明知故问："是4036点的餐吗？"

女服务员点头说是。

餐车上除了几个用金属餐盘盖盖住的盘子，还有一桶冰块，镇着红酒。

温凛把包带挎上肩，说："我来吧。"

她就这样推走了餐车，那个女服务员不敢怠工，隔着两米亦步亦趋地跟着她。

温凛推着车敲门，觉得这个情人节过得像他的生日，推车上的食物像蛋糕，而她是他的生日礼物。

敲了两下，没人给她开门。

门是虚掩着的。

温凛嘴角的笑容凝住，轻轻地推开，向里看——

杨谦南坐在正对玄关的沙发上，已经在淡然自若地喝水。钟惟刚刚套上罩衫，动作果断迅速，但还是被她看见了。

钟惟的身材很好，黑色蕾丝包裹着雪白的肌肤。

她搭起外套的时候，还朝门口的她妩媚地，近乎妖冶地一笑。

仿佛事不关己。

温凛忘了推餐车。

餐车是那个服务员见势不妙，默默推进去的。她好像是一块凝固的布景里，唯一运动的那个质点，俯身向杨谦南说明每一样菜品的冷热，以及听起来十分讽刺的，“祝您用餐愉快。”

温凛真希望自己是这个服务员，能在他们面前短暂地亮个相，然后若无其事地回头走人。

可惜事与愿违，服务员走了，钟惟也噙着丝看热闹的笑，与她擦肩而过。

杨谦南似乎不舍得她再这么傻站下去，对着一桌子菜说：“堵了这么久，饿不饿？”

温凛深吸一口气，逼自己走进去。

木然地脱外套，木然地放下包。

她看着他身上整齐的穿戴，没有一丝褶皱的西裤，心里想的是，刚才钟惟应该就坐在那儿。

“她找你有事吗？”她假装自然地走向他。

杨谦南把她搂近些，不假思索：“找我帮个忙。”

她搭住他的肩膀，斟酌着说：“……很麻烦吗？”

杨谦南几乎笑了一下。

当然麻烦，不麻烦也不至于赶来投怀送抱。

他从前不是没看上过钟惟，但她行事作风相当冷峻，他又不是喜欢踢硬钢板的人，没多久就没了下文。所以今天碰巧在餐厅遇上她，上来聊聊打发时间，钟惟对他这么热情，他都有点意想不到。

其实他有点冤枉。温凛也明白这个道理，所以面上没有发作，只是皱着眉说："那是我来早了。"

杨谦南手臂圈住她光裸的膝弯，把她箍到腿前，嬉皮笑脸："生气了？"

十摄氏度的天，她光着腿，甚至没穿丝袜，一双笔直修长的素腿自短裙下延伸，是纯天然的艺术品。

她膝盖擦到他裤腿的布料，干燥粗糙。他胳膊蹭过她细长双腿，柔软莹润。

他们俩的感受、心境，截然不同。

杨谦南这才发现她精心打扮过。裙子是某大牌开春发布会秀场的第一件，白色不规则镂空设计。她的每一分小心思都展露在这条裙子上，初春的天气敢穿短裙，是因为他喜欢。

杨谦南眼睛微微眯起来，在她的腿上捏了把，那声音近乎是在哄着她："为了见我穿这么点？"

他转移话题的套路总是这一套。但温凛不得不承认，她其实期待过这个场面。她心底里羞耻而隐秘地，期待过这个场面。可是不知怎么的，她想调动一个笑，却怎么都调动不起来。身体仿佛不属于自己，面前好像坐着虚拟的导演，她只要一提起嘴角，就有人勃然大怒地冲她吼NG，NG[1]。

那一瞬间她心想，这条裙子白买了。

杨谦南到底没太过度，拉过她的手，安抚似的说："先吃饭，有什么话坐下来讲。"

温凛冷不丁地，突然站直。

杨谦南本来就只搭着一只手，猝不及防被她一掸，忽地垂了下来。小姑

1 NG：not good，指演员在拍摄过程中出现失误，不能达到最佳效果的镜头，需要重拍一遍。

娘心里到底是有怨气，能坚持到现在才发作，心理素质算不错的了。他于是浮起一分好脾气的笑，等她兴师问罪，或者大发雷霆。

但她没有。

她什么也没做，只是隐忍地敛敛眸，说杨谦南你趁热把饭吃了吧，我吃不下，先走了。

然后她就冷着脸，真的走了。

温凛俯身一通收拾，昂贵的外套和包被暴躁地卷走。她回去才发现多卷了东西，包里多了半盒烟和一个打火机，还有一本酒店的意见反馈簿。

杨谦南坐在一边看她倒腾，最后门砰的一声，被她甩上。

他望着她气势汹汹的背影，心里冒出个莫名其妙的念头——她收拾东西走人的那一刻，居然还蛮有气势的。

顾璃是在天台找到的温凛。

她们新闻学院的楼造得很早，二十世纪五六十年代垒起来的苏联式建筑，又丑又破。灰扑扑一栋大家伙矗立在湖边，向阳面攀满爬山虎，背阴处积满绿霉斑，被近年来新建的经管楼、法律楼比得抬不起头。

温凛面前摆着一盒烟。

顾璃拿起来新奇地观摩："你哪来的烟，杨谦南的吗？"

温凛点点头。

顾璃毫无来安慰她的觉悟，抽了一根出来研究："这不是老头子抽的吗？"

天色渐晚，天台上只有一盏微弱的灯泡。

那根烟是白色的烟身，滤嘴紫底云纹，锡箔在灯光下反着光。这种烟味道偏淡，杨谦南把烟当水抽，所以喜欢这一款。

温凛拿过来掂在手心，扯着半边嘴角说："是啊，他很老头子的。"

"糟老头子。"她撇开脸，对着浑浊的夜色低声自语。

她语气有点咬牙切齿，可是心里没有恨，绵绵泛上来的只有无奈。

分明应该想哭，却更有点想笑。

原来顾璃这一套真的有奇效。骂着骂着她会对他有点愧疚，渐渐地就不那么厌恶他了。

顾璃扶着她的肩膀，轻轻摇一摇："唉凛凛你别难过了。我跟你说，难过都是没有用的。他说跟人家随便聊聊，就是随便聊聊呀？正常男人会带女人去酒店房间聊啊？他这样的就是欠收拾，你越退让他越过分。"

温凛点点头，觉得她每一句都说得很有道理，"嗯，那你说该怎么办呢？"

顾璃一手成掌一手握拳，两手相击，说："分手！"

"……"

也不知冷场了多久。

温凛抱着腿说："然后哭着去找他和好吗？"

"你有骨气一点呀！就不要找他了，让他去'死'呀。"

顾璃站着说话，腰板特别直。

温凛不置可否，把白色的烟身横在鼻子下嗅了嗅。

烟草都是这个味道吗？可是她在他身上闻到的，总觉得不一样。

顾璃不知何时顺走了打火机，又把酒店意见簿折成一条，三两下点燃。火光窜动，她把整盒烟一起丢进火堆里。表情就像高中时候做化学实验，一门心思想炸试管的男同学。

镀过铝箔的软壳，那一盒烟在火焰中缓缓缩成灰黑色，气味刺鼻。顾璃不小心呛到一口，捂着肺一阵猛咳，咳得五官都皱在一起，像嚼了一大口黄连："难闻死了……"

温凛看着她这模样，忍不住笑了出来。

灰烬随风渐渐飘散。顾璃盯着她手上仅剩的那支烟，催促："不要想你家死老头子了！一起扔进来呀！"

温凛冲她摆摆手，笑眼弯弯，没给。

"够不够义气啊……"

那天晚上风冷，两个女孩子都冻得手脚冰凉。

温凛就这么一直笑，一直笑，好半晌才被说动，学她丢入火中，然后在夜风里弯着腰，细细地连声咳嗽。她连咳嗽都是克制的，注意着仪态，纤细的五指轻轻扶着胸口，一下呛着一下，像小猫打喷嚏。

顾璃得意地看着她的销毁成果：“还可以吧？”

大宝贝跟她打打闹闹，温凛被呛得眼泪在眶子里打转，手掌虚挡在身前，笑着护住自己喉咙。

温凛的眸子是淡的，浮着一层疏浅笑意。

可是顾璃每每回忆起这一夜，总觉得她眼睛里有许多无言的、旷远的东西在。

温凛就这么晾着杨谦南，晾了三天。

说晾也不太合适。期间他也没有找过她，倒是应朝禹来过学校一趟，说绪康白的电影首映很成功，邀请她去参加庆功宴。

温凛是在校门口见到的应朝禹。他倚着车门坐在副驾，一条长腿点地，春风里与她对话。来往的学生很多都是她的同学，窥见他这副耀眼姿容，目光纷纷暧昧起来。温凛时常要停下来，硬着头皮跟人打招呼，觉得如芒在背。

“庆功宴应该挺正式的吧？”温凛推辞，“那种场合，我就不去了。”

应朝禹扬着一张灿烂的脸，眼眸似星辰：“那种场合怎么啦？你可是大功臣，怎么能不去。绪康白给你那报酬给少了，我们都骂他这事干得不地道。”

“不少了。要是业界人人都能有这个稿费，当代大学生都弃商从文了。”她笑。

“哎，这哪是单单一篇稿子的问题。”应朝禹朗声说道，“总之你得去。好好敲他一笔。”

温凛陷入了两难。

“去就去嘛。在边上吃点东西，晚上我带你去玩儿！”

在应朝禹的字典里，“去玩”可能是对人类最具吸引力的词。

温凛踌躇片刻，也不知出于什么心理，终究上了他的车。

庆功晚宴不面向媒体，只是公司内部和几个合作方庆贺。顾璃看完电影之后很喜欢里面的男二号，发信息来激动地问温凛见没见到真人。温凛苦笑着说：“怎么可能有啊。”

在场倒是有几位大佬，是出品方的老板。

酒过三巡，有一位总监职位的人发名片给她，说他们老总很赏识她，问她如今在哪里高就。温凛说：“我还在念书。”对方表现出了礼节式的惊讶，说：“那真是后生可畏了。温小姐学业不忙的话，可以考虑和我们长期合作。”

前者当然是社交场合的吹捧。但温凛只不过是个来蹭饭的，有人能记得她名姓，她依然礼貌性地半鞠一躬：“有机会的话，一定乐意效劳。”

寒暄一圈下来，找到应朝禹，他已经喝醉了。

绪康白身为主角姗姗来迟，看见她，哂然一笑：“你别管他。待会儿我找人把他弄回去。”

温凛还是不太放心，尝试跟应朝禹对话。

他头疼地捧住自己的头，说：“我好像忘了什么……忘了什么。”

“忘什么了？”温凛像在哄孩子。

绪康白把他拽起来：“行了别发酒疯了。”又看向温凛，“你看住他一会儿，我去叫我助理。”

应朝禹还死死地扒着沙发，醉脸酡红：“哎哟，我肯定忘事儿了……”

模样居然还挺可爱的。温凛在一边束手无策，无奈笑了声。

一直到绪康白喊来了助理。应朝禹扒着人家胳膊，硬塞一串车钥匙给她：“你去我车里！去我车里，把袋子拿出来。”

“什么袋子啊。”

“谦南哥给我的袋子，我给忘了！”

一群人围着应朝禹，静悄悄地干等着。助理风风火火提来购物袋，里面是个橙色的盒子。

装了一只白色的包。

助理大约以为这是应朝禹送给温凛的，看向她的目光顿时莫测起来。绪康白的眼神掩藏在镜片底下，那是另一种复杂。

他知道，这是杨谦南送的。

那天她从风雪里赶去见杨谦南，丢了一个包。他抱着她，不经意地说："改天给你买。"后来他一直没提过，她也没放心上。

温凛看见它的时候，心想志气别这么短。一个包而已，对他们这些人不算什么的，实在没必要感动。

可是应朝禹醉醺醺地捧给她，说："谦南哥叮嘱的，不能忘了！"郑重其事，像护送一块和氏璧似的，塞她怀里。

她抱着昂贵的礼物，喉咙都在发紧。

再一次见到杨谦南，是三天之后了。

那天按日程表是MBA班开课的日子。温凛出门的时候留了个心，但并不觉得他会来。谁知傍晚时分，他给她发了条短信，说上课需要，让她帮忙送一台电脑过去。

装得还真像那么回事。

温凛嘲弄地笑着，恶狠狠拆开包的纸膜，用来装笔记本电脑。

经管学院致力于向社会输送商业精英，连楼都建得和普通教学楼不一样。底层有一个咖啡厅，每层走廊里摆着茶色软椅和桌几，采光明亮，供人商谈。

走到三楼，几乎已经见不到什么人。

整段走廊只有他一个身影。杨谦南穿了身正装，桌上摆一杯咖啡，望着窗外浸入黄昏的校园。斜晖洒在他身上，像电影里的人物。

这模样是来上课的就有鬼了。

温凛连包带电脑，不太客气地丢上桌子。

那是最柔软的鸵鸟皮，被电脑压得都有点变形。

杨谦南眼疾手快救下一杯咖啡。那表情非常明显，心疼的是咖啡。

温凛眼眸一撇，在他对面落座。

杨谦南气定神闲地，拨了拨包里露出半截的电脑，笑："人家都是买椟还珠。你这是打算把椟和珠一起还给我？”

温凛淡淡说：“哪个是椟，哪个是珠呢？”

他这样把人骗过来，与她状似轻松地开玩笑，存的是和解的心思。但小姑娘较起真来没完没了。他喝了口咖啡，长出一口气。

杨谦南表情渐渐严肃。他的面相使然，不笑的时候总是看起来分外漠然。

温凛知道自己聊死了天。杨谦南拿出手机在发什么东西，她没耐心等，起身就走。

“等等。”

他扣住了她的手腕。

温凛垂眸去看，他已经又换上了一张浮浪不经的脸，仰在椅子里，把手机秀给她看，说：“你等一下啊，我让她接个电话。”

那屏幕上赫然是她的号码，通讯录名字被他改了，存成了“小珍珠”。

温凛口袋里的手机一直在震。

她努力忽略这个震动，忍了很久，还是拿出来，把电话掐了。

杨谦南特别惋惜地凑过来看一眼她的手机，说：“好歹接一个？给点面子。”

温凛暗自抵住下唇，没有回答。可他也没有再打。

杨谦南斜眸觑她，用食指轻轻地摩挲她手腕内侧，目光柔柔地亮起来：“晚上一起吃个饭吧？”

温凛被他缠缠绵绵地揉着手腕，心里想，这段关系里，真的没必要讲什么骨气。他说这句话的时候，早就默认她同意。

那晚她破天荒地，点了一大盘马肉刺身。

温凛把生肉片吞下去，混着鲜血般的红酒，有一种嗜血般的快意。杨谦南默然地叉一瓣又一瓣的水果，权当在看她表演。

她第一次在他面前吃那么多，生的熟的荤的素的，不给胃留尺寸之地。他见她风卷残云地吃，放下酒杯吩咐侍应生，把她点的所有菜都重上一份。

但唯独漏掉了那盘马肉刺身。

温凛听着他报菜名，手里的叉子就慢慢地，落下来了。

像士兵的旌旗，像将军的宝剑。落下来。

没等侍应生走掉，温凛的眼泪就跟着下来了。

她是很懂礼数的人，在安静的餐厅里，连哭腔都很淡，声音有股子压抑的平静，说了今晚第一句话："杨谦南，我知道你不怎么喜欢我，但我做不到视而不见。"

小姑娘都已经在平静地跟他说"我知道你不怎么喜欢我"，他还有什么话可说呢。他甚至有点兴味索然地想，下一句她应该要提分手了。

感情有时候是需要两个人一起装傻的，像一台戏，剧本要两个人一起对。如果搭档只会对着你念一二三四五六七，你的满腔爱火也难以为继。

你知道，都是戏。

但那天他是真的入了戏。

杨谦南笑笑说："我也没干什么啊，真的冤枉，小珍珠。"他给她递了块餐巾，心疼地帮她擦眼泪，越擦越多，无奈道，"你人这么聪明，看不出来我有没有做什么吗？"

他很少在人面前作解释，更不用说告饶。这大约是他人生第一次哄人哄得这么窝囊，像个小孩儿一样给她做保证："我不帮她的忙了，行吧？"

温凛至今也不知道钟惟要他帮什么忙。那不重要。

她确实很聪明。聪明人都会举一反三，想到随便一个女人都能用这种法子和他做交易，那他从前是什么作风，也就不言而喻。

温凛哭到走出餐厅还伏在他怀里。杨谦南隔着厚厚一件外套和衬衣，还能感到肩上一片热乎的湿意。那一刻他的愧疚都是真的，在心里叹气，怎么把小姑娘弄成这德行呢。

他迫切希望她高兴一点，摸着她的脑袋，像欺负小孩子似的，虚虚朝外一指，附耳对她说："你看看，大家都在看你呢。"

温凛打了他一巴掌。没敢打脸，拍在胳膊上。

真的有几个人在看他们，然而再老头的男人心里也住着个小孩子，杨谦南仿佛化为真正的低幼儿童，兴高采烈地捏她的手，嗓音耍着花腔：“要不要找个隐蔽点的地方，方便你下手？”

温凛怀疑他是酒喝多了。

可他把她拉进怀里，俯一点点身，温柔地蹭一下她的鼻子，笑容清醒而绵柔：“怎么样？要不要？”他说着“要不要”，嗓音渐渐地放低放柔，干咽了一下，然后就渐渐侧过了脸，含住她的唇。

她哭了一晚上，整张脸都有点水肿，嘴唇好似也被泡软了。

又热又软，唇上残存几分红酒泛甜的涩味。

他很认真地品尝，认真到，连他的承诺都听起来像是真的，“凛凛，你别怕。我这辈子，总不会有别人。”

早在那个年代，鸡汤博主们就已经在不遗余力地宣扬——真正爱你的人永远只会说三分，留七分。

而杨谦南是那种有三分的爱意，能说到十二分的人。

温凛听得，都笑了一声。

破涕为笑。这笑声听着不像讽刺，反而像是他终于把她给哄好了。

温凛吸吸鼻子，心想，就这样吧。两个人之间闹腾不就这么回事儿，他把台阶砌这么足，她再昂着脖子不下去，倒是她不识抬举了。

毕竟那天他对她的照顾，已经远远超出她的预期。

“瞧你这哭的。”杨谦南略带嫌弃地擦擦她的脸，她一挡，他就笑。然后瞄了眼商场的导览牌，果真找到个隐蔽的地方。

“晚上散散心，去看个电影？”

温凛慢慢抬眸看他。

杨谦南翘翘嘴角：“你前阵子不是在做绪康白那个项目？正巧帮你支持下票房。”

温凛都没揣摩出他说这话是什么心理。

杨谦南包了在映的三个厅，带她进最小的那个厅看。

影院的VIP座都长得差不多，深棕色的皮椅，让她想起初遇的那个晚上。

那时是深秋吧，如今是春天。太阳光在南北回归线间溜了一圈，又回到了中点。

今天人更少，整个厅里只有他们两位。杨谦南肆无忌惮，跟她边看边聊。

这电影是爱情片，主打受众是年轻女性，杨谦南强行来看这片子，看男女主角打打闹闹，有时会忍不住当笑话看。他的嗤笑声很轻，但在绝对安静的封闭空间里，还是过于刺耳。温凛入不了戏，幸好这片子她撰稿的时候看过许多遍。当时看的是草剪的素材，还没最终配音，她如今完整地看一遍，好像只是完成一个仪式。

杨谦南知道了这事儿，看一段就指着屏幕，让她剧透。

出来个新人物，“这女的是他前女友？”

“不是，就是个路人。”

又或者，“他俩后来到底分没分啊？”

温凛想说这个是主线，应该留给你自己看，但想了想还是说：“分了。”

有一搭没一搭地给他解答。

到后来，他没事就指着个人，吊儿郎当地问：“这人后来死了没啊？”

温凛觉得他是故意找事儿，咬着牙说：“这是都市爱情片，人哪有那么容易死。”

杨谦南煞有介事地皱皱眉，说：“那可不一定啊。这男的不是背着他老婆出轨吗。我看他挺该死的。”

这语气可逼真了，连温凛都反应了一会儿，才去拧他胳膊。

就你贫。

杨谦南笑得满不在乎，说：“你都看过了，无不无聊？无聊就躺着吧。”

冷不防四目相对。温凛垂眸看了一眼他的肩，讪然笑道：“怎么啦，打算把欠我的，还回来呀？”

杨谦南安然躺下去，望着屏幕。

他们都开始回忆。

怎么说，那个晚上很美妙，于他而言更添几分奇妙，只不过心血来潮去趟影院，就遇上了她。是缘分，抑或是巧合。总之回溯起来，是春风般滋味。

他翘翘嘴角，说："你躺呗。躺一辈子也没人拦你。"

这人口中情话总是信手拈来，温凛大多时候都不太信。可她两相权衡，悲哀地发现，自己内心其实还是爱听这些鬼话。可能女人天性招架不住甜言蜜语。

她小心的，轻轻倚靠上去，杨谦南就出声了：

"你那天看什么书呢。"

"什么书？"

"一本德语的。"

"哦，专业课教授推荐的参考文献。中文译本被借走了，我看图书馆里有德文原版，就借来看看。"温凛暗笑一声，眉眼柔和地弯起来，"其实根本看不懂。"

杨谦南促狭："那时候还好意思说自己是德语系的呢。"

"……那是你蠢。"她面上浅红，半是羞愤，"我们学校压根没有德语系。"

杨谦南淡淡说了声："知道。"

温凛讶然："你知道？"

杨谦南说："后来知道了。"

温凛的表情一点一点，僵在了脸上。

杨谦南知道这些不足为奇。奇怪的是，后来他们相处、交往、一起吃饭谈天，他从来没在她面前提起过。

他觉得不重要，抑或是另有缘由，这里面肯定大有玄机。

可是温凛逼自己合上了双唇，决心不问。

刨根问底的人是杨谦南。

他看着电影忽然转过来，两指轻捏住她下巴，轻佻地扬扬眉毛："那时候为什么要骗我，嗯？"

怎么回答呢，"你看着不像好人。"她憨憨傻傻地，说了实话。

杨谦南呵地一声笑，眉毛挑得更高了：“那后来怎么，又觉得我是好人了？”

温凛但笑不语，转过头去。

你现在也不是什么好人。她在心里说道。

她以为只有自己能听见这个声音，可杨谦南像她肚子里的蛔虫似的，把她的脸强掰过去，逼她回答：“是不是觉得我现在也不是好人？嗯？”

缠弄嬉闹着，她的笑容愈来愈盛，用笑来躲避追问。

到后来，她乌亮的眼眸里，笑意浓得她自己都未发觉。

杨谦南几番想撬开她的嘴巴未果，自言自语一声：“你就作吧。”

电影散场，温凛和杨谦南并肩走出影厅。

旁边一个厅正好也刚散，观众三三两两讨论着方才的剧情。有几个声音她听着有点熟悉，看背影是她班上同学。她扭头瞪了一眼杨谦南，生怕他在这段路上再干出什么出格的事情。

杨谦南光风霁月地笑，手插裤袋里，说：“明天要我来接你吗？”

温凛看着前路，双手握在身前，拿捏语气说：“随你。”

小姑娘学会端架子了。杨谦南看着她，新奇地一笑，“那成吧，我每天来你这儿，守株待兔。”

温凛喊了一声。

安全通道狭窄漫长，前面好几对情侣，男方都提着明显是女款的拎包。杨谦南手上还挎着她送去的那台电脑，走在中间，白色的女士手袋在他胳膊上晃晃荡荡。这让他看起来就像大千世界里平平无奇的一个伴侣。

温凛看了一会儿，拉住包带，说：“你还真打算带着我电脑走啊？”

杨谦南顺势还给她，不怀好意地笑：“里头有重要东西吗？”

重要东西有不少。论文、社调资料，许许多多。

可是不知为什么，这话被他说出口，自带三分不良意味。

温凛直接把东西抢回来：“你当我是你呢！”

一路嬉闹到宿舍门口，话都已经说得差不多了。

她隔着三节台阶，和他对望，告别的话想要出口，却只觉得口干舌燥。

“那，我进去啦？”

她干巴巴地说完，杨谦南好像也说了一晚上的话，此刻寡言少语，半合着眼点两下头。

温凛就这样刷进了门。

嘀的一声。门是玻璃的，刷了蓝绿色的色条。她转进去的时刻，从色条间，从四面八方斑驳混乱的折射光线间，望了他一眼。

杨谦南。

他站在朦胧夜色中，仿佛是一个虚假的存在。

Chapter 05

周末，顾璃把温凛拉去了一个班级聚会，说：“你上次不是说要谢柯家宁吗？这回正好呀。”

温凛想了想，觉得这个场合确实比较合适。

大学入学第一年，大家都还保持着中学时代的热忱，组织去十渡、香山公园春、秋游。到了第二年，已经连京郊都懒得迈出去，在苏州街的饭店里吃一顿饭，算是班级聚餐。

今次这家消费档次挺高，去的人并不多。

包厢里一张大圆桌，顾璃是桌子上最活跃的那个，兴致高昂地给大家讲她的约会失败史。

——“丢死人了！”

——“那个学长不是自己创业吗？在中关村有个公司。我那天经过，他就请我进去坐坐。我一进去就觉得好奇怪嗳，这可是寸土寸金的北京欸，偌大一个公司，房间里空空荡荡的什么都不摆。我就跟他建议，说不如搬张桌子进来，当个休息室，打打桌游也好啊。”

温凛在宿舍里听过这个故事，埋头默默剥虾壳。

是有几个女同学对后续很感兴趣，十指交叉等她的下文。

顾璃拿了个腔，模仿对方的表情，说：“学长当时表情突然愣了一下，然后笑着对我说，可以啊，以后改造成桌游房，让我喊朋友一起去玩。

“后来我才知道，那个空房间其实是个……光学实验室……”

女生们清脆的笑声踩准这个点，齐齐迸发出来。

温凛借机环顾了一下，新闻学院阴盛阳衰太严重，男生又普遍不喜欢这种活动，在座的雄性居然只有柯家宁一个。他偏着个头，安静地笑看着大家，却不偏不倚地，和她的视线对上一眼。

隔三个座位传来顾璃忿忿然的娇嗔："你们还笑我！"

温凛心里有几分异样，趁这时把视线移回顾璃身上。

有个女生笑得肩都垮了，扶着侧腰说道："哎呀，你出去和学长打桌游，你男朋友不管你的吗？"

"打个桌游而已呀，这也要管？"

顾璃是那种别人抛一个问题，她能坦白出一整本编年史的人，很快又开始下一篇演讲："而且这种事，肯定不让他知道啊……"

温凛趁这间隙去上了个洗手间，回来路过收银台，想顺手把账结了。

没想到和过来买单的柯家宁撞个正着。

收银员司空见惯地候着，等他俩商量出一个结果。

温凛先开口："开学你帮我注册，我还没谢过你呢。我来吧。"

柯家宁有些腼腆地一笑，嘴角尴尬地提起来："不是什么大事，你不用专门谢我。"

温凛从容地低头在账单上签下姓名。

还是她付的。

埋完单，柯家宁似乎有些不能适从，想开口说些什么。温凛笑笑说："没事的。我这学期挣了几笔外快，是该请大家吃一顿。"

柯家宁于是讪讪地收回钱包，笑着低了一下头，先一步回去。

温凛等着服务员还她银行卡，候在收银台边。

出乎意料，遇到了钟惟。

她喝了点酒，看她的眼神千丝万缕，别样迷离。

温凛不知道该如何和她打招呼。

她们本也只是警察局里一面之缘。她其实对她最初印象不赖，然而有了酒店里那场偶遇之后，一盘鲜丽颜料被搅混，污浊脏秽，连见一面都觉得不自在。

钟惟却一笔走歪，在她面前失衡。温凛动作先于思考，扶住了她。钟惟借她的力起身，把台号搁上结账桌，回头冲她笑：“小学妹？”

温凛慢慢放开她。

“我听你庄师姐说起过你。”她笑着说。

姓庄的人并不多。温凛怔忪道：“庄清许师姐？”

“嗯。”钟惟很用力地，点了点头，一边签服务员递来的账单，一边撩起半边长发，“她很喜欢你，说你很厉害。”她把账单还回去，面朝温凛，从从容容。

她递的那张账单上，签名龙飞凤舞，仿佛只是几道杂乱的横线。

这让温凛怀疑她究竟还清不清醒。

钟惟背倚着收银台，点了根烟。她穿了条露膝紧身裤，交叠点地，两只手肘撑着台子。这是个很男性化的姿势。

温凛想起了些什么，不动声色地撇开脸。

钟惟呵笑一声，灰色的烟雾从她指间袅袅飘散，连她的眸子都染上了同一种灰。

那些话都不知是对谁说的。

“跟着杨谦南没什么意思。”这次她确定，钟惟是真的喝醉了。她的瞳孔都没有焦距，一反常态地絮叨，“你认识房婧吗。他们断了没？哦，还有许……”

“你喝多了。”温凛打断她，蹙眉瞥了眼外面的夜色，好似善意提醒，“要我帮你拦辆车吗？”

钟惟顿了一下，好像清醒了几分，冷声说：“不用，我有朋友。”

温凛礼节性地点点头，说，那我就先回去了。

一桌菜已经上到了甜点和果盘。温凛坐下来，舀走所剩无几的汤，慢条斯理喝完。

回去的路上，十三个人，拼了三辆出租。温凛主动当被剩下的那一个。柯家宁想陪她一起等，她摇摇头拒绝了。

一个人面朝茫茫夜色。

旁边一对情侣当街吵架，在横道线上阻停三四辆车。女孩子哭得蹲在马路中央，说你别来管我，你去找那个人去。

你看，这世界上本来就没多少忠贞的。她在心里默默地想。

苏州街道路很宽，被斜出的高架路截断。站在十字路口，仿佛能去往十几个方向。

这条路名叫苏州街，这让她无端有点想家。

但她此时的心情实在不适合打搅父母。温凛对着雾蒙蒙的天色深吸一口气，最后打了个电话给杨谦南。

他接电话的声音有些倦怠，问她怎么了。

杨谦南是那种一天二十四个小时都有可能在睡觉的人，他的生活毫无规律。即便如此，温凛还是愧疚地说道："吵醒你了吗？"

他今天好似非常疲惫，无心调笑，干脆地"嗯"了声。

放在平时她该对他说晚安。

可是这一天，她一反常态地说："我来看看你吧。"

杨谦南在酒店有一间长期套房，这是她所能获悉的他最稳定的住处。后来她发现，像应朝禹这帮人，很多都是这个生活状态。

这是她第一次在入夜时分，踏进这个套间。

杨谦南刚刚睡醒，穿着长袖睡衣，坐在沙发上小口小口地喝水，眉宇间凝着淡淡倦意。

温凛换着鞋，说："今天很忙吗？"

杨谦南答得敷衍："弄了点事情。"

他很冷淡，喝完水仰躺在沙发上，面容清漠地闭目养神。

温凛问："你吃饭了吗？"

"没。"杨谦南微微掀开一点眼皮，睇视着她，"你吃了？"

"嗯。"

温凛顿了一顿，"帮你叫个餐吧？"

他默认，然后拉住她手腕，说：“陪我吃一点。”

她说好。

对话继续不下去。温凛没敢打扰他，进到卧室里面，跪在床沿，不知在鼓捣什么东西。杨谦南听到声音，也没心思去问。

那天他是真没什么欲望。

和钱东霆投资的基金出了点问题，一整天打了无数个电话，和各种人谈事，发火。这些是他最厌烦的东西，一旦陷入其中，情绪就会变得很糟。

在沙发上，他又模模糊糊睡了一觉。

醒时清风徐来，阳台门开着，温凛正要出去打电话。

杨谦南用眼神询问。温凛捂住手机，回头用气声回答：“我妈妈——”

他便点点头。

温凛掩上了阳台的玻璃门，飘出来一段布帘子，她单手没法塞回去，只能一直抵着门。

这通电话来得猝不及防。

母亲的声音有点埋怨：“凛凛好久没给家里打电话，是不是谈朋友了啊？”

“……”她还在和布帘子作斗争，面色窘迫道，“没有啊。”

她知道，不论她谎言撒得多么拙劣，父母总是信她的。

果然，母亲清朗地笑着，好像早知是这个答案，转而问她：“学习是不是很忙呀？”

“还好。”

“功课还可以哦？”

“嗯。”

……

例行寒暄过后，她说了一个消息：“凛凛呀，你爸爸打算开个饭馆。”

“什么饭馆？”

“川菜馆呀，还能是什么。”母亲笑道，“你不是最爱吃的吗，以后可以到爸爸的饭馆里面吃了。”

温凛沉默了一阵，下意识向外望。

今夜的天原来不是这么灰的。站的楼层高了，霾尘好似被风吹散，看得见朗朗穹苍。

脚下灯光如昼。可惜称不上是万家灯火。她在心里想，这些都不是“家”，不过是一群离家的、忙碌的人们在高楼大厦里亮起的航灯。

“怎么想起来开川菜馆了？”总不至于是她爱吃。

母亲支吾了好一会儿，有点拿不准主意：“不好吗？”

“没有不好。就是太累了。”温凛淡淡笑着，“个体经营自负盈亏，太耗心力，爸爸会长白头发的。”

母亲笑她是傻子，说：“你爸爸白头发早就长了一头啦。”

这通电话和乐融融地打下去，一不小心通话时间就超过二十分钟。

方才叫的餐送来了，杨谦南推开门，说：“还没好？”

温凛一直撑着门的手突然失去支点，趔趔趄趄地，捂住话筒。也不知道母亲有没有听到他的声音，她的心跳得飞快，匆匆几句说有急事，挂了电话。

她那东倒西歪的样子真像个初中生。

杨谦南看着她，笑了一声。

也许是终于睡醒了，他眉宇间的忧虑消散不少。

温凛是蹲在地上才终于保持住的平衡，从身高一米的视角仰视他，那表情显得更好欺负。杨谦南干脆倚在门上，伸一只手逗她：“起不起来？”

那只手一上一下的，像一支没有诚意的船桨，撩拨着水里的她，看她扑腾。

温凛颇为倔强，干脆没去够那只手，自己撑着起来。杨谦南的手落空，慢慢收回去。结果她刚一站起来，疾风如电，猛地扑进了他怀里，双臂紧扣住他的腰，蛮横不讲道理。

杨谦南被攻了个措手不及，退半步看她的脸：“干什么？”

她把脑袋依偎在他胸口，闭着眼的样子莫名有些委屈：“杨谦南……你抱我一会儿。”

他感觉奇异，笑了声：“怎么？”

钟惟的话回响在她脑海里，挥之不去。

她把他抱得更紧，用气声说：“就一会儿。”

如果摩天大楼里的人们能望见彼此，会不会看到他们此刻的相拥？

温凛缓缓睁开眼，越过杨谦南的肩膀，看见他颈脖子上戴的一条黑色绳子。年前他脖子上还没有这一根东西。

她踮脚把它慢慢拎出来，是个玉佛。

温凛想起他妈妈信佛，柔声问：“这是过年的时候，你妈妈给你的吗？”

“嗯。”

她今晚很不对劲。

杨谦南难得被她主动索抱，身体不住地放松下来，摸摸她的头：“出什么事了？”

夜风里，他刚睡醒的嗓音低沉温柔。

温凛感到背后有凉风，抱着他的腰，踩小碎步想把他搬进去。

她就像长在他身上了，片刻都不松手。

杨谦南连连后退，边退边笑：“今天晚上吃了什么东西，嗯？”

小姑娘像被下了毒一样。

温凛抱够了，忽然想起了自己接电话前在干什么，抬起头说，“你进来，帮我弄个东西。”

“什么东西？”

“加湿器，我刚上来的时候问人要的。”

“不能吃完饭再弄？”

“就一会会。我刚搞半天了，就想把它弄好。”温凛二话不说，把他拉进卧室里。

加湿器连在地上，很小的一个青蛙形状，蠢得可以。

温凛跪在地上，把仅有的几个原件拼拼凑凑，苦恼说：“怎么就不行呢？”

杨谦南觉得她可能真是被毒傻了，弯腰指点她："装反了。"

"啊，这个白色的是在里面？"

"嗯。"

她认认真真地捧着研究："可是我塞不进去啊……"

杨谦南听着，哭笑不得地皱眉头："你少说两句。"

温凛在地上猛一回头，眼里闪着光："我说什么了？"

杨谦南笑得，蹲下来抱着她的胳膊，把她的原件们接过来，胸膛贴着她的后背："来来，想怎么安？"

温凛脸滚烫，往后想逃出他的包围。

杨谦南牢牢把她箍住，狠狠在她颊边亲了一口，压低声："欠收拾。"

温凛站起来就跑。

那顿宵夜吃得打打闹闹。他一开口除了吃东西，就只会占她便宜。

杨谦南不知不觉吃了挺多。吃完一扫餐桌，才发现菜都快见底了。

他终于意识到自己喜欢她的原因了。她开胃。

温凛放下餐具，两手交臂，看着他吃："房间里的湿度不能控制吗？"

其实可以。但她刚刚大费周折搞了个加湿器，他想给她留个面子，笑笑说："怎么了？"

温凛一脸肃穆："我电话里听你声音很哑。你自己感觉不到嗓子疼吗？"

杨谦南咽咽喉咙，下意识还真挺想喝水。

"你生活习性怎么这么差啊。"

温凛唠叨完，杨谦南眯着眼，笑了，拿出个打火机："还有更差的。"

饭后一支烟。他直接在她面前点上了。

温凛发现他这人还挺有傲骨。凡是对自己有益的事情，他都不太屑于去做。

杨谦南在她面前吞云吐雾，始终半眯着双眼。

不得不承认，他这个面相做这个表情，浑然天成。

三分颓废，三分傲慢。

温凛做了个深呼吸，趁他把滤嘴离开嘴唇，将要去掸烟灰的那一刻，凑了过去。

越过半张餐桌，她吻住他的嘴唇。杨谦南一口烟气没吐出来，窝囊地呛住。温凛就在这烟雾间，倔强地、坚持不懈地封着他的唇。

杨谦南剧烈地咳嗽着，都被她亲蒙了一瞬。温凛稍稍离开他的唇，长长的眼睫与他近在咫尺，额头有意无意地相贴，声音温柔而冷静："你看，你明明也难受的。"

只能说她挑了个好时候。那晚兴许是他不在状态，杨谦南咳到喉咙和肺都有点疼，虚弱地合着眼睛，实在没力气跟她计较什么。

他斜靠在椅背上，时不时会细细轻咳一声，肩膀倏地一抖。是真的被小姑娘折磨得不轻。

温凛摸着他放在桌上的手背，笑得娇俏："你不要生气嘛。我今晚在这里陪你，好不好？"

杨谦南斜她一眼。

温凛也没料到会有这么一天，他们俩并肩，纯洁地躺着。

床头灯只开半盏。温馨如水波纹似的光影，倒很适合谈话。

杨谦南给她讲自己小时候的往事，说钱东霆是个皮精，带着一群男孩子去大院后头的锅炉房捣乱。那地方烧的是机密文件，哨兵防他们像防贼，又不能真拿他们怎么样，只好上报领导，按例通报家长。

他们领导哪敢用通报这个词。拎着礼物登门拜访，叶蕙欣开的门，对方局促地搓了半天手谈了半天勤务工作，最后委婉说，你家孩子……比较外向。

温凛枕着他的肩，咯咯地笑。

说了一会儿，他不说了。她小心翼翼地启齿："总听你说起你妈。你妈妈到底长什么样子呀？"

杨谦南不咸不淡道："想见？"

"不是。就是想见见样子。"温凛说，"照片，有吗？"

他很久没动静。

过了一会儿，杨谦南伸出去半个身子，把手机拿来。

他相册里东西杂，翻半天，翻出张叶蕙欣。

温凛凑过去看。

那是他妈妈参加某个慈善活动的照片。会场灯光很柔和，把她拍得很显年轻。叶蕙欣端坐在金边红色软椅上，耳环，项链，珠串，全都是同一个色度的翡翠。

这一套翡翠首饰全都切割自同一块玉石原料，在某一年的苏富比拍卖会上拍出过千万高价。那项链珠串中各嵌一颗菩提子，沉红映着翠绿，耳坠镶嵌钻石，双环绞合，碧莹莹地晃在耳垂下，庄严宝相。

叶蕙欣抿唇浅笑，那是个不太需要调动肌肉的笑。

温凛觉得她像个假人，像敦煌壁画里的人物。

杨谦南还是第一次跟人一起研究叶蕙欣。他把手机拿近些，自己仔细端详起来。

片刻后，嗤笑一声。

“照得脸都歪了。”

温凛趴进他怀里看：“哪歪了。还是很好看的呀。”

“你觉得她好看？”

“五十岁的话，保养成这样很厉害了。”

杨谦南看了她一眼，说：“她没有五十岁。”

温凛露出诧异的表情。

他比她大七八岁。连她妈妈都快要五十岁了，他妈妈却没有吗？

杨谦南说：“她年纪小，就大我十几岁。”

她还是第一次听人用“大我多少岁”来形容自己生母。

温凛谨慎地问：“她生你的时候，年纪很小吗？”

“十八岁吧。”

“……这么年轻？”温凛就此打住。

那背后必然有一个冗长的，复杂的，他未必愿意对她讲的家族故事。

既然这样，她通常选择不问。

但是杨谦南抱着她，主动说道："她以前是个唱歌的。"

"很有名吗？"

"没名气。"

温凛打开一个搜索网页。杨谦南闭着眼睛笑笑，按掉她的手机："你搜不到。"

她不死心，说："是没名气，还是后来……处理掉了啊？"

杨谦南侧脸静悄悄的，呼吸深长，好似睡着了。

"没名气。"他入睡前，弯了弯嘴角。

杨谦南从背后拥着她，睡了一夜。

温凛醒到天明。

直到晨光渐渐亮起来，他还保持着拥她在怀的姿势。温凛悄悄挪动身子，看他入睡时沉静的脸庞，偷偷抚了抚他脖子上那个睡觉也不摘的玉佛。

玉是温的，有他的体温。也许还有她的。

他们后来有过许多刻骨铭心的夜。可是她觉得，再也没有一个夜晚，比今夜离他更近。

同样醒到天明的人，还有钟惟。

晨光晒进来好像就是一瞬间的事，钟惟紧眯着眼背过脸去，苍白的皮肤泛着光，像一只被日光灼伤的吸血鬼。

她在床头柜上磕掉最后一根烟。

红色的木漆已经被她烫得斑斑驳驳，上面攒满了烟头，和零星散落的灰。

她没有收拾这些，拿了件衬衫起床。

陆秉青和她约在七点。

两人在店里吃早餐，城市尚未苏醒，来往人烟稀少，有一种难得的缓慢。

钟惟猜测，这是他选择这个时间跟她见面的原因。

陆秉青是典型的中年体型，说不上胖，但肩膀宽阔，穿着质地精良的正装，打一条深蓝色领带。也许是二十年的教学生涯给了他深入骨髓的气质，陆秉青抬手说话的时候，像在解答一个学生的难题："钟小姐有什么难处，不妨直说。"语气给予她十二分的尊重。

其实他们这次会面称得上难堪。

前一天晚上，钟惟发了一个非正常状态下拍摄的视频到他的工作邮箱。

地点在酒店。女主角是她，男主角是杨谦南。

视频里没有什么劲爆画面，并且戛然而止。但陆秉青知道，这应该只是个前奏。

钟惟把手机丢在桌上，黑色屏幕倒映出她的下半脸："陆老师不用紧张。我不会狮子大开口问你要钱，也知道你侄子的花边新闻有很多，根本不值钱。"她笑了笑，"我这种人没什么大企图的，就是想让您帮忙写封推荐信。"

陆秉青喉咙里沉沉地笑了声："推荐信？"

"陆老师家学渊博，令尊是传媒界泰斗，桃李遍天下。推份工作总不难吧？"

陆秉青皱了皱眉，仿佛面对一个不懂事的学生，循循善诱："一封推荐信恐怕没有这么大的效力。钟小姐年纪小，可能对社会还怀有不切实际的……"

"我没和您开玩笑。"钟惟从手机里调出庄清许的名片，推到他面前，"您自己一手带出来的研究生，凭她的履历，能不能胜任，您应该心里有数。"

屏幕上，白底铅字。

陆秉青看着庄清许的名字，脸色又变了变。

也许是他对学生多少怀有恻隐之心，也许是杨家果真容忍不了一丁点污迹，哪怕只是捕风捉影。当天中午，庄清许正在出租屋里煲汤，钟惟推门回来，给了她导师愿意给她介绍单位的消息。

她连汤勺都忘了放，不可置信："陆老师真的愿意帮我？"

钟惟面无表情地点了点头。

庄清许举着汤勺抱住她，高兴得流出眼泪："你没骗我吧？"

钟惟扯着她的胳膊，啼笑皆非："你怎么这么爱哭。伤心也哭，开心也哭。"

庄清许擦擦眼泪，冲她笑："你不知道我有多高兴。我这两个月都不敢接我妈电话……她一打过来，我就说在忙……"

她一会儿激动地说要给她做汤，一会儿又拿起手机，说要买束花和礼物，感谢老师帮忙。

钟惟指甲戳了戳她的泪珠子，嗤笑："瞅瞅你这没出息的样子。你那事儿捅得又不大，两个月过去早没人记得你是谁了，求你牛哄哄的导师给你推荐个工作就这么难？"

"我怕……让老师为难……"

"不过你还得参加面试。人家到时要觉得你不合适，陆秉青的面子也卖不动。"

庄清许理解地点头："嗯，我会好好准备的。"

"真进去了，比你之前那报社强吧？"暖光里，钟惟坐下来，半撑着头，"去给咱妈支个信儿，告诉她以后甭打电话了，想你了就去看电视，找她女儿名字。"

庄清许破涕为笑，说："哪那么容易啊！不知道得在底下打多少年的杂，才能熬上个编制。"

钟惟笑笑："不乐意啊？"

"怎么会！"

那几天的阳光好似别样地好，最高气温首次攀升至二十摄氏度。顾璃抖落出几条裙子，说春天要来了。

温凛刚回来不久，歇在宿舍的黄色木凳上，发表感想："立春都过去两个月了。"

"你不懂！不能穿裙子的那都不叫春天。"顾璃拿一条在胸前比了比，说，"这条怎么样？"

“没上条好。”

“真的啊？”她不放心地再看了看，又放下，“唉，我觉得我又要买裙子了。”

温凛指指她桌上的衣服山：“你这都一万条裙子了。”

唉……你不懂。

顾璃永远是这个感慨。

温凛缄口不言，好半晌，试探道：“你买这么多裙子，是要去见谁？”

“见……好多人啊。”顾璃扭着脑袋，一个甩头转过来，朝她嘻嘻地笑，“我明天又有一个聚餐，是我师兄那边的，我带你一起去好不好？”

温凛不懂她为什么这么热衷社交，说自己课业忙，借此推脱。

顾璃整张脸都皱到一块儿，执起她的手，肃然起敬：“凛凛。你真是我见过最热爱学习的人。”

温凛没有说，其实她不是热爱学习，是杨谦南那里的饭局太多了。

他们好像度过了一开始那种，新鲜的，即便两个人一起吃顿饭都暗潮涌动的热恋期。如今大大小小的餐厅都一起吃过几趟，喝酒泡吧，庸常琐碎，都已经习以为常。关系不咸不淡，倒也称不上坏。

至少他们现在一起去和应朝禹唱歌，满室气氛热烈，她已经能和杨谦南一起，在边角坐着，喝点东西低声聊几句天，平淡如水地打发掉一夜。

顾璃说他们像一对老年夫妻。偶尔连着几天不联系，也不觉得有什么。

有时候她会怀念跨年夜那天，她无知无畏，张开双臂，迎着众人心思各异的目光，击碎一室的霓虹花火与香槟浮沫，扑进他怀里：“你抱我啊——”

竟然已经过去三个月了。

温凛几个社交平台轮着刷，应朝禹的动态还是占据满屏，同一个场景他能发四五张照。她手指一扫而过，防不胜防，看见了杨谦南。

坐他身边的女人是个陌生面孔，杨谦南举着一杯酒，对人家笑。

快速滚过几张连拍，他的笑容都好似动了起来，仿若近在眼前。

班级聚餐那一晚，到底是个特殊情况。她不能每次都不打一声招呼去他住处找他。她未必有这个时间，他也未必有这个闲心接待她。

那是个无法重复的夜晚。

不仅是她，别人也很难拥有。

温凛面无表情地把动态刷过去，咬了咬牙，去网上订了支钢笔。

杨谦南的证件很奇怪。他明明是六月份生的人，身份证上的出生日期却是四月十号。温凛在他钱包里瞄到过一眼，连上面的名字都不姓杨。她有时也会困惑，究竟哪些是真，哪些是假。

十号那天，她把那支钢笔送给了他。

杨谦南赶到酒店，温凛已经到了，布置了一桌子点心，正在摆弄餐花。

四色玫瑰。

温凛跽坐在地毯上，短短长长，悉心调整每一枝花的位置。

她今天难得地洒了香水，淡淡的蔷薇滋味，后调是性感的麝香。这让她闻起来，就像第五朵玫瑰。

杨谦南刚从中午一个局赶过来，见到这幅景象，不由得把脚步放慢了点。

温凛在电话里对他说，有重要的事。他于是靠上椅背，把车钥匙扔在灰瓷台面上，说："今天什么事？"

"给你过生日呀。"她扔在修剪餐花。

杨谦南瞟向她："我生日不是今天。"

"我知道不是。"温凛对着花笑，"可你身份证上是今天，也算半个。"

她终于把花鼓弄完了，双手捧到长桌中央。

温凛一米六八的身高，够这张桌子有点困难，俯下身，上衣被拉到腰后。

杨谦南帮她拽了拽腰沿，说："我中午吃过了。"

温凛起身，温柔微笑："没关系，就是摆个气氛。"

她一动，身上的香味仿佛被风拂过的花圃，馥郁撩人。

杨谦南闻着，把她拉进怀里坐着，下巴搁上她的肩，"那喊我来做什么？”

“送你礼物啊。”她握着他的手，取来桌上一个长方形盒子，说，“打开看看。”

杨谦南双手绕到她身前，打开。

那是一支钢笔。

限量款，18k黄金的笔尖，花了她半个学年的奖学金。

但是杨谦南开着盒子，一直没动。

温凛清楚，这个礼物对他而言有点鸡肋。

杨谦南也没强迫自己表现得多喜欢，合上盖子，浅笑着问她：“哪来的钱？”

“我有很多收入的，奖学金，还有绪康白那里，我在庆功宴上认识他们一个发行总监，给他做了几单活。”

她认认真真说“我有很多收入”的模样，乖巧又安静，是他最喜欢的时候。

杨谦南笑起来。

温凛带丝忐忑，对上他的双眼：“你是不是……不太喜欢？”

她紧张得都眨了一下眼。

“喜欢啊，怎么不喜欢。”

杨谦南扣住她，哑声道：“我最喜欢的不是在这儿吗。我不是买椟还珠的人，是吧，小珍珠？”

卧室她也布置过，紧拉窗帘的室内浮着茶色的光，朦胧的明亮。他的手贴腰下行，带着十足的耐心。她的身体仿佛是一张清透的白纸，边角点入水中。他的掌心是那道横平的水纹，一点一点攀升蚕食，带来的却不是清凉，而是热焰。

像心口也布着一张嘴，紧紧地抵住下唇。可是抿到最后，又有几分奇异的感受，如茶水回甘，丝丝麻麻地在喉咙里漾开。

她不自觉闭上了眼睛。

杨谦南下巴绕过她的肩，与她交颈，低头吮吻。那白皙的皮肤之下，隐隐看得见青色的筋，和僵直的血管。脆弱的皮肤随着舔舐一片片附上他柔软的舌，紧密无比，却又不含半分暴戾。

温凛的大脑在一片氤氲中，莫名地想，他即便做一只吸血鬼也算得上温柔。

杨谦南也许对她说了几句情话。那些俗套的话到他口中便会变得好听，可她已经不在听了。

他做这种事很在行，她几乎能感觉到自己慢慢投入。她看着他的脸，近在咫尺，上面的表情却仿佛很遥远。所有的隐秘都展露在他面前，然而他从来只是爱抚，不愿了解。

杨谦南解了扣子，把脖子上的系绳解开，搁了块东西在床头。温凛侧躺在床上，看了一眼那块青色的翡翠，是叶蕙欣给他的玉佛。

他把它摘下，从此不再是慈佛。

床头有镇香槟的冰块，杨谦南后来来了兴致，拈了一块碎冰。他的嘴唇擦着她发烫的耳垂，似烈焰烧灼，痒到她双肩颤抖。

那种疼痛令她难以想象。

五感好似被封闭。她的脸颊有点皱，那是眼泪凝结之后的痕迹。很奇怪，明明连身体都渐渐地、自然而然地接纳了他，可心口还是痛的。

痛到她觉得她已经把自己的什么部分，割下来送给了他。

她在颠沛中，面朝那面玉佛。

被褥已经混乱成不知什么样子，然而那块翡翠依然是纯净的，安然的模样。

那是市面上最好的老坑玻璃种，剔透得像世上最清澈的溪水。

她再痛再纯的血肉，也没有它昂贵。

傍晚杨谦南换了一身西服，连领带都特意翻了一条出来。看得出来他晚上有很正式的场合需要出席，这场情事并不在他的计划里。但他看上去心情不错，俯身拍了下她的臀，在她耳边说：“我晚上有个局，你走不走？”

如果她有安排，他说不定还会送她一程。

温凛摇摇头，有点委顿，说：“我睡一会儿。”

杨谦南笑了一下，想给她一个告别吻。

温凛把他挡住了。他目光瞬间有点错愕。但她略显干燥的嘴唇很快抿开，微微一笑：“生日快乐，杨谦南。”

明明不是的。

但杨谦南落下了这个吻，说：“等我回来。”

温凛没有睡着。

黄昏斜晖在床畔渐渐推移，她的眼睫浸在愈来愈沉的阴影之中。

那是她在这段关系里对一次对自己产生怀疑。这真是她想要的吗。如果真的是，为什么她积蓄的力量都已丧尽。谋篇布局这么久，此刻却渴望前功尽弃。

主观陷入怀疑，而客观上，一切却仍在预定的轨道上缓缓前进，光明，前程似锦。

入夜时分，她接到付总监助理的电话。对方表示一个刚上线的片子招了点麻烦，时间紧急，需要出一篇公关稿。他们团队加班加点，但写出来不尽如人意。助理打这个电话求助，说：“温小姐的水平我信得过。”并向她透露，“之前几次我们总监很满意，他说这回你要帮得上忙，他考虑在会上向老总提一提，和你长期合作，给你组一个团队。”

这实在算得上殊荣了。

温凛永远是不高不低的一句问话：“几点前要？”

“八点，再晚效果要打一个折扣。”

“要什么样的？”

“影评。基于影评，添加软性的形象维护，给公众一个不是在辩驳，但有反转的效果……”

助理的叙述有点混乱，温凛边点头边总结，他们那边的思路其实还不够清晰。

她说：“那您还是照旧，把资料都发到我邮箱，我七点半以前拟一个草稿给您。”

“好，好。”对方一边操作着鼠标，一边自言自语似的说道，“我把之前的公关稿发你几份。你作为参考。”

“嗯，麻烦您。”

温凛推开被子起来，简短冲了个热水澡。

身体是酥软的，热水淌过去，还是会有奇异感受。不知是不是着了凉，她微微有点头疼，很快关了水擦干，披一件浴袍，去查收邮件。

浴袍是杨谦南的，有点大。电脑也是他的，没有密码。

他好像是个毫无秘密的人，放心地向世人袒露，我的龌龊就只有那么多，不必费心窥伺我。

温凛登进自己的邮箱，电影资料都已经发了过来。她根据公司的描述，去网上扫了几波舆论事态，又大致拉了两遍片子，开始动笔。

这中间，打电话到前台，要了盒头痛片。

酒店前台训练有素，记得所有住客的资料，一接通就礼貌地向她问好：“杨先生您好，有什么需要吗？”

温凛怔了几秒，轻笑了声。

“有止痛片吗？”

对方愣了一下：“请问您具体是什么症状呢？”

“头疼。”

“好的小姐，我们三分钟内为您送到。”

……

送来的时候，还附了一杯温水。服务员在下面压了张印有酒店烫金字样的卡片，上书“祝您早日康复”。

这种面面俱到让她愣了两秒神。温凛一口吞了药片，开始在文档里奋笔疾书。

半小时之后，她把拟好的初稿发到了王助理的邮箱。正仰在软椅上等候回复，母亲的电话进来了。

郁秀这趟是为了提醒她：“琅琅明天就到北京了。我前几天给你说过，你可别忘了。琅琅一个小姑娘，第一次一个人出远门，你做姑姑的看着点她。”

“嗯，我记得呢。”

“记住啊，可别忘了。你将来总要回家里这边，去上海发展最合适，到时候可不得仰仗你舅舅。你现在把琅琅照顾好了，你表哥一家会记得你的情。”

温凛机械地一一答应，心里莫名地焦躁。

叮嘱完这些，郁秀的语气总算一松，说自己看了北京一周的天气预报，正是乍暖还寒时候，让她不要乱穿衣服。温凛苦笑：“我能乱穿什么衣服呀？”

“哎，还是要注意的。你们那里温差大。”

沉默了片刻。

温凛说：“我知道了妈妈。”

知女莫如母，郁秀听出她几分异常，狐疑道：“怎么啦凛凛，是不是最近学习比较累？”

“还好。”

“你不要骗妈妈，妈妈知道你对自己要求一向很严格。但是听妈妈说，身体还是要注意。”

她鼻子有点酸，哭笑不得地说：“我知道，我只是最近找了个……实习。”

“什么实习呀？”

手机突然震起来，是王助理。

温凛看了眼，有点不忍心转接。但震动在手里握着，好像越来越急，这城市如同载着洪流，如今她的壁灯也是夜航中的一盏，容不得和母亲温情从容地关切彼此。

这个年代，儿女一长大，和父母保持融洽的关系就越来越不易。温凛对自己此刻不由自主的烦躁感到羞愧，垂下眼睑，把语气控制得足够耐心：“妈妈，我有点累了，想要睡一会儿。睡醒再打给你好吗？”

郁秀听到她要睡觉，好似放心地长舒一口气：“没事儿，妈妈就是想你了，想跟你说说话。你快好好去休息吧，妈妈下次再打给你。”

“嗯。”

尾音是不含任何焦虑的。可是挂断之后却像上了陀螺，迅速给王助理拨回去。

稿子没什么问题，只有几个细节需要润饰。

温凛没费多少劲，在八点前搞定这项工作，开着一盏小夜灯，躺在书房的贵妃榻上休息。一直撑着眼皮到八点半，稿子发出去，王助理那边说没问题，她才搁下手机休憩。

四月的夜清寒，她扯了条毯子裹着，懒得挪地方，就在这地方打盹。

约莫是药效使然，她从未睡过这么漫长的觉。

醒来居然是在床上，挪了个摊。温凛摸摸身下平整如新的床品，都觉得自己昨晚梦游了。杨谦南不在屋子里，也不知道昨晚有没有在这睡。

她没时间计较太多，踩上鞋就去洗漱。

匆忙赶到首都机场，琅琅已经落地。小女孩斜戴着个粉黑鸭舌帽，腿边一个箱子，靠在接机口的墙上。温凛走过去，还没说上几句话，旁边男洗手间里转出个人：

“欸？凛妹妹？”

是应朝禹。

琅琅比温凛还惊讶，拽拽温凛的腕子，难抑激动地问：“小姑姑，这谁呀？”

温凛说：“一个朋友。”

“哦……”琅琅人小鬼大，眼神暧昧，踮脚在她耳边悄声道，“我还以为是你男朋友呢！”

温凛沉默地撇开脸。

前方一个指示牌，左转是出租车候车区，右转是机场快线和大巴。

她正在挑是坐哪一种回程。

应朝禹热情地擦擦手，说：“这么巧啊。我正打算去见谦南哥呢，送送你俩？”

温凛说：“我不去找他。”

应朝禹却没有一丝尴尬，又说：“那我送你们去市里吧。”

他自己也是刚刚落地，好友叶骞来接的他。

四座的车，应朝禹坐副驾，温凛和琅琅坐后面。应朝禹全程转过来聊天，琅琅趴在他座椅上，咯咯地笑。

琅琅培训住的集体宿舍在北新桥，靠近大菊胡同。应朝禹神神叨叨吓唬她，说那地儿有个锁龙井，日本人进来那会儿，有日本兵拉过井里头的链子，底下呼呼地翻黄汤，还有腥味。

琅琅说你别吓唬我，我胆子很大的！你带我去那口井那儿，我帮你把那链子拽出来。

应朝禹含糊其辞，不带她去。

琅琅得意地哼一声：“你就可劲编吧，这世上哪有什么鬼！”

应朝禹吃了个瘪：“我……”正要扳回一城。

叶骞抠着他领子把人拽回去：“上高速了！甭侃了，赶紧把带子系上。”

几个人闹了一路，温凛觉得自己的头疼又要发作了。

应朝禹临下车才发现她一路开过来没说半句话，弯腰观察她，“哎哟，你这脸色可差了。回头让谦南哥带你去医院看看。”

温凛笑了：“你怎么三句不离他啊。”

应朝禹挠挠头上车。

琅琅还很不舍，扔下箱子把手高高举起：“喂！你叫什么名字啊？”

应朝禹在车窗里朝她一笑。那张轻笑的侧脸，仿若胜过这烟雨京华。

叶骞把车开走了，琅琅郁郁寡欢，从走进饭店开始就在套应朝禹的信息。温凛说半句留半句，对她说叫应朝禹，大你很多。

琅琅说：“他最多二十出头吧？也就大我四五岁。你男朋友还大你八岁呢！”

温凛不知道如何反驳她，递过去一张菜单：“先吃饭。”

琅琅接过去，趴在菜单上，像条哈巴狗：“小姑姑，求你了。我在北京人生地不熟，就你一个亲人。我看你那个朋友人挺好的，有什么事我也能问问他啊。”

“……”

温凛把菜单抽回去，很快点了四个菜，喊人传菜，然后再回头，无情戳破：“你是看人家长得帅吧。”

琅琅丝毫没有被她冷淡的语气打击到，捧着脸赞叹：“真的耶。我就没见过这么帅的真人，比我追的韩团还好看！”

温凛第一次觉得自己嘴这么拙。

她有点累，也不想提跟着应朝禹进警察局的经历，只好苦口婆心，仿佛提前到了郁秀的年纪：“琅琅，他真不是什么好人。”

琅琅有点扫兴，思索了一会儿。

“可是……这年头有几个大好人。”她撇撇嘴，表情相当严峻，“好看就很不容易了好吧。”

温凛盯着她好一阵，嗤然笑了。

你看看，小女孩儿，都不相信世上有鬼的。

饭店靠近酒店。

吃完饭，琅琅说她们礼拜一才正式培训，温凛便随口一问：“那你周末住哪儿？”

琅琅踌躇了一会儿，转着调问：“你住哪儿呀？”

温凛就知道她主意多，了然道：“行了，你跟我来吧。”

她把琅琅带去酒店，原本想把自己的东西收拾出来，给琅琅在楼下开一间房。没想到一踏进屋子，杨谦南的外套就搭在沙发上，洗手间门没关，传出沙沙的水流声。他居然在。

温凛嘱咐琅琅随便坐一会儿，转进盥洗室。

杨谦南瞥见一晃而过的琅琅，问："你侄女？"

温凛怔了一下，才点点头，"嗯，今天刚来。"

杨谦南用毛巾擦了把脸，眼睛在镜子里眯起来："住这儿啊？"

温凛说怎么可能："我待会儿在楼下开一间。"

"让她住这儿得了。"他一贫就带出京腔，搁下毛巾，揽她的腰，"我们出去。"

"干吗？"

杨谦南在她颈际，暧昧地笑："这不是，家里有小孩儿吗。"

温凛心里头五味杂陈，想出去安顿琅琅。忽地想起什么，又回来："对了，昨晚你回来过？"

"不然呢？"杨谦南暗含嘲讽，"就你横书房里那姿势，还打算让谁把你弄回去？"

这个事实怎么说，虽然在情理之中，但还是有点……太温馨了。

温凛一时不太能相信，居然真是他抱的她。

杨谦南从侧面搂住她，用一个无限温情的姿势，伏在她肩上，缱绻佯怪："怎么这么懒，嗯？喊人换个床单几分钟的事，你就那样睡椅子上？"

温凛想说其实那个贵妃榻躺起来也挺舒服。毕竟出自国际设计师大牌。

杨谦南只抬手摸了摸她额头，用手背感受了会儿，赞叹："自愈能力还挺强。昨晚看你有点低烧，今天好像全好了。"

她当时忍回去的眼泪，此刻好像突然就收不住了。

温凛一侧头，与他四目相对，眼眶不住地泛红。

杨谦南漫不经心地笑："怎么啦？"

她有很多话想对他说。

可是那些话，都没有什么意义。

她其实只有一句话想问。她想问问为什么，杨谦南，你为什么就不能像我爱你一样，也全心全意地、心无旁骛地爱着我呢？

明明爱一个人的眼神，你比任何人都真。

Chapter 06

后来想想，她自己也未必纯粹。

据她所知，杨谦南一直在和钱东霆共事。

他俩往前数两辈就是世交，从小一起在院里长大，过硬的交情也直接表现在了他们的名字里。温凛见过钱东霆一次，在西庭宾馆附近的那个夜场，对他的印象不太好。

钱东霆也没对她做什么，或者说，他压根没和她搭几句话。他只消坐在那里，一张独属于北方人的硬气的长脸，偏黄偏暗的肤色，目光睥睨一切。温凛觉得就算换了钟惟，或者换了应朝禹坐在这，他也是同样的眼神。

他和杨谦南说话的时候，从不直视对方，目光定在房间里剩下的人身上，和杨谦南挨近了笑谈。表情很轻松，眼里也没有奸诈狡恶，可温凛就是感觉不舒服。

她觉得钱东霆一看就是能挣大钱的人。

可能她就是天生反感这类人。

所以她不太喜欢杨谦南和钱东霆混在一起。她最喜欢他的地方，就是他对钱毫不热衷。

但他们俩已经混了二十多年，她没有置喙的余地。

那阵子，杨谦南经常跑金融街那一片，多是钱东霆攒的局。温凛对此不闻不问，偶尔几次杨谦南不方便，她会帮忙操作持仓。

这种钱挣起来像玩儿一样，时常伴随做噩梦，会剧烈喘息着惊醒。她慢慢意识到自己没有赚大钱的天赋，逐渐也成为应朝禹那种，牌技奇烂、挥金如土的人。

就想输掉点钱，图个心安理得。

整个四月，半是因为琅琅，半是因为打牌，她见应朝禹的频率比杨谦南还高。

杨谦南忙活了大半个月，四月末的时候闲下来，带她去北戴河休养。

他们在温泉汤池边坐着。杨谦南从身后撩起她的长发，说："最近往应朝禹那儿跑挺勤？"

温凛长长地嗯一声，也不知是答应还是呻吟，低低地解释："我小侄女喜欢他。她每周休息两天，集体宿舍里也没什么好玩，就带她去打打牌。"

杨谦南缓缓动作，握着手里那一捧长发嗅了嗅："是小侄女喜欢，还是你喜欢？"

"……你吃什么飞醋。"

杨谦南把她的头发拽起来，附在她耳边说道："我这人就是不讲道理。"

他的嗓音低沉，危险，带几分愉悦。

杨谦南喜欢她的声音。她有一把温柔的嗓子，在江南烟雨里浸过似的，干净如白云出岫。没有什么比她沙哑的声音更动听。

那天夜里，汤池边的草丛里有啁啾鸟鸣。

小心沐浴完之后，温凛抱着一小瓶碘酒，坐在床上涂。

膝盖上伤口斑驳纵横，掀开的皮被热水泡过，发白发肿，周围一大片浅红。她稍稍一碰到就觉得疼。杨谦南洗完澡出来，发现她还皱着张脸踌躇，挑挑嘴角："我来。"

温凛哎了一声，想拿回来。

他坐在床沿，蘸足了碘酒，就往她膝盖上抹。

"别……"温凛把他胳膊牢牢拽住，"疼，特别疼。"

杨谦南笑："那怎么办，不涂了？"

温凛冲他皱眉。

杨谦南把手罩上她的眼睛，说：“这样，你闭上眼和我说话，分散一下注意力。”

他刚沐浴过的手掌是温热的，残存沐浴液温和的清香。

温凛乖乖闭上眼：“说什么……”末尾的语气词还没出来，杨谦南已经沾了上去。

伤口上仿佛有无数蚂蚁噬咬。温凛痛得揪他胳膊：“杨谦南——！”

“好了好了，长痛不如短痛。”他温声安抚着，几下抹完，抬头发现温凛还听话地闭着眼睛。

她眉头全皱到一块儿，紧张道：“好了吗？”

杨谦南说：“没好。”

他静静端详着她，白皙的脸，紧抿的红唇，鼻尖上一颗颤颤巍巍的咖啡色小痣。

温凛别着脸，说：“还没好吗？你怎么不涂。”

杨谦南按着她的小腿，俯身轻轻衔住她的唇——

“没好……”

他很少吻得这样深入。

房间里弥漫着碘酒刺激的乙醇味，可她的唇息是香的，温和动人。

是他先乱了呼吸。

手掌不由自主地上移，擦到了伤口边缘。温凛痛得惊呼一声，把他猛地推开。她只敢扶在外围，小心翼翼地给自己舒缓疼痛。

“你当心一点啊，真的很痛。”温凛怨怪。

杨谦南百口莫辩。这回真不是故意的，他手想伸过去帮她揉揉，她看起来也不太愿意放他触碰，防他防得紧。他僵硬地收回手，起来去倒水。

一口凉水入腹。胸口堵着口气似的，莫名憋屈。

他们幕天席地玩了一个假期。五一过去，温凛回到学校，宿舍都没着，直接去赶牌局，这回约在应朝禹家。

杨谦南一边开车，云清风淡般嘲弄：“你还打上瘾了？”

温凛：“今天琅琅最后一次休息日，应朝禹都把她接过去了。这小丫头我不放心，得去看着。”

“哦。”他面色冷淡。

开到物业门口，他把她放下，让她自己走进去。

温凛疑惑道：“你不进去看看吗？”

杨谦南放低座椅，拧一瓶矿泉水喝，“不去。”

“那我走了。”温凛敲敲刚锁上的副驾驶门，“把门打开。”

杨谦南弹开保险。

温凛跪进去，在副驾驶座上膝行到他身畔，撩开头发，亲了下他脸颊。

杨谦南转过去，她正嘶地一声捂膝盖，低头自言自语：“疼死了……”

接着，退出了车头。

“走啦！”温凛回头甩甩包，在夜色里，白衣红裙，轻轻曳动。

他看着她，笑了笑。

应朝禹家的是一层一户的格局，没卡刷不上去。

绪康白穿了双拖鞋就下来，帮她刷卡。

温凛一身正装，和居家穿着的绪康白同乘一部电梯，不说话有点尴尬。

“叶骞今天没来，换你啦？”

绪康白笑笑：“怎么，难度系数是不是高了。”

温凛嗤道：“还难度系数呢，我最近天天输。”

“这不像你啊。”他调侃。

一句赶着一句。

温凛卖乖地笑，说：“那也是输了！我输一点点，我侄女玩得可起劲。”她说完面色忽然凝重，说，“你这么下来了，上面不会只有应朝禹和琅琅两个人吧？”

绪康白见她如临大敌的神情，朗声笑：“应朝禹还能吃了你侄女？”

果然，他们进屋的时候，琅琅的眼神很失望，一副她还没玩够的表情。

温凛盘算了一晚上，回去得和这丫头严肃谈谈。

她一边打牌，一边在心里想说辞。

要如何向琅琅解释呢？不光是她，就连温凛自己，假若有朝一日和杨谦南分道扬镳，这群人也会迅速蒸发在她的世界里。

这么简单的一件事，她却不知该如何向小孩子解释。

琅琅抓牌最快，垒完向下一瞥，温凛的半身裙由于坐下，撩到了大腿上。

她咦了声："小姑姑，你膝盖受伤啦？"

她连忙拉下裙子，遮遮掩掩，下半圈牌打得也不安生。

有小孩子在，也没有打到多晚。

回程三人一车，绪康白送的她们俩。

温凛坐在副驾驶，看着一脸恋恋不舍的琅琅，不知道该从何说起。

琅琅两手撑在身侧，望着窗外飞驰的霓虹灯火。

"小姑姑，你为什么要考来北京啊？"

"嗯？"温凛瞟了眼开车的绪康白，问琅琅，"怎么了？"

"我妈说你当初能拿到复旦的直推。那不就相当于保送了吗，上海离家这么近，你为什么还要考出来？"

温凛沉默了一会儿，轻声说："想出来看看。"

"不辛苦吗？"

"还好。"

琅琅又问："不后悔吗？"

绪康白唇畔溢出半分笑。

温凛从后视镜里捕获他的笑意，心里有些不自在。

其实不需要多老，只消二十来岁，上几年大学，就会越来越少思考"后不后悔"这种问题。只有琅琅这个年纪还怀揣幻梦，理所应当地以为，将来后悔了总还有补救的余地。

可惜这辈子积重难返，每向前走一步，都是回不去的。

绪康白先把琅琅放下，又开车去北四环的R大。

他和别人不一样。

应朝禹如果送她，一定把她放在校门口，然后灿烂地把手掌举上天，说再见，下回再喊你玩儿！

如果是杨谦南，他从来都是大摇大摆开到宿舍楼下，迎着旁人异样的目光，跟她亲热一会儿再放人走。

绪康白不同。他找了个校门口的停车位，规规矩矩倒进去，然后下车拉开她这边车门，说："送送你吧。"

他陪她走进去。

有时她会觉得杨谦南暴殄天物。校门到她宿舍那一路一到三四月，幽夜生香。不知多少情侣在此间散步，他却从未下过车。

如今已是五月，暮春时节，狼藉残红，空气里几许遗香，嗅不出是什么花。

绪康白把手放口袋里，陪她慢慢走："听说你拒绝了付总那边的邀约？"

"嗯。"温凛如实道，"我觉得如果单单是去公司里就职，对我现阶段的意义不大。"

她从来是个对自己规划很清晰的人。

绪康白说："那你希望是怎样的呢？"

"我希望……独立。我手头有人，自己组得起团队。"

绪康白兴致颇浓地转过身："有想法雏形吗？"

温凛边走边描绘："我想过了，社交网络发展到现在这个阶段，已经不是单纯的用户社区了，更是一种强有力的新媒介。我如果做个团队，不希望只做内容，更希望自己是平台，所有广告创意和公关思路都是我出，等于为现有公司做了一部分外包。"

……

绪康白听了一段，这个想法其实很小，实践起来也很初阶，他评价："难为你看得上这点小钱。"

温凛回了下头。

他的表情是中肯、不含任何嘲讽意味在的。

温凛笑了："人心不能一下撑太大。是什么样的人，就做什么样的事。"

她只想去尝试，去看看。不去摘这座城市的月亮，只愿捞一捧月辉。

绪康白停了下来。

面前的温凛美丽、通透、聪慧，拥有她这个年龄女孩子能拥有的一切美好品质。

她的衣着简约，不露牌子。但他还是看见了她衣领里藏的项链，光泽熠熠的钻石吊坠。

他友善地说："你有才华，有想法，其实不必像现在这样生活。"

温凛早在他开始审视他时，就已经猜到了这个结局。尤其今晚还有琅琅那一声插曲，令他们之间的气氛有些许微妙。

温凛不知怎么的，坦然道："谢谢你。"

绪康白却朝她露出一丝笑。

那是互联网社交媒体遍地黄金的2010年，温凛拥有了自己的营销策划工作室。

她永远记得那天晚上，海棠花开至最末一茬，绪康白站在半是红粉妆绿枝的树前，双手插在白色的休闲长裤里，闲闲说道——"我可以帮你。"

"帮我？"

"我手头有个项目，策划案我不太满意。我不知道你手底下那些人靠不靠得住，但我可以交给你试试看，最多一星期，我收成果。成果过得了关，不管你是缺钱还是缺人，我都可以帮你。"

温凛吃了一惊："你这是想给我一笔投资？"

"怎么，没兴趣？"

"我只是很意外，你居然……看得上这点小钱。"温凛嘲解地笑。

"生意不在规模。"绪康白说，"做这一行，珍稀的永远不是资金。这玩意儿值多少钱，你心里应该有谱。"

温凛沉默了很久，好似在考量。

忽然，她嗤地一声笑，说："绪康白，你以后会很成功的。"

绪康白爽朗大笑，"对自己这么有信心？"

"不是。"温凛评价道，"我见过很多能挣大钱的人，你是里面……最讨人喜欢的一种。"

绪康白笑意更深。

他还真没有看走眼，她连夸人都夸得何其熨帖。

他们在单元楼拐角分手。

温凛告别绪康白之后，心跳得飞快，忍不住跑起来，回到宿舍。

她躺在简陋的硬板床上，想以后。

杨谦南来了短信，问她回去没有。她答一句"回去了"，竟没有趁此机会和他多聊几句。

世界好似随着心潮在鼓动，连空气都明亮。

后来，这一生，再难复刻这一夜的激动。

那整整半个月，温凛好像完全遗忘了杨谦南。

送走琅琅之后，她全心投入在策划案的设计中。

最初的一个星期，她带着人在学校外的咖啡厅里加班加点，赶绪康白给她的试验。

咖啡厅经营到凌晨两点，温凛和几个团队成员围着笔记本电脑，坐在最末的一张圆桌，每个人都是二十出头的面孔。那是最朝气蓬勃的年纪，相信未来，相信创造，相信手无寸铁心有大海。

温凛时常开玩笑，说名校大学生是最物美价廉的一股劳动力。每个人拿到学位证书之后都是人模狗样，然而在学校里，拿小几千的报酬，一块块都是璞玉。

其实她组起这些人，也是出于偶然。

那是四月下旬的某一天，她来例假。一向健康的她那次痛得厉害，在床上紧裹着被子冒冷汗。她吞了两片药，还是收效甚微，付总监那里一个稿子又要得急，她不得不寻求帮助，面色苍白地问顾璃："你认识那么多人，有没有文章写得比较好的？不用太聪明，思路我给她，只要她写出来。"

顾璃一脸为难："我……我认识的都是学长欸。"她扮了张窘迫脸，忽地说，"不过你可以去找孟潇潇啊。你跟她关系不是不错吗？她是校刊副主编，手底下一堆学妹。"

温凛斟酌再三，还是求助了孟潇潇。

对方很快回复，说可以给她介绍一个学妹，"她拿过几届新概念，还出过短篇集呢。"

"出过短篇集……"温凛迟疑道，"那会不会看不上这点稿费？"

"嗐！一本短篇集能有几个钱啊，首印五六千，卖出去几本不知道。她人挺活泼的，到处接活。我把她手机号发给你！"

学妹女生男相，中短发，名字叫仇烨。她给温凛救了一次急，温凛半分钱都没扣，把付总监那里结算的稿费原封不动打给她，还郑重请她吃了一顿饭。仇烨觉得她人好，报酬又丰，拉了好几个文圈里认识的朋友，年龄专业参差不齐，爽气说都可以帮她干活。

后来磨合了几次，人手渐渐固定下来。

策划案通过了绪康白的检验，温凛在庆祝的饭局上举杯，问他们愿不愿意和她一起组建工作室，全职兼职皆可，有一半肯留下来，但大多是兼职，最核心的成员反而是在付总那边认识的一个朋友，被她挖了过来。绪康白后来把自己的资深助理给了她，做比较复杂的统筹工作，传授行业经验，将这个年轻的团队逐步带上正轨。

五月的酒杯相碰，到六月，工作室已经初见规模，并开始走公司注册的流程。

绪康白和她谈妥，在股份上给予她优待，要求是与他优先合作。温凛求之不得，这意味着一大笔千金难换的客户资源，她们越过了创业最艰难的拉客户和融资阶段。

六月下旬的那段日子，正是温凛最奔忙的时候，兼顾两个学位和工作室起步，夜夜不合眼。一翻日历才意识到，马上是杨谦南真正的生日宴。

那天玩了好几轮，到深夜应朝禹还精神亢奋，提议去银泰旁边庆祝。还是跨年夜的那个场子，去了一大撮人。不过半年，温凛环视一圈，这里许多人她都面生。这圈子里的人仿佛经历了一波换血，像当年为她开窗的那个房婧，已经不见踪影。

她也不再在边缘陪应朝禹打麻将，独自坐在点歌机前，帮人点歌。

洋酒一瓶瓶起开，杯子叠了一排又一排。

也不知是谁起哄，说："嫂子不唱歌？给嫂子点一个！"

有人在醉里放声大笑："给嫂子点首《烈女》！"

他们喊她嫂子，但并不承认她是这里的女主人。

温凛听过这首歌，杨千嬅的经典曲目，歌词是这样唱的："很想装作我没有灵魂……然后便跟你/跟你到家里去扫地……"

她如今搞公司风生水起，在这圈子里也见怪不怪。不知有多少十八线小演员靠着这群人，攫取一点点资源，玩票而已。温凛在他们眼里，和这些女演员也没差别。

歌里有多少讽刺意味在，她一清二楚。

温凛有一种天赋在。无论心里多少盘算思量，面上永远不显，她温温然笑的时候，好像只是过分天真，"我粤语讲不太会……"温凛把一缕碎发捋到耳后，委婉推拒。

那些人连声道："这有什么，不就听个调儿？"

"这又没几个广东人，随便唱！"

"对嘛！唱一个——！""唱一个——！"

杨谦南就坐在她身畔。他很少听粤语歌，可能也没听说过这一首，揽住她的肩膀说："真不会？"

说声不会很容易，可温凛不太喜欢他这么问。她可以对很多人得体地撒谎，却在内心期盼他是她可以说实话的人。

可惜不能。

她抿住唇，一言不发地扫过这群年轻子弟。

每一件平平无奇的白T，背后一定都有一块价格不菲的标签，可那些锦绣满堆的脸，只是一张张空洞的面庞。有时她会对他们失去耐心，在一个个这样的时刻。

倏地，一个身影跳起来。

“什么歌，磨磨唧唧的，这么久不点？”

应朝禹有点喝多了，把话筒捏在一只手里，撸起袖管：“哪一首哪一首？哪一首我不会？”

没有一个人动，室内一霎静寂。最后是温凛转身帮他点上。

他的嗓子雌雄莫辨，一唱歌就会自己跳起舞，仿佛置身演唱会舞台上：

“……烈女不怕死，但凭傲气

绝没有必要呵你似歌姬

知你好过了便要分离……”

杨谦南在他洋洋盈耳的嗓音里，瞄了温凛一眼。

不知何时，不止是应朝禹，他的朋友们居然愿意为她解围。

而温凛还在一心一意，轻轻在心里打着拍子，看应朝禹跳舞。

这歌前奏高亢，仿若一首行军曲，又满载着杨千嬅式的，奋不顾身的少女气。

温凛看得发笑，到第二段副歌夹起个话筒，下场去和他一起唱：

“烈女不怕死，又何惧你

不会失去血性和品味……”

一回眸，正对杨谦南。

她今夜穿了一身白色斜肩裙，纤长无瑕的手臂高高举起，仿佛身系银河，仿佛心怀宇宙，对他说——

又何惧你！

夏至时分，太阳直射点回到北回归线。

温凛几乎整日躲在公司的冷气里，给母亲去电，说这个暑假不打算回家。郁秀很是失落，但表示理解——“别累着自己。”她这样叮嘱女儿。

顾璃七月之后，也加入了这个团队，负责商务洽谈。她长得人畜无害，心思却缜密，无形中将甲方哄得开开心心。温凛只需要坐镇大本营，负责出方案。

杨谦南来公司的时候，温凛正侧靠白板，给成员讲思路。

“这个片子偏硬科幻，不能走情感营销的路子。”

白板上划出一条长线，“我们可以走曲线，首先打开知名度，令大众对影片产生兴趣，自发了解，再进行后续科普。”

“第一阶段是要制造话题和热点。我们可以避开艰涩的内容，先将影片元素以网络流行语的形式推广出去，成为一个语词符号。好的传播符号本身就是好的传播内容，借助于此迅速形成讨论热点，挖掘潜在受众，之后我们再进一步转化……”

杨谦南靠在隔间玻璃上，侧眸观察这间办公室。

这栋楼在中关村创业街上，下面八楼是电子卖场，九到十五楼是写字间，大多是做互联网。温凛这一层除了她们，还有一个科技研发公司。

她们刚刚搬来不久，办公室里百废待兴，除了会议间摒挡一新，门口玄关处以及里面的几间屋子都还空空荡荡，堆着一些没来得及组装的家具。阳光洒进来，纸箱上漂满金色的尘埃。

温凛清澈的声音回荡在整间公司。

几分钟后，传来纸笔窸窸窣窣，众人收拾的声响。

温凛抱着文件夹踏出会议间，脚步一顿。

隔间的玻璃上，被画了一幅简笔人像。杨谦南不知从哪里捡来一支记号笔，正百无聊赖，描她开会时的样子。柔和的眉眼，鼻翼上的一点小痣，和精心修饰过的丰盈嘴唇。

他目光在她唇上游离。

温凛用文件夹砸他，嗔怪：“你就来我这儿乱涂乱画？”

他自顾自收尾，嘴角一勾，“画得不好吗。”

温凛无奈站他身畔，点评：“要不要改天给你张宣纸，你帮我画一幅裱墙上？”

杨谦南笑，笔帽合上，直接用手去擦：“行了，帮你擦掉就是。”

“别……”

玻璃上浅黑浅灰一片墨痕，他手心则乌泱泱一大块。

温凛摊开他手掌，又好气又好笑，“你今年是不是三岁啊？”

杨谦南一个抬手，镇定自若，在她脸上抹了两道，开怀一笑。

“杨谦南——！”温凛被抹成个花猫，一照玻璃，顿时语塞，瞪他一眼就往洗手间跑。

洗手间在楼道尽头。杨谦南慢悠悠踱过去，温凛正趴在洗手台上，猛搓自己的脸。用力搓下来墨痕还未消，皮肤先红了一大片。

温凛洗干净之后，还用凉水冲了很久，才将那淤红消下去一点。杨谦南站在她身边，挤了点洗手液，慢条斯理地清理手指。

温凛一抬头，镜子里正映出杨谦南看好戏的脸。

她指指自己左边脸颊，蹙眉道：“还有吗？”

杨谦南眼皮都不抬，说：“有。”

温凛凑近了看镜子，仔仔细细端详，发现早已干净了，忍不住想打他：“明明没了！我脸都搓红了。”

杨谦南特爱在她这讨一顿打，然后揉揉她脸颊，失笑：“搓红多好，腮红都省了。”

温凛没好气道：“你见过人腮红擦一边？”

杨谦南说这个简单，扣住她手腕，把她按在洗手台上亲。

深深一吻，又笑着离分，嘴唇柔柔印在她右边脸颊。温凛来工作会化个淡妆，嘴唇是显气色的浅红。杨谦南在她颊边留下浅浅印痕，又用大拇指抹了一把自己的嘴唇，看了眼指腹的彩色。

他像为一幅油画上色，拇指在她右半边脸颊悉心涂抹，最后捧着她的脸转向镜子，搂着她欣赏杰作：“现在对称了？”

温凛靠在他紧密的怀抱里，抵着下唇，分不清哪边脸更烫。

“满意吗？”杨谦南从身后吻她的鬓发，蜿蜒至耳际。在冷气充足的过道，他的气息是热的，是七月般温度。情念似春草般抽芽，恣意生长在这炎夏。

突然，女洗手间传来开门的声响。

温凛蓦地弹开，恰好和仇烨四目相对。一身中性打扮的小学妹挡住半边脸，动作浮夸地溜号。杨谦南抱着温凛低低地笑，嗓音侵袭她的耳朵："现在颜色更好。"

一回头，镜子里的她红云斑斓。

像黄昏，像火烧云收尽的最后一分。

杨谦南接她回酒店，饭通常吃不了几口，就会纠缠到沙发上。

温凛喘息着仰视他："我晚上还要加个班看节点。"

他囫囵说好，俯身吻她。

杨谦南没有背诺，只是看上去兴致不高，末了玩味道："怎么办，我们凛凛最近越来越忙，我都不舍得走。"

温凛推他："别贫了……"

杨谦南于是起身，手臂撑在她身侧，温声呢喃："待会儿送你过去？"

温凛说："没关系，我自己去也行。"

杨谦南在她腿上揉了一把："听话。"

他起身穿戴齐整，顺手从卧室里帮她找来替换衣物，扣上表带，随时出发，理所应当。温凛慢慢吞吞蹭起来，去洗手间换上，装点一新出来，他已经倚在玄关，笑眸似清溪浅湾，说："嗯，这身好看。"

那首歌是怎么唱的？

——为那春色般眼神。

有时梦里她会忘记他的样子，只记得这个眼神。

那段时间她忙得连社交平台都没时间刷。杨谦南在她面前的样子，几乎是个完美的、深情的恋人。

她无法戒掉这种满足感，住进一双对众生都漠然的眼睛。

偶尔她会觉得，或许她爱的并不是他这个人。

她以为她能和杨谦南永远保持这样和平的，甚至有几分甜蜜的关系。

直到那天她下飞机，在传送带边等着行李，接到了顾璃的电话。

航班延误，她回到北京已经是深夜，顾璃晚上因为一个项目，去了红场谈事。她心想在程诚的场子里，总不会出大事。但顾璃哭得撕心裂肺，说凛凛你回来了吗？你快过来。

温凛的心都揪了起来。

她拖着箱子跑过十几个行李转盘，世界好像都跟着天旋地转。

顾璃给她的地址是北医三院，电话里泣不成声，说不清情况。

温凛心在半空吊了一路，到医院看见顾璃毫发无损，几乎掉泪。

这医院拥挤到需要黄牛挂号，连深夜都人人行色匆忙，有病人家属焦急请她让一让。急诊科鱼龙混杂，消毒药品的气味令人心慌。

顾璃精神已经稍稍稳定，连哭带比划："太吓人了凛凛。钟惟被人打了，整个场子都被砸了。程诚在里面帮她办手续，不知道有没有生命危险……"

温凛一愣："谁干的？"

"钱东霆。"顾璃表情茫然无措，"程诚说她和钱东霆起了冲突。"

温凛进去看了一眼，钟惟浑身是血，和衣物黏在一起，急诊医生不得不把她的衣服剪开。据说她喉咙吞进去碎玻璃，被送来紧急洗胃。她已经接近休克了，可还是会突然弹起来，一口一口地咳血。

她是个歌手啊……那把嗓子，曾经那么动听。

正当这时，庄清许从大厅夺门而入。

有了她这个家属陪同，他们这些暂时看护的人简短交接之后，便打了辆车返程。程诚要回红场，温凛抱着顾璃的肩并坐在后排，轻声安抚。她目睹了整个血腥的过程，被吓得都不太敢回事发现场。

温凛付了车费，下车时把顾璃交给程诚，按捺不住问他："钟惟……为什么和钱东霆扯上关系？"

程诚在闷热的夜风里呵笑一声："还能为什么。"

——"她自作聪明去要挟杨家的人，东窗事发了呗。杨谦南不计较，不代表没人帮他计较。钱东霆今晚故意找她的茬，她脾气硬气不买账，把人给惹毛了，就落了这下场。"

那个八月仿佛注定是不祥之月，全国各地频发灾害，多省市遭遇特大山洪泥石流。十四日晚上，国务院发通知，第二天为甘肃舟曲同胞默哀，暂停所有娱乐场所营业。

三里屯很多酒吧早早关门，门口贴上明日歇业一天的告示。霓虹斑斓的北京城好似一夜之间失去颜色，连长安街上的景观灯都齐齐喑声，换上缞绖缁衣。

整条街出奇地寂静。

红场暗着灯，仿佛只是其中平平常常的一间。

温凛在门外等着。

顾璃跟在程诚身后进门，即将走进大厅，远远望见一摊血，啊的一声闭上眼："你们怎么没清理掉啊……我不敢进去！"

程诚把灯开亮，拉着她的手笑："看看清楚，那是摊水。"

"水哪有那么久不干的啊！"顾璃死咬着牙不信。

程诚把那张红色海报拎起来抖落："这玩意儿不吸水，还反光。"

她才肯慢慢睁开眼睛。

程诚把几张沙发摆正，在地上捡了把吉他。

乐队的人留下的，估计以为砸烂了，他捡起来拨了拨，居然还能出声。

程诚跳上张舞台凳，说："给你唱个歌吧。"

顾璃忍不住嗤他："唱什么歌啊？赶紧收拾，凛凛还在等我呢。"

"就两句。前两天跟钟惟学的，就会两句。"

他架起吉他，紧了紧弦。

那是把民谣吉他，音质很差。不过顾璃也听不出好坏。

和弦在空旷的、杂乱的环境里响起，令废墟般的空间莫名温馨。

他给她弹起《梵高先生》，低哑的嗓音唱出四个婉转的“欸”音：

“谁的父亲死了

请你告诉我如何悲伤

谁的爱人走了

请你告诉我如何遗忘

我们生来就是孤独

我们生来就是孤单

不管你拥有什么

我们生来就是孤独

让我再看你一眼

星空和黑夜……”

温凛站在外街，倚靠沉闷的墙，轻轻抱起了胳膊。

隐约的歌声从背后传来，吉他的震动穿透石墙，令她胸肺微微震动。

这一夜很寂寥，她耐心地等待。音乐戛然而止，顾璃哭笑不得地扑向程诚，说：“你的爱人才走了呢！”程诚抱住她说话可不要乱说，咒的可是你自己。他擦擦她的眼泪笑，“你哭什么，歌词都是乱唱的。我又不孤独，我有女人，就你一个女人。”

夜风闷滞，吹久了有点凉。

温凛远望灰寂夜空，她想也许这才是爱情。

有些承诺至少你听了会信。

默哀日没活干，她懒散了几天。

过了一礼拜，绪康白找她，聊公司情况。

那几天下了几场大雨，他们在柏悦顶楼用餐，俯瞰阵雨里的CBD。温凛出身江南水镇，这辈子没见过什么大江大河，最常看见的海就是被雨雾融解的城区，黑夜像暴风雨来临前的海域，呈现朦胧的黑金色。

好像能吞噬一切。

绪康白说：“你情绪不太好。”

温凛：“有吗？”

“这次去活动不顺利？”

“还可以。”温凛补充，“不过我可能，还是不太适应交际场合。”

绪康白眼底泛出粼粼的，心照不宣的光，放下刀叉看她：“你确定？”

温凛清浅地笑了笑：“我是不是太傻了。在投资人面前，应该把五分的能力吹成五十分。”

他饶有兴致地问：“那你觉得自己有几分？”

温凛说：“……七八分吧。”

绪康白大笑起来。

这笑声吸引了几个人的目光。

温凛没有想到，里面居然有杨谦南。她和绪康白走得太近，圈子里早有流言蜚语，暗指她为人不简单，明目张胆搭两条船。她看见杨谦南坐在不远处的脸色，心里已有预感，今天这场雨不会那么容易停。

杨谦南本来是来陪刚刚回国的表妹，杨靳瑶。温凛在陆秉青的屏保上见过他这个妹妹，皮肤被迈阿密的阳光晒成蜜色，戴着副墨镜，上衣永远穿吊带。

温凛第一次见到她真人。皮肤确实偏黑，但比照片上漂亮，骨子里的美人胚。

黑美人往嘴里送了块肉，满脸的事不关己。

杨谦南隔着三四桌，一直盯着她。

绪康白也留意到了他的注视，悄然问她：“要不要紧？”

温凛摇摇头说没事：“我过去一下。”

她不敢在他妹妹面前露面，径自走向洗手间。

握着手机稍等了片刻，杨谦南果然出现。

他有点喝多，一身酒气，抓住她手腕就往里推，按在门上：“解释一下。”

寒气森森。

“……谈工作。”温凛说。

杨谦南笑了一声："你解释还没我问句长？"

温凛甩开他的手，左右观望："你疯了吗？这里是女厕所。"

"那换个地方。"

他把她拉出去，一步步向后退，冷冷拽着她："收拾东西，我们去楼下聊。"

温凛俯身理包的时候，绪康白在对面发出丝无可奈何的笑，给她比了个Good Luck的手势。温凛勉强对他笑了笑，用口型安慰——没关系。

这些尽落在杨谦南眼底。

他直接用房卡刷开了一道门。温凛环视房间，沙发边靠着个女式旅行箱，还有几条散落的裙子，应该是他妹妹的落脚处。

到底是别人的地方，温凛抗拒得厉害，说："杨谦南你能不能好好说话——"

杨谦南一语不发，把她扔上床。温凛再想反抗，他干脆用她裙子的腰带把她双手束在床头。她只能在陌生的床上蜷曲。

杨谦南做完这一切，向后跌进床头的单人沙发。

摸出打火机，点了一根烟。

他抽了两口平复了下心绪，声音平稳，带两分嘲弄："温凛，做人不能太狼心狗肺。"

"我又没有……"

"你以为我在别人床上看到你很高兴？"他硬生生打断她。

原来男人也会翻旧账。

温凛侧对着他，脸靠沁凉的床单："你醒醒酒，醒过来再说话。"

烟雾将他的眼睛烧成毫无感情的透明。杨谦南磕了烟，说："你把我当什么，跳板？"他讥笑，"要跳也得向上走，别往下面蹦吧？"

杨谦南伏上床，覆到她身上，姿态亲昵，话却冷硬："我什么地方亏待你，嗯？你说说看。"

他知道，他全都知道。

——"你就图个破公司，这点志气？"

他只是想发泄而已。

温凛害怕他妹妹在这时候进来，闭着眼把自己蜷缩成婴儿姿势，用嶙峋的背面对这些言语，好像能让自己更有尊严一点。

“你……”杨谦南越逼越紧，被她背后的蝴蝶骨硌到，才突然被打岔，低头正视这具他最熟悉的身体。

瘦了。

她最近居然已经瘦成这个样子。以前她腰上还有一小圈肉，他喜欢把它们捏出来，呵她的痒，撺得她满床乱躲。现在皮贴着骨头，伶仃辛劳模样。

他喉咙像被什么堵住了。

长出一口气。

灼热的酒气喷洒在她后背上，温凛止不住地一颤。

近日多雨水，是夏夜最凉时分。她时不时地打冷战。

杨谦南起来抽开束缚她的带子，垂眸想说什么，那种喉咙滞涩的感觉又归来。他觉得胸口淤着一口气，怎样呼吸都穿不透。

外面雨势未歇，他扔下她，去钱东霆的场子泻火。

空气里萦绕古龙水味。

他俩一人一张按摩榻，喝了一圈酒。钱东霆建议他去澳门玩一圈。

杨谦南无趣地挑挑唇：“你又搭上哪个叠码仔？”

钱东霆幸灾乐祸说：“我这不是瞧你气不顺，劝你散散心？”杨谦南不领情，他便长吁短叹：“你说说你这辈子，怎么老栽女人手里？”

杨谦南像想起什么，忽而问：“钟惟怎么样了？”

“死不了。”

杨谦南凉声说道：“你收敛点。”

钱东霆满不在乎地笑了声，说：“她自找的！”

狠戾的声音仿佛传至城市上空——

医院里，钟惟第一天能发声，可嗓子已经听不出原来的样子。

庄清许哭着问她：“你干吗去招惹那些人啊？”

钟惟的脸色苍白似床单，用半哑的声音说没关系，笑得满目妩媚：“你说我这嗓子要彻底废了，你养不养我啊，大记者？”

酒店里，绪康白刚刚独自吃完那顿饭，收到温凛没头没尾的消息——

“他们都是这种人吗？”

绪康白回她：“哪种？”

屏幕安静了一瞬，进来下一条——

“不把人当人看的那种。”

雨好像霎时间下大了。

杨谦南在屋子里也听见了雨声，皱眉看了眼窗外。

钱东霆还在与他闲聊：“瑶瑶呢，她今天不是刚回来？”

“回家了，去看她爸妈。”

钱东霆说：“那你不回？”

“回。”

杨谦南捞了件衣服，坐起身。

雨沙沙地下。

钱东霆伸手留他：“我跟你说着玩儿，这个点还回？”

杨谦南说：“累了。”

钱东霆派了个手下送他回去，一路开往建国门。

那是日伪统治时期，日本人在内城墙东边扒开的一道城门，贯通里外。

如今城门已经不复存在，只剩一段灰壁残垣。酒精熏得他脑子晕晕乎乎，绕了一圈才让司机开去建国门外大街，穿越大雨，穿越这道门，直奔银泰中心。

进房间瞧，灯是暗的。

一室萧条。

温凛已经走了。

Chapter 07

新闻里依然在播报近日灾害——

8月19日，鸭绿江发了中华人民共和国成立以来第二大的洪水；

8月22日，云南贡山泥石流……

温凛木然扫过一条条资讯，心想她的生活好像也在这个八月，被洪流冲垮。

把杨谦南拉黑之后，应朝禹这些人也像泡沫似的，消失在她的生命里。只有绪康白偶尔会公事公办，来问候她几句。

这大半年，像做了一场漫长的梦。

九月以后，她回到认识杨谦南之前的生活节奏，淅沥小雨中抱着一沓书穿梭在教学楼间，再也不会有人停下来送她。但她觉得这样很好，安静，平和。

也很少再做那些关于监狱的噩梦。

工作室稳步走上轨道，她一星期有好几天都睡在公司。上回那部科幻片的项目成果喜人，营销模式迅速被同行拷贝，纷纷效仿。商业世界不存在创意保护，别人投入更多资本，只会比你做得更大更好。要脱颖而出只能一次一次地绞尽脑汁，想新点子。

顾璃有一天扯了她一根头发，夸张地喊："凛凛，你有白头发了！"

拔下来明明是黑的。

温凛把头发丝丢回去，嗔怪："你怎么也这么爱骗人啊。"

她们俩同时在这个"也"字上，沉默了几秒。

女孩子走得近了，默契神乎其神。

顾璃一眼就猜破了她的心思，小心试探："你和杨谦南……就这么算了？"

"不然你还能指望他来求我和好吗？"温凛眨着眼，好似一脸不在乎。

顾璃皱皱眉："可是你之前，分明还在说四五十岁时候的事。"

"说了是开玩笑。"

她眼眸里似有秋风拂黄叶，力度轻柔，却含几分淡淡凉意。

温凛撇了撇脸，换了一盏目光，笑："我没做过那种梦。"

早知道是这样，像梦一场。

可也没敢梦过太遥远的地方。

她的平静让杨谦南始料未及。

起初他也一样平静。他的感情通常很速食，有些人过不了一个月，连面目都模糊。钱东霆带着几个券商老板去澳门，杨谦南一起去玩了几天。他以前手气很差，本着输光算数的心态随便玩玩，结果居然赢了不少。他摞着高高一叠筹码，胸中居然是失意。冷不防想起某个人，总是逢赌必赢，那洋洋得意的小模样。

杨谦南耗了一个多月，耗到秋天都要来临，温凛的影子还是没从圈子里淡去。

偶尔边边角角的流言听上几嘴，能了解到她和绪康白越走越近。这些消息令他心烦意乱。

他忽然意识到，这么耗下去没意思。

有一天晚上开车堵在中关村，两边楼顶电子广告牌，齐刷刷地放他俩合作推广的电影预告，循环一遍又一遍，没完没了。杨谦南在车里抽完两根烟，耐心告竭，拐进旁边一条小路。

绕过海淀图书城，是温凛租的那栋破楼。

这地界鱼龙混杂，街景灰败，一条狼狗缀着尾巴嗅地上的塑料餐盒。

看着就不像能有什么前途。

但温凛偏偏很努力，十五层的灯光一直不暗。

杨谦南在车里坐到十点，踩灭烟头，往上打了个电话。

他打的是公司座机。温凛接起来，礼貌得体地问您哪位？

杨谦南默了几秒，说：“没吃晚饭吧。”

温凛蓦地怔住。

他在这里坐了好几个小时，没见她下来过，也没见有送外卖的进大楼。

温凛来不及说什么，杨谦南便接了一句：“给你买点吃的上来？”

那口气一如他最初在学校里停车，开门对她说，要去哪儿，送送你？

言语笃定，态度体贴，不怕她遗忘，不容她拒绝。

温凛攥着听筒说：“不用了，我快下班了。”

杨谦南顺水推舟道：“那我在楼下等你。”

温凛恍恍惚惚地把电话挂牢。

这人其实也有天分，无论裂隙有多么不可弥补，在他口中好似从来都完好如初。

她没有刻意在意这通电话，俯首文件间把收尾工作做好，检查一遍办公室电路，才照常踏上下班路。

杨谦南等久了也不耐烦，以为她是故意躲他，干脆上楼去找人。

电梯慢吞吞上到十五层，门一开，脚还没迈出去，先听到一声尖叫。声控灯倏地在他面前大放光芒，照亮黑漆漆的深邃楼道。

杨谦南一刹那心慌，想也没想，加快脚步冲去她公司的方向。

走道全是玻璃，像个迷宫。温凛就靠在一边墙上，两手挡着脸，胸口仍在剧烈起伏。

杨谦南看见她完好无损，才渐渐收住脚步，往她对面看了眼。

那是她隔壁公司的写字间，全透明的屋子里摆着几个机器人。不知道这家公司是什么审美，把机器人做成成年女性模样，黑眸红唇，面部僵硬，还穿旗袍。

如果笼在一片黑暗中，还以为是一群女鬼在里头作祟。

现在有了灯，温凛睁眼瞄瞄那些吓到她的滑稽机器人，也觉得自己特别丢人。

杨谦南眉梢都扬起来，冲她一眯眼："害怕啊？"

温凛瞪他。

他去拉她的手："不怕，我这不是来了？"

杨谦南被躲开了也不气馁，走过去和她靠个并排，笑着点评："你问问你隔壁这家公司需不需要技术转型，改去给绪康白他们供应个恐怖片道具。"

温凛不接他的冷笑话，挎上包就走。

杨谦南斜靠在墙上，依然一脸风流姿容，喊她："凛凛？"

——"就一点都不想我吗，凛凛？"

他声音放轻了些，却回荡在安静的走廊，温凛止不住越走越快，不让自己回头。

杨谦南闲闲起来，远远跟上她。

没想到她一个箭步，迈进电梯，狂揿关门键。

小姑娘心这么狠？

他意识到要加快脚步的时候，已经赶不上。电梯在他面前关上，沉了下去。杨谦南就差了半秒，气得砸门。

不过是等下一部电梯的时间，两三分钟，他下去的时候温凛已经不见踪影。

杨谦南脚边蹲着一条狼狗，估计是吃饱了，吐着舌头一脸喜庆。

真想骂街。

四下张望，小姑娘上辈子估计是个特务，溜个没影。

温凛逃回去之后，也心有余悸。

她夹着包进地铁站的速度能去拍《生死时速》，后怕方才那电梯门要再关慢一点点，她就得和他同乘一部电梯下去。封闭的十五楼距离，够她下十八层地狱。

温凛喘息着干咽一口，把包重重摔上安检带。

她换了一只包，装了电脑和厚厚一沓资料。被撑变形的包缓缓被吞进安检机器，她的表情也像被吞噬，一霎静止。

记忆深处的黑匣子倏然开敞。

他们也有过很好的时候，有过说说笑笑的日夜。

三四月春深，她爱过这个人。

温凛觉得，就这样吧，终究不是一路人，她在这段关系里得到的东西也不少，没什么好怨，也没什么好叹惋。反正他给过的承诺都出于寂寞，给过的挽留……大约出于巧合。

她第二天没有课，还是照例去公司。

午休结束时候，过道里吵吵嚷嚷。仇烨搓搓手进来，说："你们知不知道外面怎么啦，一堆装修公司的人。旁边两间空办公室要进新公司了？"

有个年纪大些的女同事说："别又进个机器人模特公司。干脆让他俩打擂台，一个做女装店，一个做男装店得了。"

"那衣服卖得出去啊？模特吓死个人了，我有天晚上路过往里瞅了眼，差点给摔地上。"

她们在这叽叽喳喳，仇烨两手插袋，探出去瞧个究竟。

不知瞧到什么，她忽然像个二档定频电风扇，僵硬地转过来，欲言又止地盯着温凛。

温凛抬起头，仇烨正用表情演绎一场皮影戏——

"是说呢，还是不说呢？""要不还是说呢？"

温凛搁下笔，没等仇烨自我挣扎出个结果，自己走出去看。

杨谦南可能是真的疯了，领着一帮装修公司的人，非得出钱替人装个百叶帘。

对方经理不同意，杨谦南吊儿郎当说："那怎么办，我女朋友在你们隔壁。你们天天吓她，我岂不是很心疼。"

温凛都想给自己蒙个口罩，从这里钻下去。

可她一个女孩子，站在挤满大汉的过道里太显眼，那些人七七八八都向她看过来。

温凛只好硬着头皮，眉间凝聚不满，冷冰冰质问：“你在这干吗？”

杨谦南笑吟吟地向后一靠，说：“你不是害怕吗，我给你挡上。”

这么一来，隔壁公司的人也全都跑出来看热闹。

里里外外两拨人盯着他们俩，温凛实在不好发作，说：“你能干点人事吗？”

杨谦南说我这不是干得挺好的，紧接着指挥装修公司的工头，说：“去把方案拿给她瞧瞧。你们不是说有好几个款吗，让她挑。”

对方经理忍无可忍，强撑涵养说：“您好歹问问我们老板同不同意吧？”

杨谦南摊开手说他有什么意见吗，这不是皆大欢喜的事？

温凛费了老大劲才把他拖走。

再站久点，她怕对方派一伙机器人出来打他。

杨谦南演到兴头上，频频回顾，留恋道：“方案不挑了？有几个图案我看还不错呢。”

温凛理都不理他，把人关进杂物间。

杨谦南随遇而安地找了个箱子坐，向外指指，痞坏地说：“去你会议室聊不好吗，还宽敞点。”

会议室那头被他指到的人纷纷收回视线，藏回自己座位。

温凛重重地靠上墙。

比起他第一次来，这间办公室已经收拾得很像样。玄关处裱了几张项目海报。

杨谦南轻松巡视，温凛却环着双臂，一脸阴翳。

她才知道人类的语言是贫瘠的。从前看小说特别奇怪，女主角为什么总让男主角放过她们，这世上谁有资格不放过谁呢？可是现如今她真的没有别的话可讲，自嘲地一笑：“杨谦南，玩你也玩够了，还有什么不满意？你说说看。”

温凛特意把话讲得很不客气，学他的惯用口吻。

到这个份上，是真的半点情分也无。

杨谦南收敛了周身痞气，认真看她一眼，忍不住叹了口气。

“昨晚后来饭吃了吗？”他忽而垂了垂目光，令他显得更真诚。

温凛静静站着，不声不响。

杨谦南一仰脸：“为了躲我连饭都不吃？”

她不动声色地敛着眸，一副到天黑也不愿意跟他说一句的神情。

也不知等了多久，杨谦南拍拍裤子站起来，沉声叹道：“算了。”

温凛抬眸。

他握住门把手，深深看她一眼：“那我以后不过来了。你记得按时吃饭。”

温凛心里涌起一股子烦躁：“你到底什么意思？”

杨谦南回眸对她一笑，说：“我这不是认错来了？”他转身把门靠上，把她揽进怀里，钳住她的肩膀，“我那天不是喝多了吗，话都不作数。你也不会哄我两句？知不知道我吃醋，嗯？”

温凛在他身上，明白一个道理。

有些人你真的摆不脱，无关软弱。

杨谦南不是不明白她拉黑他的原因，也不是不清楚她离开他的决心。可他觉得没关系，无所谓。他现在挺喜欢她，和他在一起开开心心，不好吗？

温凛都想替他问自己一句，不好吗。

杨谦南将她拥得更紧。时节欲秋分，他穿了件毛衣外套，柔和清俊，毫无棱角。温凛溺在这柔软里，声线出奇漠然：“我以为你不会来找我。”

他像听了个笑话，拇指轻刮她脸颊，轻巧地说：“我哪舍得？”

温凛想说你舍得的。要不然这一个月，你去哪了呢。

你充其量不过是在遗忘的路上，不凑巧又想起我。

她嗤然地笑。

杨谦南攥住她的手，认真问道：“晚上有空吗？”

“要看做什么事了。”

他嘴角勾起弧弯，说：“你不是爱跟人玩儿吗。介绍几个正经人给你。”

温凛还是去了。

她上他的车，规规矩矩地系安全带，静望窗外景象。杨谦南也不和她搭话，把车开出六环，直抵小汤山镇，面前一片元代园林建筑。他把她放在一个温泉山庄。

这地方占地两千亩，原址是一座皇家行宫，龙池叠桥，群峰翠峦。食府是一水儿的中式装潢，显得颇为正式。

来之前，杨谦南正儿八经地带她去换了身裙子，觉得她颈下显空，特地找了条叶蕙欣的项链给她戴上。温凛脖子上压着那条气势庄重的古董项链，还以为他要带她见什么长辈。

一推开门，里头已经坐了两男两女，都很年轻。

最面熟的是钱东霆，正在和杨靳瑶谈天。杨靳瑶扭头看见他们，特意对她一笑。

温凛和后者只有一面之缘，场面还很尴尬。杨靳瑶坐在钱东霆身边，映着璀璨灯光显得白了一些，皮肤呈现健康的小麦色。她十七八岁的年纪，漂亮得很大气，令人过目不忘。温凛一下子就想起了那天在柏悦楼上的不愉快，不由自主地别开脸。

杨谦南扣住她手腕，把人领了进去。

菜一道道传上来。

杨靳瑶瞟着她哥，故意开腔："第一次见你带人哦？"她瞥瞥温凛的脖子，扬眉，"舅妈这条项链我问你要了多少次？小气。"

杨谦南落座嗤她："黑钻戴你脖子上，那还能显形？"

"——表哥！"

温凛紧挨着杨靳瑶坐，他们兄妹一唱一和，屋里其他三个人都开怀大笑，可她却像个局外人，异常沉默。

莫名想起年初那次跨年夜唱歌，两个女人在厕所里说她闲话，有一个把她认成了杨谦南的妹妹。另一个夸张地嘲讽："怎么可能！你见没见过他妹妹？肯定不长这样！"

“脸有点像。”

“哪儿像啊——”

……

如今看来，确实一点都不像。

这事甚至无关长相。

杨靳瑶身上那股天生的无畏，坦然的造作……她这辈子学不来。

温凛百无聊赖地望着落地窗。

夜幕四合，可惜了好景色。

杨靳瑶显然做过功课，拉住温凛闲聊，从名字到身份做了个自我介绍，然后明知故问：“听说你是我爸的学生？”

温凛说：“……我上过陆院长的课，不算是弟子。”

“以后干脆跟着我爸读研，就是学生了！”她像在完成什么任务似的，显得格外亲昵。

温凛刚端起一杯茶，呛咳一声。

杨靳瑶面露尴尬，连忙给她递纸巾，说：“你别生气啊，我不太会说话。我哥说你很厉害的，自己创业，应该就不读书了吧？”

温凛冲她摇摇头，也不知道是摇哪句。

但她很擅长圆场面，温温和和地笑了笑：“我就是觉得……你和陆老师不太像。”

杨谦南袖手坐在一角看热闹。杨靳瑶恶狠狠斜他一眼，对温凛却亲和，笑容粲然：“你不要见怪。他们都这么讲的，说我跟了我妈妈姓，就没怎么继承到我爸的基因。”说完向房间里其他人看去，仿似在求助。

温凛配合地弯了弯唇，看向她口中的“他们”——

钱东霆不太理会她们，在喝一盅汤。

倒是另一个男人帮衬着杨靳瑶，双手相握，笑呵呵地说：“你自己出去喝洋墨水，就撺掇人家跟着你爸读研。”

温凛才发现自己见过这个男人，在会所里一起玩过一晚，但印象不深，只记得姓傅名筹。

杨靳瑶像被他启发，说："对哦，你是不是也要出国？"

余光里，杨谦南向她瞥了一眼。

温凛抿了口茶水，轻轻点头："嗯。"

话题就此截住了。杨靳瑶问她这个专业是不是要读Journalism（新闻学），她说不是，应该会去念Communication（传播学）。就此冷场，没人再问。

杨谦南也收回了目光，神色不见异样。

热菜上桌，他们一群儿时好友，聊的都是他们上下几辈人的事。

温凛发现他们的圈子内部也分层。譬如钱东霆和傅筹，虽然主业一个做金融一个从政，天差地别，但共同点是都不太和应朝禹他们厮混。今晚的人数虽然很少，但听得出来他们私交甚笃，能聊一些推心置腹的话题。

杨谦南游离在这些圈子中间，去哪都不太说话，一口一口喝酒。

默然听了一顿饭，温凛总算了解到，屋子里另一位女性是傅筹的老婆。两人是大院里一起长大的青梅竹马，已经领了证，明年就要完婚。

话题不知何时飘向他们俩，杨谦南给他表妹讲傅筹小时候的糗事：

那会儿他老婆才上小学，他觉得大院门口的包子铺好吃，天天早上六点买回来，探监似的给人送去。这么送了一个月吧，小姑娘受不了了，委婉地对他说："傅筹哥哥，我以后能不能不吃包子了啊？我妈妈说了，我要是再倒掉她给我做的燕麦粥，她就要生气了。"

杨靳瑶捂着嘴笑得肚子痛，大声说："真的啊？你就是这么追到姚馨姐的啊？"

傅筹摆摆手说："别提，别提。"

温凛都跟着，暗自笑了一声。

这顿饭是杨靳瑶放假结束要回美国，一群哥哥姐姐给她送行，气氛很热络。晚餐之后他们几个去泡温泉，杨谦南喝多了酒不能泡，带着温凛连夜回程。

他醉得瞳孔都散了，非要上驾驶座。

温凛对他没有好脸色，拉住人训斥：“你是有十七八条命还是怎样。这里不是有很多房间吗？睡一晚算了。”

杨谦南狐狸似的朝她笑，说：“你想跟我睡？”

她一直不肯借坡下驴，杨谦南哄了两天也累了，倚在车门上故意刁难她。

温凛想说房间那么多，她难道还不能自己开一间。但见他执意要走，又无奈地回头，想看看这地方提不提供代驾服务。

不料就犹豫了一会儿，杨谦南发酒疯，把她堵进驾驶座：“我不能开。你开。”

温凛一看就不会开车，在他怀里挣扎：“你放我下去。真不要命了？”

杨谦南作势要拧开车钥匙。

温凛一惊，手被他按在方向盘上。

杨谦南绕过去也上了车，酒气熏熏地抱着她，下巴靠她肩上痴笑，说：“命就一条，交给我们凛凛了。”

温凛心里恼恨，钻了个空子想逃走，杨谦南一把把她捞回来，说：“你不开，咱们今晚就睡这儿了。”

她咬牙切齿，回瞪他说：“杨谦南你别后悔。”

停车场是一片山坡，一条水泥小路，能望见远处横卧在夜色里的野长城。

温凛把杨谦南赶到副驾驶，坐正身子，恶狠狠一脚油门，踩了出去。

杨谦南随着惯性向后一抛，撞在车座上，头昏脑涨。

一挑眸，后视镜里温凛面色冷然，见他还坐得七歪八扭，催促：“你坐好。”

杨谦南斜过身，说：“我怎么了？”

温凛握紧方向盘，下唇都快咬破：“别碰我，待会儿该出事了。”

杨谦南面上毫无惧色，仿佛真有十七八条命，慢吞吞倚回副驾驶座，一边嘲弄：“还指挥得有模有样，驾照有吗你？”

“……”温凛气得牙痒，反唇相讥：“谁说我没有？”

“什么时候考的？”

“假期刚拿到，第一次开。”

温凛紧张地开车，说话完全不经思考。说完才发现，她干吗回答他这么细，于是没好气道：“我又没有车，本子不就是张纸。”

杨谦南终于闹够了，优哉游哉躺着。声音幽幽地飘过来：“那改天给你弄一辆。不能浪费你这天赋。”

温凛真想扭头看一眼他是不是认真的。没敢。

杨谦南看着她紧绷得根根脊骨分明的背，又望望她后视镜里严峻的眉眼，在她旁边轻轻地笑。

她最讨人喜欢的地方就在这里。看似无棱无角，实则一步都不肯退，有种别样的坚毅在骨子里。把命交给她很放心。她聪明，清醒，永远不会让自己脱轨。

杨谦南不经意般向外一望，在秋夜里长舒一口气，“前面左转。”

“左转干吗？”

“左转停下。”

温凛依他的话，踩一脚刹车。

到底经验不足，踩得有点急了，差点扑上方向盘。温凛弯着腰半天没起来，闭着眼深呼吸，冷汗涟涟地结束这场危险驾驶。

前方没有路，左边是一条溪河，右边是长长一圈高墙，宅门紧闭。

杨谦南说：“到了。”

这是一座青灰色的古典建筑，区别于传统的四合院。宅门前是一条私路，温凛开过来的时候车速慢，沿着围墙仿佛开不到尽头，没注意这里居然只有这么一座宅子。

杨谦南在夜色里叩响了铜门锁，往里喊了一嗓子：“奶奶！”

醉鬼闹事般的声音划破夜空，惊醒三四盏灯。

温凛望见里面倏然亮起的一片灯光，心惊肉跳，第一反应是想拉着他躲起来。

片刻之后，一位管事推开大门。面相慈和的中年女人肩上披着一件外衣，埋怨道："小声点……老太太睡着啦。"

杨谦南无知无识地向她一笑："桐姨。"

温凛扶住站都站不稳的杨谦南，为难地解释："他喝多了……"

女管事对她点点头，叹着气招手："快进来吧。"

她个子矮小，踮脚取下挂在门廊的灯，拎一盏提灯为温凛指路，话音温柔："看着点脚下，姑娘。"又轻言轻语地问，"你们这么晚，是从哪里来？"

温凛束手束脚，低低嗯一声，说从小汤山。

"那是有点远了。"

"他指的路……"温凛窘然，不知该怎样作答，觑着杨谦南，心想深更半夜十点钟，以她的教养，连家人都不便打扰。他疯起来怎么连自己奶奶都不放过？

宅内有一座桥，桥下一条窄河，底有荷花香。

温凛四顾，未曾见到荷花。然而水波清韵，别有一股雅淡清凉，不知荷香从哪来。

桐姨将她们领至一座两层小楼，杨谦南介于半睡半醒之间，一进房间就倒上了床。桐姨站在他床边，不知在叮嘱什么。最后提高了点声音，温凛才听清，"靳瑶前阵子来过，正好收拾出了这间客房。你将就对付一晚吧。"

他说知道，桐姨便拉拉肩上的衣服，说我给你们拿衣服来。杨谦南把头埋在枕头里，说不用麻烦，你走吧。

两扇黑漆隔扇门相阖，一室只剩幽静。

杨谦南沾了床就迷糊了大半，温凛无奈地问他："你不洗澡吗？"

他挥挥手腕，说："你先去。"

于是她只能自己探索。

这屋子有些年头了。古典的漆面布满斑驳划痕，青石地砖，家具每一件都上了年代，斫雕为朴，缀饰全无。

望出去，碧波万顷。

翌日便是中秋，今夜的月亮格外圆满，大大一轮卧在檐上，独照三亩荷塘。

荷花开到九月一盏不存，满目圆叶碧幽幽沉在夜色里，一浪盖过一浪，吐纳清辉。围墙四角都建了两层楼台，水塘中央两三顶黑色亭盖，仿若一座明清古园。

她终于知晓香自何处来。

屋里没有传统的淋浴设备，上引温泉水，只能泡澡。

房间里有点闷，温凛开着窗梳洗，清风徐徐浮动。习惯了现代建筑里人工调和的温度，自然风带几分温润，拂在身上只觉凉柔。

出浴室时，门口的几凳上还是被搁了毛巾衣物，叠得方平。桐姨显然悄悄回来过。

睡衣应该是杨靳瑶的，温凛穿不惯，干脆没穿，系一条浴巾在身上。

洗净出来一看，杨谦南果然已经睡熟了。匀调的呼吸蕴着酒气，不太好闻。

她不太想伺候他，缩在床的一角想就这么尝试睡着，然而屡屡未成功。他斜占了个位置，这床又硬得她认生，抱着膝盖枯坐了一会儿，只得起来。

温凛摸进杨谦南的裤子，偷来一包烟。

这动作别一般的刺激，她能摸到他一块衬布之隔的大腿，男人松弛时的肌肉依然紧实，触之温热。她胆战心惊，担心将他弄醒。然而没有，她驾轻就熟第二次，把打火机也顺了出来。

也不知是不是命。她从未买过烟，唯二碰过的两包，都是他的。

杨谦南没有专一的嗜好，这次换了一个牌子。温凛推开窗户，拿在手里端详。

青橙火苗在夜风中曳动，像冷风中的一卷纸钱，焚着荷香。

她细腕搁在黑色窗框，回身看杨谦南。

他静静睡着。

月色淡拢纱，她心口如同刚灌了水的面粉团，软得不成形状。

却又像被什么重物压着，一直不得解脱。

楼下仿佛有人走过。温凛吓得藏进屋里，探出去张望。却只见浓浓夜色，有虫点上荷塘水面的草杆，未见有人。她这才松一口气，靠坐在沁凉矮窗下。

这一夜也不知想了多少东西，后半夜疲乏，她把杨谦南往里推一点，在床沿屈就，一合眼居然睡着。

醒来的时候，杨谦南已经起了，刚洗完澡，擦着头发看她。

他没穿上衣，身上散发着刚刚沐浴过的热气。温凛一看便知不好，想将被子重新蒙上。

杨谦南冲她低低地发笑："别藏了。"

她睡前把浴巾扯了，以为那样屈就，只能打一个盹，没想到睡到天亮。

温凛正懊恼，杨谦南跪上来掐住她下巴，嗅了嗅。

温凛下意识皱眉："你好意思嫌弃我？"

他展颜大笑："不嫌弃。来，来，亲一口。"

温凛挡住他的嘴唇，挡了条裙子在胸口，飞快下床。

她洗漱穿戴停当，就要推门出去。

杨谦南半靠着床吓唬人："不要乱跑。外面的警卫配枪，里面都上实弹。你一个生脸跑出去，人把你击毙了算谁的？"

他满嘴跑火车，真以为她三岁？

温凛回头瞪他一眼："那就开枪好了。反正我迟早要死在你手上。"

杨谦南是把这句当情话听的，颇为受用地过来抱她，哑声道："是吗，具体怎么死的……嗯？"他发出个暧昧的尾音，"你说说看。"

温凛挣脱他，跑上曲折回廊。

回廊尽头是饭厅。

早饭是和老太太一起吃，他们都很规矩。

温凛才发现他奶奶有阿尔兹海默症，不怎么认人。简简单单的清粥小菜，饭吃到末尾，老太太从轮椅里抽出一本二十世纪七八十年代的工作册。

平整如新的黄色簿面，翻开来，每一页都歪扭记着几行字。

老太太翻到中间，让桐姨拿给杨谦南看。

两条横线中间写着他和杨靳瑶的大名，老太太在底下画“正”字，记录他俩来的次数。

杨谦南一年就只有两画。杨靳瑶回国一个月，已经画了三道。

老人家错把温凛认成了杨靳瑶，双手把她的手攥在掌心，紧握着砸了一下，掷地有声：“还是瑶瑶乖哦！”

温凛指节磕得生疼，表情都变色，却不忍心把自己的手抽回来。

老太太借着杨靳瑶，把她孙子批评了一通，就差给温凛簪朵小红花。杨谦南从未这样听话，目光像长在了碗里，绝不回嘴一句。最后桐姨收拾饭碗，老太太趁他不备，还给温凛塞了个红包，让她中秋节买月饼吃。

温凛出门偷偷数了数……究竟要上哪买这么贵的月饼？

杨谦南随后跨出饭厅，见她鬼鬼祟祟，探过去瞧，把温凛吓了一跳，手不听使唤，猛地把红包藏在身后。当着人家的面数钱……太丢份了。

结果杨谦南的解读比这还过分，张口便来：“你收着就收着，藏什么？我又不会抢你的。”

温凛脸都在发烧，气得把红包推他怀里：“谁藏你红包了！你拿回去。这钱是给你表妹的，我才不拿。”

“杨靳瑶背着人偷偷给老太太的本子加笔画，当我不知道？”他皱着眉还很不忿，“她回国就一个月不到，成天不知在哪浪，来过一趟不错了。真有出息，偷她姥姥的铅笔。”

温凛怔住：“……真的？”

“你看我奶奶像是能记住她来过几次的人吗？正字学得还挺像样，边画边抖。”杨谦南越说越来气，把红包拍她身上，“拿着，杨靳瑶配不上这钱。”

“……”那她也不好收这钱啊。

杨谦南眉头舒展，忽然话音一转，深眸含笑：“奶奶大不大方？想不想让人当你亲奶奶？”

温凛恼羞成怒，想把红包再拍回去。杨谦南及时阻止：“让你拿你就拿着。”把那厚厚一叠按在她胸口，说，“早给晚给不都一个样。”

他说完就伸着懒腰走了，温凛也不好意思往口袋里装，像捏着个烫山芋。

掌心滚烫，一直烫到心尖。她也不知心口这绵热是为了什么。

杨谦南还穿着一套睡衣，闲闲地在院子里散步，带她逛去西院荷塘。

白天来看，这三亩荷塘更为壮观。花岗岩砌的池边，简朴复古。然而举目望去，却是千盏秋荷。

杨谦南带她往深处走去，说他奶奶年轻的时候爱荷成痴，老了之后买下京郊这块地种荷花，动工两年才落成。可惜没看上几眼，人就得了病。

温凛问：“那你爷爷呢？”

他忽然笑起来，说：“可能是不喜欢荷花吧，毕竟花有很多。”

她大致听懂，表情尴尬，好像不该问这么深。

那日凉风阵阵，他们同时向碧塘深处望去。

秋分时节，这亩荷塘也不知是如何将养，竟有一枝粉荷尚未谢，孤零零地掩在恢恢绿网之下。

那天夜里，温凛做了个梦。

她梦见杨谦南跳下去，把那枝荷花摘给了她。她站在池边气急败坏，说池子里就剩这么最后一朵荷花，你还给它摘了，你奶奶怎么还没把你从族谱上除名？

杨谦南半个身子浸在水下，擎着花盖说，你就说它好不好看吧。

她不说话。

他说，那我扔了。

温凛连忙抢下来说别，然后蹲在池边，把它化作一盏莲灯，小心翼翼地顺着水波送走，忍不住惋惜：“人家作为一朵荷花，得多努力才开到了九月末啊，你就这么把人给摘了。”

杨谦南笑她似林妹妹葬花，说：“本来也就这几天谢，让它发挥下余热。”

温凛还是心疼，转念又说，“你从水里起来。泡这么久该要着凉了。”

他说：“这不是在给你的花赔罪吗。”

她说：“别耍嘴皮子，快起来。”

他说：“那你拉我上去。”

温凛清醒地想着，她就这点力气，拉他一下还不得自己栽进去？可是梦里的自己不受意识控制似的，毫不犹豫地伸手去拉。

三亩荷塘顷刻化作十里霜江，她栽下去，身旁空无一人。她无止境地下沉，沉不到底。

梦中飘来一段芰荷香，秋风里带腥，将她惊醒。

醒来才发觉，是电话响了。

绪康白不知从哪得来的消息，知道杨谦南带她去了杨靳瑶的送行宴，上来就说恭喜：“是不是该请我吃个饭，温总？”

温凛惊魂未定地擦着虚汗，被他叫得一阵好笑，说：“再请你吃饭，我另外半条命也没了。”

绪康白恶劣地促狭：“哟，玩儿这么大？”

看这一个个的，掀开皮囊瞧骨相，其实都一副德行。

温凛也是要脸皮的，肃声警告：“你再贫嘴，咱俩的交情可就尽了。”

“别。”绪康白清朗地笑，一语双关，“咱们俩这么优秀的合作伙伴，尽了多可惜？”

他打电话来其实有正事。

温凛的公司步入正轨之后，不再满足于小作坊式的内部消化，瞄准了更广阔的品牌营销市场。绪康白为她牵线搭桥，帮她进了一家知名品牌的广告竞标。

“我就帮到这。”他说。

温凛连忙跪坐在床，喜道：“足够了！”

“有信心？”

“没信心，毕竟和业内知名公司比，没什么竞争力。”温凛说，“拿不到独家合作也没关系。我的目标是成为他们的合作方之一，吃一小块蛋糕就够。毕竟单新媒体营销这一块，没有几家公司能拿出比我更好的方案。”

绪康白说：“这叫没信心？”

她讪讪道：“确实没有多少啊……”

“行了。”他笑着打断，语气透着顽劣，“成事之后请我吃饭。你自己搞定杨谦南。”

他们这些人，都有点唯恐天下不乱。

温凛就这样在众人的调侃和观望里，度过了一段平静安然的日子。

那时苹果公司刚刚推出令它声名鹊起的iphone4，杨谦南趁它在香港发售，换了个新手机。一周里有三四天，她走出教室，就看见他等在阶梯教室外的长凳上，玩一个纸牌游戏。

这款应用的界面十分简陋，乍一看像最原始的扑克小游戏。杨谦南在上面压21点。

有时候她的教授拖堂拖得久，她就百无聊赖地转着一支笔，心想时间就是金钱，就这会儿工夫，外头那位应该又输了好几把。

等到终于放课，温凛第一时间挎上包出去。

她有点小农思想，看见他又乱抽牌，劈手把手机夺过来：“你算不算牌啊？对面牌那么大还抓两张，大概率爆了，你跟着抓什么抓！”

杨谦南双手枕在脑后，往墙上悠然一靠：“下课了？”

温凛没好气地嗯一声，在屏幕上指指戳戳，帮他赢回来两把才甘心。

刚递回去，对面教室踏出来一双皮鞋。

温凛心道坏了，小农思想要不得，捡了芝麻丢西瓜。

她一抬头，和陆秉青的视线对个正着。

对方好似本来打算视若不见，但被她这么一望，三个人面面相觑，彼此一时都不知该说什么好。

杨谦南从脑后抽了只手出来，给他姑父介绍：“你侄媳妇。”

温凛都想砸了他的手机。

陆秉青的表情相当精彩，她一度不忍回忆。儒雅的学者夹着一只黑色公文包，无意识地把包移来移去，最后勉强笑了笑，说你们别堵在门口，后面的同学出不来。

鱼贯而出的同学们给了他缓兵的时间。

陆秉青收拾出一张仁慈面庞，问杨谦南说："你晚饭吃了没有？"

杨谦南说，"没，这不在等你侄媳妇一块儿吃。"

温凛那天终于找到了由头，卸载了他的纸牌游戏，并勒令他一个月不能装回来。

杨谦南挺无辜："你不是对你们学院的课堂效率很有意见吗？正好我帮你反映反映。"

她忍无可忍地喊："杨谦南——！"

"有什么不好意思的，嗯？"

温凛最终放弃了和他的交涉，从此之后去上课都恨不得戴个口罩。

后来有一次，她问杨谦南，他为什么这么热爱输钱。

杨谦南笑着答："打牌不就图个乐子？你斤斤计较算出来钱，有什么意思。"

有时候温凛觉得，自己在潜移默化地被改变。从前她是最擅长趋利避害的人，也在最适当的时候抽过身。可惜现在她转动脑子想一想，满脑子都觉得他有道理。

赌这个字，确实不该算。

就像他们这一段关系，纵她赌技再拙劣，也能算得出结果。但她告诫自己，不要算。人生总在算计，当个赢家又有什么意思。好运气要老天双手捧上来，才值得欢喜。自己匍匐着去挣，赢了也是悲戚。

所以他们一起麻痹在这种平静与安然里头，从未意识到，那一根见血的银针，会在何时到来。

Chapter 08

十月，他们吵了有史以来最凶的一场架。

温凛觉得很奇妙。虽然他们的关系不伦不类，但互相从未急赤白脸，即便闹到决裂的时刻，也是她静静地走，或是她静静地受。

要论关系融洽，他们兴许能评上模范情侣。

但那一次不是。

要问原因，她想了想，或许只能归结为——杨谦南是真的喜欢她。

他喜欢一个人的方式非常庸俗，送礼物，陪伴她。在她需要的时候，他会不吝惜帮她一点小忙。

那天就是这样。温凛在上竞标会之前，被他喊去一个饭局。

坐进去她就发现情况不同。那是一个只能用气势恢宏来形容的宴会厅，一张分餐式的长餐桌，准时到的人都着深色正装，不约而同地坐在下座。

整张餐桌半黑半白，杨谦南领着她在白的那边随手挑了个座，空出了最上方一个位置。

重要人物自然来得最晚。温凛惊愕地发现，她投标的甲方公司老总和几个助理簇拥着宴席的主人，两人攀谈着入席。那位主人穿得很休闲，像是刚从哪个健身房出来，虽然年过半百，但精神矍烁，一身白色运动短袖，健步坐上主位。

后来温凛才得知，他就是杨谦南那位出自传的叔叔。

她暗自懊悔，当时怎么没好好研读一下那本投资学教程。

杨谦南看她表情异样，以为她紧张，说：“没关系，就是带你混个脸熟。”他面色平常，贴心地给她淋酱汁，小声附在她耳边，为她私底下介绍宾客。

温凛其实知道，他这样不热衷应酬的人，能为她做到这一步，何止是受宠若惊能形容。

她猜想他会希望她表现得雀跃一些，至少野心勃勃，或者暗自感激。

可她不知怎么的，就是做不出表情。

这段饭本来没她什么事。用杨谦南的话来说，她就是个混脸熟的。他叔叔是个很风趣的人，一顿饭都在闲聊，酒过三巡还让服务员打开宴会厅里的电视屏幕，问有没有点歌功能。

温凛默默喝着一盅丝瓜芦荟汤，腹诽说难怪杨谦南说他不着调。明明是那么上位的人，却像个顽童一样。

令人震惊的是，那块屏幕麻雀虽小，功能俱全。

服务员喊来一个会操作的经理，弄了半天给他调出一个卡拉OK模式。底下人都没吃过这么混搭的饭局，面色纷纷尴尬，但都只好赔笑。

幸好这席上真有会唱歌的人。

温凛一进来就注意到了，席间除了她，还有另一个女人。她那位甲方老总经常和不同的小网红一起出镜。后者一听要唱歌，想也没想就接过话筒，笑盈盈说：“那我就献丑了。”

挑的歌很正经，是二十世纪九十年代的流行歌曲。

众人该喝汤的喝汤，反正也没人听歌，交头接耳说今天的菜品不错。

就是图个气氛。

一首唱罢，领导高兴，众人捧场。

杨谦南搂着她的腰，悄声无息地扑哧一声。

温凛掸开他的手，压低声道：“你正经一点。”就算再怎么不爱应酬，也不能在这种满场乐陶陶的时分放浪形骸地笑，“好歹是你亲叔叔……”

他就是不听。那天他多喝了几两酒，抵在她鬓角，用一种极尽肉麻的口吻，腻着她说：“不要，她唱得太难听了，没你唱得好。你上去唱一首好不好？”

温凛听到这句话，面色微不可察地一沉，慢慢放下了汤勺。

她知道，这句话听见的不止她一个。

主座上的那一位微微侧目，往他们俩的角落看过来。这位叔叔鼻梁上架着圆形镜片，嘴角自带一分官腔十足的笑，亲切地要他介绍。杨谦南满脸浮浪，轻描淡写一句“我小老婆”，惹得一桌子人哄堂大笑。

温凛很懂事，也矜持地跟着一起笑，好像很开得起玩笑。

杨谦南往后一仰，不动声色地把众人的注意力引到她身上。他叔叔顺势问了两句，听闻她做广告营销，随口便向自己的老朋友提，让照顾照顾后辈，甲方老总视线在她身上溜了一转，笑着道：“好说，好说。”

这顿饭其实吃得很圆满，也没有人真的让她上去接话筒。

那块屏幕点完一首歌就被喊人来关闭，没人真想把饭局变成卡拉OK，气氛点到为止。温凛谦虚听着大人物们聊这一轮的投资热点和政策风向，但神思总止不住地飘。

宴席散场，陈师傅已经在车里候着。

杨谦南颇有几分志得意满，拉着她坐进去，轻捏了下她的鼻子：“怎么啦，叫你小老婆不高兴了？”

车子启动，汇入车水马龙。

温凛说没有。

杨谦南了然于胸似的笑着，好像觉得，她应该明白他的用意。

温凛最讨厌的偏生就是他的这种了然于胸。

他连她生气的理由都不清楚，却兀自帮她盖章认定，觉得她是斤斤计较一个玩笑的小女人。她本来觉得这事不大，想粉饰过去，然而却无法容忍他连她粉饰过什么都不清楚。

从前她对他毫无期望。可是相处这么久，她渐渐地，奢求他至少该了解她几分。

温凛忍耐了好一阵，终于在车子被红灯截停的瞬间，不经大脑地出口：“你刚刚为什么要我上去唱歌？”

杨谦南早把这茬抛之脑后，被问得愣了一下，慢慢勾起唇：“唱歌不好？我生日那会儿让你唱，你就不大高兴。后来还不是跟着应朝禹唱挺开心？”他醉醺醺挑起她的下巴，逗弄，“没他你就不唱了？”

温凛早就发觉，杨谦南的领地意识很强。她好像是他的一只宠物，别人摸一摸拍个合影，都得经他的同意。

“这跟他没关系。”她心里莫名腾起一丝悲哀，转头跟他较起了真，“你没看到刚唱歌那女的是谁吗？在你心里我就是那种人？”

杨谦南被她问得怔忪，被酒精麻痹的瞳孔里一片茫然，表情好笑得如同被辜负：“哪种人？我辛辛苦苦塞哪种人进我叔叔的饭局？”

话赶话到这里，她才意识到，他们居然吵起来了。

前所未有。

一向开车稳健的陈师傅撞上个路坑，轮胎滚过去陷落，车上的人不约而同都晃了几晃。陈师傅怕担责任似的，悄悄向后望了一望。

两人剑拔弩张。

杨谦南很少体会被人误解的憋屈，靠在头枕上，止不住心伤：“小白眼狼。”他酒劲上头，越想头越痛，越想越荒谬，失笑道，“就算上去唱个歌，碍着你了？现在唱两句相思风雨，就能在你客户面前表现。换别的时候，你喝出胰腺炎，瞧瞧人家搭不搭理你。”

“不搭理就不搭理……”

“你公司靠什么发工资？靠它老板朋友多？”

温凛猜到他又要提绪康白，心中有忿：“你不要什么都往这上面扯。我承认我是不擅长应酬，这方面我也反省过。可我没有多大的野心，我就这么偏安一隅，拿不到的东西我也不去伸手，这样有问题吗？”

“你今年到底几岁？当开公司跟念书似的，考不到一百分就拿个九十九，是这样？”

温凛气头上也挑不出错，反问：“不是这样？”

杨谦南幽幽瞥来一眼，嗤笑，“就你这清高劲儿，在家待着不挺好吗，出去学人创什么业。真当自己是白手起家小青年？你回去问问看绪康白，换一个你们学校的学生去找他投项目，他看不看人家的标书。”

那一眼寒气森森，让她从脚底凉到心尖。

他的心里有一本账。他给了她多少好处，一笔一画全都记得清清楚楚。

所以她乖乖听话就够了，哪有脸在他面前谈什么清高。这一套他不仅不吃，吃了还倒胃口。

车里太闷了，她方才喝了点酒，晃得胃里难受。

温凛深吸了口气，对陈师傅说：“停车。”

杨谦南躺着也烦，见她喊停，冷笑道：“温凛，你真够不识好歹。”

路灯黄色的光落在她的眼睫上。温凛盯着马路边涂着禁止停车字样的黄线，一时意气，咬牙扳开门锁。

她刚刚踏下地，杨谦南就干净利落地关上了车门，砰地一下，吩咐陈师傅开走。

他余光里扫到她半个背影，听见声音也不回头，就那么呆呆地在马路牙子上杵着，跟个木头似的。杨谦南嗓子眼里像吞了两把粗盐，又干又涩，还有两口咸腥味儿。

——怎么就看上这玩意儿？

路灯下，温凛心潮起伏，像离水太久的鱼，不知该用哪个器官呼吸。她扶着路灯缓解了一阵胃部的翻江倒海，才重获氧气一般，平静地抬头。

温凛捏着手包，独自走了一个路口，拦了辆的士回去。

到了校门口才发现，她的手拿包里没有现金。

这个发现几乎是击垮她的最后一根稻草，逼得她不得不承认，杨谦南确实有资格对她不闻不问。曾经她觉得他们算是各取所需。可是现如今，拉开手包的拉链往里瞧，空空荡荡，黑色的内衬像一个黑洞，吞噬她全部的虚伪。

他们俩之间，究竟谁占谁的便宜更多，其实她知道。

她全都知道。

温凛忽然觉得无比的疲倦。

她无奈拨出个电话，打给顾璃求助，然而一直没人接。她好似听见什么近在耳旁的声音，降下车窗向外一瞧，一只手机横摔在路中央，屏幕裂了几条缝，但居然还能运作，正叮叮当当地响。

那是顾璃的手机。

人声也随着降下的玻璃，一起漫进来。

有人劝架，有人争吵，有人粗鲁地骂，有人绝望地哭。

温凛坐在车里看了一会儿，校门口围着一小圈人，中间正是顾璃和程诚。顾璃的师兄扶着她的胳膊安慰她，可她全然不领情，只顾扑上去跟程诚解释。

出租车司机都看上了热闹，稀奇地笑：“哟，R大也有学生玩这一出。”

哪一出呢？

男游九郡，女嫁三夫。

恰便似一枝红杏出墙头，不能够折入手，空教人风雨替花羞。

顾璃成天背着程诚出去约会，终于东窗事发。

温凛推开车门说道：“朋友出了点事，我过去看看。您稍等一下。”

司机师傅在后头招呼说不急着看，付了车钱再去。她头也没回，只说请您等等。

她拨开人群到顾璃身边，程诚正骂到兴头上，说你就是嫌我人穷呗，瞧不上就瞧不上，咱们光明正大地说不就得了，背地里偷着玩儿什么勾三搭四的戏码？

温凛越听越觉得不堪入耳，皱眉回头说了声：“分个手而已，一定要这样吗？”

程诚也不知她是何时冒出来的，但他认得她，在杨谦南身边见过她几次。这好像给了他宣泄的出口，讥笑连连：“都一路货色。”

他甩完这句话，便驾车而去。

人群纷纷散开。都是本校同学，手里拎着炒河粉麻辣烫，三三两两好奇地回眸。

温凛从顾璃的师兄手里接过她的胳膊，面无表情道：“璃璃，起来，我们回去。”

顾璃猛朝她摇头，哭着把人推开：“你别管我，让我一个人待一会儿。”

温凛无奈地看着她，帮她把碎了屏的手机捡回来，擦擦上面的尘土，艰难开口：“那你……借我点钱。”

司机早等得不耐烦了，接过顾璃给他的车费，怪异地看了她俩一眼，避瘟神似的开走。

顾璃好像觉得自己不是最倒霉的那一个，被出租车尾气扑了满脸，居然扑哧一声，灰头土脸地破涕为笑。

温凛哭笑不得地拧眉，说：“你可真够可以的。这剧情，能上你们那的《老娘舅》了吧。”

“什么《老娘舅》！”顾璃甩开她的手，“你跟杨谦南在一起之后嘴越来越刁了，都是跟他学的！”

“以后不会了。”温凛淡淡说，“我们闹崩了。”

顾璃眼眶里含着一包泪，血丝纵横地瞪大，怪吓人。

“今天是国际分手日吗？”

刚才当街吵架的脸丢大了，顾璃一路上都强装不在意，说说笑笑的，好像这样能挽回一点面子。温凛也就陪着她演，她说什么她都嗯一声，说是啊，对呀。

也不知道演给谁看。

回到宿舍，两人各自去洗漱，谁也不愿意说话。

躺在床上，累得好像会昏死过去。

温凛半梦半醒，一直无法进入深度睡眠，深夜里清醒过来，听见顾璃的床上传来隐隐约约的啜泣声。谁也没有入睡。

所以说，演给谁看呢。

夜半三分，自己心里最清楚，爱着什么人。

温凛从前一直不明白，顾璃明明那么喜欢程诚，为什么总是狠不下心拒绝旁人的追求。

因为那些人都太好了，太优秀，太合适她那个阶层出身的，学历品貌拿得出手的女孩子。她或许觉得自己喜欢程诚，是喜欢亏了。而且他也未必会待她永远这么好，所以她暗自给自己留几条后路。

用顾璃自己后来的话说——“我就是那种二十出头，什么也不会，成天觉得自己应该学聪明点儿的小姑娘。”

可是剖开心肺翻出血肉，她还是最爱他。

温凛听着这啜泣声入睡，如睡在滴滴答答的檐边。她在心里暗自地想，这世上果真有一种爱情，是你一边看不起一个人，一边深爱着他的。

那一年她二十一岁，第一次怀疑，也许根本没有爱情这回事。

这世上最长远的爱，或许只是迷途不知返。

进入二十一世纪，城市的四季已经不那么分明。

北京的秋天很短，好像一下就转凉。

温凛回忆他们的这场架，竟然想不起对错，满脑子都是他毫不犹豫关上车门的那声砰响。她觉得自己好像被剥皮抽筋，赤条条地站在他面前。她承认他所有的羞辱，承认自己从来不纯粹。以前他半遮半掩，她还能心照不宣地陪他玩恩爱游戏，如今他将这些都明晃晃祭在了台面上，从此之后，她还能坦然地管这段关系叫恋爱吗?

她整整思忖了半个月。

学校提前供暖，进入十一月，宿管中心就发布通知，说要挨间宿舍试暖气。温凛就在这忙碌的秋末做成了件大事，拿下了品牌竞标。

那场竞标会由对方市场部的人主持，她压根没见到饭局上那位身居高位的老总。市场部的负责人夸她年少有为，温凛和她握手，也不知这恭维究竟是她自己挣来的，还是杨谦南的功劳。

这里头的因果搅成一锅糊粥，说不清道不明，就像他俩乱成一团绒线的关系。

只有一件事情非常明晰——

事情成了，她得请绪康白吃饭。

北京每个季节总有几场妖风，平地而起，吹得门帘噗噗响。

温凛挑的地方在一条僻静的胡同，招牌暗藏，是一位日本职业料理人在京城开的怀石料理。店面灯光幽暗，掀开两道深蓝色和风门帘，才能见到开放式的厨台。店主正在准备鲷鱼刺身，用日语轻声向客人打招呼。

店里只有四五张桌子，用屏风和榻榻米隔出独立的空间，预约一顿晚饭至少得提前一两个月。

绪康白一坐下就感慨："温总，敬你一杯。"

清酒是上好的獭祭。温凛抿了一小口，冲他蹙眉。

绪康白夹菜的动作放缓了些，抬头："又跟杨谦南吵架了？"

店主上了餐前汤，就地取材，用鮟鱇鱼配银杏，梅心一点，淡雅别致。

温凛拨弄着那一点红梅，说："不可以吗？"

"话不能这么说。"绪康白轻拭了唇，坐正了些，好像要教育她，"身为朋友，你怎么开心怎么来。"

温凛忍俊不禁："你这官腔打得可真流利。"

"我话还没说完。"绪康白接着道，"身为你的投资人，我觉得你不太明智。"

温凛眉头都皱紧了，不顾礼仪地用筷尖戳他："怎么，我这辈子只能跟他绑着吗？"

绪康白躲开，轻声笑道："别生气啊。我又没让你巴结他。"

"这还叫不巴结？"

"唉，巴结就巴结吧。"绪康白一本正经，毫不讳言，"讲真的，你牺牲一小下，福泽整个公司。我听说杨谦南连他叔叔都搬出来帮你了，这可不是一般人能有的待遇。"

温凛心说是啊，可是我们就是不断在闹崩，你说怎么办吧。

绪康白劝道："我这话是什么意思，你懂的吧？"

温凛微微点头，说懂。

他是在劝她惜福。

和聪明人说话就是省劲。绪康白啧啧两声，感叹："当初觉得你厉害，没想到你这么能耐，连杨谦南都搞得定。"

温凛忍不住打碎他的美梦："你别太高看我。我像是能甩他两次的人吗？"

绪康白也是聪明人，一听就明白，哦，他甩的她。

到底是欢场，翻云覆雨，瞬息万变。

他于是一边吃着日料，一边食之无味地想，连叔叔都肯为她搬出来，结果第二天说甩就甩，杨谦南也是个奇人。

绪康白不死心，吃完饭忍不住又把话题扯回去："现在什么情况？"

"他把我号码拒听了。"

"做这么狠？"

可反而是这样，越让他觉得不合常理。

像他熟悉的这帮人，和女人断了通常是厌了，但也不至于拉黑。就这么静静在通讯录里躺着呗，哪天重逢旧情复炽，也不是不能嚼两口回头草。

犯得着拒听？

气性挺大啊。

绪康白经过推理，给自己慢斟一杯酒，斜眸说道："我觉得你俩有戏。"

温凛笑了："你就这么希望我找他和好？"

"你自己不想？"他反问。

温凛没说话，把一杯清酒仰头饮尽，壮了壮胆子，瞄向他放在桌上的手机，"要不你帮我打个电话吧。"

绪康白手一抖："……你哪想不开，让我打？"

"你打不打？之前还说是合作好伙伴呢，打个电话都不敢？"

绪康白把酒壶平平稳稳搁在桌上，陷入犹豫。

温凛说："说这话大概没人信吧，但我是真的喜欢杨谦南。你们可能觉得他全身都是好处，一开始我也是这样。可我这人真的不贪心的，现在这些已经是我想得到的所有东西。我把好处都拿全了，也知道指望不上更多，早点抽身才是聪明人。可是我一点都不想离开他。”

或许在旁人眼里，杨谦南待她恩宠甚隆。

可在她眼里，他的感情就这么浅薄，油都泼不大，更经不起水浇。

她用水浇过了，浇灭了，才发现她端起的那盆水，是她本不该怀揣的奢望。

“你觉得我是因为什么呢？”她看着绪康白的手机。

绪康白叹息一声接过去，“你这是要女娲补天啊。”

他犹豫了会儿，翻开通讯录：

“行吧。窟窿我帮你捅，补天你自己来。”

杨谦南接到这电话的时候，正在和钱东霆一起泡药浴。

钱东霆最近为看块地皮，接触了两个朋友介绍的风水先生，忽悠起人来不要命，说他连月多灾，要泡桑寄生除煞。他就紧锣密鼓，在四环那头的场子里开展了这个项目。

杨谦南边泡边想打人：“这俩风水先生哪儿来的，这你都信？”

“信了也没什么错啊。你瞧瞧你，这个月不就犯煞吗？”

“我犯什么了？”

钱东霆但笑不言。傅筹他们那一圈全听说了，杨谦南把他叔叔那尊大佛搬出去，佛光普照，把人给照跑了，一时间沦为笑柄。他幸灾乐祸，说：“反正我这免费，借你泡个两天。”

杨谦南一口气憋在胸口，出不来。

要说多在意，那也没有。早就说过，他真不是什么爱踢钢板的人。缘分尽了就尽了，他就是郁闷，小姑娘太没良心，世所罕见。

钱东霆喊了两个技师，边泡边给按着，说帮他顺淤气。也是凑巧，电话就这时候来的。

看那来电显示，他差点没接。

然而这药浴实在是太傻缺。

他非但接了，还果真去了。

店门早关了。

杨谦南沿着胡同蜿蜒向里，黑灯瞎火，妖风阵阵，他都觉得犯憷。

那地方实在不好找，他走着走着就给走过了，回头一看才发现温凛像只鬼一样靠在一块缺角，眼睁睁看他过去也不吱一声。

杨谦南鬼使神差地回头，月光映着她苍白的脸，要不是有那颗痣，能把他吓背过去。

“你杵这儿作甚？”

温凛细细地说：“脚崴了。”

能耐啊，吃个饭能把脚吃崴。杨谦南讥讽：“人也哑巴了？”

温凛假装没听见，往巷子深处望一眼，说：“你去哪儿啊，这里头没路了。”

杨谦南嘲弄地笑：“你说谁没路？我瞧这里头四通八达的，哪儿没路？”

“我没路。行了吗……杨谦南，我脚真崴了。我出来的时候门槛上绊了一跤，摔挺狠的。”温凛把毛衣裙撩起来，深色的厚袜粘连在膝盖上，她咬着牙小心掀开，那里一大片深色，也不知是水还是血迹。

反正夜色下也分辨不清。

杨谦南忍着没细瞧，风轻云淡一转身：“关我什么事儿啊。”他真吃饱了撑的，大半夜来陪她玩胡同探险。

温凛一瘸一拐扑上去，扣紧了他的腰。

风将他的外套鼓起来，灌满了凉气。她这么一抱一扣，踏踏实实，无人不眷恋。

温凛被吹得有点感冒，嗓音似月色般低迷：“你不是说你吃醋吗？现在不吃了？都骗我的？”

杨谦南一挑嘴角，说：“我醋是怎么吃的，你也不是不知道。”

温凛凛然无畏，小心地张开手臂，说：“那你背我回去。背我回去，你要怎样都随你。”

杨谦南看着她虔诚讨好的小模样，心里暗嘲，到底不过是个小姑娘，就这点讨乖的伎俩。但他这人耳根子软，心道早这样不就得了，硬气什么。

他觑了她一眼，把人打横往外抱。

车就停在不远处，他开了一半，路窄难走，就停在中央。杨谦南把人扔上车后座，扒了那双袜子检查。

她膝盖上光溜溜的，连个乌青块都没。

他掌心罩上去，双眸眯起："心机挺深啊，小凛凛？"

大风呼啸着拍上车窗，路面上唯有一只橘猫行色匆忙。

温凛望着那只猫蓬乱的绒毛，直到它鬼影般消失在巷尾，才出声："杨谦南，我真的绊了一跤，摔挺狠的。"她叩叩他握住她膝盖的手背，"不是摔这里。"

"摔哪了？"

她躺在逼仄的后座上，艰难抽出一只手，戳戳他心口："摔这儿了，特别狠。"

杨谦南将她的开衫推到两边，神情荒谬："我对你狠？"

"你不狠，你最好。"温凛语气轻飘得毫无诚意，双臂交搂在他颈后，眸间两盏皎洁蟾光，"我这不是来承认错误了吗？我知道你对我够好了。如果不是这么好，我也不会发脾气的。"

杨谦南动作都顿住，不怒反笑，"对你好我还做错了？"

她眼底万丝明灭，溟溟烟雨般漾笑："杨谦南，我以前是有点喜欢你，可我喜欢得很识时务。"我曾经最识时务地全身而退，是你非要把我追回来。

温凛的眼神从未这样认真，千丝万缕将他定在她身上："你这么费心里里外外为我打点，让我变得越来越不识时务了。"

连日里萦绕不去的那股烦躁又骤然在他眉间腾起。

杨谦南把她的开衫拉回去一个边，败兴般蹙眉："温凛，你到底想干什么？"

"道歉啊。"

"除了道歉？"

她居然觉得他这副冷峭神容很可爱，漏了丝笑："……表白啊？"

杨谦南差点就起来了。

温凛双手捧住他的小臂，大拇指有意无意地在他手肘内侧轻轻摩挲："你喜欢听什么歌？我以后都给你唱。不会也可以学。"

"……"

"你不会喜欢听德文的吧？这个太难了，我真发不来大小舌音。"

杨谦南坐起了身。

温凛蜷起小腿，给他让了点地方。

他沉沉往后一靠，眼底光影交错："你这是在胡搅蛮缠，自己知道吗？"

温凛从他座位后边抽了个靠枕下来。

她给自己垫在身后，躺靠在右半边车门，"我知道啊，那要不你把我扔下去吧，我就找你这么一次，以后不会再来了。"

这无赖劲，跟他学了个十成十。

杨谦南嘴角泛起一抹自作自受的嘲弄。

自己抱上来的人，扔也扔不得。

他降下车窗，强风中的黑夜像风浪间的汪洋，狂涛怒号。他宛如一个见惯暖湾的舵手，骤雨中不知往哪停靠。

杨谦南半开车门，点了根烟。

烟气乱风中奔涌四散，熏得人眼酸。

杨谦南心口焦躁地扭头，温凛倚靠在昏暗的车里，低头正剥指甲玩。她怔然一抬眸，眼神有些惊慌。杨谦南毫无征兆地，覆去她身前。

那支烟还夹在他指尖，烟头一点往外，秋风中尘灰飘洒。

他用一只手架起她后脑勺，吻她的额心，浅浅滑到眉骨中央，才重重印下去。杨谦南的嘴唇很软。他好像把身上所有柔软的部分拼拼凑凑，全都给出来了。

"我不是那种人，知道吗？"

哪种人呢？她心里这样想，面上却明了地点点头，说知道。

那是一个多少年后回忆起来，依然温柔到残酷的时刻。他的唇还半贴着她的皮肤，就开始缓缓翕动，拂在她皮肤上带气声，像叹息似的，说：“你让我试试吧。”

他回头抖落烟灰，有些烦躁。早就料到，他给她一点颜色，她迟早要开起染坊。但偏偏，那点颜色给都给了，不拿来开染坊，难道还指望它落灰吗。

所以他说，试试吧。

杨谦南试得并不积极。

从这天起，他就很少主动联络她，偶尔见面，基本上直奔主题。温凛也沉得住气，公司学校两头跑，有时在应朝禹那儿，会有人故意透给她杨谦南的花边消息，她也装不晓得。绪康白来电问情况，她就含糊其辞，说：“就那样吧。”

那样是怎样？

温凛口风严，什么都不透露。

他趁一周末和应朝禹打牌，牌桌上说起这事，应朝禹看热闹不怕事儿大，说：“你怎么娘们唧唧的？电话里讲不清楚，给她约出来问问不就得了。”

绪康白觉得这显得也太事儿精，冷淡地打出张牌，不感兴趣：“要问你问。我不去。”

应朝禹当场就打了个电话给温凛，说过两天南山雪场就开了，咱们一块儿去滑雪啊？

温凛推辞道：“我不会滑雪。”

应朝禹兴高采烈，说：“那还不简单，我教你啊！”

就这么把事给应了下来。

顾璃听了愤愤然，说：“杨谦南是死了吗？他说试试看，试去哪里了啊？我看连应朝禹他们都比他对你上心。你干脆换一个得了。”

“……”温凛笑着摇摇头，当她在说傻话。

程诚再也没有出现过，顾璃也渐渐地恢复了精气神，把这桩恋情塞进了往事的抽屉里，说自己都大三了，该考的托福，该找的实习，那都是事关前途的大事。她忙里忙外，以前那些追求者们反倒统统懒得理会，活得苦行僧一般。偶尔停下来喘一口气，才有空骂骂杨谦南。

这是她业余舒肺减压的爱好。毕竟自己男朋友没了，只能骂闺密的。

温凛有时候听她骂得过了，无奈地蹙起眉，说："让他试着呗。反正我现在挺忙的，他这么试着也好。"

"他心理活动这么丰富啊，成天成天地不见人。"顾璃喘一口气，"那要是没试成呢？"

"没试成……对我也没坏处啊。"

顾璃有气没处撒，觉得他俩真该是一对。一个郎心似铁，一个妾心如雪。

冰的，凉的，飘飘忽忽，像这十二月的天。

月初第一场雪落下来，温凛就和应朝禹他们去了南山度假村。

谁也没料到，出了大事。

那时节天然雪量还不够，雪道上铺的是人造雪。

应朝禹他们几个老手玩得疯，没两下就把温凛带上了高级雪道，结果撞到旗门时没控制住速度，带着旗子降落伞似的俯冲，一头栽进雪地。

摔伤颈椎不算，还崴了条腿。

杨谦南到医院的时候，温凛已经被裹得像个木乃伊。

她刚刚从昏迷中苏醒，恍恍惚惚见他坐在床头，跟个幻觉一样。

幻觉一开口，她便知道他是真的。

杨谦南说话毫不客气，嫌她自找麻烦："你跟着应朝禹瞎蹦跶个什么？"

温凛好歹刚受重伤，心里有点委屈："他说会教我的啊。"

杨谦南嗤道："他那种人哪会仔细教你，随口指点两句就紧顾着自个儿玩。”

温凛说也没有：“旁边也请了教练。是我自己没学好。”

杨谦南无话可说，嘁了声。

温凛小心探出她无法伸缩的脖子，模样滑稽地问：“你会滑雪吗？”

他说没滑过几次。

她开开心心说那下次你陪我一起去，在旁边教我呀。

杨谦南真想把她脑子敲开瞧瞧，忍无可忍地讥诮：“你还真有胆，给人家救援队从雪里刨出来，嫌不够，还打算再去？”

那是2010年冬，她度过人生第一次生死关头。

杨谦南是真的宠她，给她在学校最近的位置租了间两居室，配一个家政阿姨做饭打扫，偶尔发讯息也是嘘寒问暖，问脖子好点没，阿姨做饭合不合口味。温凛一并都说好。

只是他很少亲自来看她。

好像端坐床头照顾人，这事他天生做不来。

他只会隔着电子信号，隔着通讯磁波，隔着一段安全的距离，带点疏离地关心，你还好吧？

她总是把头点得很满，说很好，很好了。

顾璃那会儿帮温凛瞒着她家里，每天心理压力非常大，不敢在宿舍多待，生怕接到温凛她妈的电话。她没了温凛又活不下去，隔三差五来公寓蹭饭，美名其曰怕温凛寂寞。

吃饱了又翻脸不认人，放下筷子就开始骂杨谦南：“他什么意思啊，真把你当小老婆呢，找间房子金屋藏娇就完事了？你没看到刚才那阿姨看我的眼神，总觉得阴恻恻的。”

温凛说你小声点，阿姨听得到的。

顾璃气得敲碗：“你就真一点不生气啊？”

温凛只顾研究那只汤碗，眉眼温柔地问顾璃：“你看这汤好喝吗？杨谦南说这个阿姨是江苏人，江浙菜做得很好的。”

顾璃板着脸："江浙菜做得好有毛用？你是江浙人，又不一定爱吃江浙菜。我记得你不是喜欢吃辣的吗？他随便找个保姆来糊弄你还当宝了。"

温凛摇摇头说不是的，"我现在身体没养好，医生说要忌辛辣，趁机换换口味。正好他也爱吃江浙菜的。"

顾璃一翻白眼说："敢情是他自己爱吃？"

温凛好像完全听不出这是句讽刺，笑眯眯地说："杨谦南嘴挑，他说好的东西不会太差的。"

顾璃一口鱼汤反上胃，从此就不太爱去公寓找温凛，宁愿自己在宿舍囤两袋牛角面包，吃糠咽菜也不想理这二缺。

温凛也觉得自己挺二缺。可是不当二缺的话，日子就未免过得真寂寞。她总得给自己找点乐子。

她就这么自娱自乐，一边养伤，一边做公司的年终报告，所有学位都得念，刻苦得不像个病号。

跨年夜那天，她奖励自己，很早就睡了。

其实那是平凡无奇的一年。

杨谦南坐在应朝禹的跨年局里，觉得这群人年年都没什么两样。他依常在角落坐到零点，市区不知哪里放起了烟花。天幕上霞光映人，声势浩大，是市政府批下的烟花表演。

他只不过多喝了两口酒，多看了两眼烟花，就轻易想起了她。头晕目眩待到凌晨快一点，他心里始终不踏实，于是没和旁人打声招呼，悄声无息地退了出去。

北京冬天零下十摄氏度的夜，车窗上都结霜。杨谦南用钥匙找到自己的车，门锁唰地一声弹开，他却定定地看了一会儿，没坐上去。

改拦了辆出租，叫去温凛的公寓。

杨谦南统共没来过几趟，也是走到楼道口，才发觉自己没留一串备用钥匙。

她学校这一片就没什么像样的楼盘，这栋公寓楼零几年建起来，已经是最新的一栋。

过道的墙面冰冷，他靠上去给温凛打电话。

杨谦南打电话从不狂轰滥炸，都是打一个，响几下没人接就按掉，过十分钟再碰运气似的打一个。不为吵醒她，就为看看她有没有正好起夜。

要是没有，他就走。

温凛开门的时候，他正第一万次想走。

她应该还是被吵醒的，但一点脾气都没有，局促地扯扯肩上的睡衣，说：“你干吗呀？大半夜不打一声招呼过来，我要是没醒呢，没醒怎么办？”

杨谦南心道没醒他当然就掉头走了。

可他什么也没说，把手机揣进裤兜里，慢慢侧过来。

深冬岁余的楼道里，杨谦南也不知站了多久，修长身量背对寒夜，斜倚在窗边，有一丝不易察觉的落拓。他勾勾嘴角，说：“我这两天没什么事，正好过来看看你。”

温凛嘴角泛起涟漪般的笑意，说：“我这两天也没什么事，就在想，你会不会……突然来看看我。”

她的眼睛在夜里可真亮，像融了两条清溪在里头，波光粼粼直泛到他心坎里。

杨谦南望着这双眼，目光如陈抄墨纸沾上一星烛火，燃了开去。僵冷四肢好像在须臾间舒泰暖和，心尖上升起一个念头——这趟来对了。

Chapter 09

顾璃再一次来公寓的时候，鱼汤已经不是温凛一个人在喝，而是有人在喂了。只不过不是杨谦南喂温凛，而是温凛盛满一小碗，拿勺舀到杨谦南嘴边，眼眸里桃枝斜逸：“要不要我喂你呀？”

幸好杨谦南没真的喝下去那一口，不然顾璃可能会被这股喧嚣的春风刮跑。

她来之前早就有所耳闻，温凛整个元旦大门不出二门不迈，和杨谦南一起窝在他们的爱巢里，天天打牌。她偶尔打来一个电话，温凛接起来第一句永远是：“你等一下啊，我打完这一局。”顾璃劝她出来走走，说你成天闷在家里，都在干吗啊？温凛总是闪烁其词，说都不太健康，你要听吗？

顾璃气得七窍生烟——想温凛从前，温良恭俭，年年拿国奖的人，就这样跟着杨谦南一起成天放纵，他午夜梦回，良心不会痛？

但来的这一天她有求于人，气焰先短一截，只能一忍再忍，等他俩演完这出郎情妾意再说。

“咳。”顾璃终于等得不耐烦，敲敲大门。

温凛脖子上还戴着颈托，只有一双眸子转过来，居然还挺惊喜：“璃璃，你来了？你晚饭吃了吗，要不要一起来吃点？”

顾璃头摇似拨浪鼓，说不用不用，我就是来……抄个作业。

她从包里抽出一沓A4纸，强自镇定：“凛凛你传播理论的作业写完了吗？”

温凛说写完了，然后侧过身子，去够沙发上的包。

杨谦南挡住她肩膀，把人柔柔推回去，说：“我来。”接着勾住包带，顺顺利利帮她整个拎了过来，放她腿上。温凛包着个颈托，微笑着瞄他一眼，然后弧度僵硬地低头翻找。

找出来，她纵览了一遍，问：“你哪道题不会？”

顾璃像地下党接头似的，鬼鬼祟祟避开杨谦南，拿着她那一份过去对答案。

她们俩凑一块儿讲题，像两个高中小姑娘。杨谦南就在一边，游手好闲地点一根烟，望望风景。

餐桌正对着窗，从公寓楼望出去，能鸟瞰不远处的R大校园。倚湖的那一幢就是温凛她们的学院楼，用红色楷体字书“新闻与传播学院”七个大字，没在傍晚时分的昏暗天色中。

杨谦南磕了磕烟灰，桌上摊着她们的作业纸，他随手拿起一张看，对着念：“举一个高语境的例子——我做的饭很好吃？”

顾璃才发现他拿的是她做了一半的作业，羞愤道：“那是我的！”

杨谦南畅怀地笑，继续念：“在高语境下等于……我想和你有个家，我们会幸福的。”

“啊——！”顾璃咆哮着夺走了她的作业，抱在胸前，“你没事抢人作业干吗？！”

杨谦南当她是空气，涎皮赖脸靠到温凛肩上：“你们新闻系平时就学这些？”

温凛无语地嗔怪：“你姑父是我们院长，我们学什么你还不清楚吗？”

“哦——”杨谦南从口袋里抽出个手机，通讯录从L往下翻，说，“那要不要我打电话喊他来，帮你们辅导一下作业。”

温凛蹙起眉，一阵好笑，又怕他真做出这事来，作势抢他的手机：“你别闹了！”

杨谦南轻易躲开，真拨出去一个电话，贴在耳边，“一家人嘛，帮个忙应该的。”

她终于受不了，把他扑在沙发上，挂掉他的电话。杨谦南丝毫不抵抗，顺从地被她压着，笑得以拳掩口，一连串咳嗽。温凛看着他，欲言又止好一会儿，手慢慢地垂下来，“你少抽点烟吧。北京冬天这么干，你最近咳嗽越来越厉害了。”

杨谦南把她揽进怀，宽大的手掌包住她的指节，眼梢轻佻地吊起，“哟，小姑娘现在厉害了，连烟都不让抽了。”他旁若无人地贴着她的耳垂，微热的气息沿着她颈际溜下去，“怎么管这么严呢，嗯？”

他俩对视那模样，顾璃这辈子也忘不了。

从此之后温凛问她到底为什么那么讨厌杨谦南，顾璃都会想起这个场景，皱着眉说，因为我知道，杨谦南是真的爱你的。可是他这个人就只能做到这了。你恨吗，气吗，骂他一万遍也没用。他骨子里是那副死样子，天生不是什么好东西。

你必须得承认，这个世界上，有些人就是命好到，连爱都不太需要。

可是温凛却觉得，这怪不了杨谦南。

在爱她这件事上，他或许已经尽了最大努力。

只是他的方式看起来，总是不太寻常。

那是一月中旬。

考完期末，温凛推迟了回家的时间。顾璃和她一起报了托福考试，但由于复习不周，居然临阵脱逃，回家过年去了。温凛无可奈何，只能自己一个人上考场。

考点在北师大，离她的住处不近，考试又在一大早，八点多就得入场。

温凛考虑再三，决定去考场附近开间房备考。

杨谦南听说之后，又说他那天晚上正好没什么事，可以去陪她。

“你从出生到现在，哪天有什么事啊？”温凛拿他总是毫无办法，只能好言相劝，“我报一次名很麻烦的，你让我安安生生考完一次，就一次，好不好？”

杨谦南不解：“我去了你就不能考了？”

温凛哪好意思说穿，干瞪着他：“你要……什么时候不可以啊。就一晚。我住过去就是为了好好睡一觉，第二天才有精神考啊。”

杨谦南忽然搂起她的腰，一脸坏笑：“我去了，你怎么就没精神了？你说说看。”

他油盐不进软硬不吃，温凛一边挣扎，一边在心里崩溃。

杨谦南好声好气地说好了，我真不做什么，我去给你端茶送水陪考，这总行？

要他给她端茶送水，这话能信就有鬼了。

温凛长叹一声，拗不过他，只能让他陪。

她订的酒店星级不太高，第一考虑是地理位置。那天晚上杨谦南一住进去，就有点不满意。温凛说：“早说让你不要来。”他就横在她的床上，蹙眉说：“我这不是心疼你？说要早上去接你你又不肯。”

非要住这鬼地方。

温凛闭上眼努力深呼吸，要冷静。像他这样心头没一件大事的人，嘴上说第二天八点来接她，其实说不准是九点来还是十点来。她到时候又不能冲他发脾气，还不如早做准备，自力更生。

闹得不高兴也是好事，至少她今晚能睡个安生觉了。

温凛睡前给自己点了一支安神香，打开电脑刷了套卷子找手感，就打算睡。

回头一看，杨谦南已经睡着了。

她小心翼翼爬上床，杨谦南睡得很轻，还是被她弄醒了。他眼睑微微掀半条缝，把她一只手揪进被子里，梦呓似的说：“准备睡了？”

被窝里都是他温暖的体温，她的手搁进去，心绪一瞬便平静了，柔声应：“嗯。”

他嘴角泛起淡淡的笑，拽她的手：“那进来。”

温凛刚刚脱了拖鞋想躺下，隔壁传来一声哭号。

“……”

老天好像故意不让她睡安生觉。

杨谦南眉头都皱紧，不耐烦地睁开眼，看了眼他头顶的墙。

隔壁好像在吵架，又是哭又是闹，摔门又挣扎，从屋里吵到屋外。

一时半会儿不像能消停。

温凛无言以对，讷讷道：“……反正还早，我还是再去做一套题吧。”

她飞速地蹿下去，以免面对他更多的不满。

这回连杨谦南都睡不着了，起来想给自己倒杯热水，但发现这间酒店的电水壶都不灵敏，烧不热。他在房间里走来走去，如同一片行走的低气压。

温凛好不容易把自己沉浸进模拟题里，做累了再一回头，人不见了。

……

他不会是直接走了吧？

隔壁的争执终于告一段落，那位吵架的女孩好像去了走廊，在外面啜泣。

估计是为了引起对方的注意，她的哭腔特别大声。这里的隔音又不好，城门失火，殃及温凛这条池鱼。她听得心里焦躁，一套题没做完，时间已经不早，理智告诉她不用管杨谦南去了哪，先把觉睡好才是正经事。

温凛在床上躺了好一会儿，那断断续续的哭声总是挑动她的神经，难以入眠。

她崩溃极了，干脆起来找点水喝。

水壶里没水。

温凛推开房门，想找找自动售货机。

刚刚打开门，她就愕然地，顿住了脚步。

杨谦南正半蹲在那个女孩面前，给人家递纸巾。

女孩没接。

他估计是什么办法都用过了，万般无奈地翻出手机相册，拿着应朝禹照片对人家说：“小妹妹，我给你介绍个新的吧。你看这个怎么样？”

女孩子刚被甩，抱着膝盖稍稍抬脸，还是不理会他。

“要不然我带你出去兜个风？”

那姑娘终于肯开口了，像面对个人贩子，警惕地缩起身子，说：“不要……”

杨谦南愁闷道："那你别哭了。我女朋友明早要考试，你体谅一下。"

温凛捧着空水杯，扑哧一声笑了出来。

北师大附近的地名都阴气森森，小西天、北太平庄、铁狮子坟。

第二天的天气也不好，多云转阴，晌午时分惨淡尘土，笼一座灰色大石门。

杨谦南坐在车里等，心想考试讲究个天时地利人和，她怎么净往不吉利的地儿奔。钱东霆请那俩风水先生也不知回山没有，改天可以介绍给温凛认识。

他抽完半包烟，校门口总算陆陆续续出来一些考生。

杨谦南扔了烟头，在人群里找。

温凛如今的穿衣风格大变，零下几摄氏度的天，一件酒红色羊绒长外套开敞，露出里面的内搭短裙，光着一双笔直修长的腿，亭亭立在寒风中。

她皮肤本来就白，被暗淡天色衬托，白得晃眼。背着双肩包的学生们裹在羽绒服里，像膨胀的液体分子，在她面前做无序运动。温凛水仙般站定在门口，两条纤细的手腕斜插在外套间，微微倾身张望。

杨谦南朝她跳了两下双闪。

温凛拉开车门的一瞬间，他闻到她身上的凛香。

杨谦南轻吻她的唇，"中午想吃什么？"

温凛的鼻尖有些凉，无意识地在他颊边蹭了蹭，说："你还没吃？"她的声气总是很轻，听久了有一丝慵懒，天生是情人的呢喃。

"这不是在等你。"杨谦南笑着打一转方向盘。

温凛也笑："该不会是带小姑娘去兜风了吧。"

她还没忘了昨晚那茬。

后来那对情侣的男方开门出来，把自己女朋友领了回去，看杨谦南的眼神犹如看个精神病。温凛笑得可欢实，水都忘了喝，专去逗他。杨谦南躺床上不理她，她就用指尖探进他衣服里勾圈，有恃无恐地撩拨："这才一晚上，就忍不住带人家姑娘去兜风啦？"

像只小狐狸。

杨谦南啧一声，带着点愠色睨她：“我那是为了谁？”

温凛仍在不知好歹地笑：“应朝禹知道你成天拿他照片做什么吗？”

杨谦南单手扶着方向盘，一手把她扣来身边：“是不是不想吃饭了，咱们去干点别的？”

“你放开……”她长发都被挤散，“能不能安分点开车！”

杨谦南悻悻收回手，指着前面两个限速警示牌：“上面也没写不能抱女朋友。”

他也不是单纯在闹，只是想附耳对她说一句话，好似这句话很私密，即便在道路大敞的高速上，也必须悄声私语——“回不回家？”

温凛愣了一瞬，轻轻地点头：“嗯。”

他俩有个共同点，那就是不爱和人打交道。

但是又都不孤僻，骨子里怕寂寞。

杨谦南比温凛更严重些，和她在一起之后就很少独处，连财报都要在她身边看。温凛对这些不感兴趣。她的商业才华仅仅体现在她对内容的精准把握之上，金融是另一块领域，和数字打交道，她天生不擅长。

更何况年末滞留京城的日子很珍贵，她不想虚耗光阴。

入了夜，温凛往手机里下了个游戏，装得兴致勃勃：“你看这几项，什么叫串子呀？我压这几条，是要全部都中才算赢的吗？”

温凛有个特点，就是不爱问事儿。但凡是能靠搜索网站搜集到的信息，她一概不会东捱西问。杨谦南正在看报告，随手帮她指点了几句，结果发现她今晚智商奇低，每个小细节都要他一五一十说给她听，渐渐地也有些知味。

他的手本来平放在她腿上，手背蹭着滑腻：“天这么冷，晚上睡觉还穿裙子？”

温凛还假模假样缩了缩，说：“屋里有暖气，又不冷。”

小姑娘刚洗完澡，擦了身体乳，淡淡的温香。温凛察觉到他神情的变化，立刻跳下地。杨谦南把人压去书桌上，双唇紧贴在她耳畔，满心满眼的笑意。

杨谦南搂着她，心仿佛也在这里陷落。他俯身吻她的侧颈，哑声唤她："凛凛。"

"嗯？"

热沉沉的气息喷洒在她的肩头："我们搬出去吧。"

她簌簌发颤："……搬去哪儿？"

"搬远点。上次复查，不是说你的脖子好得差不多了吗？"他的唇流连到她耳际，"找栋像样点的房子，搬过去。就你和我。"

温凛怔忪地睁开眼睛，眼底浮上一片清明。

溺在情欲中的人说话也含糊不清。可她还是听懂了。

他想给他们俩一个能被称作"家"的地方。

杨谦南很有行动力，年后温凛回到京城，他就约了中介详谈。

二月和风到碧城，温凛航班延误，姗姗来迟。

杨谦南把她从机场接到一间戏楼。

帘子里已经坐了一个人，梳油头，西装笔挺，但胸前有个方形标识，上面写了某某房地产公司。对方已经等候良久，桌上一杯水喝到见底，一见到杨谦南就起身，客客气气请服务员再备一壶茶水。

杨谦南要挑房子，主导权自然在他手上。温凛觉得这事没她照谈，甘心在旁当个陪衬。

他们约见的这个戏楼仿旧，只供应阳春面和几样御品糕点。二楼偏座听不清词，温凛混着一耳朵咿咿呀呀的越腔，点一堆瓜子点心填肚子。点心吃到一半，多日未见的傅筹风尘仆仆地赶来，给杨谦南当参谋。

傅筹对政策很懂，哪个区要重新规划，哪一片近期要动工，哪里近日刚建成，这两年的利好利空条件，侃侃而谈。温凛听得云里雾里，暗地里偷觑杨谦南。他带她来是培养投资头脑来的吗？

杨谦南仿佛能听见她心声，倏地向后一靠，闲观戏台："这些不用管。五环以里，你给我找个山水好的地方。"

傅筹怔了一下，说也对，山川湖泊改不了道，买这些地方不出错。

杨谦南恶劣地一笑，说他是自己住。

傅筹一拍茶杯盖，那样好脾气的一个人，被他惹火了："你找骂？我给你讲到舌头干，你说你要自己住？"

温凛暗暗发笑。傅筹这人她也见过几次，三十岁上下，在政府工作，像一壶温吞水，对什么人都体面照顾，没什么性子可言。可面对杨谦南，也会被逗气。

她悄声说要上个洗手间，避了出去。

这间戏楼背后一是一幢半民居半商业建筑，温凛不小心从一扇门绕出去，竟然找到了楼里的洗手间。

这里的二层好像是一排教育机构的教室，每间房里隐隐约约透出来乐器的声音，从钢琴到长笛，从古筝到吉他，中西合璧。技法生疏的学员弹得磕磕绊绊，和外面戏楼的声音完美混杂。

温凛一边听着这些声音，一边慢条斯理地洗手。

有时安安静静地待在角落，听着满世界无关自己的声音，会觉得莫名安定，莫名地有幸福感。她看着镜子，发现自己嘴角溢着一丝笑。

她没有想到，会在镜子里看到暌违许久的钟惟。

这个洗手间位置很偏僻，钟惟踏进来的时候没料到里面有人，往镜子里一瞧，竟然是温凛。

她们有种诡异的缘分，无论在哪，总会莫名其妙地碰上。

钟惟穿简单的衬衣牛仔裤，原本是进来抽烟。见了她，把烟头慢慢地碾灭在墙上，好像料准了她有话要问。

温凛怔愣许久，迟疑道："你嗓子好了吗？"

钟惟笑了一声。

听她的笑声能发现，和从前有些微的不同。那是一种人为的破碎，藏在她嗓音的深处，说话时感觉不太出来，但一唱歌，这种差距就如置身显微镜下。

她有意回避话题，主动指了指外边，说她现在在这里，教小朋友弹吉他。

温凛以为自己绽出了个笑，但其实没有。

“挺好的。”她宽慰自己般，心虚地点点头。

她们实在算不上什么朋友。

温凛内心也不太喜欢钟惟。她觉得她是那种什么都可以豁得出去的人。她无意评价钟惟的是非，只是觉得，她们终究不是一类人。

但她忘不掉医院里血腥的那一晚。她曾经以为见识过这些人的残忍和鄙陋，自己能头也不回地离开杨谦南。

可眼下却已经时过境迁。

温凛急着逃避这片心里的阴霾，扶着门框想出去。

“温凛。”

钟惟叫住她。

她一回头，只看见钟惟素面朝天的脸上泛起一抹妖冶的笑，对她说：“你帮我写首词吧。”

温凛迷茫地转身，“什么？”

“听说你文章写得不错，很有名气。”钟惟倚在隔板上，眼角笑意勾人，“你要是觉得杨谦南对我做得过了，就帮我写首歌词。曲子我来谱。”

“你还能唱吗？”

“说不定哪天能呢。”钟惟看她的目光像隔着层纱，如烟如雾。

温凛看得头疼。她拿她们这样随心所欲、不按牌理出招的人，总是束手无措。

良久，她问：“你什么时候要？”

钟惟突然笑了起来。

她好像是喝了酒来教课的，神经质地笑了好半晌，话里挥散着酒气：“你是不是平时接活儿接傻了？我问你要首词，没时限，随你高兴。五年，十年，只要我还活着，你随时给我。”

温凛潦草答应下来，拿走她的联系方式，便匆匆赶回了戏楼。

穿越戏台上二楼，好像穿越一出才子佳人将相王侯。

她心里一直不太好受。钟惟这人太不像个人了，像鬼，像戏台上的人物。她每每和她相处，都拿捏不住她的念头。自己俯首于现实，对方沉湎于戏台，两相交错太久，会让人觉得喘不过气。

二楼雅座上，杨谦南他们已经聊得差不多。

傅筹捞起自己的外套欲走，“你今天到底找我干吗？”

“找你聚聚。”杨谦南给他敬杯茶，“喝完再走？”

傅筹披上外衣理袖子，说“得了吧，我忙着回家陪老婆”，抬脚就走，走出两步又回头，没好气地说：“下半年我和姚馨大婚，请柬我就不发了，你记着来。”

“不是说上半年？推迟了？”

傅筹神色讳莫如深，有几分难言：“还能怎么着，提前升级了呗。”

温凛品咂着这句话，给杨谦南递去一个落井下石的眼神。

人家推迟婚期还能为什么？当然是怀了，不想挺着肚子穿婚纱。

杨谦南落了个没面子，啐道：“这才刚几个月，你就二十四孝守家里头？”

“姚馨刚怀上，人神神叨叨。过年那阵我给她爸妈拜年，回去晚了点，她坐客厅给我哭。我问她干吗呢这是，我是去陪丈人打牌，又不是去花天酒地，你这给我哭啥呢。你猜她给我说什么？她说她也不想哭，她就是控制不住她自己。”傅筹长吁短叹，仿佛有一锅苦水要端，手指一偏指过去，“你问人温凛吧，女人是不是都这样？”

杨谦南扭头看她一眼，嘴角一扯：“问她干吗，她又没怀过。”

傅筹走后，那位房产经理又口若悬河吹了一下午，两个人都听得心不在焉。杨谦南挑得厉害，到最后也没个看得上眼。

温凛回去的车上把房子抛之脑后，脑子里净想着傅筹那事儿，弯弯嘴角，说：“他是不是在赶趟儿呢。我前两天听人说，政协都上提案了，要开放二胎。这两年生一个，过两年正好赶上，再生一个，多开心。”

“你当生孩子是玩儿呢？”到底还是个小孩子，说起这些家长里短来口气那叫一个轻飘。杨谦南打趣："你要是羡慕，就趁这两年，也赶紧生一个。"

"真的吗？"温凛肃然将他望着。

"……"

杨谦南扭头瞟了她一眼，目光警觉地定住："不是吧凛凛？"

——"你喜欢男孩还是女孩？"

温凛说这句话的时候，正侧躺在她公寓的床上，安然看着眼前人："要不都生一个吧，一儿一女，最好是哥哥和妹妹。这样一起长大，有个照应。"

杨谦南怀疑她是被刺激傻了。

温凛执着地问："你先回答我，喜欢哥哥妹妹，还是姐姐弟弟？"

他微微蹙眉："为什么一定要两个？"

"有个照应呀。"温凛微笑着说，"小孩子总要有个伴的。兄弟姐妹多好，一起长大，血浓于水，谁也不猜忌谁。万一哪天杀人放火进监狱了，出牢房的时候亲手足还在外头站着，说整个社会都不要你，没关系，我总不会不管你的，我陪你慢慢改造。"

漂亮话说一筐，居然还被她说得挺感人。

杨谦南无言："你养个孩子就盼他进监狱是吧？"

温凛咯咯地笑，翻一个身："那道理是这个道理呀。"

他有些累了，靠在她肩上闭目养神。两个人有一搭没一搭地说着话。

温凛推推他："你睡着了吗？"

杨谦南轻轻嗯一声，懒得回她的话。

温凛捏着他的脸，非把他弄醒，眼睛里仿若有光在闪："杨谦南，将来你就算杀人放火进监狱，我也会等你的。带着孩子一起等。"

他幽幽地睁开双眼，眼前的景象迷蒙一片，只有她的笑，她翕动的唇是清晰的。

承诺像她的唇色一般嫣红曼妙。

小东西现在学会了他那一套，情话说到十二分，可他却不清楚，究竟该信几分。

杨谦南睡眼惺忪地抚了抚她的唇，笑：“哦，那辛苦你。”

三月末，比搬家先到来的，是搬办公室。

顾璃离职后，温凛的公司进行了一次扩招。她收简历比投简历还紧张，收到一封就拿去给她的助理看，“你看这，大连理工，是一本吗？”助理瞪她一眼，说这学校不仅是一本，还是985呢，你不能因为自己学校好，就孤陋寡闻成这样。

求职者还是个男生。

温凛浏览一遍对方简历，直皱眉头：“他一个学化工的，投我们公司干吗？一看就不小心群发的。”

她逼仇烨把招聘公告改了十几遍，终于招上来几个靠谱职员，正式分了媒介和内容两个部门，整个公司也从一支阴盛阳衰的女子军，稍稍平衡了点性别比例。

杨谦南有天来公司扫了一眼，回去之后对她耳提面命，问她为什么净招男生。温凛支支吾吾说这是为男女平等作出微薄的贡献，不能歧视男同胞。

杨谦南冷笑一声，说：“然后就净挑长得好的招？”

温凛慌不择言：“那肯定也不是为了方便我啊。你看我成天和应朝禹他们打牌，现在对小帅哥都很免疫了。”

然后他的醋缸子就彻底翻了，小半个月没放她去打牌。

她再一次见到应朝禹，是搬办公室那天。

绪康白帮她物色了新的办公地点，在五道口的一个科技园。

招多了男生的优势此刻体现了出来。温凛袖手旁观，看着一帮男员工搬桌子搬电脑。有个学理工出身的男生拆完线路，冒到她面前邀功：“老板，你招我来就图的这个吧？”

温凛佯怪：“胆子大了，敢调戏老板。”

刚毕业的小男孩混不吝，说是嘛，我就是冲着老板漂亮才投的简历。

温凛无奈躲去走廊。

搬办公室收拾出来的纸箱子占了半条道。她把它们踢开，容自己一个身位，靠在玻璃墙上。对面一片玻璃墙全挂了百叶帘，纯白的样式，倒映出她的身影。

仇烨从洗手间过来，走梅花桩似的绕过几个箱子，眼神暧昧："学姐，你这是睹物思人呢。"

温凛嗔怒："就你鬼主意多。谁让你在招聘页面挂我照片的？奖金还要不要了？"

仇烨哈哈笑着躲进办公室避风头，说："要不然怎么引狼呢！"

隔壁公司的人走动时碰到了帘子，百叶帘仿佛被风吹拂，轻轻地颤。

温凛对着它，回忆这大半年。

她经常加班，有时候写累了，会泡一瓶热茶，去走廊上慢慢喝。手下人问她为什么总喜欢在走廊休息，她也答不出想念某人之类的说法。只是觉得那时心里很静，茉莉花香沁入喉咙，会觉得人间很真实，他也很真实。身体可以说服自己，再熬一熬。

以后不会再有了。

她对此有些抱憾，以至于傍晚时分独自站在科技园宽敞明亮的新办公室里，心里会觉得缺了点什么。搬迁这一日，所有员工提前下班，温凛站在落地窗前，陪伴她的只有五道口的夕阳，和火车进站时的隆隆声响。

鱼龙混杂的铁道口，行人挤得水泄不通。

绪康白就在这时候，拎着一瓶香槟，按响了门铃。

"恭喜。"门外的他笑意清浅。

应朝禹紧跟其后，也拎着两个盒子，说是送给她的贺礼。温凛打开一看，不出所料——两副麻将牌。他振振有词，说你这地方这么大，不辟间屋子当休息室？这两副就送给你，用来团建。

他把麻将盒摊上她的会议桌，说："来啊。我们先试两把。"

温凛无可奈何："三个人怎么打？"

应朝禹掏出手机，说这不简单，你们等着，五分钟，喊不来人算我输。

五分钟后，一个长腿美女推开了大门，眨着大眼睛说："你们棋牌室好大啊。”

“……”

温凛半推半就，被他俩叫上牌桌。杨谦南打了她几个电话都没人接，亲自来找，却看见他们四个两男两女，喝酒打牌，画面其乐融融。

应朝禹脑子一根筋，见了他还吼：“谦南哥？早知道你要来，我刚就不喊人了，正好凑一桌！”

杨谦南说不必了，搬了张办公椅，坐在温凛身边看。

那天她牌风特别内敛，有意无意拿起一张，侧身问杨谦南：“你看我打这张好不好？”

他凉声一笑，说：“你主意这么大，还用问我打哪张？”

温凛一听就知道，事情不妙。

牌局散得很早。香槟见底，绪康白就很有眼色地把应朝禹拽走了。

杨谦南问她：“刚那女的是跟谁来的？”

温凛觉得这道选择题，答哪边都是触雷。她眼珠子一转，说：“我喊来的。是我一朋友，给他们俩介绍认识认识。”

杨谦南总算没有发作。

新办公室占据了半个平层，温凛有一间单独的大办公间。

她见机行事，拉着他的手说：“来都来了，我带你参观一下？”

其他地方都没怎么布置，只有温凛那一间，橙黄灯光打上去，别样温馨。

她喜欢在窗边写字，在落地窗边加了个工作台，一盏夜灯侧打，他都能想象得出她坐在吧台凳上，垂发工作的模样。

窗外是科技园对面的大楼，蓝色玻璃下有一间健身房，八九点钟还有穿紧身运动服的男女在跑步机上运动。画面是动的，世界却是静的。

杨谦南踢了踢脚边一把茶色的人体工学椅，说这椅子不错。

温凛顺势坐上去，剥掉把手处几道没清理干净的塑封膜，说：“仇烨挑的，经费全被她拿去买椅子了。”她没话找话，让他猜这把多少钱。

杨谦南随口猜了个数字，她说这椅子是多功能的，要贵两倍。

“哦，两倍。”他两手撑在椅臂上，抵着她前额，声线暧昧，“有哪些功能？你给说说。”

椅子的功能此时展现了出来——它在受力的时候，会自动向后倾倒，模拟躺姿。温凛随着椅背后卧，身体失衡，摇摇欲坠。她提心吊胆的事太多，一时不知该先提醒他哪一个。

“……对面楼里看得见的。”温凛悄悄地别开脸。

“看得见什么？”

杨谦南在昏暗的夜灯下，俯身吻她，“不能只准他们运动，是吧？”

昏沉光线里，每一张桌椅都浮着崭新的气味。

窗外的光透进办公间，呈梯形落在光亮地板上。刺激感令她的呼吸急速加快，心跳怦然。杨谦南把她抱在腿上亲吻，一起看窗边夜景，依偎着问她身体调养好没有。她说还没有，他便沉声说道：“去看看吧。我认识一个还不错的中医，让他帮你调理调理。”

温凛嗯一声，自高楼大厦向下俯瞰。

几座大厦包围之间，是一块方形绿化，最中间是圣诞时留下的节日装饰。

那是一棵灰色的树，满树都是白色的绒灯。像凛冬最寂静时分，雪悄悄落在树梢上。

温凛的身子一直没有调理好。

杨絮纷飞的四月末，她搬进新住所。杨谦南说他到哪都挑不上眼，最后问他奶奶要来了颐和园边上的一间小院子。两进的四合院，门口路面上栽着一排杨树。温凛一进门就被满院纷飞的杨絮呛个不停，直笑他挑房子没眼光。

杨谦南把她拴门口，说你瞧瞧，外边这排里头杂着桃树，也就是现在谢得差不多了，不信你等到来年三月再看，路人都要停下来拍照。

顾璃来参观过一次，在白墙绿瓦间居然还卧着块莲池。她用树枝拨拨池里肥硕的荷叶子，向温凛感慨：“你现在是过上清朝的日子了。”

温凛暗自感叹。

她在这块人杰地灵的院子里，干得最多的事是喝中药。

杨谦南起先对这事还不上心。后来有一天晚上，温凛从噩梦中醒来，突然哭得稀里哗啦。相处久了会发现他骨子里是个温柔的人，深夜被吵醒也只是稍稍皱眉，没心肝地笑她，怎么了啊，又被蛇追了？

温凛小声抽泣着说不是。

“我梦见我六十几岁就要死了。我握着你的手说对不起，我年轻的时候天天熬夜加班还不好好穿衣服，饭吃了上顿就没下顿。要是我能稍微注意一点，我肯定能陪你更久的。”

“杨谦南，我想陪你长命百岁，至少陪到八九十岁也好啊。”

杨谦南没心没肺的笑容一点点收敛，喑然看着眼前的小姑娘。

许多年后有人问他到底哪里难忘。

他也不知道。

可能有些人，天生让人很难忘吧。

那之后他就开始监督她喝药。最浮夸的时候，他问旁边公园的看门大爷借了两张藤椅，摆在院子里，非要她陪着看星星。

北京哪看得见星星。天气最好的时候，也不过那么三四颗。

那两张藤椅旧得藤条都断了几根，斑驳磨白，满椅子横出软刺。

温凛偎在他怀里乘凉，听他满嘴跑火车——

“你看我们现在这样，像不像两个老头老太？”

温凛点头说像。

他于是计策得逞，捏捏她的脸蛋说：“那你得好好喝药了。为了将来还能陪我乘凉。”

她心里笑说这病又不致命，可是面上愣愣的，说：“好啊，那你把烟戒了，我每天都好好喝药。”

从那以后他真的很少抽烟了。偶尔抽也得背着她，偷偷过个瘾。

温凛喝同一个方子，从春末喝到夏初。她倒残渣的时候，能看见院子中心那几朵睡莲一点一点冒尖。仰头时望见颐和园的佛香阁，万寿山上绿树葱茏，人像活在戏文里。

有一天她蓦地想起，钟惟那首词该动工了。

Chapter 10

这学期她们专业课不多，顾璃认清自己不是学习的料，退了经双，剑走偏锋找了个时尚杂志的实习，从此天天向温凛抱怨她上司没文化。温凛劝说隔行如隔山，你觉得人家没文化，人家还觉得你穿得土。

纵情于买裙子的顾璃不知是不是受了刺激，年中她妈妈带她去意大利玩，她像个海外代购似的买了一堆大牌衣裙回来。温凛帮她检视她的成果，说不错，在价格上很有时尚买手的水平了。

顾璃气得把那些衣服一股脑塞衣柜里没动过。

本来也是，她现在的审美走偏，专爱设计出挑的华服美衣，买回来才发现压根没有场合能穿。

温凛也是偶然回宿舍一趟，发现顾璃新买了一个双开门大衣柜，连她的地盘都被顾璃占满。她一提晚上要赶飞机，顾璃从里头搜出一条披肩来，说："机场多冷啊，那冷气飕飕地吹。你把这条给披上，别又着凉了。不然你打算喝多久中药？"

提到中药她就舌苔发苦。

她其实也反省过原因，直接根源可能是雪地里的那一跤，外力挫伤，至于间接的……她自打和杨谦南在一起之后，这事儿就没正常过。

身体到底是自己的，温凛瞄了眼牌子："这都舍得借给我？"她想还回去，"算了吧。机场也提供毯子，不至于着凉。"

"你就让我发挥点余热嘛！"顾璃硬塞给她，"就一个披肩而已。我还怕你讹我，温总？"

顾璃听绪康白喊过她一次之后，也就一直跟着这么喊。

温凛哑口无言，只好收下她的好意。

那是应朝禹组起的局。他这个京城著名无业游民终于被他爸降服，夏天一过就要漂洋过海，去澳洲读书。他终日萎靡不振，说留恋在国内的纵情声色，走之前要玩票大的，请了一群朋友去洱海。

那段时间紧邻证监会换届，钱东霆做的一支A股被调查。杨谦南一年到头难得有这么忙的时候，恨不得住在金融街，但应朝禹如今和温凛的关系更好，强烈邀请温凛同去，逼得杨谦南不得不抽出空来作陪。

温凛走之前打了个电话给绪康白，问他去不去。

绪康白说："得了吧，我哪敢在杨谦南面前出现。"

温凛瞄了眼杨谦南，其实他也没有管得这么多，他们俩在一起这么久，名声在外，现如今连主动搭杨谦南的女人都少了一茬。更不用说她这边，自然干干净净。

只不过她这里干净的理由，不那么光彩而已。

她写学年论文的时候还没找导师，陆秉青主动把她收入麾下。他已经多年没有亲自指导过本科生，突然对她青眼有加，学生间传言翻出好几个花样。

有一天她从陆秉青的办公室出来，正瞧见柯家宁和周妍在一楼教务处，帮一个学妹开请假证明。学妹直着脖子说："我听说你们级有个师姐，自己创业还修两个学位，她平时的假是怎么请下来的啊？"周妍一脸讳莫如深，扯着嘴角说："人家和院长攀得上亲戚，能一样吗。就算修八个学位，绩点照样排前三呢。"

柯家宁瞥见刚下楼的她，悄然往前挪了一步，用身体拦住了周妍。

好像能挡住声波的传递。

这些流言蜚语把她从一个活生生的人，抬到了虚幻的传说里。有一次她依常向孟潇潇借笔记，她看见孟潇潇回头时怔愣了一下，好像没料到她会出现，平白用沉默在彼此间划开道距离。

一个女孩子到这个份上，自然很难再令人起追求的心思。

温凛仿佛对这些微妙的变化视若不见，规规矩矩把论文写完呈交。陆秉青从不提杨谦南的事，她也就权当是师长赏识她，才为她开此特例。

挂掉绪康白的电话，她神色如常，像个去度蜜月的新婚妻子，问杨谦南要不要带泳衣。

杨谦南说带着呗。

“你不是说应朝禹把他老爸的酒店顶层改成麻将桌了吗？”温凛回头。

杨谦南早忘了自己是在哪说过这句话，挑起一双丹凤眼：“我说的每句话你都记着？”

温凛被戳穿心思，赧然埋着头。

如今她在外也算个能独当一面的人，朋友虽少，但个个认为她沉稳可靠。她那身段和衣品，嘴角淡然下抿，自挟七分凛色。可是在他面前，还是会露出这样怯生生的，怕被他点破的羞赧姿态。

杨谦南对这些细微之处的特殊颇为受用，蹲下去帮她挑泳衣，眼角噙笑：“就这套吧。”

应朝禹的告别趴有游船项目，温凛带了好几条只有在甲板上穿才不显突兀的吊带长裙。

她还记得临走前的那个夜晚，杨谦南对着一盏床头灯，一边嫌弃味道刺激，一边帮她把脚指甲涂红。他的眼睛有点娇气，被甲油熏久了会泛酸，止不住地眨眼睛。温凛还捧着他的脸说你不要一直眨啊，全都涂出去了。杨谦南蘸了一刷子，假装要往她睫毛上涂，说你闻闻，你们女人是不是每天都给自己投毒？

所以她抵达大理的时候，穿了一条黑色蕾丝长裙，就为掩盖被他涂得七零八落的脚趾。

洱海一入夏，雨如云雾，一场接着一场。

几十号人在酒店里玩了几天，项目一应俱全，除了能唱歌打牌，还兼具歌舞表演。

温凛和杨谦南纯来散心，一个项目都不参加，躲客房里远避尘嚣。

苍山洱海，风景自然美。但她如今对好景色已经有些厌倦。人生要那么多好景色做什么呢？海天日暮，红云飞霞，看两眼就足够了。看多了她会觉得贪心，会有果报。

夜色倏然降临，两岸青山淡入薄冥，到了这伙人最亢奋的时间，应朝禹带着几个人一间间房叫醒，说要下水泛舟。

说泛舟有点委屈了。应朝禹包了七八条游船，打算在水上玩一整晚。

集合处定在一楼酒吧，一张暗金色长台围坐了三十来号人。

他们姗姗来迟，被罚了几杯酒。温凛喝得脖子热，把顾璃借她的那条披肩搭在凳子上，专心在角落听音乐。

应朝禹带了叶骞来抽签。

没喝几轮，他们就提议玩游戏。

规则很简单，在场所有人把名卡扔进一个酒杯里，大家抽卡决定上哪艘船。

叶骞被应朝禹推出来，一个个收卡。温凛眼睁睁地看着这群人嘴上连声哀怨，唇边却都扬着期待。

一张张方形卡片被交到叶骞手里。

轮到杨谦南的时候，他把卡搭在手心里，瞥了温凛一眼，迟迟没动作。叶骞到这儿就停了，在温凛面前煽风点火："来嘛嫂子，出来玩儿，放开点！"

温凛观察杨谦南的眼神。他存心逗弄她的时候，眼睫会低垂半拢，援弓半引似的，非要她如猎物般惶惶不安才肯罢休。杨谦南喝到微醺，撑着头欣赏她这茫然等待的表情，就是不把卡收回去。

应朝禹远远地坐在主桌上，磕杯子催叶骞："行了你！往下收！谦南哥跟咱们现在不是一窝的了！"

杨谦南淡淡然说一声"是吗"，拇指翘了翘手里的卡片。

众人的目光聚焦到温凛身上，她静静地直视杨谦南，好像在和他对峙。他俯身在她耳边问："想不想玩儿？"

杨谦南作恶欲渐起，把卡片边缘悬在酒杯上空，兴味盎然的看着温凛。

起哄声也在此处达到了巅峰——“来都来了，一块儿玩玩嘛？”

温凛深吸一口气，空气里浑浊的气味令她反胃。她隐忍地别开脸，一时没有说话。

杨谦南扶着她腰际，醉醺醺地诱哄：“心动了，嗯？”

温凛也不知是哪来的勇气，抽走那张卡，叮当一声投进杯底。她好像终于融入了这座声色欢场，抚平了裙子端坐起来，用释然的语气说：“来都来了，玩一次吧。”

哄闹的酒吧似乎寂静了一瞬，接着迸发出欢呼和掌声。

她趁那一瞬听清船上放的音乐，其实是舒缓的蓝调。

杨谦南眸色沉沉地转瞥向酒杯，眼前景象如隔云端——他们各怀心思给温凛鼓掌，推她上前，说要让嫂子来抽。闹哄哄的人群像一盘蜂蚁，像她背后长出的两根黑色翅翼，轻轻一扇，将她带至酒台中央。

温凛伸出手腕去抽的时候，转身看了他一眼。

杨谦南身后是一扇窗。望出去，溶溶月色在湖面上倾洒一道道波棱，一座又一座青山沉在水中。他醉后的眼睑微敛，并没有在看她，那张面无表情的脸庞天生显得寡冷。或许他不知道，他总是漠然时分最出尘。

景色好到令人心如刀绞。

杨谦南低笑了一声，没有阻止。

某一瞬间他其实后悔过，想要扣住那双手腕，将她带离这里。就像那年他在茫茫雪地里，包住她通红的手说：“那种地方你不要去。”

当年是十足的漫不经心，连句子里的体贴都是他漫不经心的装饰品。如今却没法坦然自若地说出这样的话。

他觉得自己远没有这么玩不起。

只不过是稍一犹豫，温凛已经抽出了结果。

她按在台子上故作神秘，粘着几十对眼珠子，把卡片推到杨谦南面前，说：“让他来看吧。”

温凛抬头看着他，柔柔一笑：“你来帮我看。”

语气天生带着依赖，好像还是那个没有他就找不到路的小姑娘。

可是昏暗光线下，那一袭黑色长裙仿佛要融进深不见底的水波里。她托着下巴俯身，黑色绸面挤出一道深邃的V字，纤瘦的手里虚拢着一只酒杯，金色的酒液微微摇晃，好像在耐心期待游戏的继续。

杨谦南单手翻开——毫无悬念，这不是他的那一张。

游船离岸。

这艘船上本还有叶骞和其他两个男生，估计是嫌无聊，纷纷溜走。只留下应朝禹一个，说是他自己搞出来的烂摊子，自己来收拾。

于是漫漫长夜，应朝禹和温凛两个人在船上，面面相觑。温凛有点晕船，晕晕乎乎地独自靠坐墙边。

应朝禹对她这种行为表示愤慨："凛妹妹，你这是坏我好事，知道吗？"

温凛背倚着门，坐在地上，侧个脑袋说笑："那我们做点什么？"

应朝禹瞟了眼附近的船只。杨谦南那艘就在几尺之遥，借他十个胆子也不敢造次。

温凛面前是透明的窗，大片玻璃映出水上的景象。

黑夜沁出蓝色，蓝色的湖面黑得像墨。他们这艘船通体亮灯，漂泊在宽阔的水面上。

温凛从口袋里翻出她仅有的行李——一盒火柴，在当地小卖店买的，火柴盒上有红蓝交织的傣族图案。她在暗红摩擦带上划亮一根，给自己点燃一根烟。

二氧化硫焦臭的气味在船舱内异样刺鼻，应朝禹指了指她头顶的禁烟标识。

温凛虚弱地合上眼睛，伸出一根手指，说："就一根。"

她起来走上甲板，以免触发烟雾报警器。

夜风将她的裙摆如纱雾般吹起，应朝禹觉得她像圣经里被囚禁的若瑟，笃信天主，却经受诱惑，经住诱惑，却被投入牢狱。

她就站在这四下无人的狱中。

一股烟雾腾散，将船灯都镀得迷蒙，她仿佛要消失在这片黑夜里。

应朝禹按捺不住，说：“要不我去找谦南哥换回来吧。他那边有Amy，我看她还不错。”

温凛总分不清那些大同小异的英文名，印象里叫Amy的有好几个。

应朝禹煞有介事地给她普及：“这个Amy不是上次那个Amy。这个特别有意思。”

温凛笑：“长得都差不多，有意思在哪？”

“那是你没接触过。”应朝禹唉了一声说跟你形容不来，“你小时候有没有玩过游戏？”

“什么？”

“就是赛车、斗地主、泡泡龙、俄罗斯方块那些……左边一个游戏框，右边一个人，积分打上去就给你换衣服那种？”

这一听就是他小时候才玩的游戏。

温凛长长地吐了口烟，眼睛无意识地上瞟：“……玩过。”

“这就对了。”应朝禹一击掌，说，“Amy超有意思的，有天我和叶骞在夜店玩儿，她在舞台上面跳舞。叶骞就喊她下来喝一杯……”

温凛双手交叉，皱眉：“打住。”

这也一听就是他才会觉得有意思。

“唉你听我说完！”应朝禹兴高采烈地笑，“没想到她在手机上下了个俄罗斯方块App，让我俩轮流打，给三分钟，消一屏她就换一件。”

温凛无言以对，掩饰性地抿住烟嘴。

“那可难了！你试试看，打到最后，那方块掉得跟下冰雹一样，你眼睛是往她身上瞥还是盯着手机啊？盯不过来啊——”

温凛终于猛咳一声，笑了出来。

应朝禹正说得绘声绘色，一边帮她拍背：“哎哟你没事吧？”

“没事——”她一张嘴，又忍不住笑，自然咳得更大声。

温凛很少这样大笑，秀致的眉眼弯成两道月牙弯，眼眶又酸又湿润，分不清是因为咳得太猛，还是笑出了眼泪。

连应朝禹都被她的模样感染，边笑边悻悻地说：“也……没这么好笑吧？”

船上的隔音没那么好，他俩这一连串笑声清晰地传到了远处。

凌晨一点，服务生送完当夜的最后一拨酒。杨谦南望着远处，那两人不知在做什么，打打闹闹笑个不停。

Amy被这声音鼓舞，兴致勃勃地说：“不如我们也来玩游戏？”

杨谦南给自己倒着酒，对“游戏”的印象还停留在半小时前，他在码头把温凛送上船，她双臂抱着他的脖子亲了一口，莫名安抚他，说，“只是游戏。”

好像只是稀松平常，将她送到宿舍楼下，分道扬镳前三分依恋，一分不舍。

他抿了一口酒，神态自若地问：“什么游戏？”

Amy眼睛亮闪闪，娴熟地开问：“你小时候有没有玩过俄罗斯方块？”

杨谦南淡淡说：“没有。”

这是Amy跳舞历史上罕见的失败，气氛瞬间降至冰点，他们只能面对面，沉默地喝酒。

喝完一瓶，他有些醉了，意识含混不清。

他都不清楚自己是怎么下的船。

应朝禹接到他的短信，吩咐舵手靠岸。那时温凛已经睡着了。

她好像完全不会认床，无论在哪，无论身下是卧榻还是茅草，总能安详入睡。

船舱里只剩她一个人。杨谦南见她这一副睡容，恶向胆边生，扯了她一根肩带，低头吻她。温凛陡然惊醒，下意识地挣扎，才发觉是他。应朝禹不知何时被他支走了。

她睡得早，灯没有开。黑暗里只闻得到他一身酒气，埋首在她肩窝：“想不想我？”

温凛推了推他，说累。

杨谦南冷笑："哪块累？"

她起床气发作，皱眉把人推开："你能不能好好说话？"

杨谦南仰躺在一旁，揪她起来："我怎么说话？"他寒声道，"玩得开心吗？"

温凛将梦将醒，发丝散乱，终于在这一句清醒了过来，把头发都往后拨，露出沁着冷汗的额头。她长出一口气，坐起身来："你到底想干吗？"

"没干吗。来见见我的小白眼狼。"杨谦南也清醒了几分，吊儿郎当地躺回去，嘴角泛起一抹讥笑，手指在她发丝间勾缠，"玩得开心吗？"

她身上一共就那么一条吊带，他刚刚剥了一半。

杨谦南手指有意无意地拨上去，轻刮她的皮肤。

温凛脸色苍白，扯散两颗暗扣："你想做什么都可以，不用说那么多。"

"我这么不体贴？"他笑意更盛，轻佻地吻她，"累了就睡。用不用我帮你穿回来？"

温凛忽然觉得了无生趣，淡淡地笑了一声，说，"杨谦南你不要阴阳怪气的。你让我陪你玩，我哪次没有奉陪。现在又是什么意思？"

她本以为自己很平静，然而盯着他不过几秒，眼泪居然啪嗒两下砸在被面上。那好像是她身体里积蓄已久的，几乎不用情绪推动，就自行跌落。

温凛觉得窝囊，背对着他躺了下去。

留给他的只有一个沉默的背影。

她重新闭上了眼，好似什么都没有发生过，连抽泣的动作都没有。被角上那一块湿渍仿佛只是他的幻觉。

杨谦南竟呆住了。

如今再回想，过去是玩得过了点。但他从来不觉得多歉疚。你情我愿的事，何必矫情分个对错。

杨谦南心生一股没来由的焦躁，拨开她脸上的薄被："凛凛，此一时彼一时。懂这个道理吗？"

温凛好似已经打算入睡，冷淡道："我懂。"

情热终究冷却。

杨谦南在酒精的驱使下，慢吞吞地躺下来，拥住她，脑海里一片混沌。

他也不清楚自己今晚刻意闹这一场是为什么。

脑子迟钝地转，他抱住她的动作很小心，生怕她拒绝似的。直到安然拥紧，他才放任自己被倦意侵蚀。然而倦意头一回这样脆弱，夜深突然听见她压抑地一声吸气，他的意识全都明明白白地钻了回来。每一根神经都在留意她的呼吸，分辨不清那究竟是呼吸不畅，还是在哭。

杨谦南潜意识里去寻她的手指，把自己的手扣进去。

温凛食指轻轻弹动了下，原来也未睡着。

她想他无法了解，那种复杂的恐惧、耻辱、自我厌恶感的交织。

他在她最相信好运的时候，给了她残忍的现实。此一时和彼一时，又有多少区别？她明明已经不想追究了。

今生无限苍凉夜，她都认的。他为什么还要用这种徒劳的道理，平添她心头的怨愤呢。

温凛的喉咙像被梦魇塞住，她对自己说，都是自作自受。

“我的错。”他说得很快，以至于听上去很轻浮。可是他干燥温热的手掌轻轻揉着她的手臂，一会儿又不安地拨弄她的手指，脖颈与她相蹭，好像始终于心难安。

她的身体被他搓热，出了一身湿汗。

杨谦南在这燠热中，在她耳际落了个吻，哑声道：“给我们凛凛认个错。”

温凛疲惫地渐渐睡着。

意识蒙胧，只听见他在耳边，吹气似的轻声重复，给我们凛凛认个错……

这一夜是一场真正的梦。

大梦醒来时，应朝禹去了墨尔本，杨谦南被钱东霆急召去上海。温凛回到北京，把学年论文的终稿交给陆秉青签字。

他的办公室临水，窗外绿树浓荫，墙角画蛇添足地摆了一盆绿植。

温凛望着那高大的，如假树一般的植物，想分辨它的品种。

那个曾经记不清她名字的师长，依旧打着西装领带，抬头时随口问她：“谦南最近在忙什么？”

温凛蓦地一愣。

陆秉青清楚她的尴尬，钢笔尖流畅地撰写着评语，好像没问过这句话。

她说：“……在开项目会吧。”

从此再无对话。她把一式三份签过字的论文收回手中，轻声说“谢谢老师”，退出了办公室。

杨谦南在陆家嘴的四季里住了半个月，和他一起出差的还有一个女研究员，每天吃住行都在一起。温凛打开微信，看见他一小时前给她发的消息。他从前是惜字如金的人，现如今已经能顺畅地和她聊些鸡零狗碎，说他那位女下属减肥减得相当苛刻，每天早餐恨不得随身带把电子秤算卡路里，吃沙拉从来只淋油醋汁。

那是2011年夏，微信刚推出不久，他的好友列表只有寥寥几个人，除了她就是几个工作伙伴。以至于若干年后微信推出一个怀旧回顾活动，叫“我和微信的故事”，每个人能看见自己的第一个好友，杨谦南看见的就是她。

温凛四两拨千斤，问他：“长得漂亮吗？”

杨谦南抬眸看了眼，故意回道：“还可以。”

紧接着发来一条——“小东西醒了？”隔着屏幕都能看见他的笑。

温凛想说她都已经起来找他姑父签完了字。但她不能。她得假装得懒洋洋，刚醒过来似的，回一句简短的“嗯”。

这会令他很满意。

杨谦南很少尝试理解她不为人知的一面。那很耗费心力，对他这样懒散的人而言，显得毫无必要。

毕竟他懒散到，连每天早起开个项目会，都要变着法子提醒她，他很辛劳。

温凛有一次看见他那张含金量惊人的海外学位证书，第一反应是怀疑是伪造的。直到发现他居然能独自写完MBA的结业论文，才很不甘心地相信，这些酒色之徒放下杯盏，是真的具有操纵资本的能力。

只是今年的杯盏，要格外沉重一些。

温凛和绪康白吃了一顿饭，他给她分析得头头是道，说今年股市太差，单边下跌没见过反弹，是个机构都在降仓位。说杨谦南不得不亲自下场，勤勤勉勉过这一年。说钱东霆前段时间和人联手狠捞了一票。

绪康白的原话是——“手太黑。”

温凛不由得沉思：“很严重？”

绪康白刻意卖个关子，玩味地问：“他要是真的出事，你打算怎么着？”

“等着咯。”她开玩笑似的说，“十年嘛？运气好不用这么久。”

绪康白挑起眼，好像在审视。他身上有股子大隐隐于市的气质，分明从相貌到穿衣风格都极其温和，却让人觉得他眼光锐利，万事无所遁形。

温凛也看不出他是信还是不信。

他只是笑说：“那倒不至于，要真能出事，他也没心思陪你去游山玩水。”

温凛嘁了一声。

绪康白于是问起：“云南玩得怎么样？”

温凛说：“你没来真是可惜了。”

绪康白立刻嗅出了她的讽刺，问她，是不是应朝禹又想出什么新点子？

温凛眼眸一转：“你早知道？”

绪康白将一杯酒喝到见底，光风霁月地默认。

他们这些人有个共同点，那就是从不撒谎掩饰。每个人都清晰地知道，他们的价值从来不在于道德高尚，所以也懒于塑造自己干净洁白。

手机倏然一震。

温凛翻开来，是杨谦南的微信，他说叶蕙欣回国了，今晚可能会来院子里拿点东西，让她留心，别不小心碰上。

她定睛读了两遍，没有回，不动声色地把手机盖在桌面上。

其实叶蕙欣知道她的存在。

有一次她打来越洋电话，温凛偶然接到，叶蕙欣处之泰然地请她把电话给她儿子。杨谦南接起来，他妈在那头问他刚刚是谁，他若无其事地瞟一眼温凛，说："你儿媳妇。"

叶蕙欣没有多问，只是轻笑一声。

他妈妈没有像电视剧里演的一样，强逼他分手，甚至没有对她恶言恶语。她淡然又淡然地问他："那你现在住哪儿呀？"

杨谦南答了个地方。叶蕙欣嗯了声，听不出情绪，只说改天来看看你。

她压根不屑于了解她太多，随口问了几个基本情况，话讲得异样客气，说这个还可以。语气就像是她儿子在拍卖会上买了个陈设，她了解完价位品相，发表不痛不痒的点评，接着抛之脑后。

所以温凛也很明事理，从不故作天真地让他带她去见他妈妈。她知道这样勉强的和平都来之不易。所以每次杨谦南去见他那个妈，她就当他是人间蒸发了。哪也没去，谁也没见，只是在这个世界上，消失了一阵子。

看来今天该消失的人是她。

温凛复又抬起头，泰然自若地问绪康白："你待会儿去哪里？带我一块儿吧。"

"五点的航班，飞上海。"

温凛笑："你是说着玩呢吧？"

绪康白假作痛心："怎么，杨谦南在那儿，整个市都是他的了？我有没有和你说过，我是上海人？"

温凛呆呆地想，她是真不记得他有没有说过了。

她敏锐地嗅到一丝气息，说："那你以后是不是会回去，在那边发展？"

他目光望着个无意义的方向，说："兴许会吧。"

京城里当然有最好的资源，但早已壁垒森严密不透风，他这两年在往南边伸展枝叶。

温凛淡淡“嗯”了声。

不过寥寥一年半，华筵渐散，群燕四飞。就连她，下半年也要着手准备赴美申请。

人长大之后就在频繁地离别，相聚反而时日无多。

她勉力笑了笑，说：“那你带我一起去吧。”

首都机场T3，大型客机一架又一架。

巨大的飞行器轰隆隆飞上云天，载着来去过客。

温凛和绪康白同坐一次航班，去找杨谦南。

路上他们聊新媒体行业，聊股市聊房价，聊她的家人。

“我打算在上海看看房子。”温凛望着平流层磅礴无边的白云，说，“我舅舅他们都在上海。我爸妈老了最好能搬过去，有个照应。”

不知为什么，和绪康白讲话的时候，她总是能聊起自身。

她的理想，事业，人生规划，父母亲友。

不像和杨谦南，只能聊他女下属的减肥餐。

绪康白是个很好的顾问，他说法租界风景很好，她会喜欢。温凛自嘲道：“那我要努力挣钱了，这地段可不只是风景好。”绪康白笑说：“你既然想买，肯定不至于吝啬这点钱。”

他也看出来了，这半年来她的公司没有扩大经营规模的势头。一是因为新兴行业渐渐规范，有更多强有力的竞争对手进入市场，生意没有那么好做。二是因为，她没有野心。

“我也不是不能做大，只是我觉得没意思。我天生不是很优秀的商人，我脸皮薄，志气短，喜欢挑战和有创造性的东西。曾经我开公司，是因为我觉得我有这个才华和眼光，你可能会觉得很好笑吧，就是讲给投资人听的那一套，我自己是当真的。等情怀变成流水线运作的时候，我就失去了动力。”温凛转过头笑，“当我投入精力却只能赚到钱的时候，我就觉得没趣味——是不是很蠢？”

她渴求成功，然而却不是为了钱。

绪康白劝了一句，说其实挣钱比她想象中有意思。

“这就是为什么你能做得很成功，我不行。”温凛笑呵呵的，一点都不为所动。

过了一会儿，她一时兴起似的，说：“给你讲个故事吧。”

其实也算不上故事。

她平平淡淡地说道，她上初中的时候有一个好朋友，是她们班班长，长得漂亮又聪明。有一年班长家里闹离婚，两方家长抢着接孩子，同学奶奶把她横抱在手里，站在校门口的天桥上和儿媳妇对峙。围观的路人里三层外三层，对着孩子胳膊上的三条杠指指点点，惋惜道：还是个大队长呢。

后来这个好朋友就转学了。

第二个学期班干部换届，班长变成了她。

她那时候庆幸她父母恩爱，家庭和睦。否则邻里会不会也在背后用惋叹的语气说，凛凛这姑娘生得聪明漂亮，怎么命这么不好呀?

“那一年张国荣自杀，满世界都在报道他的死讯。有一天在网上看见一封遗书，也不知是不是他写的，我停下来读了很久。”

——“我一生没做坏事，为何这样？”

温凛讲完这个故事，忽然很沉默。

“其实不是因为没做坏事。而是因为太好了。”她望向窗外，有点无奈地说，“你相信吗。太好了，也是一种积重难返。”

绪康白低敛着眉，轻轻笑了一下。

“你和杨谦南说过这个故事吗？”

温凛摇摇头，说没有，“我没对其他人讲过。”

那些幽微的心思，她不指望有人能懂，更不指望有人能谅解。

绪康白微微勾唇：“哦，那看来我是，很特殊的朋友了。”

她温温柔柔地微笑，像个初中小女生一样郑重其事地对他说：“是啊，所以你不要告诉别人。”

他笑笑，帮她把遮光板拉上，神色如常：“离降落还早，要不要睡一会儿？”

温凛从善如流地点点头。

等到她看起来已经睡着，绪康白从飞行杂志里抬头，望见她轻轻闭合的双眼，忽然想起刚刚她问他的那个问题——她蠢吗？

就算众人都说她愚蠢，她恐怕也会依旧埋头前行吧。

她是对自己的人生一清二楚的那种人。

如果有唯一不清楚的地方，可能就是杨谦南了。

那天他特地前来接机。

温凛七点钟在虹桥落地，杨谦南已经在机场喝了两杯咖啡。

看见温凛，他也不起身，只是稍稍搁下咖啡杯，为她腾出容身之所。温凛就迎向他，嵌进他怀里面，给他一个拥抱。杨谦南手扶着她，轻拍一下臀，笑眸风流："累不累？"

她悄然转身，灯火辉煌的机场过道上仿佛有太阳，绪康白正靠在墙上，向她轻挥一挥手。

他想起很久很久以前，他也站在金色的过道上，问她有没有合适的人选推荐给他。

年轻女孩不卑不亢，轻声道——"你看我行吗？"

他暗暗地感叹。

迄今为止，人生的每一个机会她都抓住了。

可是她和杨谦南之间，哪有天长地久的机会？

在一切的答案揭晓之前，那是杨谦南对她宠惯最甚的半年，他对她好到，连天长地久都显得不重要。

温凛先前在应朝禹的船上丢了条披肩，说是顾璃借给她的，非常懊恼。杨谦南当即就答应她，帮她买条一模一样的回来。

她到上海，刚刚坐上他的车，就问起这条披肩。

杨谦南轻描淡写地一笔带过，说："当然帮你买来了。"

他没有告诉她，这东西来得多么坎坷。

他一个大男人跑去求助应朝禹，让他那些潮牌买手女朋友们帮忙回忆那条披肩，结果得到答复，说是F牌去年的限量款，全球断货。他发愁半天，应朝禹说正好有个时尚博主手边囤了条新的，还没剪牌，问他要不要。

杨谦南说要，应朝禹看好戏一样告诉他："这博主就是上回追你那网红，被你下了脸不痛快，故意拿乔说让你当面找她要，她就给。"

杨谦南忍下气性，把三倍的款项当面给人送过去。

结果那姑娘不识抬举，笑说："究竟是谁呀？你杨谦南也有栽的一天。"她笑嘻嘻地抬杠："我不要钱。"然后扯出他脖子上的吊坠，说，"这是什么，佛像吗？"

她确实眼光很好，知道他全身上下贵的东西都在哪儿。

但玉石这种东西多少都有点儿含义在，一般人不敢开口讨要。她今天就是吃准了，存心刁难他。

没想到杨谦南轻飘飘，把玉佛摘下来搁桌上，说想要就拿走，也不值几个钱。

就这样换来了披肩。

"我们凛凛要的东西，我会不上心？"他扬着眉邀功。

温凛嗤了他两声，到酒店先去检查那个购物袋。他在背后酸溜溜地嘲她："你就是对别人的东西最关心。"温凛一门心思看披肩的标牌，竟然没买错。

杨谦南从背后抱她，哑声暗示："是不是该奖励一下？"

温凛心照不宣地回头吻他。

浴室里，她听见他低沉的笑，在水声清响里，朦胧又惑人。

这让她出现幻觉，以为自己能永远沉浸在这片雾障中，不问来路，不问前程。

远隔着水雾，那一连串手机铃声反倒没那么清晰。

可她还是听见了。

杨谦南揽她的腰，继续那个吻："待会儿再接。"

那一夜她很反常，在动情的热吻里心不在焉，继续了几次之后还是推走他的胸膛，说："我先去听个电话。"

打她电话的人也很反常，竟然是她爸爸。

他打来不说要紧事，东一句西一句，问起她的学业，以及公司。这些寒暄从前都由郁秀传达，她爸是个很勤恳朴实的男人，很少和女儿联络，说起普通话来有明显的苏州本地乡音。

温凛擦了擦半湿的头发："怎么了，爸？"

她爸状似不经意地提起："凛凛在学校里有没有献过血？"

"献血？"

"爸爸就是听说，你们大学生都组织义务献血。凛凛没有献过啊？"

温凛意识到异样，包着头发坐下来："您是听谁说的？"

她爸支支吾吾，本来说没什么，但女儿连连逼问，他才为难地叹一口气，说："医生都这么说……"

杨谦南关了淋浴，可水声依旧没有停。

温凛向外一望，上海竟下起了雨。

这是场急雨，来势汹汹，滚滚乌云压城，雷电劈亮霓虹璀璨的外滩。

她听完电话，呼吸仿佛被扼住了，慢慢放下手机。

杨谦南裹着条浴巾出来，见她这一脸失魂落魄，问："出什么事了，谁找你？"

"杨谦南。"温凛埋着头，久久没有抬起来，声音泛空，"我妈妈生病了。"

他蹲下来，耐心问："生什么病？"

"我不知道……先前查出来是血管瘤，明明是良性肿瘤，突然又说不确定，要动手术，切开肝脏确认病灶。我连她得过血管瘤都不知道，他们说我在北京忙，根本不打算告诉我……怎么还有这种手术啊，难道要剖肝吗？"

她好像这么多年高等教育都白受了，说出来的话迷糊得像个小孩子。

杨谦南摸摸她湿乱的长发，把那颗脑袋挨过来些，低低一笑："所有手术不都是把人剖开来再缝上么，你着什么急？”

他永远是这一副气定神闲的姿态，温凛的眉头一刹那揪紧。

杨谦南回想起刚刚好像听她说献血，关心道：“怎么，需要你去献血吗？”

“我哪献得了血——”

她被刺痛了症结，眼眶霎时通红：“我妈手术要输血，医院说必须得直系家属有过义务献血经历，才开得出用血单。不然就得动员患者家属专程献出来，才给进手术室。”

“不能买？”

温凛摇头，说是医院用血紧张，规定得献满剂量，才能换买血的资格。

这世上很多东西，都是钱买不来。

温凛入学体检的时候，还是健健康康的五十公斤，这两年高强度无规律的生活下来，整整瘦了六公斤，刚好低于献血标准体重，想献也献不了。

“你说我去血液中心，他们也不会称我的体重……”

“你当人家设这个标准是玩儿的？就你这身板，一眼瞧过去就贫血。让你去抽血，还不把你给抽没了。”杨谦南揉揉她的脸颊，“听话，别胡思乱想。”

温凛挡开他的手，身体好像突然无限虚弱，她在床沿躺下，小小一个身子陷进柔软的被子里，埋怨自己，为什么不多吃一点呢。杨谦南在一旁逗她开心，可说出来的话却都那么风凉：“你瘦还不高兴？人家天天吃菜叶子拌油醋汁，就为有你这么瘦。”他捏她腰间的痒肉，温凛疲软地扯动一下嘴角，可却做不到配合他。

他说：“总有办法的。”

可是会有什么办法呢？这个亲戚去年动过手术没法献，那个亲戚人在外省，琅琅年纪太小，几个舅舅年纪又太大了……这么大的用血剂量，她爸爸一个人显然是凑不足的。父亲不年轻了，她一想到血管子在他手臂上扎进去的画面，就觉得心惊肉跳。

杨谦南手臂微凉，搭在她肩上，轻轻地抚弄，说：“实在不行，你问问看，我能不能帮忙献？”

温凛怔怔地抬起半只眼睛。

这副躯壳她再熟悉不过，可是底下跳动的那颗心脏，她却忽然觉得陌生。

杨谦南依然噙着笑，把她愁云满布的脸抬起来，指背擦擦她水肿的眼眶，“别哭。多大个人了，献个血还要哭。”他把她放床上的手机拨到手里，低头一边搜索，一边自言自语，“这是什么政策，在哪儿献都成？”

温凛把手机默默抽回来，上面是一排互助献血的网页。她莫名惭愧，闷闷地说：“在上海不行，要去苏州本地。”

“在哪用血就得去哪儿献？”

“……嗯。”

“也行，反正去苏州就几步路。”杨谦南凑到她面前，嘴角含笑，“你瞧瞧你来看我这趟来得多凑巧，省了一大段路。”

他还有心思开玩笑。

可她却心乱如麻，目光不知该往哪里安放。

一切好像都乱了套。就算他这些话当真，她也不敢真让他帮忙。这些市井闾巷的烦忧，好像天生与他是无关的。

温凛觉得惶恐，说：“不用了，我再想办法。”她下床翻找衣服，好像今夜就要回去。

杨谦南拉住她：“今天这么晚，你想怎么回去？你妈妈又不急着明天做手术。”

温凛跪在行李旁边，耳边只有若隐若现的雨声。

她表面镇定，可是手指全是凉的。

杨谦南半蹲下来安慰她，说你看你挑的日子也这么凑巧，明天正好不是交易日，我有空陪你走一趟。天时地利全被你占了，你妈妈的病也会很凑巧，不会有什么事的。

他说得这样信誓旦旦，温凛听着一低头，蓄积的眼泪滚出了眼眶。

杨谦南刮她的鼻子，笑她：“还哭。”

温凛好像哭得比方才还要猛，泪珠大颗大颗，不受控制地往外涌。她抱住杨谦南，紧紧贴着他的胸膛，第一次放任自己这样依赖他，即使闭上眼也还是在流泪。

他说别怕了，别怕了，可是只有她自己知道，她不是在害怕。

六月末的上海几乎天天暴雨，雨到了苏州下小了些，但还是淅淅沥沥。

医院的光线阴沉沉，温凛穿一条一字肩的藏蓝长裙，穿梭其间，袅袅婷婷。

她找她爸爸要来家属互助献血的申请表，再悄然躲去门诊科，找杨谦南。

他一身清贵做派，靠在几个病人家属中间，拨弄打火机。见了她，回头望一眼——

就像她躲叶蕙欣那样，他来这一趟，也始终躲着她的家人。

也不是非得要躲，只是见到了面，该说什么呢，算什么身份呢？她明知道，他不会成为她的家人，那就当他从未出现过，那样更好。

他们有这个默契。

杨谦南撑开一把伞，把她揽进伞底。黑色大伞罩住两个人，在斜风细雨里悄然移动。

脚底湿淋淋，踏进血液中心。

她见血依然发憷，看见深红色的血液被透明管子慢慢吸走，就像当年他哄她吃生马肉的时候一样，下意识紧拢眼睫。他抽血的时候，她颤颤的，既想陪他，又不敢看。

杨谦南用另一只手遮住她的双眼，笑她，这小破胆子。

抽血的过程很快，没一会儿，他就拿开了手。

温凛揣着护士递给她的献血证明，绪康白正打来电话，问她什么时候回北京，要不要一起走。她说："……我在苏州。"

"怎么了？"

"妈妈生病了。"她淡淡地说。

绪康白关心地问，要来陪你吗？

她说不用，杨谦南在。

他好似惊讶了一刹：“杨谦南？”

温凛在沉默里，轻轻笑了一声。恍然若梦，不止她一个人这么觉得。

她独自回到医院，把一沓材料交还给输血科。走道里站着几个焦虑的患者家属，说怎么办啊家里没人，到处询问其他患者的家人，要不要互相换着献。问到她，温凛沉默地摇头。

她记得很清楚，她踩了双高跟鞋，站在医院的缴费窗口，和她父亲一样高。父亲问她，是找谁帮的忙。她艰难地抖索，说：“……一个朋友。”

父亲说那要请他吃顿饭，好好谢谢人家。

温凛顾盼左右。

如果有一瞬间她怀抱过天长地久的痴望，那一定是眼下。她几乎有冲动，想要光明正大地把他介绍给她爸爸。可是怎么办呢，她是真的想象不出来杨谦南侍奉她父母膝头的样子。他连坐在医院门诊大厅的塑料椅子上，都显得格格不入。

温凛的声音轻得像蚊子，说：“不用了……他工作忙。”

确确实实，杨谦南这个月一直陷在忙碌中，当天就要回上海。

他离开时雨声又起，温凛顶着一叠单据，三步并作两步到他车旁。

杨谦南降下车窗，说：“回去吧，去陪你家里人。”

她是速写能拿高分的新闻系学子，却在这天像个写不出作文的小学生，仓皇地说你要不要紧呀，回去好好休息别熬夜了，到了上海……给我打个电话。

他点点头，悄然地来，也悄然地走。

车轮碾过湿泞的水泥路，泥水飞溅，映着她身影的后视镜染上脏污。他瞥去一眼，斑驳镜面里，她还站在原地，没有再追。

杨谦南望着那被污水模糊的纤细身影，笑了笑。

雨幕冲刷一切，温凛的影子在大雨中涣散。

恐怕不会有旁人相信吧。她曾经拥有过他身体里，最干净的一部分。

Chapter 11

温凛照料她妈妈，直到确认无碍，花了一个多月，像蜕了层皮。

杨谦南除了应付必要的出差，一直待在上海，一有机会就驱车到姑苏城，给她送点东西。那阵子上海一家西饼店的奶油小方在网上很出名，他去看她的时候就捎上一盒，看着她坐在车里吃完。

牌子叫红宝石，是当地的老字号，乍一瞧，也就是平平无奇。

温凛小时候也吃过，印象里奶油味淡而醇，滑在舌尖柔甜不腻，除此之外没什么新鲜。

那个夏天，他们一起看了几场姑苏夜雨。

温凛边吃边怨："我看我这个月得胖不少。"

杨谦南倚着车枕笑："你不是想长胖一点？"

结果她心想事成，到九月，她换一条小礼服，竟然穿不上了。

杨谦南一边吩咐人帮她改宽，一边安慰她："是别人结婚，又不是你自己结婚。胖一点没关系。"

那是傅筹和姚馨的婚礼。

她这辈子没有正经八百地穿过婚纱，参加过最隆重的婚礼就是他们这一场。

傅姚两家在巴厘岛包了一家七星级酒店，甚至动用专机送宾客赴宴。温凛的礼服裙是提前两个月订好的，即便是在场最不起眼的小配角，也不得不庄重以待。

也许是因为太庄重了，在场亲友看见杨谦南带她来的时候，总会投来一束短暂的目光。

那目光只是简简单单地停驻在她身上，里面没有鄙夷，也没有更多意味深长。可是温凛只要回头碰上那些目光，他们就会收回去，神情优雅庄严，冷淡地宣示，事不关己。

没有人说她什么，但她却很清楚，自己其实是这里的局外人。

算什么身份呢？

新郎新娘倒是很欢迎她。傅筹穿着海滩婚礼特制的白色礼服，接受她的恭贺，温然地笑："温凛啊？差点没认出来。"姚馨挽着他的胳膊，听说上次在饭局上见过，表现出得体的惊讶幅度，说："是吗，才几个月，真是又漂亮了很多。"

姚馨温柔友善，和她讨论裙子和造型，夸她脖子上的项链好看。

温凛笑着和她闲聊，暗自观察她神采焕发的眼睛。

据说她快三十岁了，刚刚生过孩子，体型还没恢复到最佳状态。

可是这双顾盼生辉的眼睛，纯净得连二十岁的小姑娘都自愧弗如，以至于她嘴里的客套吹捧都出自真心，听得人如沐春风。

她很少有羡慕的对象，姚馨算其中佼佼。

钱东霆也来参加了这场婚礼。夜里晚宴结束，他们仨在泳池边小酌，钱东霆眼神朝温凛一指，问杨谦南："你带她来玩什么？"

杨谦南侧过头看温凛，说："有什么想玩的吗？"

温凛摇摇头，她都依他。

钱东霆于是说起第二天几个好朋友要一起出海，有傅筹和哪些人，姚馨刚出月子不敢上游艇，估计全是男客。

杨谦南想了想，征询温凛的意见："那我们就不去了？"

温凛挽着他的胳膊，眼眸亮闪闪："嗯。"

又轻轻地问他："出海是不是能潜水？"

"你想潜？"

"也不一定的……"都看他。

杨谦南不由得放低了嗓音，柔情蜜意地点她下巴："你想玩就带你去。”

钱东霆挽杯喝酒，突然笑了一声。

温凛的笑意好似突然垮坍，敏感地向他看。

她如同惊弓之鸟，这种警觉带来了一瞬的沉默。气氛微妙地变化，对话也不适宜再继续下去。温凛施施然起身，把手放在杨谦南手心：“我有点累了，先上去躺会儿。你们聊。”

杨谦南笑着对她眨一下眼睛同意，任那只手在他掌心缓缓游走。

直到她身影消失，钱东霆都未发一言。

杨谦南冷眸游睇：“怎么着，你整这阴阳怪气？”

钱东霆笑：“得亏叶姨这趟没来。你还打算把她领到你妈面前？”

“这么说话就没意思了。”杨谦南半躺下来，抿一口酒。

那天她如果没有折返，该有多好。

温凛也是走到一半，才发现自己身穿礼服裙，唯一的手拿包还在椅子上，里面装着房卡。她于是重新转出粗大的方柱，在泳池边寻找他们。

热带的晚风吹鼓，深色的池水泛着粼粼波光，对岸是两个器宇不凡的男人，身穿昂贵的定制西裤，长腿慵懒地交叠。酒杯在他们手中，倒映海岛的月色。

温凛转到那一头的时候，他们的闲聊正进行到一半。

——“这么说话就没意思了。”

杨谦南说：“我又没打算娶她，我妈气什么？”

温凛靠在冰凉的大理石柱子上，垂眸看这粼粼池水。

不过一两米的水深，在夜色下，竟如万丈深渊一般黑沉。

有些真相，也不过是这一两米水深。她涉世再浅，也早已从众人目光里读出来，只是不舍得说破。

她也是到如今才领教，有些人连伪装都不需要，天生心无愧怍。

温凛靠在柱面上，等待他们换下一个话题，好让她淡然自若地出场。

百无聊赖间，她想起顾璃的话。

——杨谦南是真的爱你的。可是他天生不是什么好东西，怎么办呢？

温凛睁一只眼闭一只眼，过了夜里这一关，真正把这事搁上台面的，却是第二天的午宴。

前来恭贺的宾客都已散了大半，仍然留在酒店的，不过是新郎新娘的家人，和几位至交好友。傅筹的父母都是看着杨谦南长大的长辈，吃完饭把杨谦南喊到一边，寒暄道："爷爷身体怎么样？"

他笑笑说还好。

傅老爷子拍拍他胳膊，说："谦南也不小了，该考虑找门亲事了！"

那时温凛就站在他身边，出于端庄，放开了挽着他的胳膊，规矩地聆听教诲。

老爷子是军人出身，在上级单位浸淫这几十年，即便是拉家常也是首长指导工作的语气，伸一根手指，晃两下说："上回我见到你姑姑，她还紧张靳瑶那丫头，在国外这么多年算怎么回事。我说你们家啊——谦南这孩子问题最大。"

"姚家丫头有个堂妹，比靳瑶大个几岁，你见过吗？"

温凛犹如一个隐形人，默然看了眼杨谦南。

他垂声道："没见过。"

"人还没走呢——"老爷子握着夫人的手，说他们年轻几个今天不说都去海上么，姚玥去不去呐？

温凛把这个透明人当到了底，杨谦南也懒得拿主意，他们让他上船，他拗不过就说去。

他好像完全没在意傅老爷子的保媒拉纤，带着她一起去海滩，说："你不是想潜水吗？一块儿去吧。"

温凛也若无其事，温声说好。

出海的多是男客，姚二小姐在其中，一袭蓝白色长裙，年轻活泼，一眼望过去，像碧浪沙滩上一枚发光的贝壳。

温凛因为要潜水，提前换了深色荧光潜水服，听船上的印尼教练用英语教她潜水的注意事项。杨谦南明明不下水，也跟着她在一旁听，她一扭头看他，他就把她的脸掰回去，说："听仔细点。就你这滑个雪都能摔骨折的协调能力，还不老实听人教练讲话。"

她只能乖乖地作出认真听讲的姿势。

潜水教练讲完一遍，杨谦南又开始视线逡巡，说就没个中文教练吗。

温凛"嘁"了一声，说她英语听力才没这么差。

杨谦南把她的头发拨开，笑吟吟注视着她："我这不是在担心你？"

她心猿意马，潦草地笑笑。

浅蓝色海面清澈如许，白色游艇迎着海风破浪而出，前往蓝梦岛。

温凛坐在尾部，尾翼后两道白色水浪翻腾，飞溅的海水洒在她被阳光烤热的皮肤上，清凉惬意。强劲的海风里，年轻男人们吹响口哨，一张张戴着墨镜的脸，穿着短袖衬衣和沙滩裤，领口开到胸膛。

他们交碰冰镇的起泡酒，享用碎浪、椰林、炙热与喧嚣的一切。

这群人好像在哪里都是同样，欢笑，轻狂，不醉不休。

游艇开到潜水点，教练带着几个一起潜水的游伴下水。姚二小姐和几个朋友在船头，玩水桶里的一只大龙虾，尖叫声和笑声一样清脆。杨谦南在温凛戴上潜水镜前，喂了她一瓣水果，让她量力而为，别太勉强。温凛点点头，背着氧气瓶离岸下潜。

他的身影就此被水面隔绝。

海水漫过头顶。

阳光变成一种透明的物质，安静地在水波中漂浮。

她受人牵引着，一米又一米地下潜。

海底四五米的地方，光线依然明亮，她划走水底的白沙，小心地避开珊瑚和鱼群。再向深处，巨大的蝠鲼如一只白底黑背的海中风筝，投下一大片阴影。

它是鳐鱼中体形最庞大的一类，尾巴细长而坚硬，头鳍前翻，大如鲸鲨，形状恐怖似魔鬼鱼，可却生性温和，喜欢接近人类。

水压令她耳鸣，喉头腥甜，充斥对深水的恐惧。

可她还是潜到了海底，伸出手，摸了摸蝠鲼灰白如毯的肚皮。

五彩斑斓的鱼群被人类惊散，成群向更深处游去。温凛和它们擦肩而过，心想——打搅了。

氧气耗尽，身体上浮，她本是不属于这里的一只陆生动物。

温凛回到酒店，在晚风绵柔的阳台，点开许久没有动过的社交平台。应朝禹已经开学了，然而还是天天在玩，动态全都在和朋友旅行。他这两天在首都堪培拉，附庸风雅去了趟澳大利亚国家博物馆，每张相片里的主体不出意外，依然是他那张芳华绝代的脸。

可她好像早已习惯越过这张悦目脸庞，看他的背景。

他的背后，是比利时画家René Magritte的一幅油画——《爱侣》。

粉蓝相间的霞光，阴森暗沉的丛林，男人西服领带，紧挨着他的情人。

他们面目蒙上白布，布面下缝隙全无，紧密勾勒出两人的轮廓。这让人想象他们氧气的匮乏、常理上的窒息。可他们依偎在镜头前，仿佛稀松平常地，在拍一张合影。

给钟惟的那首歌就是在这一夜写出来的。

从度假酒店的阳台，能望见蔚蓝如梦的海滩。那些沙子她白天都踩过，细腻柔软，令人心甘情愿地陷落。星空如许，温凛躺在晚风里，用手机一笔一画，把这个夜晚压成铅字。

钟惟收发邮件很慢，发出去石沉大海。

这感觉有点像投稿，像给客户发策划方案。温凛有这个职业病，发出去之后会陷入习惯的不安，不由自主地等候对方的批复。

杨谦南躺在床上，看她忙忙碌碌地整理行李箱。

他们要回程了。

杨谦南说要是没玩够，可以再住几晚。温凛摇摇头说不必。她回北京约了人，出国申请需要几封推荐信，校内方面陆秉青会为她解决，至于企业方面，绪康白的大伯答应帮忙。她回去摆宴席，感谢这位传闻中的业界大佬。

杨谦南拉住她双手，引到床沿，状若打趣："我们凛凛好像很迫不及待地想出去。"

温凛勾勾唇："我要毕业了，总不能失业又失学。"

"公司打算怎么办？"

"绪康白接过去。这个团队本来就是给他养着的。"温凛坐在行李箱上，天生矮他一截，像主妇悉数柴米油盐，"不然怎么办呢，我出去需要钱的。"

杨谦南抵着她额头，轻笑："不是有我养你？"

他送她礼物素来挥金如土，一只手袋的钱够她在国外读上半年。他说养她，她是信的。

杨谦南俯身看着她，倦意扯宽的双眼皮让他的面部看上去很柔情。所有事物在他眼中像雾一样寡淡，温凛在他的双眸里，找到他用迷雾涂抹出的，自己的脸庞。

温凛无端地觉得，那张脸庞很像玛格丽特画上的女人。

失去面目，依偎在他眼底。

她戳戳他的锁骨，莞尔一笑："那你打算养我多久呀？"

钟惟午夜醒来，接到了温凛的邮件。

在此之前她从前乐队的朋友找上她，说她能教小朋友弹一年吉他，但不能弹一辈子。他们近来在后海筹办一个小型音乐节，问她有没有兴趣参加演出。

庄清许倒是很支持她。她是个非常知恩图报的人，虽然在电视台拿着微薄的死工资，但还是斩钉截铁地说可以一个人负担房租，让她放手去试试看。

钟惟戏谑道："你养我啊？"

几千块的薪资在北京养活两个人并不容易。庄清许底气不足，但目光真诚如许："我……会努力。"

这是一个刚进社会的女孩子善良的承诺。

钟惟笑了笑。

可她已经许久未曾有过新作，唱歌好像是上辈子的事。

她平静无澜地入睡，也平静无澜地，在凌晨醒来。

窗外擦黑，才两三点。她长出一口气，点了支烟，在月光下调理气息。

命运来时总是静谧悄寂，她偶然敲一下空格键，按亮电脑微弱的光源，邮件提醒就叮的一声跳出来。

钟惟纵观了一遍歌词，轻蔑地笑了声。笑声在鼻腔发出，短促又蔑然，可笑意却是发自内心的。

——“写俗了，凛凛。”

钟惟的手指比常人长，敲击键盘的时候，能看见锐利的骨节。她评价得不留情面，指尖却在抑制不住的心潮中微微一颤。

温凛是第二天在机场看见的回信。

钟惟帮她标了一段出来，重点点评，说这段最俗。温凛坐在候机厅扫了几行，讪然别开脸，坦然说她软文写多了，文笔现在就是这么俗。杨谦南从不远处走回来，递给她一杯咖啡：“一个人发什么呆？”

“我有吗？”温凛恍然回神，两手成拳，揉揉自己的笑肌。

杨谦南忍不住摸她的脑袋，笑一声：“小东西。”

他也不知是什么时候，开始不喊她名字，净爱往她公司跑，当着她员工的面问：“小东西哪里去了？”她招来的几个实习生起先都不敢回答他，怕由于对老板不敬挨批。后来胆子就大了，在公司茶水间里都敢凑一块儿窃窃私语，八卦她们老板的男友。明面上是耻笑，背地里满是歆羡。

温凛接下那杯咖啡，当一只任他执掌的小宠物，单手抱着他的腿，靠在他身上喝。

杨谦南手指梳着她额角细碎柔软的绒毛，有一搭没一搭地，和她聊家里院子的景观池找了人翻新，水要全部换一遍，他佯装责难：“是不是没少往里面倒药汁？”

她赧然轻推他一下。

杨谦南弯腰在她耳边促狭：“荷花都被你苦死了。”

温凛轻哼了声，机警道：“怎么突然想要翻新？是不是你妈妈上次来看见，觉得太脏了？”

杨谦南默认，抬头没说话。

她知道，叶蕙欣不满意的何止是荷花池。

毕竟都不用她亲自出马，就有无数人前仆后继地赶来提醒她，连池子带花，没有一样属于她。

可杨谦南体贴如旧，说水处理公司的人会来得很早：“会不会吵到你？”

温凛摇头说没关系，她仰头看着他，微微一笑。

从她这个角度，能望见他修长的颈项。

也许是刚刚提到过叶蕙欣，她对那枚玉佛格外留意，伸手去挑他的内领，却出乎意料地发现里头空空如也。温凛手指落空，惑然地怔了片刻：“你玉戴来了吗？是不是落在酒店了？”

杨谦南有如东风射马耳，“丢了。”

“那还不打个电话回去！钱东霆他们走了吗？让他们问问前台。”温凛惶然四顾，“你妈妈信佛，回去发现你丢了，会不高兴的。”

杨谦南把她的下巴扭正，眯眼打量：“她不高兴有什么关系，你高兴不就得了？”

温凛打一下他的手，说：“你丢东西我高兴什么？”

他满不在乎地一串笑，好像刻意不上心，温凛催他打酒店电话，杨谦南嫌麻烦似的，说丢了就丢了，旧的不去新的不来。

“你知不知道什么叫佛祖啊？”她微微蹙眉。

中国人骨子里刻着汉唐以来的佛教传统，即使不是宗教徒，也对寺庙香火心存敬畏。

可是杨谦南仿佛闻所未闻，闲插着口袋问她：“什么叫佛祖？”

他的心里，从来没有佛祖。

温凛是在这一瞬间，翕了翕唇，放弃了辩解。

那天她收到的邮件，不止钟惟那一封。

航班在北京落地，她打开手机，发现仇烨的辞职信安安稳稳地躺在她信箱里。

她第一时间没有回复，把手机握在掌心，随着人潮麻木地往前走。

人总要长大，人人也都在长大。她毕业的这一年，仇烨也进入了大三，以她的才气和野心，已经不满足于在这个日渐封闭的创业公司里久留，委婉地向她提出了跳槽意向。

历史的车辙总是以他人的方式碾过自身。

温凛淡然地处理了她的离职请求，并为她办了一个冷餐会。

五道口科技园办公室地方太大，搬来这半年攒了许多杂物，添了好几张办公桌，也还是显得空旷。她们拼了几张会议桌在空地上，叫来外送披萨，摆了几大盘寿司和甜品，红绿蓝三色鸡尾酒一字摆开，每人一瓶，为仇烨办了个简单的欢送仪式。

她新招来的男生叫小邹，是仇烨一手带出来的新人，自掏腰包给她订了一个慕斯蛋糕，上面用巧克力酱写——“姐姐走好！”

仇烨一把奶油揩他脸上，豪气冲天地训人：“你这写挽联呢？！还有，说多少遍了，老娘比你小！”

同事们哈哈笑作一团。

这是她在这间公司里见证的，最后的欢笑。

为了离别。

仇烨挽着温凛的手，硬要她去切蛋糕，欢欢喜喜地推搡：“老板来切，老板来说两句！”

温凛便把一丝长发捋到耳后，接过蛋糕刀切下去：“那就祝你一路顺风，前程似锦。”她温然笑着抬头，秀气的眼睛里蕴着平和的光芒，把桌肚里早已准备好的礼物盒拿出来说，“这个送你。”

盒子里躺着一只棕色牛皮手袋。

她特意挑选，才选中这一款，适合仇烨的中性风格。

仇烨像个小孩一样抱紧她：“学姐你太好了，我觉得我跑路跑得很不厚道！”

温凛淡笑着摇头。

十月要来了，黄昏的阳光呈淡金色，转眼又是一秋。

今生今世，谁又不会离开谁。

那个十月，她散尽千金，用这几年的积蓄，投了一家餐厅。

餐厅的老板是叶骞。温凛由于他的糜烂作风，和他私交一直甚浅，但有段时间听绪康白说起他在拉人入伙开江浙菜馆，温凛立刻联络了对方。

顾璃对此表示不可思议，劝她说："这两年实体经济不景气，你好不容易挣点钱，让杨谦南帮你做点投资理理财不好吗？开什么花拳绣腿的江浙菜馆啊，江浙菜在北方市场多淡你又不是不知道。"

温凛笑笑说："这不是你大一时候的梦想吗，你说你将来赚够了钱，要开间咖啡馆，或者餐厅。"

"哪个女孩子年少无知的时候没说过这话？你还真打算开？"

她说："嗯，真开。"

有时候顾璃觉得她明明很现实，却总像活在童话里。

温凛说得头头是道，说自己就是很现实——

"有叶骞在，这家餐厅又不用我费心，我只要入个伙就行。这个机会千载难逢。你当这年头开店，地段都是随心所欲地选，所有商铺都是公平招标的吗？

"不是的。一栋商厦落成，里面位置最好，稳赚不赔的铺面，人家都让自己人先挑走，一般人压根接触不到。他们费九牛二虎之力盘下的，也都是些一般的位置。

"这栋商厦是应朝禹他爸新建的，你说他给叶骞的商铺，位置能差吗？"

顾璃听得一愣一愣，想不起来她是从什么时候，浸淫了一身商业社会里的人情世故。她半是困惑半是受教，问："那开江浙菜馆呢，做调研了？"

温凛顿了一下，俨然像个被拆穿的传销头子。

"……因为杨谦南爱吃。"

他是她这一身人情世故里，破土而出的天真。

温凛近日来对他信徒般的疯魔，连杨谦南自己都有些消受不了。他说你挣这点钱也不容易，我喜欢吃什么你可以做给我吃，不用弄得这么浮夸。

温凛难得犟过他，说：“那我厨艺又不好，指挥厨房给你做多容易啊，你看这菜单上哪道菜不满意，我让他们给你改良。”

这资本家的姿态和不属于资本家的拳拳爱意结合在一起，霸道又稚气。

她微笑时耳朵浸在秋阳里，耳廓上贴着微不可见的茸毛，薄薄耳垂白得好像透明，透出淡橙色的光。杨谦南觉得她身上每个部件都柔软可爱，不由得捏捏她耳垂，双眸低敛，像鹞鹰收起双翼：“小东西……”

那是他家里对他催得最紧的时候。十一假期，傅筹夫妇俩自驾去呼伦贝尔草原，带上了姚家妹妹，叶蕙欣亲自出面，钦点他跟着去。

杨谦南嗤笑：“十月份，呼伦贝尔就剩个草根，去干什么？”

叶蕙欣面若金身佛像，双唇下抿，保养得没有一丝斑点的皮肤耷拉下来：“你假期不出去玩玩，难道待在院子里看荷叶子？”

语气可笑得，好像不认得他这个儿子。

杨谦南一言未发。

叶蕙欣上回来看一趟院子，无声无息地喊人来翻池子，水泵的噪声扰了他两天的清梦，好像在提醒他，日子远没有他想象中这么安稳。他以前不太搭理叶蕙欣，但这次难得遂了她的意，换一时太平。

所以温凛餐厅开业的那天，他不在北京。

温凛问去哪，他就轻描淡写说去内蒙古玩两天，盛情难却。她没问他车上有谁，可目光里的黯然，他全看在眼里。杨谦南爱莫能助，可也会为这爱莫能助，怅然一阵子。

十月，呼伦贝尔草尽天凉，寥廓天地间大片青黄，焚烧过的土地焦红如残阳。杨谦南在荒无人烟的国道上飞驰，姚玥向上一指，欣喜地喊：“好多星星！”

他蓦地抬头望，苍茫夜色间，星辉点亮穹顶。

温凛那里也是同样。

这一天，整栋新商厦从顶层到B1，都缀满了星形灯环，商场配合地把灯光打柔，衬得茶色光线里星星闪闪发亮，璀璨如银河。

没人能想到，这是一家小餐馆的开业排场，只因为她的店名叫夜星。

后来商场附近的居民里，总有人说起这一天的传闻，说这家餐厅来历不凡，老板娘是哪个京城大佬的女人，开业的时候为她满楼铺星星，淹没所有商铺。

她听了总觉得太夸张，太好笑。

可是再好笑，温凛也是唯一笑不出来的那一个。

她总会回忆起来，商场暗灯后，她从十几楼，一步步走下已经停运的自动扶梯。两畔的星灯在黑暗中散发着柔和的光芒，陪伴她踩下一层又一层。她一边走，一边给杨谦南打电话，问他："那里星星多吗？"

他说是有那么几颗。

"可是凛凛，我很想你。"

温凛打完这个电话，坐在扶梯上发了很久的呆。她想，待会儿再走吧，反正灯已暗了，电也断了，一切全靠她跋涉，什么时候走也没有区别。

只是有点遗憾，恐怕不会有人在意，这个故事原本的样子。

谁会知道呢，那一楼的星光，那一楼第二天夜里被整栋商厦的保洁人员咒骂着拖走的星光，是她这辈子所有的春风，所有迎风而起的纸鸢。

所有遥远的，湮灭的星。

杨谦南是在这一年的尾巴上听到的那首《夜星》。在此之前他一直不知道，原来这两个字是温凛写给钟惟的歌名。

钟惟那些朋友办了一个小型演出，在后海边上的酒吧里。经历过2010年北京罕见的寒冬，2011年末尾的气候显得可爱宜人，什刹海里的冰还没有结牢，薄薄一层碎冰晶莹地漂浮在岸边。温凛路过时趴在白色石栏上，问他："荷花呢？"

不是说什刹海是京城夏季赏荷的好去处，炎夏一来，接天莲叶映日荷花，是京华一景吗？

杨谦南扫了眼暗沉沉的水面，笑着说：“死了吧。”

夜色笼罩，冰面严覆，一枝荷花都寻不见了。

温凛依依不舍地踏进演出现场。来的人只崇拜两种乐种，摇滚和民谣。她在那一年见到了好几个后来声名鹊起的音乐人，那时他们都还很朴素，演出现场门票只要五十块，一边唱歌一边聊天，还会在舞台上接过观众递过去的酒杯，一饮而尽。

钟惟是其中一个。

她以前能唱大开大合的硬摇，如今嗓音条件受限，抱一把吉他，静静地清唱开场。

“当天闪烁的不是夜星，是你眼睛

当天贪恋一捧光影，惧怕天明”

“当天难忘的不是夜星，是你眼睛

当天哪怕满山追兵，也是美景”

……

她的嗓音柔和中带沙哑，有些许随性浪荡的江湖气。

温凛听这个声音，会觉得她在嘲笑自己。

人群中没有人看她，她却不由自主地去看人群。

这小小一块地方，也站着几个久违的人——

庄清许在其中最醒目，她穿着淡蓝色的毛衣开衫，站在一群身上挂满金属的发烧友中间，恬淡温和得像一株栽错地方的梅花树。

但她悄然盛放着，脸蛋被屋里的暖气和热烈的气氛熏红，好像尽力散发着暗香，涤清酒精和尼古丁颓靡的气味。钟惟在台上，依旧画着浓浓烟熏妆，粘着纤长假睫毛，可轻轻一掀向她看去时，目光平和安静。庄清许在暗灯的观众区，把纤柔的手掌挡在两颊，无声地冲她反反复复比口型：好——棒——！

也不管她看不看得到。

钟惟偶然看来她的方向，冲她一笑，她激动得眼泪都沁出来。

这一切尽收温凛眼底。

不仅是她们，还有在舞台后侧坐着的，许久未见的程诚。

他的目光和她四目相接，彼此都回避了一下。温凛知道他一定看见了她身边的杨谦南，也一定想得起来，当天他骂顾璃的时候，是怎么把她也一起恶狠狠地骂进去。

温凛借着去洗手间，和他偶遇了一次。

她生疏地开口，问他怎么来这里工作了。程诚说跑场子呗，红场被砸之后生意一蹶不振，那地方也不干净，他随朋友来这里，过几天安生日子。

他靠在消防通道口，点一支烟，问："顾璃怎么样了？"

"本来说出国，后来又说不出了，找了个时尚杂志的工作，打算毕业干下去。"

程诚："还留北京？"

温凛说不是，"回上海。她公司有上海分部。"

钟惟的声音缥缥缈缈响在远处——

"当日弥散的哪是夜星

是我尘情

把酒对洋一盏伤心

当茶饮"

……

程诚的半边脸颊拢在阴影里，吐了个烟圈，说："挺好。"

他们没有更多的话可说，连再见都没有合适的语气，只能沉默地分道扬镳。

杨谦南过来寻她，看见一个背影，问："你朋友？"

温凛摇摇头，说："顾璃前男友。"

杨谦南挑唇暗讽："顾璃还有前男友？"

他俩直到最后都不太对付。

温凛牵着他的手出去，沿着什刹海散步。

夜已深了，温度降到零下，说话都呵出一口白气。那些从未谋面的荷花沉在水底，不知是怎样度过一个又一个凛冬。

温凛好似心血来潮，说：“杨谦南，我们去日本玩吧。”

“去干吗？”

“我想去北海道滑雪。”

他笑起来：“你还真是摔不怕。”

温凛也笑，说：“谁说不怕。摔过才知道有多疼，所以我会长记性，不至于再摔一次。”

“再摔一次，谁知道还有没有命在。”

她抬头，眺望着十二月末，漫长无尽的夜。

2012是个闰年，好像注定要漫长一些。

午夜的钟声敲过，钟惟的消息发到温凛的手机上，问她：“怎么走了？”

温凛回：“我带杨谦南来听了。”

钟惟读着这句寓意丰富的话，嫣然一笑。她二十三岁的时候遭遇劈腿，恨不能戳瞎对方的眼睛，可是温凛这个小姑娘今年才刚二十三，却好像天生温顺无棱角，说她带杨谦南来听演出，怕你们见面尴尬，所以提前离场了。

——“你不是说这首歌俗气吗，怎么还是唱了？”温凛若无其事地问道。

“欠你的。”她答。

毕竟她曾给过她，最初的伤心。后来她却还给她，赤诚的勇气。

可是伤心和勇气，好像都不值一提。

温凛在凛冽寒风中转身，问杨谦南要烟。他张开双臂任她搜刮，说：“没带。”

她怔怔的，又失落，又觉得荒谬。

杨谦南刻意哄她：“我们凛凛生日是不是又快到了？有没有想要的礼物？”

“我没什么想要的。”她说。

“真不要？”

“不要。”

杨谦南手摸进她的外套，她后腰上像敷了个冰袋子，隔着一层毛衣也能感受到他指尖的凉意。他食指故意拨开针织毛衣稀疏的绒线，浅浅点在她腰上引诱：“要还是不要？”

温凛不开口，一会儿笑一会儿躲，回避这个问题。

可她越是回避，杨谦南就越耿耿于怀。

他们去日本的行程在二月末，那时已经很接近她的生日。有一天他们住在高野山的寺庙里，他好像故意挑这佛门净地，故技重施，逼问：“想好要什么礼物了没？”

温凛果然一下蹙了眉。

她是很恪守清规的人，全身僵直，为难地推拒：“你怎么突然执着这个？过生日不就是个形式，没礼物也不要紧。我真没什么想要的。”

大雪压上竹梢，寺庙的禅房里燃一盅暖香，焚着清凉。杨谦南把她紧扣在怀，头埋在她肩窝里说：“明年你生日只能在外面过。”他忽然一笑，心血来潮似的问，“要我去陪你吗？到时候去陪你。”

“还不一定能出去呢。”她避重就轻，垂眸道，“我看孟潇潇她们都拿到offer（录取通知）了，我这边一点动静都没有，明年估计只能在北京陪你过了。”

温凛神经质地起身，说：“现在几点？美国应该到上班时间了吧。”她打开笔记本电脑，敲了行邮箱密码，滚轮在一排已阅邮件间滑来滑去，自言自语，“……邮箱是不是又被屏蔽了？”

她这焦虑情绪让他只能暂时抛开其他，千篇一律地安慰她，你怕什么，连你都没学上，那些学校打算招谁？

突然，一声邮件提示音截断了他的话。

杨谦南半躺在榻榻米上，远远觑去一眼：是她最想去的那个学校。

他只需要读一个“Congratulations（恭喜）”的开头，就能猜到全篇——

她要走了。

许多事情即使再后知后觉，也会在发生前给他预感。

温凛却端正地跽坐在条案前，一字一句地，认认真真地读完整封邮件，接着长舒一口气，如同迎接命运对自己的宣判一般，闭上眼，慢慢合上电脑。

她的背影定定的，久久没有转身。

杨谦南在身后貌似轻松地揶揄："怎么了，被录了还不开心。"

温凛独自静了几秒，好像收拾好了情绪，回头开口，却是轻轻柔柔的一声——

"我们什么时候去滑雪？"

那个场景里，他们只隔了一两米。可是寺庙古旧的木房，棕褐色的窗棂上挂着绘马板，红绳一吹便吹散了许多心愿，他觉得许多心愿，恐怕也都消逝在这一阵风里。

他装作自然地笑笑，说明天吧。

日本是真正的雪国，从大阪到北海道，列车所经的野林，随处可作雪场。

这里的冬天几乎天天下雪，可温凛见到半人高的积雪，再也没了当初在京城第一次见到雪的激动。她现在身体也没从前好，许多时候需要缆车代步，滑两天雪下来，累得在去机场的车里就躺在他腿上睡着。

杨谦南把手机递给她，说微信总是跳出来。

温凛迷迷糊糊点开来看，发现是应朝禹，问她玩得怎么样。她笑着和他聊了一会儿。到了机场，杨谦南去办登机手续，她就坐在候机大厅，和应朝禹交换滑雪心得。他说他过两天要去瑞士，那里滑起来更带感，温凛说："那还是算了。我这辈子很难再敢和你一起上雪场了。"

应朝禹没心没肺地发了一串大笑过来。

手机突然一响，是微博客户端的推送，系统提示她涨了一个新粉丝。

温凛的微博是私人号，不太发东西，除了熟人偶尔互加，几乎不涨粉。

她奇怪地点进去，发现居然是个几十万粉丝的时尚博主。

她在新媒体这一行混久了，见到这类账号，第一反应是以为对方是找她谈合作，习惯性加了个关注。首页一刷，刷出对方的许多动态。

微博客户端有个特点，新关注人的动态第一次在首页显示，会一直显示到很久以前。她一目十行刷到最底下，戳到一张照片。

对方的动态几乎每条都附九张照片，每张都大同小异。她戳到的那一张，是和一个国产品牌合作的宣传照。身材姣好的女孩穿着现代改良旗袍，在大使馆前拍了一组街拍，有一个角度她俯身，能看见她衣领里，一枚精巧剔透的玉佛。

她永远也忘不掉那块玉的样子。

温凛放大了观察仔细，比自己想象中更镇定，去看了眼对方的账号。

果然，她们俩的共同好友里，有应朝禹和叶骞。杨谦南从来不用这些社交软件，所以无迹可寻。

她关掉手机，环顾机场。

杨谦南手里拿着登机牌，正靠在一块导览牌上打电话。他这趟陪她出来玩，推了许多公事，上机前得趁这段空闲，把可能找上他的事情料理完。

她这段时间，其实处理了很多东西。把毕业后用不着的资料书、电子产品送给仇烨；托绪康白看好了上海的房子，春节回去签了约，房产证上名字写的是她父母；转手了一部分闲置的奢侈品，让顾璃挑去了几只……

只有杨谦南，他好像什么都不需要她为他做。

温凛拿着手机，静静地看着那张照片，戴着玉佛的女孩有一张异域气质的脸，杨谦南很喜欢这一款。她端详着那双明艳的眼睛，心里竟然不觉得失望，不觉得愤怒，甚至隐隐约约地，有一丝释怀。

离开了她，她的父母，她的朋友，可能都会不习惯。只有杨谦南，等她一走，也许会很快适应没有她的日子。

温凛忽然觉得，是时候了。

很奇怪。她明明没有这个资格的，可是还是在这个瞬间，自作多情地放下了心。

大雪令航班延误。杨谦南陪她等候到深夜，温凛安安静静地躺在他身上，她穿着件大圆领的橘色毛衣，像只懒散的橘猫，趴在他腿上。这领子睡着的时候会掉一半下来，露出里面的透明肩带，他时不时就要帮她往上拽个一截，盖住她柔润的肩膀。

不知是第几次的时候，温凛醒了过来。

她刚醒来时眸色迷蒙，眼里有她不自知的潋滟。

可这个状态很少见地，没有转变。

杨谦南问："怎么了？"

温凛茫然道："嗯？怎么了？"

她不知道，从前她睡梦中醒来，和他说第一句话的时候，会习惯性地笑一下。可这次没有。

杨谦南挪开视线，不自在地说："没什么。"

她却宛若被这个雪天静止，没有起身，也没有继续睡。

他听到她用很轻的，宛若试探的语气，说——"杨谦南，我们分开吧。"

杨谦南虚晃了晃，好像刚醒来的人是他。

他笑着摸了摸她在他腿上压红的脸颊，说："又哪不满意了，嗯？"

可她依然没有笑。

她低声道，我们就……到此为止吧。

口气平静得，好像一切都是她的预谋。从相遇，一步步向他走来，最终策划一场漫长的离别，都是一场虚假的戏。

他的神情一丝丝收敛，竟然哑口无言。

登机信号由红转绿，人潮像蝗蚁般涌到登机口。

杨谦南花一整个航程的时间，回忆他和她的这一程。到底是什么时候，她打定了主意离开他？是她接到录取通知的时候，还是更早，叶蕙欣回国的时候，他带她去傅筹婚礼的时候……还是说，从一开始她靠近他的那一秒，就为这段航程划定了期限。

飞机在北京降落。

三月一日晨，北京也下起了雨，天气预报称夜里将有小雪。

他们的座位还挨在一起，却形同陌路。封闭的机舱好像能让这段感情永远保温，可是舱门轻启，天光大亮，一切都要继续。他从转盘上取下两个人的行李，下意识地叠在行李车上，温凛把她的旅行箱卸下来，匆匆看了他一眼，默然离开。

他在这一刻才恍然意识到，她要走了，从此以后，不会回来了。

温凛面朝茫茫细雨，步履越来越快，听到他在身后恍恍惚惚地喊："凛凛？温凛——！"她一直没有回头。

杨谦南回过神来，踢了一脚行李车，箱子滚落一地。

——是从什么时候开始的？

那天雨中相遇，她对他说，接下来就不顺路了，他说无妨，执意要送。

初识的小姑娘坐立难安，说："雨还要下一阵呢，你也不能一直送我。"

他的笑容如雨丝般抽开，说："你怎么知道不能呢？"

……你怎么知道不能呢，凛凛？

那之后，她和杨谦南像两条交线，经过交点之后，渐行渐远。仅有的接触，唯有那么三次。

第一次，是她从机场打车回宿舍。

那时才七八点钟，顾璃闻声醒过来，猝不及防见到她，吓了一跳。

温凛站在空空荡荡的书桌前，沉默地挤一支牙膏。

她放在宿舍的牙具已经很久没被使用过，管口的膏体在北京干燥的冬天凝固，怎么挤都无济于事。温凛发现顾璃醒来，问："璃璃，你牙膏能借我一下吗，我待会儿再去重买一支。"

顾璃磨磨蹭蹭起床："你刚从机场回来啊？"

"嗯，误点了。"

顾璃一边给她找牙膏，一边咕哝：“那怎么没回你家呢？”

温凛整理书柜的动作顿了一下，声音缥缥缈缈：“因为那不是我家呀。”

她们背对着背，可是顾璃还是怀有预感地转过身，艰难地猜测：“你和杨谦南……？”

“分手了。”

“又分手？”

“什么叫又？”温凛转身接过牙膏，笑了笑，“最后一次了。”

她的笑意那么松散，像洗没了弹性的毛衣，领口止不住地往下掉。温凛掩饰性地低头，在抽屉里摸摸索索，想找一支新牙刷。

抽屉里东西不多，手指刚摸进去，就碰到了一个厚厚的信封。

像有一股冷流涌入心尖，激得她一哆嗦。

温凛怔怔地拿起来看。那是杨谦南奶奶给过她的那个红包，因为受之有愧，她一文未取，原封不动地藏在抽屉最深处。此时拿出来看，竟抖落出一张纸条。

那是老人用铅笔写的字条，端端正正五个楷体字——常来看奶奶！

不知为何，这个红包明明是给杨靳瑶的，写的该是“姥姥”才对，然而字条上阴差阳错，却赫然是“奶奶”两个字，好像原本就该是给她的。

温凛忍不住攥紧了信封。

硬纸壳折断，发出咔咔脆响，她的心仿佛也在此刻，被狠狠揉皱。

温凛匆匆抓了一支牙刷，快步走进盥洗室。

她已经很久没有来过这里。公用盥洗台贴着白瓷砖，角落里的墨青水垢分外陌生。她弯下腰接满一杯清水，孟潇潇穿着睡衣来吹头发，踏进盥洗室见到她，猝然一愣。

“温凛？”孟潇潇疏离地唤出声。

温凛回应她的招呼：“潇潇。”

孟潇潇下意识地张口，想提醒她怎么穿这么少，今天听天气预报说雨夹雪，穿露肩毛衣会冷。可是温凛一弯腰，包臀裙修饰出她婀娜的曲线，裸露的脚踝白得刺眼。她忽然意识到，她们彼此都站在了毕业关口，从今往后人生际遇，季节风向，或许都不同了。

“下礼拜有毕业旅行，你知道吗？”她转而说。

温凛摇头。

“他们讨论了很多地方，一会儿说去长白山，一会儿又说下扬州，最后众口难调，闹得挺不开心，干脆不去了，就在京郊打打牌。”孟潇潇说，“看你之前没在群里说话，是没看到吧？”

她说没有。

孟潇潇说，那我帮你去说一声，加你一个吧。

就这样，造就了她和杨谦南的第二次来往。

事情很曲折。

他们去的是京郊的一个日租别墅，一群人白天烧烤，夜里唱歌打牌，玩玩游戏。大学里的人际关系没有初高中那么密切，毕业在即，有好些人可能是第一次说上话。那天顾璃要加班没来，饭桌上少了她，少了很多谈资，温凛撕着一只鸡翅，听周围的同学们三两交换彼此的去处——

“那我以后来广州找你玩！”

又或者，“费城离你那特别近，我们以后周末约出来打牌！”

——“好啊，来呀！”

说的人和听的人一起，心照不宣地许下不会兑现的约定。

温凛偶尔也被问到，淡淡回应说还不确定会去哪，对方也未再问下去，好像问这一声已经是特意为她解围。

她的朋友实在太少，这四年她的交际圈和在座诸生都鲜有交集。温凛起身说去洗手间，人刚刚一走，身畔的周妍就和别人对上了视线：“什么情况啊，她怎么来了？”

“孟潇潇喊来的。”

“最近总在宿舍见到她，怎么，和金主闹掰了？”

“听说要出国，公司也不开了。”

“她家里那个情况，有钱出国呀？”

……

其实她本不该来这里。

她听过一个狼孩的故事，说婴儿从小由母狼哺育，在狼群中长大，后来人们打死了大狼，狼孩回到人类族群中，却只会用四肢行走，成了一只像人的怪物。

她就像这个狼孩，哪怕已经不再与狼共舞，也无法融入从前的世界。

温凛走出洗手间，正遇见柯家宁。

他喝了一点酒，一见她就温和地笑。温凛已经很久没在同龄人脸上见到这样干净友善的笑容，停下来和他搭话：“聚会的钱是你负责在收吗？”

柯家宁摇头说不是，是周妍。

温凛道了声谢，抬步向外走。

他突然搭住了她的手，力度轻却坚定，好像格外珍惜这次机会。

“温凛，其实我……”

她转身，在明灭灯火间看见他眼睛里有欲言又止，有紧张，也有彷徨。他目光闪烁着，终究没有下文。可是她却在他如蝉翼般颤动的眼睫里，读懂了那些未尽的言语。

他捉住她的手腕太久，已然不妥，渐渐落寞地松开。

温凛僵硬地把手收回来，竟然有些难以面对这种场面。

她和杨谦南的相处全都非常成人，连表白和调情都务必做到长驱径入、有的放矢，从未拥有过这样，连牵一次手都需要再三确认的感情。

温凛很不合时宜地失笑。她抚了抚自己冰凉的腕骨，几乎想对他鞠上一躬。

回座位的路上，她一直在想，是怎么发生的呢？

他们的交集那么少，大多还都是因为顾璃。唯一算得上接触的一次，是她替他结了一次聚会的账单。是那次吗？可是她几年来一门心思用在杨谦南身上，从未将旁人看进过眼里。

那天柯家宁喝了很多酒，她看在眼里，终于明白了杨谦南对她的无奈。

他心里一定也有过这样，真诚又可恶的爱莫能助吧。

后来有一天，杨谦南注册了微博。他或许只是偶然想起她，却发现他们的圈子相互隔离，无处知晓彼此的消息，于是只能上社交网站，搜她的账号。

这么一搜，搜出这一天的许多照片。

他们毕业聚会，自然两两合影，互相@。合影的由头千奇百怪，有人拍了许多温凛和柯家宁的合照，说是金童玉女，国奖双雄。这些名词都离他很遥远了，是学生时代特有的幼稚戏码。可是她却还这么年轻，俏脸红扑扑地坐在年轻男孩子身边，好像不过分开寥寥数日，就迅速回到了那种平凡寡淡的校园生活中去。

杨谦南觉得很可笑。她离开他，就为和人玩这种无聊的过家家？

他不信她经历过这一程，还能对青菜豆腐感兴趣。杨谦南控制不住地趾高气扬，上微信问她——“什么时候来搬东西”。他连个标点符号都懒得打，口吻冷冰冰，好像不耐烦她的存在。

温凛接到这条消息，好像一下跌进了现实里。

即使她单方面地想要抽身，他还是顽固地存在于她的生活里，提醒着她，有一部分东西，她遗留在了他那里。

温凛斟酌着回：“这段时间有点忙，等两天可以吗？”

就算分开了，她也依然用哄人的语气和他说话。

杨谦南忽然觉得，他们也不是那么无可挽回。他语气放柔，带几分嗤笑：“哦，那你慢慢忙。我什么时候不等你？”

她却杳无音信。

他们很快有了第三次往来。

那一天是温凛的生日。

她第一次见到宅门前的桃树盛放，灼灼夭夭，高过院墙。竟然真有游人路过这里，举起相机拍照，好奇里头住的是谁。

温凛迎着镜头和目光，推开暗红漆的宅门，却是为了彻底搬走。

到底是，玄都观里桃千树，花落水空流。

词到最后一阕，零落山丘。

杨谦南倚在正厅门上，看着她一样样东西打包好。这个画面安静得有些残忍，她甚至不明白他何必要特地抽出一天空，目睹她搬东西。怕她私藏财物吗？可是她这些年贵重东西见过不少，他再怎么允诺她光明正大地讨要，她也从未开过口。

温凛的东西并不多，要紧物什早就被她借旅行之便放在行李箱里带走，留在这里的不过是些衣服和护肤品。

她的收拾没有进行多久，就告一段落。

杨谦南心里好像有一只沙漏，计算着时间，又好像有一架天平，和她较着劲。

终于，他觉得这劲实在没什么好较的，在她走前，揽住她的腰。

“真想走？”他说。

温凛怀里还捧着纸箱子，没法轻举妄动。

杨谦南沉沉地笑：“我们凛凛怎么这么狼心狗肺，嗯？在学校里谈恋爱真的有意思？你觉得那样有前途？”

他连连发问，让她不知该回答哪一个。

她悲哀地想，他笑她幼稚，可他自己才是真正的孩子。他的心里有孩子式的无赖，也有小孩子天性上的自私，从不觉得喜爱的东西有必要放手。像把扑来的蝴蝶封进玻璃罐里，明知几天后它便会窒息而死，可还是会怀着喜悦留它到最后一秒。

所以他能坦然地抱着她，眷眷诉说：“你看你要是不闹这一出，今天我就能好好给你过个生日。别人哪会惦记你生日惦记这么久？”

杨谦南缱绻拥她在怀，指着院墙外的树叶，说过两天对街这排杨树就全挖了，四月一来不会再飘杨絮，你也不会过敏。你看你过去有哪里不满意，我心里头都替你记着。

别人哪会像我这样惦记你？

他像一个比她成熟太多的爱人，口气无奈又纵容，说凛凛，你乖一点，再陪我一阵子。

可她心里竟然再也没了感动。

面前的迷障越来越清楚，温凛暗自地想，从今往后大抵不会再揪心，不会再有意难平。

我是时候该长大了，但愿你能永远做个孩子，自私冷漠，一生浪荡，一生自由。

——“杨谦南，我就陪到这。”

佛祖在前，受我一叩。

温凛拉黑了杨谦南所有的联系方式。

毕业典礼那天，她父母第一次来到京城。

温凛鞍前马后地为他们准备衣食住行。观礼当天阳光晒，她在随身的小包里备了清凉油和藿香正气丸，以防身体孱弱的母亲中暑。父母对校园陌生，母亲一路局促地抓着她的手，脸上的笑容却和满园子毕业生家长别无二致。

她穿着黑底粉边的学士服，享用这安静闷滞的夏季光景，好像也和满园子毕业生别无二致。

操场四周搭了观礼台，典礼将在这里举办。绪康白站在满操场整齐划一的学位服中间，尤其醒目。

他穿衣喜好蓝白，都是纯净如海洋的颜色，飞扬如一面海军旗帜。

温凛惊讶道：“你怎么来了？”

绪康白手插兜里，气定神闲：“来看看你。”

母亲郁秀握住她的手突然意味不明地紧攥了一下，笑容惊喜又克制：“是凛凛的同学吗？怎么也不介绍一下呀。”

温凛不好意思地小声解释，说：“不是。只是个朋友。”

绪康白大方地和她父母打了招呼，用哥们式的力道搂她的肩，说：“怎么样，你爸妈是不是要坐进观礼台，你有没有空陪我逛一逛？”

她还来不及开口，母亲先放开了她的手，替她做主：“我和你爸爸找得到地方，你不要担心，去陪陪同学！”眉飞色舞得，连她刚解释过不是同学都忘了。

温凛被推搡得有些窘迫。绪康白随她在校园里乱逛，发现她耳根有一点红，新奇地大笑。温凛正打算解释说是天气太热学士服太厚，就听见他笑声渐落，忽然问起：“听说你甩了杨谦南？”

蝉鸣忽然安静。

绪康白一如从前般开玩笑：“你真是比我想象中还能耐。”

温凛的表情无形中变了变。

分明已然过去了数月，可在旁人耳朵里，或许才只是刚刚听说。

温凛抬头淡淡一声，不经意地把话堵死：“那你想象中，我应该是什么样的呢？”

绪康白被她冷不防问住，在心里感慨，只要一提起那个人，她就如同被触了逆鳞，变得不那么好相与。他打圆场说是我多嘴，唉，我买酒给你赔罪。

校园里只卖两种酒。

他用一听啤酒，和她手里淡粉色的鸡尾酒相碰。

“祝温小姐——前程似锦。”

温凛：“听说你开会的时候口灿莲花，怎么说起祝福，就这么俗套？”

“俗套才是真祝福。”绪康白依靠在天台，满目校园翠荫，这是他难得的放松时刻，漫勾着嘴角说诨话，“过年时候花里胡哨祝你龙年大吉的祝福还没收够？”

温凛笑了两声。

绪康白也笑。他讲笑话犹如学生时代的老教授，在课堂间穿插几个笑料，学生如他所料哄堂大笑，然而教授也许已经把同一个笑话讲了半辈子，笑容清淡而慈蔼。

他把半罐啤酒搁在楼顶的石栏上，看了眼腕表，好像刚刚想起来似的，说：“我待会儿还真有个会要开。”他俯撑着两肘，神情有一丝惘然。

“大忙人啊。”温凛喝一口甜滋滋的鸡尾酒，淡淡一句揭过，收敛住眼神。

那是新闻学院大楼的天台，是她和顾璃第一次学会抽烟的天台。灰扑扑的苏联式建筑从二十世纪五六十年代起就矗立在湖边，仿佛不为光阴所动。

江湖好像永远不会老，老去的总是江湖儿女。

走道上踢踢踏踏，传来女孩子们的脚步声。

顾璃穿着同样宽大的学士服，和好几个同学说说笑笑，一起上天台拍合照，见到他们，讶然道：“你们躲这儿凉快呢？”

温凛看了眼绪康白，说：“我们马上就要下去了。”

那几个同学识趣地去另一边拍照。

绪康白潇洒地抛了一罐啤酒给顾璃：“一起来喝两口？”

那是2012年的7月4日，艳阳高照，顾璃双眼眯起，兴奋地拉开啤酒罐，用力和他们相撞：“祝我们——前程似锦！”

绪康白走时，温凛陪他从校园的林荫道，一直漫步到校门口。

他的车就停在那一排礼宾车辆中间。

绪康白说：“我记得你说过，这条路很适合散步。”

温凛说：“是啊。”

他笑了笑，眼里仿佛吹来海风：“哪天回国了，记得来找我。我这里总有个职位留给你，不需要一面二面。”

温凛真诚地笑，说：“那真是谢谢绪总。”

她背倚着茂盛的花树，在烈烈日光下，向他挥手。

从今以后，相隔万里。

那个明朗的夏天，人们一场一场地告别。

她没有告诉绪康白，那天晚上她父亲悄悄地问她，白天那个男孩子，是不是就是为你妈妈献血的那个。

父亲在医院里远远地见过那人的车，很是气派。身为人父心底里对女儿和那人的关系不无忧虑，只是女儿素来乖巧本分，捕风捉影的疑问说出口未免伤了父女感情。

如今见到绪康白，他心里的顽石好像落下了地。

温凛不忍心辜负父亲期许的眼神，极是心虚地，点了点头。

杨谦南。

这个名字，好像是这个夏天的背阴面。

她竭力去除他在她世界里的影子，以至于在很长一段时间里，她都刻意忽略他们真正的那场告别——

在八月初的上海。

温凛已经在苏州城里待了半个暑假，拎着最大号的行李箱，从上海过海关，前往曼哈顿。

她买的是最早的一班飞机，送别她的只有隐忍泪水的母亲。夏日里的城市刚刚苏醒，她已经坐在了冷气充足的机舱里。

空姐确认了两遍安全带和遮光板，终于播报起飞，飞机甚至已经隐隐地，将要滑动出去。可是突然之间，一切停止，乘务长用中英文播报，机组故障，请旅客们稍安勿躁。

——“怎么都要起飞了，还能出故障？”

机上的乘客们不得不重新打开行李架，用各国语言自叹倒霉，坐上摆渡车，回登机口等待下一架飞机。

温凛坐靠窗的座位，等人群走了大半，才悄然跟上队伍。

接待他们下摆渡车的是两个空少。其中有一个拿着旅客名单，反复核对，轮到温凛时突然拦住她，问：“请问您是温小姐吗？”

温凛愣神的反应已经说明了她的身份。

空少于是从制服口袋里，小心地取出一枚玉佛。

难以复现她当时的心情。

温凛见到它，错愕，荒谬，动容，可笑。她猜她当时的神情，一定复杂得众望所归。

那位空少礼貌地朝她笑了笑，戴着白色手套的右手指了个方向，说有人在等她。

她有犹豫过吗？连她自己都忘了。可最后她还是摇摇头，平静异常，说我就不去了。

旁边的乘客看见他们的对话，已经暗暗生疑。

长相奶油的空少好像被她为难住了，挠挠头，一身训练有素的架子垮个没影：“……那我怎么说啊？”

温凛笑了声，不正经地打趣：“你就说，我们没有缘分。”

路过的一个年轻姑娘听到这话，没头没尾，竟也笑了一声。所有人轻松地看热闹，没人联想到，所谓的机组故障究竟是如何发生。

平凡渺小的人们，迎来一个平淡的清晨。

空少说他公事公办，怎么也不肯收回玉佛，希望她能随他走一趟。然而温凛头也没回，匆匆登上下一架飞机。

温凛后来想起这一天，会觉得隐隐愧疚。杨谦南这人很寡情，可他在绝情上的造诣，远没有她深厚。

机翼飞上天际，再也看不见地面上人们的喜怒哀乐。

她手里攥着那块冰凉的玉石，屡次低头确认它在手中。

那些阳错阴差，像在做梦。

故事终究画不完。杨谦南是怎样发觉她关注列表的异样，又是怎样要回这块玉，动用难以想象的权威澄清一场误会，这些真相她都不再想要探究。

巨大的轰鸣声里，陆地渐渐离她远去，人，树，高山，海洋，都成了一个个模糊的色块。

她飞向三万英尺的高空，怀揣着一个无法与他人分享的秘密。

故事里最浓墨重彩的那个人，曾为她截停过一架飞机。

可那个人啊，终究消失在茫茫人海里。

Chapter 12

一直到多年后，温凛回望，才发觉对许多人而言，2012年都是值得纪念的一年。

当年九月，国内一档模仿《荷兰之声》的音乐类选秀节目横空出世。第一季播出时盛况空前，凡有井水处，皆有人在讨论这档节目。非但节目邀请的嘉宾和选手名声大噪，就连选手翻唱的冷门歌曲，也一首首冲上排行榜巅峰。

2012年秋，钟惟大红大紫。

她的一首原创歌曲偶然被选秀歌手翻唱，红遍大街小巷。那个季度她身价大涨，各大音乐节邀请她作嘉宾，商演不断。

温凛在异国他乡，见证了她奇迹般的走红。

钟惟的音乐和八卦一起，如一场鹅毛大雪，顷刻间飞遍网络。

他们说她走红的那首歌是写给她的恋人，他们说她特立独行，不上任何电视节目。甚至有人挖出了她当年在红场驻唱，惹怒权贵的陈年秘辛。

但最为人称道的，还是那一年年末的跨年演唱会。

2012，这个被玛雅预言为末日的年份。

冬至那一天，无数人放下手中的工作，互相捉弄："反正今晚就世界末日啦，这个PPT就明天再做吧。咱们出去吃个火锅？"

也是同样的一天，钟惟戴着顶多此一举的鸭舌帽，和庄清许在电视台旁边的大望路上，吃着平价火锅。

她往清汤里下蔬菜，煮到土豆都酥烂，才开口说："我现在挣了点钱，能搬个好房子了，你还和我一起住吗？"

庄清许目光闪烁了片刻，吞吞吐吐道：“不了吧，我最近……交了个男朋友。”

钟惟心里咯噔一声，面上却泰然自若地说：“那好啊。我月底有场演出，你带他来看。”

她的喉咙曾经被玻璃片鲜血淋漓地撕裂过，可是真正体会到痛觉，却是在那一天。

12月31日夜，寒潮降临，气温骤降至零下十摄氏度。庄清许脸颊都被寒风冻红，却还像从前一样，在人群中为她呐喊。可是西风呼啸，舞台上光芒耀眼的那个人却低头弹着吉他，深埋在迷蒙冷光里。

——“当日弥散的哪是夜星

是我尘情

把酒对洋一盏伤心

当茶饮”

温凛在太平洋对岸，看见的只有褪色的八卦。

帖子里放着这首《夜星》，主楼模棱两可，说着那一年的故事。钟惟在醉里走下台，拥抱了故事里的人。朦胧夜色，熙攘人群，低像素的照片噪点斑驳，模糊了往日。

在她大红大紫的第一年，她们决裂，就此各奔东西。

过往的故事在这里，悄然收上帷幕。

那档音乐节目如火如荼，连续热播了四年，终于热度消退。2016年，最后一季收尾，已经迎来一片倒彩，下一季呼声寥寥。

四年的热闹，终归于尘嚣。

温凛时常在想，人究竟是如何参与时间这个维度。

四年有多久？

是一夜成名，经年尘土。也是一晌酣眠，大梦方醒。

二十一世纪的资本洪流空前汹涌，四年间创业热点一茬接着一茬摧枯拉朽，民航与城际交通早已成为时代布景，打车软件轰轰烈烈占领公共领域，共享单车清算都市的最后一公里。

人只要推开门，就被时间无情地裹挟。

2016年，温凛忽然意识到，她离开杨谦南的日子，已经比相聚的日子更多。

随手翻开书桌边的一本杂文集，扉页上写道：“可待成追忆的当时，都是我们的亲生骨肉。”

温凛回忆过去，经常恍惚地以为，她的整个人生都是从认识杨谦南的那一年才开始的。

可是离开他之后，这具骨肉并没有停止生长。

反而更快了，更剧烈，一年又一年，财富和年纪一起拔高。她过去积攒的人脉和资本惊人，只要把钱托旧识管一半，自己操作一半，回国那一年，她的银行账目上已是一笔惊人的数字。

绪康白定居在上海。温凛回到沪上，第一个见的人就是他。

说来也奇怪。温凛出国那几年，和他保持着逢年过节才会相互祝福的联系频率。可是她甫一回来，在酒店的餐厅里落座，绪康白见到她的第一个动作，是笑着拍了拍她的头，说：“怎么决定来上海了？”

那一面见得很仓促，他们却好像从未有过疏远。时间只够温凛讲完下一步的打算，绪康白就起身要走，他看着腕表说要赶飞机，捞起西装的同时问她：“下礼拜有空吗？带你去见几个朋友。”

直到如今她想起他对她笑的那一下，心里还是会浮上一层厚重的感激。

近几年绪康白事业上颇为成功，那种对谁都看上去很温和的气质炉火纯青，几乎辨认不出真假。有时候连她自己都不敢相信，他是真的拿她当自己人。

温凛托他的福，那段时间变得很有名。

2016年的上海，顶尖毕业生如蜂群般涌入陆家嘴丛林般的金融大厦。广告业辉煌不再，4A公司的大楼强撑着鼎盛时期的颜面，里头依旧一层外国面孔，一层新马泰，可是每个人都明白，这条衰老的虬龙早已盘不上云天。

温凛却完全凭情怀做事，想要重操旧业。

绪康白帮她攒局，促成这桩不赚钱的生意，一来二去，温凛在许多圈子里混了个脸熟。

她履历光鲜，漠视利益。绪康白闲下来会截一些七拐八拐的聊天记录给她，把别人对她的揣测当笑话讲给她听，无外乎是说她背景神秘。那阵子她见识了谣言以讹传讹的能力有多么骇人——有一次甚至给她安了个八竿子打不着的家庭背景，连她父亲的名字都有名有姓。

温凛上网查了查，真是位挺有名的大亨，恰巧姓温。可惜自己从未谋面。

有时她在金茂楼上和人谈事，结束后会自己坐上一会儿。近几年浦东一幢幢高楼拔地参天，这柄八十八层的暗金色利剑早已不再锋利，隐没在碧瓦朱甍间，将黄昏渲染出怀旧的色调。她望着旁边环球中心刺入云腹的尖顶，好像能看见里面行来蹈往的人们。他们的身影那样模糊。

时代把普普通通的人轻易送上云端，竟看不清每一个人的真面目。

从春天一直忙碌到冬天，温凛终于在上海站稳脚跟，和一位姓周的新加坡华裔合伙做创意热店，日子平平静静。绪康白秋天结了婚，新娘出身不凡，婚礼办得盛大，光国内就开了上海北京两场。温凛一度以为，她会和杨谦南在千万个宾客里重逢。

可是并没有。

她喝了一点酒，宾客的脸全都似曾相识，不是曾有过一面之缘，就是在新闻里耳熟能详。叶骞端着杯酒路过，正碰上她在宴席上跟人寒暄，意外地拍了拍她的肩膀。他染了头规规矩矩的黑发，乍然出现，温凛都愣了好一会儿。

叶骞惊喜地笑起来，凭这熟悉的笑容才让她认了出来，“真是你啊，凛妹妹？”和他并肩而来的人问他怎么了，他随意一指，说遇到个老朋友，对方虽然不认识温凛，却也朝她扬手打了个招呼。

温凛点头回了个礼，正听见叶骞碰碰她胳膊说：“应朝禹就在里头呢，要不要去找他玩儿？”说着昂起他一米七三的个头，努力往人群里张望，“哎哟我去，刚还在这儿呢，兔崽子溜哪去了。”

温凛笑了笑，说不用找了，以后有机会一起出来玩。

叶骞于是倚在她椅子扶手上，兴致勃勃跟她讲了许多鸡毛蒜皮的近况，关于他，关于绪康白，也有一些陈年旧事里她早已不放心上的传言。

有那么片刻她恍惚觉得，七年如水过鸭背，无人更改。

好几次，她都想问他，那，杨谦南呢？

他现在都在做什么呢？

可是直到对话结束，她也没找到机会开口。

那天夜幕降临，温凛坐车从酒店回家，以为这辈子都将这样过去。

南国的都会寒气逼人，喜宴上灌下的酒精在胸腹里蒸发，那种熟悉的倦怠感又霸占了她的身体。她只想快点穿过外滩隧道，回到对岸的家。

她怀念过他吗？有过一瞬间吧。

经过南苏州路的时候，在这个路口的一盏红灯前，北京城里那条交通混乱、灰扑扑的苏州街又如浮风一般，再度席卷过眼前。

分明是相似的地名，上海的南苏州路文艺气息浓郁，从英国领事馆官邸，到老石库门里弄，扑面而来一个华洋杂居，浮华绮靡的十里洋场。

那个在风雪天遭窃，身无分文站在街头等人认领的小姑娘，到底是上辈子的事了。

绪康白的另一半姓孙，有个很秀气的名字叫亦漓。但大部分朋友都只知道她的英文名，Queena。她是那种典型的出身优渥的千金小姐，勤更社交账号，度假旅行种花养狗。单看她的朋友圈，根本窥不到已婚痕迹。

温凛第一次知道她的大名，随口说起自己大学室友也是上海人，名字里也有个璃。Queena自来熟地大笑，说：“那我们真是很有缘诶。”

在温凛的印象里，她每次见到Queena，她都是一脸热情夸张的笑。她闺密很多，喊每个人都是“sweetie”“小宝贝”，丝毫不觉得肉麻。温凛习惯了一阵子她的行事作风，逐渐也变成了她的宝贝之一。

相反，曾经喊她宝宝的那个顾璃，倒是一年比一年稳重。时尚杂志和广告业类似，应届生薪酬年年走下坡路，有想法的一拨人早就辞职做起新媒体。顾璃是其中之一。她把所有说话的欲望都兑成了公众号的KPI，偶尔找温凛吃饭，只有在骂合作商的时候才绘声绘色，妙语连珠。

其他时候，她觉得顾璃甚至没什么讲话的力气。

Queena身上就没有这样的神态。她是那种从生下来就有人兜底的女孩子，行事高调，百无禁忌。她对温凛和绪康白的关系没有基本的戒心，反而大手一挥把三个人组了个微信群，每天在里面兴高采烈地分享购物清单。绪康白几乎不吭声，百忙之中出来冒个泡，说："你别带坏人家温凛。"Queena满不在乎地嗔怪："哎呀人家温凛做广告出身，轮得到我带坏伐啦？"

所以十月的某一天，温凛收到Queena喊她一起吃晚餐的邀请，压根没有多想，惯性赴了约。

Queena当时在一个聚会上。

她被品牌邀请参加一个新店的开幕式，同样受邀的还有微博上一群美妆博主、各色网红。这种活动结束后，自然要去高档餐厅聚一餐，餐后会有一张经过七八个当事人检验的精修合照流传到微博上。

现场人多且杂，同一桌互相有所耳闻，却又不知底细。

温凛刚找到地方，Queena把留给她的座位拉出来，小声埋在她耳边，说："你上次是不是说这家的牛仔骨做得不错？我一听她们要来这里，就想着喊你来。"温凛早已不记得自己说过这话，但还是从善如流地落座。

席间有人关心她是谁，Queena说"我一个朋友"，没有打出任何为人所知的旗号，后来也没人再好奇。

温凛于是存在感很低地，认认真真剥虾。

那真是，太普通的一天。以至于她没有任何的心理准备，会再听到那个名字。

她只不过是多吃了几只虾，抬头时，饭桌上不知为何就变成了一个网红在发言，讲她的情感故事。

女生是个模特，瘦得很骨感，戴着两只金色细线耳环，蜜色的皮肤，网传是越南裔混血。

小美女托着下巴，拿小甜品勺有一下没一下地舀着布丁冻，说："陈老师不是号称当代女青年的情感导师嘛？你说说看该怎么办呀。"

被唤作陈老师的情感博主笑着接茬："还有你吃不准的男人？"

"这个情况比较复杂。"

Queena看热闹地搭腔："你说说看。"

那位模特姑娘于是说起，那人最近在追她，但她出于各种考量，一直犹豫——听她悉数下来，她的那位考察对象私生活极其混乱。

"他上一个女朋友谈了小半年吧，最近吹了。据说那女孩她爸是哪里的一把手，作天作地的大小姐，好像是哪个纪念日没记牢来着，就要跟他分手。"

有人评价："那他也是挺倒霉的。"

"倒霉什么啊——他通讯录里女人的名字有这么长一串。"她两手成掌，比了个夸张的距离，"这么多生意要照顾，记得住个鬼的纪念日。"

Queena两指拎着个银勺，挑起眉文绉绉地调侃："那你这位，还是个浪子咯？"

对方说何止。

"听说他谈这个女朋友之前更乱，最长的谈了两年多吧——这个蛮有名的，听说没什么背景，全靠他给她开公司开餐厅。可惜有了后来这个女朋友，他们家讲门当户对的呀，就和原来那个掰咯。"

那位"陈老师"就坐在温凛左边，哦哟一声："那你还考虑什么？"

小美女于是附在陈姓姑娘耳边，嘴唇悄悄翕动了几下，把对方的背景说出来，陈姓姑娘爆出一句上海话："真的假的？"

"一开始我也不太信。"女生仿佛不好意思地一笑，佯装懵懂地在饭桌上讲，"不过他家今年好像刚出手颐和园边上一个老宅，你们猜猜看多少钱？"

时间仿佛在此时出现了一刻的停滞。

Queena是知道杨谦南的，也知道温凛就是那位"没什么背景"的前任。可是她开口的时候，没有看一眼温凛，也没有和任何人交换眼神，冷不防问道：

“你说的那位……不会姓杨吧？”

柔和灯光下，对面的混血面孔明显一僵。

“你认识呀？”

Queena摆摆手说“恰好听说过而已。”对方又旁敲侧击地试探了几句，确定Queena真的和杨谦南不熟，才又滔滔不绝地讲下去。

没有人注意到，温凛的脸色是何时沉了下去。

席上众人多多少少都窥破了那女生炫耀的路数，半是嘲讽半是挑唆地催她：“那你赶紧答应人家呀。”

女生故作矜持地嘲弄：“家底是这个家底，但还是要看人的呀。”

这一桌子都是人精，温凛觉得，其实多数人都在当笑话听。

只有她，虾钳才剥了一半，忽然拭了拭唇，放下餐巾。

“他人挺好的。”

冷然声线惹得满桌寂静。

“他们那一圈里，像他这样的好人不多了。”温凛说完这句话，Queena已经在暗暗给她使眼色。可她浑然不觉似的，几乎笑着说出了下一句——“但是你不太配。”

温凛平时话很少，以至于她出声的时候跟换了个人似的，仿佛在面对一个上不得台面的下属，漠然神色更显得对方无可救药。

说完，她把餐巾团在盘中央，挽起自己的外套，拂袖而走。

绪康白得知这个消息的时候，已经过了好几天。

那阵子温凛她们公司进了一个车企项目的最终比稿，合伙人周正清为了拿到这个案子放弃了和竞品公司的既往合作，俨然势在必得，全司上下忙得席不暇暖。

温凛和周正清的分工非常明确——周正清主要负责对外，每天上班都乐呵呵的，一会儿给员工分他太太从西班牙哪个小岛带回来的手信，一会儿开会给团队画大饼，说年底做完这个案子要带所有人去日本团建。温凛则恰恰相反。每当她喊人进办公室，不是毙稿就是十几条修改意见。所以虽然陪着团队在公司熬通宵的总是她，温凛依然不如老周受下属待见。

一连几天她都没什么工作状态，磨稿子磨不出结果，正打算回家，一看手机，才八点半。微信上有一条未读消息，是绪康白约她出来喝酒。

她很少这么早下班，上海的夜晚又这么令人不舍得浪费，她实在没理由拒绝他。

入夜，外滩边上的露台晚风和煦。

海边的城市太容易成为一座享乐之城，空气里残存着暧昧的春，燥热的夏日，和咸湿的秋风。温凛穿着一条露肩剪裁的黑裙，坐在缥缈如雾的夜色中，仿佛是江风的一部分。

可冬季已然近在眼前。

绪康白给她点了杯龙舌兰，自己却要了果汁。

彼此都忙，他们已经很久没见，以至于温凛竟然不知道，他最近不碰烟酒。

“怎么，老婆管得严？”温凛放好外套，插科打诨。

绪康白倚在沙发上，无奈地向外一瞥：“打算要孩子了。”

也不是很想要，就是时候到了。他这么说。

绪康白年初刚结婚的时候，温凛以为这一天还很远。Queena出身好心气高，爱耍小姐脾气，绪康白性格这么温顺的老好人，都经常被弄得焦头烂额。她还以为这一对至少要潇洒玩上几年。

没想到年岁不饶人，他们这拨人一个个地都往三十岁头上奔，最佳生育年龄眼看着就要错过。

人生在世一个一个关口，都非人力所愿。只是时候到了，人要渡江。

温凛感慨时光飞逝，声音不得不温情：“那还找我喝酒？”

她倒是有一个客户，是个中年女人，家财万贯，但婚姻苦闷，由于和她关系不错，经常找她聊婚姻问题。有一回温凛鼓足勇气，好奇地试探，为什么……找我一个单身女孩子聊这些呢？客户朝她大方地笑了一下，说身边都是已婚人士，有些人可能已经离了好几回。婚姻到他们这个年纪就不再是谈感情，所以她想在她这里找一找年轻时候的心态。

这个客户至今逢年过节给女儿挑礼物的时候，还会给她买上一份，说喜欢她。

温凛很想问问绪康白——我是不是，长了一张谈感情的脸啊？

绪康白读心的能力半分未减，喝一口果汁，浓稠的青橙色液体遮不住他斜来的眼风："我不是来找你倾诉婚姻问题的，你放心。"

她静静看着他良久，等他的下文。

绪康白叹一口气，跟她碰了个杯："我来替Queena跟你道个歉。"

杯沿在她面前碰响，叮当一声，她却没有举杯的欲望。

"跟她有什么关系。"温凛吹了会儿江风，又回忆起那天的细节。她到底是Queena喊过去的人，闹到那般田地，最尴尬的人当然是Queena。她不无歉疚地说："你老婆那边还好吗。我是不是让她下不了台？"

她表现得很淡然，以至于谁也想不通，她当时怎么失态成那样。

绪康白打趣道："何必啊，温总。杨谦南就这么高贵，说他几句都不成？那顾璃以前骂他骂成那样，岂不是早被你在心里捅成筛子了？"

"那不一样。"温凛的声音逐渐紧绷，胸口一起一伏，忍耐许久，终于还是没能忍住，想向他讨一个答案，"你说他怎么混成这样？什么乱七八糟的人都能把他贬成这个样子，往自己脑门贴金。"

绪康白对当时的情形只是有所耳闻，安抚她："你也不要真信。那女的一听就是瞎掰，连基本情况都摸不清楚，道听途说瞎编一气，认不认识杨谦南还难说。"

温凛没力气探究这些了，气息微弱下去，点点头。

没想到绪康白嗤地一声，说："杨谦南最近都自顾不暇了吧？哪还有空泡女人。"

温凛抬起眼眸："你说他最近什么？"

绪康白自知失言，扭头看向江景，缓缓道："钱东霆要出事，你不知道吗？"

他这些年很少在她面前提起那伙人，温凛也就顺理成章地对他们一无所知。依绪康白的话说，如今还只是暗潮涌动，局势不明，但已经成立了一个调查组，当初跟过钱东霆的那几个，包括房婧，都被悄悄喊去过谈话。

“杨谦南当初真该听你的劝，和他别走那么近。”绪康白这样说道。

温凛自己都没发觉，她握杯的手指慢慢蜷缩起来。

绪康白走之后，温凛一个人呆坐了很久，靠着潜意识拎起包，走进餐厅开放式的悬廊。

她肩上披着一件白色长款西服，空着两袖，仿佛整个躯壳都是空的，忽而顿住脚步，从锡盒里抖出一支烟。

上海不下雨的时候，深蓝色的中空玻璃也横亘着细长蜿蜒的水痕，灰褐色的尘土留在原处，为逝去的倾盆大雨做人证。

温凛隔着玻璃幕墙，远望城市稀疏的繁星，夜幕反着光，斑斑驳驳。

后来，整个十月再也没有一朝的晴朗。

上海下了一个月的雨，下得惨惨戚戚。有一天她走在夜晚的下班路上，踩到颗粒窸窸窣窣的，蹲下来一看，是满地湿漉漉的桂花，混着柏油路面的脏泥，怪令人惋惜。

这一年她渐渐习惯这座城市的味道。早春的玉兰，深秋的桂树，都是轻柔而肆意的香气，温淡芳洌，却霸占整座城池，一街一巷都不许有其他滋味。

像个娇痴却霸道的姑娘。

像记忆里的顾璃。

可她们现在已经很少联络了。

顾璃的时尚公众号粉丝量蔚为可观，有一次温凛在公司听人聊起她的一篇文章，她开口就蹦出一声顾璃，手下实习生一脸茫然地看着她，她只好连忙改口叫顾璃写公众号的笔名。

温凛微信上和她讲过这件事。顾璃当时回了一串哈哈哈，接着两个人竟然找不到话题可以继续聊。温凛往上一翻，才发现上次聊天是五个月前了。

那天也不知怎么的，顾璃的对话框突然蹦了出来。

温凛看着这个久违的名字心想，人和人或许真的有心灵感应。

可惜点开来，顾璃劈头盖脸就是一句：“凛凛，你最近怎么回事？”

温凛这才知道，关于她的流言早在自媒体圈子里传开了。

她下了那位混血小网红的脸，在场的几个博主各自交友圈都甚广，这个托那个，那个托这个，问了一圈下来，大致也知道了她是故事里的谁。调查到真相的人很失望，鄙夷地说原来是半斤八两。都分手这么多年了，还当众和前任的新欢过不去，吃相未免太难看。

这些都是顾璃转述过的版本。温凛当然知道，原话只会比这个更难听。

北上广六千万人口，说小不小，可隔着两个圈子调查出一个人的过去，依旧易如反掌。

温凛奇怪自己听了并不生气。她只是有点悲哀地想，杨谦南这个人在她生命里，留下些踪迹也是好的，哪怕是戳脊梁骨的流言呢？

辉煌一时的古城池，能留下些岩屑沙砾，也是好的。

至于其他的风言风语，温凛只当耳旁风。

她知道，她这些年走了不少捷径，从前攒下来的人脉一点也没放松，真要诟病起来几天几夜都说不完。就连那位中年女客户让她喊一声干妈，背地里都有人笑她奴颜媚骨。

只有顾璃始终站在她这一边，不管不顾地开骂：“你不要被这帮人带跑好伐？你认个干妈，又不是认干爹。她们那些人有几个走的是正道，还有脸对你说三道四？”

温凛没有表态。

顾璃看着对话框沉寂良久，正想再补几刀，眼前忽然冒出一句没头没尾的话——“璃璃，上海这个时节，有没有桂花酒卖？”

她搜肠刮肚给她推荐了几个地方，反应过来的时候，话题已经被温凛不着痕迹地转走，反过来劝她少熬夜，说：“我看你公众号推送时间，总是后半夜。”

顾璃也只能欲言又止。

满城风雨里，她们短暂地关怀彼此。可是更多的风雨，都要温凛独自去捱。

Queena从那天之后就没再联络过温凛，虽然彼此一句重话都没说过，却仿佛从未当过朋友。温凛甚至发消息给她道过歉，Queena大方自如说原谅她："没关系的宝宝，反正那天桌上也没几个熟人，闹僵就闹僵了，你不要放在心上。"隔天朋友圈就对她不可见。

明明上礼拜她还亲密地记得她的喜好，说："这家的牛仔骨你喜欢，喊你来吃。"这礼拜却已经不由辩驳地划清界限。

温凛这才发现，原来她和绪康白其实是很般配的一对，擅长温柔的冷酷，和不动声色的无情。

至于绪康白那边，倒是毫不介意她们俩关系如何，照样和她来往。但已婚人士到底不同，一旦和对方伴侣闹掰，异性朋友就很难做下去。温凛碍于Queena不喜欢她，警醒自己少往他们夫妇跟前凑，明里暗里推了好几场邀约。

聪明如绪康白明显察觉出了她的不对劲，半是玩笑地问她："就因为我老婆发你脾气，温总这是打算不理我了？"

温凛没有回这条消息。

她只是有时会想起从前，想起当年僻静胡同里，她背着杨谦南偷偷请绪康白吃饭，他一坐下就举起清酒，揶揄说"敬你一杯"的狡黠模样。

当初光风霁月，彼此都坦坦荡荡，所以敢开这样的玩笑。不过四五年，什么惊天动地的事都不需要发生，今后再想心无芥蒂地举一杯酒，却好像是奢望。

这个相识七年的故人，她生命中的贵人，温凛一直觉得他不只是一个朋友。他们之间，有一种类似于"知遇之恩"的东西在。所以她想要默不作声地退场，不要等到场面难堪的时候，彼此反目成仇。

她也确实成功过一阵子。

可惜生活总有比乱七八糟的人际关系棘手一万倍的问题纷至沓来，让她连表面的体面都做不到。温凛接到老周的电话时，内心竟然很认命——也许各人有各人的命。而她的命里，注定做不到姿态优雅。

事情并不复杂。老周在电话里说，最近有会议在开，审查方面全网加严，他们做的某个线上视频方案，审批迟迟下不来。

这个案子整个团队前前后后努力了一个月，好不容易要成功落地，却出了这种岔子。周正清惯常来找她商量，心知这个比他小十岁的姑娘门路广。他明面上总揽一切，但背地里许多弯弯绕绕，都是温凛在疏通。

温凛踌躇半晌，还是给许久未联系的绪康白助手发了微信。

这位助手跟着绪康白六七年了，和温凛也是好朋友。温凛趁周末提了两壶桂花酒，来她家拜访，对方热情地招待了她，还以为温凛找她谈心是因为和她老板娘的龃龉。

助手姐姐是典型那种在上海有两套房、爹妈帮衬、没有野心的本地女，非常乐天知命，今年三十好几了，人却很活泼，好心地劝温凛："你也不要太放心上了。该正常往来还是要往来呀。你不要怕Queena发飙，我们身边人都不太搭理她的。"

温凛静静倒酒，俨然把劝解都听了进去。

顾璃推荐的这家桂花酒很清，但后劲似烧酒，冲得喉咙火辣如烧。

半壶下肚，温凛忽然提了一嘴，说这两天这个会，不知道什么时候能开完。

那位姐姐附和道："是的呀，空气倒是好了不少，但是安检严得跟皇宫一样，恨不得丸子头都要捏一捏哦。"

温凛闻言笑起来。

她笑得很文雅，睫羽收敛成一束，所以对方也看不清她是用什么神色，状似无意地说——对了，孟先生这两天，是不是也在上海?

其实直到温凛踏入那家餐厅，她都未能料到，她会遇见杨谦南。

孟先生的饭局设在沪上知名的空蝉，温凛特地挑了一条白色刺绣裙，歪坐的时候会像一朵淡墨风荷，潋滟地铺在榻榻米上。

她认识孟先生，还是因为绪康白。他做影视这一行，惯常和文化方面的人打交道，有一次带她一起吃饭，坐主位的孟先生说一句古话忘了下文，是温凛替他接了上去。

身居高位的人并不在意这些虚的脸面，遂夸她有古文底蕴。原本谦虚一句就过去了的事，温凛却摇了摇头，笑道：“不是的。我记得这句话，是因为以前听您说过一次。当时也不知怎么的，就记住了。”

孟先生知天命的年纪，圆形镜片下眼袋软沉，这才对她感起兴趣，说：“哦？你见过我？”

温凛说在北京见过一次。只是好几年前了，说出来怕您没印象。

其实究竟在哪个场合见过，温凛自己也忘了。

她回忆当年一场又一场的饭局，最多的印象，是每次走出暖气充足的饭店，寒风袭面，杨谦南总会下意识把她揽紧，和她一起赶着步子钻进车里。或者，是他在回去的路上半醉半醒，嘴很碎地跟她讲饭桌上那些衣冠楚楚的人背后数不清的恩怨纠葛。

有时甚至都称不上恩怨。温凛连他叔叔在健身房找来一个女秘书，这些不算出格的小事，都了解得一清二楚。

所以她当然也记得，杨谦南跟她说起过这位孟先生，私下里并不很正派。

那次饭后，孟先生找她聊过几句。话题倒没什么越轨的地方，但温凛掌握好分寸，把自己当学生对他毕恭毕敬。孟先生只觉得这个小姑娘不怎么知趣，倒也没留下坏印象。

所以温凛这次问绪康白的助手要来孟先生的联络方式，说有事想向您请教，孟先生果然还记得她，颇亲切地对她说，我明晚正好要请几个小辈吃饭，温小姐不介意的话，不妨一起过来。

温凛怎么能猜到，那几个小辈里，会有杨谦南。

空蝉一共四间包厢，孟先生喜秋，他们这一间名叫“红枫明月”。和室椅上配的是深蓝色软垫，屋顶悬两盏日式红纸灯笼，光线典雅柔静。

一屋子七个座位，温凛到得尤其早，先行坐在末尾。后来陆陆续续来了几个年轻人，谁也没敢往主位旁边坐。孟先生姗姗来迟，一见她就招手，说：

“温小姐怎么坐得那么远呢？来，到我左边来。这样说话方便些。”

温凛恭敬不如从命，迎着满屋子神色各异的目光，逆着座次挪到最前面。

甫一坐下，更显得她对面的位置空得刺眼。

孟先生却没再招呼哪一个坐上来，过了一会儿拿起菜单，乐呵呵地问秘书：“谦南到哪了，还没来啊？”

坐在下首的温凛神情僵滞，脸色更胜过当晚的天气。

那天上海下了场大雨。

沿海城市的暴雨，像西风狂卷珠帘，雨水漫成帘幕，一层一层地被掀走。杨谦南堵在交通瘫痪的过江隧道，心里不是没想过，要不甭去了。

但孟先生是叶蕙欣的朋友。

叶蕙欣算是个社会活动家，担任几个海外佛教机构的名誉主席，不管事，只管每年往里头捐钱。这次他来上海帮叶蕙欣办点事，孟先生听说之后，便说要尽地主之谊，招待他一顿饭。

杨谦南拉开包厢门的时候，表情真没比温凛好多少。

寂寂清室中，她敛着双眸，脸色微微发白，一条素绸裙子映着红彤彤的灯笼，像个待嫁的新娘。

人们回忆2016年的十月，总会说起那年闹得沸沸扬扬的诺贝尔奖，把文学奖颁给了一个歌手。

Bob Dylan。

温凛至今记得，他在北京开过一场演唱会，在工人体育场。

那是2011年的4月，杨谦南带她去听演唱会，她因为身体不适，蔫巴巴地窝在他怀里。

老爷子在台上唱着他盛名煊赫的那首《大雨将至》：

“I've stepped in the middle of seven sad forests（我跋涉在一片悲惨森林）

I've been out in front of a dozen dead oceans（我遇到十二片死亡

之海）

I've been ten thousand miles in the mouth of a graveyard（我在坟墓中前进了上万英里）……"

杨谦南在她耳边说，他已经物色好了合适的房子，等过几天捯饬捯饬，他俩就可以住进去。温凛问他在哪，他没告诉她，只说风景很好，很适合她养病。

"那屋里还有个红泥炉子，民国时候就是用来煎药的。正好让你捡个便宜。"

温凛气哼哼地坐起来，说你才捡便宜，你知不知道那药有多苦？

而老爷子仍在安静地唱：

"And it's a hard，and it's a hard，it's a hard，and it's a hard，（我感到那急剧的，猛烈的，呼啸的，疯狂的）

And it's a hard rain's a-gonna fall.（那瓢泼的暴雨就要落下）"

那是她在工体看过最简陋的一场演唱会，音响很差，布景是一块黑色的布，灯光是一盏白色的顶灯，七十岁的Bob Dylan抱着一把木吉他，嗓子沙哑残破。

像那段日子，贫瘠的，琐碎的，未加修饰的，当时只道是寻常。

而2016年的温凛，在上海无休无止的暴雨里，猝然与杨谦南重逢。

大雨还在下吗，可她已经听不到了。

她听见自己每一缕呼吸，听见杨谦南落座的窸窣声响，听见孟先生在和他寒暄着什么。可她听不见孟先生和她讲话，听不见主座上的人问她，温小姐喝酒吗？

温凛下意识点点头，连场面话都忘了说。

孟先生和杨谦南说了几句话，忽然想到了温凛，伸出手介绍："说起来，温小姐还是你姑父的学生。你说巧不巧？"

着蓝色和服的女侍者纤手在各人面前置清酒。衣袂半遮半掩，杨谦南唇畔的笑意若有似无，直勾勾地盯着温凛："是吗？"

温凛看着杨谦南面前一模一样的酒盅发怔。

榻榻米包厢里只能跪坐，他们相隔矮矮一张深色实木长桌对望，竟然是这辈子最举案齐眉的时刻。

她掩饰性地点点头。但杨谦南仿佛觉得场面有趣，故意问她，都学了些什么啊。

温凛皱了皱眉，时隔多年她竟然觉得眼前这个人其实有点幼稚无聊，可又不好当众下他的脸面，只好用眼神向孟先生求援。

孟先生见状大笑，说："学生都是这个样子，一毕业，学问通通还回去。"他侧身挨着温凛，小声问，"温小姐毕业有五六年了吧？"

温凛答四年。孟先生感叹道，那还很年轻啊。中年男人的手突然盖住温凛持杯的手，牢牢捏了个严实，意在言外地勉励："这后头的路还长着。"接着仿佛劝诫似的，在她手背上拍了两拍。

杨谦南面无表情，看着她手腕微微颤了一下，纤细葱白的手指像一只受惊的雏鸟，下意识地想拢起来，却只能僵挺在原处，陪孟先生虚与委蛇。他浅抿了一口酒，侧眸和旁边的人交谈，仿佛她只是一个最普通的，仗着年轻攀附权势、自以为能刮下一层油水的姑娘。

那顿饭，温凛吃得味同嚼蜡。她甚至忘了自己来这里的目的。孟先生问她几个问题，她都答得呆呆木木，后来就再也没有她可参与的话题。满室言笑晏晏，温凛坐在一个醒目的位置上，沉默得几乎尴尬。

没一会儿，她借口上洗手间，出饭店抽了一根烟。

她回去时，杨谦南正倚在过道里。今晚的客人仅有她们这一桌，一盏盏日式庭院灯照亮昏寂的走廊，在他脸上投下幽然光影。

他此刻神情倒是沉稳，淡声问："什么时候回的国？"

温凛说去年这时候。

他点点头，态度不明。

温凛笑了笑："你呢，怎么来上海了？"

杨谦南模棱两可，只说办一点事。他视线朝着廊道尽头古寺禅房般的布置，不知想起了些什么，忽然道："你和孟锦文很熟？"

温凛摇摇头，心道怎么会呢。里头那些食客都在心里看她笑话呢，只有杨谦南，明明最该看她笑话的，却恍若不知似的伸手摸了摸她的脸颊。

她竟然被这个动作弄得愣住，一时不知该做什么表情。

杨谦南于是轻轻松松地一笑，问她："这两年，过得不开心？"

温凛忽然觉得措手不及，只能逼自己看地灯上画着的一种动物。

是马吗？可是鬃毛茂密，腾然欲飞，像某种神话里的场面。

刚刚喝的清酒后劲上来，让她的眼眶莫名泛红："杨谦南，你是不是特别看不起我？"

杨谦南环顾左右，答非所问："雨下这么大，你待会儿怎么回去？"

谁知温凛不依不饶地逼视他，甚至笑了一下："杨谦南，我见这些人，做这些事，你是不是特别瞧不上我。"

纵然是杨谦南，也被她的执拗给难住了。

他看着她好半晌，舌尖无奈地抵了抵后槽牙，说："我问你待会儿打算怎么办。"

酒劲激得温凛心里头焦躁，语气不太好，脱口而出："回家啊，还能怎样？"

温凛才不管他这话背后有没有深意，一股脑倒出来："你可能不记得了，但你以前跟我讲过，孟锦文从政以前是哪个大学国际政治系的博导，五年结一次婚，娶一个新的女学生。那又怎样呢。我是在跟他套近乎，但没想跟人家争奇斗艳。"

可是攀关系和权色交易，界限在哪呢？

就像当年她义无反顾追着他跑，一点虚荣都没有吗？

——界限在哪呢？

温凛越醉越想不通，越醉越逼自己去想。

杨谦南居然不知道该如何应答。

这些话，她当年和他提分手前都没敢问他。借着时间，借着酒劲，借着重逢之初那点陌生的隔阂，竟然全都问出来了。

她鼓足了那么大的勇气，却没想到杨谦南一脸好笑地问她："那不就得了？”

温凛面无表情地合上眼，心里居然有些烦躁。

他们这些生在山顶的人都有个共同点，那就是不说真话。

连偶尔说一次都不行。

杨谦南扒拉她眼睑，观察她瞳孔有没有涣散，一边道：“别说你陪孟锦文吃顿饭，你哪怕给他当三姨太呢，我犯得着管你吗。”他顿了顿，声音忽然软下来，“当初不是你瞧不上我，走得挺利索吗，温凛？”

温凛脑子里一团乱。她想辩解，她根本不是在讲这些。她在和他谈……谈什么呢。

反正不是这些。

她什么都听不清楚，只听到他喊她大名，蓦地抬起头，紧紧盯着他。

“……你叫我什么啊？”

说来奇怪，乍然重逢针锋相对，有太多东西可以计较。可是她不假思索质问他的居然是这个。

杨谦南听着她带一点哭腔的声调，讶然地，低笑出一声。

过道里布着微型假山，下首有一口装饰性的阔石方井，里头水流潺潺，照出温凛妆容精细的脸。那双眼睛里满布纵横的血丝，巩膜深处像被人用手扯断，撕裂出一大片浅红。昂贵的彩妆替她掩去了一切，只留下一片雄辩的平静安然，却遮不去这双狼狈的眼睛。

人可以掩饰很多东西，掩饰爱，掩饰恨。可是只有疲态，是怎么都掩饰不了的。

杨谦南在这一刻忽然意识到，小东西今年，居然也到了他遇见她的那个年纪。

他们陷入无尽的沉默。

不知过了多久，包厢里迸出一阵笑。

沉默的两人静静望着木纸门，彼此都没了言语。杨谦南终究推开门，先她一步进了包厢。温凛独自在外面站了好一会儿，收敛好神色，才再度踏进去。

饭桌上有个在日本留过学的姑娘，孟先生知道后便问她学的是什么。姑娘说学东亚文化，孟先生便放下筷箸，击掌抚节，清唱了一段日本古歌谣。

他的声线全然是老年人的锣嗓，唱日语时听起来像哑僧念经，可还是收获满座吹捧，姑娘带头起劲给他鼓掌，夸孟先生博古通今。

笙歌鼎沸间，温凛疲惫得几乎要撑住额头，才能强打精神。

饭局散场的时候，老周发消息来问："怎么样？"温凛匆匆瞥了眼手机，知道今晚是必然搞砸的场面，索性放下手机，和身边人道别。

孟先生自然是先行一步的那位。众人目送他在两个女服务生的簇拥下走出饭店，随即各自收拾各自的包，仿佛席上全是陌路人，再也无人搭话。

蚀尽月光的夜，益丰外滩源的清水红砖墙映着倾盆大雨，朱光粼粼。

这座商场前身是1911年的益丰大厦，温凛等候在廊檐下，背后是欧式教堂般的展列橱窗，一盏孤灯仿佛照得穿百年烟雨。

七年仿佛一个轮回，杨谦南的车又停到她跟前，静静候在廊柱下。

司机早就换了一个，车也不是从前那辆。杨谦南坐在后座，降下一半车窗。他们今夜喝了同一种酒，微醺目光和雨幕一起滑落，柔软却全无形状。

他停在雨幕后，望了她一眼。

Chapter 13

据说人每七年都是一个新的人。

温凛受异国与他乡改造，整整七年，生活习性早已面目全非，也是去年回到上海，才渐渐拾回来一些江南地带的习惯。譬如梅雨季，譬如湿冷砭骨的冬天，譬如随时随地说来就来、气势磅礴的雷雨天。

人是这样容易被时间更改，连自小生长的地方都会感到陌生。然而只要看见杨谦南，看着这双眼睛，读懂他的眼神就像刻在她骨子里的一种本能。

或许是这情景与七年前太过相似，她醉醺醺的，最后还是上了那辆车。

雨刮器频繁来回，勉力让他们把前路看得更清楚。

可是大雨倾盆，谁的眼里不是一片淋漓水雾。

瓢泼大雨掷下嘈杂雨声，城市的下水系统像一张防御网，和来势汹汹的雨势对抗。人躲在车里，仿佛旁观一场灾难。

他们谁也没说去哪儿，司机默认往杨谦南下榻的酒店开。

杨谦南半个身子隐没在阴影里，眼眸是深的，嘴唇也是深的——他的唇色偏紫，不是一般人的唇红齿白，第一眼会显得有些阴冷。可是他把她侧抱上腿，吻她的脖颈，却只有蜿蜒的炙浪。

温凛起了薄薄一层鸡皮疙瘩，生理性地哆嗦，可是没有躲。

她今天身上这条裙子仿的是旧式旗袍，襟口系两粒盘扣，腿侧分两道暗许风月的开衩。

酒店就在街对面，车轱辘滚了没几下就泊进了地下车库。司机下车向他辞别，杨谦南神态自若地和他对话，接下车钥匙。

后者一走，空旷的车库里只剩下明晃晃的灯光。

她攀着他的肩膀，无端地执着于同一个问题："你刚刚叫我什么？"

杨谦南复又看着她的眼睛，笑了一声："你想让我叫你什么？"

那双醉里沁泪的眼睛明亮摄人，无端令他没那么想再较这个劲。杨谦南妥协似的勾起食指，抹了抹她湿润的眼角，黯声附去她耳畔："名字里带五点水的人就是不一样。"

车顶一盏监控探头闪着红光记录这一切，随时都会招致人来，令她不安。脑子里那点僵持的决心很快烟消云散。杨谦南嘴角翘起，牙齿轻轻一挑，咬开了她襟前那两粒盘扣。

火热的唇袭到肩头，秀致的锁骨难以自抑地颤抖，温凛情不自禁地吻他的眼睛，杨谦南却一偏头躲了过去。他的手架着她的双腿，往上抱了几寸，那力道几乎带三分冷漠。

"杨谦南……"她嘴唇发白，埋进他衬衣领口，却嗅到了那上面淡而似无的佛手柑香味。

那是半岛最爱用的一种香氛，衣服洗烫过后长久地留在人身上，因为清冽舒缓而不易察觉。

凄风苦雨里，这种细致入微的体贴竟然能给人一种错觉般的归属感。

温凛随杨谦南进了套间，在这香味里交换气味相近的酒息，好像这本来就是一场约会。

杨谦南没有问她为什么会出现在孟锦文的饭局上。

黄浦江畔，迷离灯火。他身上温度如寄生蛊虫。那一霎她竟然觉得有一丝温暖。

大火烧开夷门，哪怕意味着败走麦城，也好过一刻未曾温存。

杨谦南晚上喝了不少清酒，自顾自酣睡过去。温凛有大段的时间审视他的脸。床头一盏灯明晃晃地映着他的面容，把每一分疲惫，每一分沧桑都放大。杨谦南合着双眼，神情冷淡，无知无觉，只有下耷的眼睑提醒着他的年纪。

温凛心里忽然很不是滋味。

她其实很想问，今晚这一遭，算什么意思呢？

可是这一夜的所有答案都是那么不可捉摸。

她屈从于人性的本能，在柔软暖和的床品里犯懒地躺下，兀自觉得好笑。

杨谦南半梦半醒问她傻乐什么，一睁眼，温凛正斜撑着枕头，嘴角一抹若有若无的笑。

她肩膀赤裸，只戴了一条项链，胭脂吊坠下肤色雪白。杨谦南手指顺着她长发陷下去。那一刻温柔缱绻，温凛忍不住扭头，正碰上他的唇。杨谦南抱着她，不经意间，碰到了她的项链坠子。

他把它捏在手心，是金属的质地。

杨谦南突然想起了些什么："当时拿走的那块玉，你后来放去了哪？"

温凛的酒好似突然醒了，默不作声地从床上起来。

杨谦南挑挑眼："丢了？"

她背身说："没有，只是寄存在别人那里。"

温凛安然若素地说起前几个月的时候，绪康白说他有个朋友做玉石护养，见她这块翡翠有些年头了，帮她送去清洗。她平常也不太把它拿出来，送过去之后一直没催。

后来她和绪康白之间出了点事，联络稀少，这事也就不了了之。

杨谦南于是问她，出了什么事呢？

温凛怔了一下。

她要怎么说？她因为他那个不知真假的新欢，莫名其妙和绪康白老婆闹掰，以至于她现在和绪康白的关系都尴尬了起来？

现在想想这事完全是她自作自受。在世俗的世界里，不管是"卫道士"还是"情种"，都是贬义词。

杨谦南虚拢着她的腰，也不细问，只让她把玉拿回来。

他嗓音低沉，意识还有一些模糊，说："我的东西，不要放别人那里。”

温凛若有所思地低头穿鞋，轻轻嗯一声。

午夜十一点，杨谦南发觉她又穿戴整齐，奇怪她要去哪里。

温凛短促一笑，说：“回家啊。”

那一瞬间他们相顾无言，一起沉默了一阵。

只有在这种时刻，时移世易的陌生感才又浮现，强有力地横亘在他们中央。杨谦南这才发觉，原本淡若江南烟雨的姑娘，四九城里浸四年，大洋彼岸又三载，身上竟然也沾了几丝混不吝的冷漠。

而他不知道她的家在哪，也没有立场问她。

这个发现好像对他无所触动。杨谦南依然捉了她的手来亲，留她说不要走了，明早我送你。

那时雨还没有停，温凛坐在床沿扣上高跟鞋带，仿佛对他别具耐心：“我留在这里干吗呢，半夜帮你盖被子吗？”她笑了一下，“我回去得把今天没做的活赶完，明天一早要开会。”

她表现得太理所应当，连杨谦南都哑口无言。

是在这一刻，寂寞作祟，他对她的不舍彰明较著。温凛临走前，杨谦南帮她系她大衣背后的结，慢条斯理叠得回环往复，缫丝一样抽腰带。完事儿她在镜子里一照，他居然会叠双层的蝴蝶结，平整得像商场原装。

杨谦南凉丝丝瞟她，说还满意吗？

温凛不怀好意地反问：“你哪儿学的呀？”

情热不知何时已消退，对话进行下去，竟然有几分生疏。温凛及时打住，以免旧日余怨把这个不知所起的夜晚彻底摧毁。

杨谦南也默契地回避，淡淡道：“要不要送你？”

她说：“不用了。”

2016年秋，距离温凛第一次遇见他的那个秋天，已经过去整整七年。他们曾经有过两年的恩爱时光，也曾经恶语相向、针锋相对，可是如今她能做的只有原封不动地收拾心情，回到雨里去。

温凛走到门口，听见他还在背后懒懒散散地问：“你怎么回去？”她想回答说打车，结果一转身，迎面飞来个物什。

杨谦南把床头柜上的车钥匙扔给她，说："拿去。"

金属物件在寒夜里冰冰凉凉。温凛攥它在手，分量沉甸甸，令她难安："那你之后怎么办？"

杨谦南半倚在床头，擦亮一根火柴点烟，眼尾曳出一道漠然气韵："这你别管。"

温凛说不出是哪一瞬，她有再动过心。

杨谦南那盒火柴是酒店里拿的。盒身乳黄色，印着酒店名字和非卖品字样，乍一看很像个糖盒，里面却码着满满一盒木头棍子。

这几年他果真很少再抽烟，所以当天现买一盒烟，身边却没有打火机，只能用这玩意儿点火。他长指划拉，动作是潇洒，可惜划三下才冒个响。杨谦南叼着根烟赶紧迎上去，那模样说不出的窝囊。

所以他一划，她就想笑。

一笑，她对他的心就软一分。

又或者，是她独自开上凌晨空旷的高速，想起了仿若上辈子的情形——

那时候她半夜被杨谦南逼上梁山，在小汤山镇那段野路上开车。杨谦南醉醺醺地抱着她的腰，声音幽幽地调笑："改天给你弄一辆。不能浪费你这天赋。"

温凛坐在车里五味杂陈地想，杨谦南居然算得上一诺千金。

冥冥之中，他用他自己的方式做到了对她的每一个承诺。

温凛望着寂静无常的夜，竟找不出理由对他冷漠。

她曾经以为对他的迷恋不过是出于天真，一辈子只有那么一次，她认了。可是时局千变万化，蓦然间，她第一次想起一种可能——如果他就是最爱她的那个人呢？

夜晚的路灯如一豆火苗在黑暗中晃闪，多么脆弱。

那个刹那她在心里想——

如果在这个世上，她配不上更多的爱呢？

纸包不住火，绪康白很快知道了她找上孟先生的事。他倒完全不介意她利用他的人脉，只是这件事，不仅仅关乎人脉。

温凛接到他电话的时候，几乎能想象到他的表情。

绪康白是很温和的人，轻易不对任何人发火，即便对方实在有可指摘的地方，他也会字斟酌句，尽量把话说得委婉。

而这一次，他没找到委婉的话可讲，所以接通电话干脆沉默。

温凛其实想告诉他，类似的话你曾经说过的。

在她当年刚和杨谦南在一起的时候，他就曾经隐晦又严肃地提点她——“你有才华，有想法，其实不必像现在这样生活。”

可是这回，绪康白叹息一声，最终跳过了这个话题。

他开口说的是：“杨谦南来找过你？”

温凛愣了一下：“为什么这么问？”

绪康白的声音听不出态度：“他找我要了你的号码。”

看样子他并不晓得，那天孟锦文的饭局上有些谁。

温凛明知故问：“你给了？”

谁知绪康白突然笑了一声，说：“我没给。”

温凛无端地，也笑出一声。

也许是这笑声破除了连日来的尴尬，温凛起了心思，想找他问一问玉的下落。可是转念一想，又作罢。

他们俩连日来关系不上不下，这时候问他讨东西，像是要划清界限似的。她又刚刚利用过他一回，再开这口未免显得狼心狗肺。

倒是绪康白惦记着杨谦南，挂电话前还问她，是不是应该把号码给他。

温凛说：“你不如把他号码给我。我哪天后悔了，自己联系他。”

绪康白不置可否地挂了这通电话，后来也没给她发短信。温凛以为他不想给，也就懒得强求。

只是偶尔回家看见楼下那辆宾利，她会笑着在旁边抽一根烟。

这只庞然大物是个烫手山芋。

小区里停车位紧张，温凛被物业警告过几次之后无可奈何，只好开一辆去琅琅她们家车库搁着。琅琅看到她，瞪大眼睛，说：“小姑姑，你又换车啊？”

这丫头长到二十岁，烫了一头栗色长卷发，一直到腰。温凛这次见到她，随口夸她变漂亮了，琅琅来了劲，用贴过亮片的指甲敲敲自己的卧蚕，嘻嘻哈哈：“小姑姑，我去开了个眼角，做得自不自然？”

温凛蹙眉：“卧蚕也是打的？”

琅琅大方一笑：“小姑姑眼光就是尖！”

温凛拿她也没办法。她表哥表嫂对琅琅棍棒相加好几年，终于也打累了，这两年放任她到处混，叹口气说算了，怎么活不是个活法呢？

或许上天果真有它的安排。那天温凛回到家，正撞上顺丰的快递车，小哥急吼吼把一个文件袋递给她，叫她签收一下。温凛以为是公司文件，拆开才发觉，是绪康白公司寄来的点映观影票。

过去绪康白做人情，每做一个项目，都会让那位助手姐姐给她寄两张内部票。她有时拿来送人，有时候心情好，也会去看一两场。

她和Queena闹掰之后，这样的票已经好一阵没有出现过。如今再送到她手上，像某种无声的和解。

电影是部卡通片，讲时光穿梭，回到童年。温凛把票翻过来，竟然有一行字。

她认得出绪康白的字迹——他用钢笔给她抄了一行电话号码。

温凛看着那行数字，不无自嘲地想，明明自始至终，都没几个人看好过她和杨谦南，可是阴差阳错间，所有人竟都在促成这场相逢。

她考虑了两天，最终凭着这个号码，重新加回了杨谦南微信，问他：“车还要不要了？”

杨谦南说：“送你也没事。”

温凛无话可应。

隔了五分钟，杨谦南直接发了个餐厅定位给她，说：“我在这里吃饭。”

他永远若无其事。

幸好她也学会了举重若轻。温濛慢条斯理把手头的活干完，陪下属吃了一顿工作餐，一看腕表时候不早，才把手头的任务派下去，从浦西开车去浦东。

她堵在晚高峰的过江隧道，时不时瞥一眼副驾驶座的手机。

杨谦南这人性子很散漫，从来不会催人。所以手机很安静，你永远无法判断他的气生到了什么程度。

沪城分明比北京小两倍多，但由于来去要渡一条江，总有种翻山越岭的错觉。温濛边开边告诉自己，这段路之所以漫长，是因为路况拥堵。

杨谦南等在Ritz的顶层露台酒吧。

温濛赶到的时候已经八点，五十八层露台上每桌一盏半椭圆小灯，如月色绵柔。她拨开昏沉沉的夜色，一眼就望见了杨谦南。

他独坐夜风中，面前半杯深红色的酒，倒映着陆家嘴金色的霓虹。对面两个座位上挤了三个人，更显得他这边冷冷清清。

温濛辨认出那两个大人的脸——竟然是她认识的傅筹夫妇。姚馨手上抱着他们家闺女，正在给她小口小口地喂蛋糕。

桌上杯盏半空，他们显然已经用餐结束。

杨谦南发现了姗姗来迟的她，醉眸挟着濛光，一只手端酒给她："坐下喝一杯？"

他眼神靡靡，声线状似微醺。可温濛心里清楚，他没有醉。她坐下来，在他目光里缓缓饮尽。杨谦南盯着她昂起的纤长脖颈，欣赏她饮酒时候那一段忽起忽伏，才终于高兴了似的，唇角慢慢舒展。

温濛喝完，点头向傅筹二人打了个招呼。

她视线落到小姑娘身上，错愕地说："这是小星星吗？都这么大了。"

那一年的海岛上，她还是个小婴儿，在襁褓中见证她父母的婚礼。

是该五岁了，温濛恍然若梦地想。

她回忆当年惊鸿一瞥的小娃娃，虾米似的蜷在摇篮里，用嘴咬自己的拳头……如今已经长得半人高。

姚馨诧异温濛还记得她女儿的小名，说："到底是高才生，记性太好了。”

杨谦南跟梦游似的，望着身畔亮灯的高塔，全然不理会他们在聊什么。温凛被夸得面露尴尬，只有傅筹替她解围，半真半假地大笑起来。

那时已经十一月，夜风微寒，沉沉浦江水暗波轻鼓，仿佛永远不会结冰。

陆家嘴的夜景是都市小说里千篇一律描摹的上海夜景。东方明珠塔近在咫尺，无数摩天大楼联结成篇，每束光都是一个密集的像素点，把一片繁华压进眼底。

杨谦南就倚在这繁华中央，趁他们沉默之隙，在她耳边吹了口酒气：“放我鸽子，嗯？”

温凛酒灌得太猛，嗓子眼有些发凉，干巴巴问他：“你们打算走了吗？”

杨谦南冷了张脸没理她，低声和侍应说话。

温凛这才错愕地发现，他点了餐，一直没让上。

“吃过了？”杨谦南瞟了她一眼。他那眼神，仿佛她是个不忠的女人，借口加班，实则偷偷出去约会。

温凛不自在地点点头。

杨谦南一言不发地往后靠，心想她这几年行情倒不差，连一顿饭的时间都空不出来。

他吃东西本来就少，今晚更加食欲欠缺。一盘四枚的香橙鹅肝冻，他挖了半个就没再碰，一个劲地喝香槟。

对面的小姑娘挖了半个蛋糕，也停下了嘴。姚馨拿着甜点勺柔声问：“不吃了？”

小姑娘迷迷糊糊说吃饱了。

傅筹摸摸自己女儿的头发，对杨谦南说：“小星星这个点该困了，我和她妈先带她下去睡觉。”说着就要告辞。

温凛听他们对话大概了解，傅筹今天的飞机刚到上海，大人来开会，顺便带小孩玩儿。听意思，后面几天好像还要把孩子扔给杨谦南。真亏他们夫妇俩放得下这个心。

但小星星看上去很喜欢杨谦南，临走前被她妈妈扶着下地，还抱了抱杨谦南的腰，奶声奶气说：“干爹——我回去睡觉啦——”

傅筹趁这时候跟温凛打招呼，说：“温凛现在是在上海做事？”

她点点头，说还是在做老本行。

傅筹问：“还做新媒体营销？”

温凛说不做了，老做同样的东西没意思，现在在做自己的创意热店，大致类似于独立的广告商。

傅筹寒暄过几句，便回头去看妻女。

温凛和他们都算不上熟，姚馨为显示还记得她，微微向她颔首致意，动作含着几分疏离。倒是小星星临走前，响亮地冲她喊了句“阿姨再见！”，惹得她不知所措。

杨谦南在小姑娘嘴角擦下块奶油，嫌弃地把人赶走：“赶紧回去吧你。”

只剩温凛和他，气氛反而冷寂。

侍应生上了几盘东西。温凛胡揪一根稻草，说：“你就吃这么点吗？”

杨谦南薄唇冷抿。餐盘里的吉拉多生蚝无言地服务一位冷淡的食客。

谁也不打算搭理她。

温凛只好拿起刀叉，欺软怕硬，先从生蚝下手。

刀尖戳了戳软壳，不知在对谁说：“要我陪你吃吗？”

杨谦南这才开了金口，问她晚上吃了什么东西。温凛说吃了两口商务餐。他微微挑眸，说，那你再吃一点。

温凛倒是果真吃了不少。至于杨谦南那边，看上去还是没动一样。

他胃口一向很小，总是吃一点就停。所谓食色，性也。温凛讽刺地心想，他也算禁了一半的欲。

至于另一半，她是有幸领教过。

温凛把喝得半醉的杨谦南送回车里，他搂着她就往车门上抵。额贴着额，她觉得他有点发热，维持着一丝理智提醒，“你是不是感冒了？”

杨谦南额头蹭着她皮肤仰首，双唇擦着她的鼻尖，声音泛哑：“你摸摸看。”

她摸了几下，也摸不出个所以然，倒是一片体温传到掌心，无声地撩拨到心底。

杨谦南虚合着眼，暧昧地低笑：“去你那？”

温凛思虑再三，说：“不方便。”

她其实没弄明白，自己又和这个人纠缠到一起，算个什么意思。

身体好像很轻易地接纳他，但房子不行。她从来不带任何人回家，连空调清理工进一次卧房，她都浑身不适，仿佛领地被侵犯。

她终于明白他们刚在一块儿的时候，杨谦南为什么很少带她回酒店以外的住所。

连心都是很容易妥协的，但房子不行。这也许是现代人的通病。

幸好脚下就是酒店，确实更方便。

他们厮混到更深露浓，杨谦南斜倚在枕边，找话题和她聊天，一会儿讲应朝禹在澳洲依旧不成器，读个野鸡大学还延毕两回，一会儿，又聊起顾璃。

“她现在是不是在写公众号？”

温凛脸色僵硬：“嗯。”

他们能聊的东西并不多。谈现在，难免陌生，谈过去，又处处是雷区。杨谦南大约是明白这个道理，所以总挑一些无关紧要的闲杂人等跟她提。

“上回见过她一次。”他漫不经心道。

温凛仿佛突然来了兴致，扭头问：“什么时候？”

杨谦南说记不清，左不过是哪个朋友搞的哪个饭局。

温凛听了讥笑，说：“很多网红吧？”她也不明白，明明当时道听途说也没放心上，眼下却一定要抠出来挖苦他——“听说你前段时间在追个越南裔小模特。”

杨谦南目光投到她身上，饶有兴致道：“哪听说的？”

温凛不说话。

他问："顾璃讲的？"

床榻间，她的眼睛清凌凌地映着灯光，好像斟酌了片刻。

"听人说的。"

杨谦南"哦"了一声，司空见惯，都懒得澄清。他伸手揉弄她下巴，好像想把那锋利的弧度捏软："什么时候当起模特来了，嗯？"温凛被他搓扁揉圆，挣扎着瞪去一眼，杨谦南拇指托着她耳背，兀自笑得轻咳，"还越南裔呢，我偷渡去买来的？"

他自己一个人在那乐着，手机忽然响了。

凌晨一点，杨谦南划开手机一看，果然是叶蕙欣。

于是挂了没接。

温凛也看了看时间。时候不早了，她也该回去了。

杨谦南见她去够床头柜上的项链，不用她开口也能领会意思，套了件衬衣在身上，说："我送你。"

浦东和浦西是截然不同的两座城。

衡山路上静谧安宁，酒吧和画廊开在一处，无人揽客，老上海风情的招牌上缀着枝条一般的彩色灯串，静静地点缀夜色。往宝庆路段走，旧洋房被爬山虎蚕食成绿色鸟笼，道路两畔高大的法国梧桐虬结成片，密叶浓荫，夏天会有本地老奶奶摇着蒲扇从中间经过。

温凛就住在这附近。

旧租界的街道偏窄，车只能缓缓驶进来。

秋夜的空气其实很好闻，清透湛凉。楼下一棵悬铃木参天蔽月，温凛坐在车里，仰头望到路灯的溟蒙光线，以为那是月光。

临下车，她不经意般问起："你什么时候回北京？"

杨谦南说："后天。"

温凛点了点头。

杨谦南没关车载电台。深夜的广告时段特别长，在他们沉默的时间里，一男一女两个惊悚的人声一会儿推销五粮液，一会儿劝人买保险。热热闹闹一场大杂烩，最后竟突然安静，进了一首歌。

或许是这安静太过来之不易，温凛仔细听了听那首歌。

曲风很难界定，是流行的底子，却是爵士的唱腔，英文歌词写得很简单，但还挺好听。

她几乎没有听出来，这是一个熟人的声音。

曲子放了一半就渐渐淡出，出现了主持人的声音。原来这是个访谈节目，主持人介绍了她今天的嘉宾——钟惟。

他们两个对娱乐新闻都不上心，所以都不知道，钟惟前两周上了一档歌唱类综艺。

那档节目2013年播第一季的时候万人空巷，请去的嘉宾不管过气多少年，都能再大红大紫一回。做到今年播了太多季，影响力渐弱，请来的嘉宾也愈发偏门。

但钟惟不一样。

她是块璞玉，2012年因为一首歌红过半年，人气很快跌落，渐渐不再有她的新闻，大众印象里她只是个唱伤情歌的小歌手。但今年回到人们视野，大家发现她竟然能唱硬摇，能唱爵士，是能亲自包办词曲的独立音乐人。再加上她身上的少数派标签推波助澜，一时广受追捧，甚至重新带火了那档老节目。

温凛去年还在上海某酒吧见过她走穴捞金，今年已经又有人在做她的专访。

主持人问她，决赛会唱你的成名曲吗？

钟惟笑了一下，说不会。

“为什么？”

她好像考虑了片刻，然后轻松答道：“因为不是我的东西。”

那首歌是怎样唱的呢？温凛在心里试着哼了几遍，都没能哼成。

杨谦南见她没有下车的意思，瞥了眼电台按钮，说：“你对她感兴趣？”

温凛摇了摇头。

主持人问了好几个问题，终于问道：“你以前坚持不上任何电视节目，这次为什么破例受邀呢？”，温凛还没听到钟惟开口，就下了车。

她心想，还能为什么啊？因为缺钱。

可是，也正因如此，她终于可以做她自己。

这世上哪有那么多出卖灵魂的桥段？更多的只是“长恨此身非我有，何时忘却营营”。

温凛刚要抬步往楼里走，杨谦南在车里喊住她：“凛凛。”

“嗯？”

这个多雨时节凉飕飕的秋夜，她双瞳拢着清露，在夜色中闪动。

“明早我来接你。”他说。

夜风中，梧桐木沙沙作响。

温凛望着夜色里茂盛生长的绿叶，脑海里突然冒出个莫名的念头：上海的梧桐为什么全都会弯折？

她也去过南京，那座城市有着美好的传闻，说蒋介石当年为宋美龄种了满城的法国梧桐。那些梧桐长到参天，都是那般英姿朗阔，枝干笔挺挺地向着飞云。

可是到了上海，它们仿佛失去了骨子里的坚毅与壮阔，温温柔柔地舒展枝叶，为谁低眉婆娑。

在这座城市住得久了，好像连骨头都会发软。

她终究微不可察地，似这梧桐摇曳一般，对他点了点头。

那天夜里，傅筹给姚馨说了一段故事。

她晚上遇到温凛，面上不显，背地里挺惊讶，说杨谦南和温凛不是早断干净了吗？怎么不明不白地，又弄到一块儿去了。

傅筹不紧不徐，给她回忆了一段往事——

那是2012年的某一天，温凛第二天一早的飞机出国，杨谦南一切如常，在钱东霆场子里喝酒。喝到凌晨无聊，大家坐一边，各看各的手机。杨谦南就在那刷微博。

他那个微博是刚注册的，也不知道看见什么，突然就扔了手机，酒气熏天地骂一女的。

“杨谦南这人没正形归没正形，但是没见他怎么骂过人，你知道吧？”傅筹给姚馨使个眼色，“当时我们就聚一块儿，心想稀奇了，这女的怎么惹他了？”

“后来杨谦南凌晨三点钟，把那小网红从酒店提了出来。钱东霆带去的人，你想想那是什么阵仗？小姑娘吓得腿都哆嗦。”

动静闹这么大，最后却也没干什么。

杨谦南黑着脸问她讨回个东西，转脚就飞上海去了。

最早班的飞机。

他在上海落地的时候才七点钟。杨谦南托人查到温凛那趟航班，搞了张票。那架飞机都快上跑道了，活生生被硬召回来，等他登机。

姚馨问：“追到了没有？”

傅筹说：“没。”

姚馨替他惋惜，说这都能没把人拦下来？傅筹嘴角一扯，总结说人要是真想走，你拿命拦都未必能拦住。

杨谦南被笑了有几个月，后来就消停了，日子该怎么过还怎么过。

可是姚馨听着这话，依稀记起一个人来。

不管事情过去多少年，他们这些小辈说起那个人，总是谨小慎微。

“对了，杨谦南家那个谁的遗体告别会……是不是就在今天？”

她说得含糊不清，但傅筹怎么会不知道那人是谁。

他点点头：“杨谦南白天还替他妈去了一趟。说起来叶姨也算有情有义。好死赖活拖到今天，人都没了，她还惦记着出钱给人买墓地。”

只可惜对方家属不要这钱。

姚馨一皱眉：“这事又得闹一阵吧？”

傅筹想起来还额头直跳：“那可不。就他那前妻……”

他没有说下去。但谁都对那段日子记忆犹新。

许多事都要从七八年前说起。

杨谦南他爸过世得早，叶蕙欣守了几年寡，终于暗地里勾上个大学教授。但她是受杨家荫蔽惯了的，不肯放弃杨家儿媳的身份，情到浓时对方要为她离婚，叶蕙欣却怕了，躲到英国，和人断绝了来往。

本来只是一段风流韵事，过去了便过去了，偏偏那位教授居然有个有情有义的前妻。叶蕙欣走的那年，把对方气得一病不起，前妻带着孩子闹到杨家，要他们给个说法。

到现在傅筹都难以想象，一个文化人的妻子怎么会这么能闹腾。兴许是家破人亡把她给逼疯了，杨家把病人送进医院，那女人连医院都砸，有一天病人做完治疗指标下降，家属直接给主治医师脸上豁个口子，被武警按在地上。

杨家主事的人都不屑于管这档子事，最后是杨谦南的姑姑出面，把人送去上海治疗，陪杨谦南一力把烂摊子收拾干净。

杨谦南为此焦头烂额了大半年，没干几件正经事。

恰逢他姑父调任R大，姑姑几番劝说，让他干脆歇一两年读个学位，换个环境散散心。

那是2009年，他在八方风雨的那一年，遇到一个周身柔软的小姑娘。

分不清几分刻意几分巧合，几分是天定，几分是人为。等身边人反应过来的时候，温凛已经是那个经常陪他吃饭的人。

杨谦南慢条斯理地擦净手指，在饭桌上勉强和她聊一聊自己，说他近几年状态不好，二十八了，重返校园——

“换个心情。”

他说。

这段难以定义的关系一直持续了两个多月。

杨谦南偶尔在上海，偶尔不在。温凛不知道他们没见面的日子里，他在哪一座城市。她什么也不问，什么也不关心。他来了，接她下班，她就陪他吃饭，去他那厮混。

温凛把这当成一段露水情缘，没存他的手机号码，每次见面都像最后一次，所以能尽兴缠绵。

今朝有酒今朝醉。倘若明朝金樽空对月，她自问也不会太怅然。

唯一例外的一次，是那天早上杨谦南来接她。

那时傅筹一家还在。傅筹来上海是有公务在身，抽不出空陪小星星，于是就把女儿托付给杨谦南这位名义上的干爹。

杨谦南带着小星星去逛迪士尼，顺带惦记上了温凛，打电话问她：去不去？

温凛奇怪道："她妈妈不带她吗？"

杨谦南说："姚馨肚子里不还有一个嘛。让她带着散个步还成，游乐场人乌泱乌泱那鸟样，有点闪失怎么说？"

温凛诧异得说不出话。上回见到姚馨，可一点没看出来孕态。

一眨眼，傅筹家果真要添二宝了。

而温凛连小星星都觉得陌生。

她见过小星星一面，还是无法将她和当年那个小婴儿对上号。她太真实、太鲜活了，好像天生就是这样一只健硕的小动物。温凛抱着她坐在副驾驶座，手脚都局促，四十斤重的小家伙，压得她腿失去知觉。

温凛原本挺喜欢小孩子，可是真正面对这么脆弱又好动的小孩，她只有手忙脚乱的份。小姑娘全无在她妈妈面前的文静，手舞足蹈地和杨谦南打闹。温凛害怕她被惯性甩下来，只好一直虚扶着她的腰，当她的肉垫子。

偏偏杨谦南这个人，天生擅长刺激小姑娘。

杨谦南开着车，一边和小星星聊天，说你马上要有妹妹了，开不开心？

小星星细声细气地说开心。

杨谦南气定神闲道："那你现在不是你们家最小的，不能叫小星星了，应该叫大星星。"

"啊——"小姑娘尖叫着去撕他的脖子，"你才叫大猩猩！你才叫大猩猩呢！"一下扑到驾驶座上。

温凛吓得赶紧抱住她，生怕她摔下去。

杨谦南被两只细瘦的小胳膊勒住脖子，分外享受似的，浅浅地笑。

温凛端详他的脸，觉得这笑容触目惊心。年轻的时候她觉得他这辈子不会有求而不得。可是他看着小女孩的那种眼神，分明是艳羡而又无奈的温柔。

但小家伙并不总是可爱。这个年纪的小孩都有一种没完没了的固执，像卡壳的磁带，精力根本用不完，一直冲杨谦南高声叫嚷：“你才叫大猩猩呢——！”

温凛怕影响杨谦南开车，只好低声附在小姑娘耳边，温声哄她：我们不要理他，你干爹最坏了。

杨谦南听见这句话，虚虚瞟她一眼。

下车的时候，杨谦南望着小星星的脸，莫名对她说：“她出生的时候你还看着。”像是自言自语。

温凛无动于衷，蹲下去给小星星穿鞋。

傅筹把行程全给他们安排好了，周到地订了个导览服务。小星星看上去也熟门熟路。现在的小孩不比从前，五六岁的年纪，全球六大迪士尼乐园去过四个，上海这一个只能算垫底。温凛牵着她的手，有种被小星星带着逛游乐场的错觉。

小姑娘人小鬼大，听说她在美国念过硕士，用英文问她：那你有没有去过Orlando（奥兰多）？

温凛点点头。

小姑娘就开始抱怨，说上次她爸爸时间太赶了，没有带她去成奥兰多的迪士尼。她讲英文的时候词法很简单，但一口国际学校教出来的标准美音，眼睛扑闪闪地问温凛，好不好玩？

温凛怔忪了好一会儿，久到杨谦南都在看她，才很敷衍地说，还可以吧。

杨谦南趁导览陪小星星上了过山车，拍拍她脸蛋，调侃：有心事？

温凛笑笑说没有。

可是他们等着一辆过山车，有大段空暇时间。她还是开口，给他讲了那一年发生的事。

那几年的空白，杨谦南对她一无所知——

2014年末，她还怀揣着长留美国的心思，已经找好了满意的工作，假期和朋友一起去奥兰多度假，看迪士尼的圣诞烟火。

改变这一切的，是一场枪击案。

那场枪击案本来与她身边的任何人都无关，只是发生在美国校园里普普通通的一起袭击。两人受伤，都是亚裔学生。

新闻还没出来，留学圈的社交网络上已经转疯。

温凛妈妈一直很关心她的动态，不知从何处听来了这个消息，平时节俭不打越洋电话的母亲给她轰了一万个来电。但她那时在奥兰多跨年，烟火璀璨，沸反盈天，她没有听到铃声。

她打回去的时候，接的人已经是父亲。

他说传出来的模糊照片里，受害人穿的衣服她好像也有一件，她妈妈几乎急疯，半夜进了急诊。

“医生说已经脱离危险了，你妈有我看着呢，没事！”她爸爸故意说得轻描淡写。

那一年的烟火一直印在她的脑海里。

所以周正清问她愿不愿意回国创业的时候，她心里竟然有一丝如释重负。

从2008年她上大学的那一年起，她望见的总是异乡月。去年中秋她回国，八年来第一次能和父母一起喝中秋时节的黄酒，吃家里人亲手做的月饼。苏州连着下了好几天雨，天色阴沉沉，探不到月色，温凛躺在雨夜里心想，别处当然能看见月圆，可是也许她根本没爱过月亮。

她好像一个长途跋涉的旅人，在二十七岁前不知疲倦登到山顶，却发现她想要的一直都在山脚下。

温凛也说不出来，她对杨谦南讲这些有什么用。

杨谦南看着飞速穿掠的过山车，也不知有没有听进去，只淡淡说：“回来了也挺好。”

小星星玩了一整天。

入夜时分，他们走在园区的主干道上，温凛停下来给小星星买汽水。杨谦南带着小星星避开人群，替她挡着寒风，捧着她腮帮子问她累不累。小星星摇头说不累，接着拽拽他的袖子，问他：“待会儿凛凛阿姨也跟我们一起回去吗？”

杨谦南看了温凛一眼，说：“她回她自己家。”

小姑娘“噢”了声。

杨谦南忽然蹲下来，问她：“你想让她跟着你回去吗？”

小星星迷茫地看着他，好像不懂大人为什么要这么问。杨谦南托住她两条胳膊，把她撑起来，说：“你过去问她，愿不愿意跟你回家。”他附耳在她耳边，不知和她达成了什么交易。小星星半懂不懂，笑嘻嘻地点脑袋。

穿灰色毛呢裙子的小姑娘从他的影子里跑出去，戴着他买的米奇头套，像一只小喜鹊，朝着他旧时的爱人奔跑。

月光里，温凛接住她，问她：“你怎么过来了？”

小星星冲她诡异地招招手，温凛便侧蹲下来听。稚嫩的童声毫无预兆在她耳边炸响：“我干爹问你——要不要跟他回——家——！”

一切早已难说清，这一刻她有没有动摇过。

温凛当然没有把一句童言当真。偌大的不夜城里他们彼此都是过客，杨谦南把归途中睡着的小星星交回到她父母手里，又启程送温凛回家。

逛了一夜热闹焰火，小孩子尚且精疲力尽，两个大人无不面露倦容。车到了她家楼下，杨谦南让她陪他坐一会儿，温凛便没有立刻下车。

杨谦南说他明天的飞机，离开上海。温凛点点头，在离别面前表现得很寡淡。

她对此无动于衷，好像早知会有这么一天。他途经这座城市，但总要回到他该回的地方去。

各自沉默了一会儿，温凛忽然扭头说：“那今晚就别走了吧。”

已经是午夜时分，他第二天还要赶飞机，温凛很自然地说，再开回去太累了，不如在我这住一夜。

她的脸上干干净净，没有一丝暧昧不清的、让人想入非非的神情。

那夜连晚风都平静，她的眼弯像冬夜里的不冻港，泊着温柔一万顷。

一整晚，他们罕见地什么也没做。

温凛的卧室规规矩矩，不大不小，但却显得很空旷。书架上只放了几排，全是理论书。她几乎不读文学作品，最前面一本是她本科期间买的麦克卢汉，旁边搁着一卷启封的透明垃圾袋。

这间房子她住了有一年了，所有家具一应俱全，可是主人活得太忙碌，来不及给它添置太多属于她的小摆设。

灯一开，空空荡荡，失去具体的面目。

可杨谦南还是觉得，这间屋子太温凛了。

他拿起她展列橱里的几个奖杯，问都是哪来的。温凛心道奖杯底座上不都写着吗，不是某某行业协会，就是徒有虚名没含金量的某国际组织颁出来的"最佳创意""行业新秀"等奖项。这就跟小时候亲戚来家里对着她的三好学生奖状品头论足似的，让人下意识想藏起来。

温凛甩了他一条浴巾："你先去洗澡。"

他单手捏着浴巾，也没问浴室在哪，对她家了如指掌似的，笑着一扭头就开了正确的那扇门。

她望着他消失的背影，几乎有一种幻觉，好像他们已经在一起生活了很久。

但这屋子出卖了她的捉襟见肘。

浴室漫出来的热气构成一幅冲淡平和的画，她后一步洗完澡，擦着头发从画里走出来，张口结舌地发现，整个家里只有一只枕头。

杨谦南躺上去，笑着拍拍另半边枕头，说：过来，这不是挺够？

他们只好一起屈就，面对面，像物质匮乏年代的恋人分享一碗米汤，眼睛隔着一寸碗沿相望。

不知怎么的，杨谦南后半夜越睡越清醒，干脆半坐了起来，温凛睡意蒙眬地怪他："你干吗……"

他低头看着她，把整个枕头一点点塞进她脖子下面。

温凛睁开眼："你怎么了？"

杨谦南靠在床头，声音哑沉，好像打算坐一夜："你睡吧。"

温凛以为他不高兴，睡眼惺忪，抱着枕头勉强坐起来，问："几点了。"

她的嗓子在深夜里是干哑的，细软的长发蓬松凌乱，神情恍恍惚惚。

杨谦南忽然揉了揉她乱糟糟的头发。

黑暗里，谁也不知对方是什么表情。杨谦南的语气和他的力道一样轻柔，揉着她细软的发丝，忽然道："凛凛，你跟我回去吧。"

这段插曲仿佛夜深一场梦，后来他们谁也没有提起过。

那天温凛不知是不是没睡醒，干巴巴问他："回哪？"

杨谦南第一次打这样毫无准备，也毫无把握的仗，偏了一下脸，舌尖舔唇，掩饰性地要起无赖："还能哪——"

从哪来回哪去，回北京，回他身边。

可是久到空气里那些被他激起的躁动都抚平，她都没有发出声音。

好像这些答案，她都不满意。

很久以后她才回过神来，原来当时她想要的答案，是回到2009年。

幽夜令一切痴心妄想迅速凉透，温凛把枕头重新铺好，犹疑地分他一半，声音很轻很轻地说："……睡吧。"

十一月国内的日子很太平，各种审批纷纷批下来，只是迟了一阵子，造成了些损失。温凛用自己的积蓄填上了漏洞，周正清感激得请她吃了顿饭。

那段时间她手头拮据，过得紧巴巴。好在她是对钱没什么概念的人。周正清从前正是知道这一点，凡是公司要跟人抠成本、讲条件，一律他亲自上谈判桌，因为温凛在这方面实在才能欠缺。可也正因如此，经济状况再怎么起起落落，她的日子都是一样过。

纵使再艰难，她也没有想过再沾杨谦南的光。

那晚的寂静对杨谦南仿佛也没有影响。傅筹私下里问他跟温凛怎么回事，他不痛不痒回"没追到"。第二天他回了北京，没多久又来上海。有时候是应付出差，有时候是特意来找她，一个月会有两三次。

好几回他飞机落地，都已经半夜。他连个酒店都不订，让她去接他。

温凛经常接到他突如其来的电话，有一趟半夜全无准备，把他从机场接回来，还差几个街区到她家，油表突然告罄。

杨谦南坐在熄火的车里，不无恶劣地戏弄她：“厉害了，现在连油都加不起了？”

温凛冷着一张脸，把车滑到路边停车线里，下了车。

“走回去吧。”

十二月的夜晚，杨谦南敞着件薄西装，说：“认真的？”

她双手抱着胳膊，走在了他的前面。

那段路其实风景很好。徐汇城区开发得很早，也很克制。最繁华的商业区和居民区就差几步路，一会儿是炫目的电子屏，一会儿又是幽静的羊肠小径。

杨谦南随她走了一段，双手插兜，权当散步。

兴许是触景生情，他忽然说，要不你干脆把玉委托给绪康白那朋友，让他找路子卖了吧。

温凛嗤然：“又不是演古装剧，大户人家一破产就当首饰。”她话音一转，轻声自语，“而且是你的东西。我干吗要卖。”

杨谦南静静望着两畔风景，心里不知怎么想。

往前走三两步，路过一段红色围墙。

他往里头一指，说：“这里面什么地方？”

温凛就着路灯瞟了眼，说：“是个学校。”

徐汇中学，从前是徐家汇天主教堂。

杨谦南后退一步望了望那标志性的红楼尖顶，随口说，还挺漂亮。

温凛说：“法国人办的，以前是个教会学校。”

她随着他的目光望进去，学校的校舍还保留着当年的水磨红砖和花岗岩，古希腊风格的科林斯式柱子撑起莨苕叶花纹，夜色里依稀是座教堂。

“我刚搬过来的时候，有一天和一个本地姐姐路过这里。她说上海零几年的时候下过一场大雪，当时学校已经放假了，里面安安静静，红楼飞雪，漫天鹅毛，一到晚上像穿越回民国。那时候才好看。”

杨谦南说：“上海今年会不会下雪？”

“谁知道。”温凛抬了抬头。

天气已经很冷了，夜里只有四五摄氏度。杨谦南走着走着，习惯性地把手搭在她肩上，帮她挡走一点风。

余光里，温凛又瞥见他手上那枚戒指。

戴在左手无名指。哪怕她再不把这段关系当回事，也觉得这个位置太刺眼了。

温凛用指甲轻敲了敲那圈细细的金属，还是问出了久藏在心的疑问：“为什么戴在这里？”

杨谦南把胳膊收回去，随手把戒指摘了下来，说：“随便一戴。”

温凛半信半疑地笑：“这种东西也能随便戴的吗？”

杨谦南不以为意地说钱东霆手上有四个戒指呢，人就这么几根指头，你让人家往哪儿戴去？

温凛注意力被钱东霆这个名字牵扯了过去，暗自琢磨，十月份的时候绪康白说他隐隐惹上了麻烦，但这几个月来，却没在杨谦南和傅筹嘴里听见过类似的苗头。也不知是真是假。

杨谦南把那枚戒指颠在手心里抛着玩，一失手，不小心丢了。

温凛对他无语，蹲下来，悉心从砖头缝里捡回来还他。

杨谦南扣着左手伸出来，毫无要接的意图：“你想我戴哪儿？”

温凛斜睇他一眼：“你爱戴哪戴哪，我管你这么多？”说着就往原本他戴着的无名指一套。

她随随便便套到第一节指节，就这么挂着。杨谦南自己把它推到了指根，沉默地陪她走了两个街区回家。

这是2016年，他们见的最后一面。

那年冬天真的没有下雪。

上海阴沉沉地飘着小雨，一个世纪以前的教堂钟声早已成为放课铃，她从红砖缝里寻觅来一枚戒指，戴上过他的无名指。

曾经有一度她觉得，他们不会再决裂了。人活过某个年纪，好像没有谁是必须要老死不相往来的了。她连明天都不想要，连誓言都不在乎，只等着有一天走着走着两个人自然地走散，怎么还会吵得起来呢？

可是真正到了一拍两散的那天，却惨烈得让人不愿意回忆。

2017年1月1日，温凛永远记得那一天，北京有很严重的雾霾。她一下飞机，夜晚的京城，天空是颗粒可见的灰蓝色。

她打车去杨谦南的新住址，浓霾间看不见小区门，只看得见门口两根石柱子。

温凛觉得自己是整条街上唯一一个没戴口罩的人。

她上学的时候奥运刚过，空气质量远没有这么糟，进了门对杨谦南说，你这几年就过这种日子吗？感觉没几年好活了。

杨谦南把她的包接过去，附和说是，没有您逃生得果断。

提及过去他们总是会一起缄默。但杨谦南不怎么放心上，还在插科打诨地问她，最近手头宽裕吗，劳您过来看我，差旅费要不要报销？

温凛糊了他一记软巴掌。

但他反糊过来一只脐橙，硕大一只橙子贴在她鼻下，笑着逼她闻。

温凛浅浅呼吸，嗅到橙皮甘甜清肺的香味，茫然道："怎么了？"

杨谦南攥着橙子兀自去拿水果刀，说："不能让您跟着我受累，是吧？"

温凛响亮地喊了他一声。

可她还是走了过去，搂住坐在窗前切水果的人。她小心地亲一下他的侧脸，发丝垂下来沾到杨谦南的睫毛，惹得他眼睛不住地颤动。他低眉对她笑，那一眼浮在这数九隆冬天，是旧时月色，亦是春风词笔。

却哪知，西湖寒碧，夜雪初积。

那只橙子她只吃了一瓣，杨谦南就接到一个电话。

他跑去洗手间接，没有关门，一边洗着水果刀，声音混着水流传出来。

怪手机的听筒太差，水流一停，她就冷不丁听见电话那头一个女声火冒三丈地问他："我怎么就不能拿我自己的东西了？"

杨谦南轻描淡写说不方便，让她过几天来取。

回应他的当然是破口大骂。

温凛鬼使神差，慢慢走回了玄关。

门口的柜子里堆着几只行李箱，因为体积太大，柜门没有关牢。她进来的时候有留意过，还以为是他常年飞行程，把行李箱都堆在门口。

可是仔细一瞧，这箱子未免太大了。

二十四寸的银色铝壳箱，她只有去留学的时候用过。

她明明心里有预感，却还是拒绝了直觉的好心提醒，伸手拉开了那个箱子。

箱子很重很沉，但其实并没有什么惊世骇俗的东西。

不过是一些衣服，鞋子，日用品，甚至还有一个笔记本充电器。

不过是一些瓶瓶罐罐，昂贵的粉霜用到一半，盒壁上粘着软泥，满是一个人生活的痕迹。

杨谦南出来看见她开了这个箱子，双方表情都很平静。

温凛发现他左手上的戒指不翼而飞，低笑了一声，问他，当时真的是随便戴的吗？

杨谦南说真的是。

戒指是一般的情侣对戒，如果不是随便戴，也不会出现在那根手指。毕竟他们充其量只是订过婚的关系。

温凛问："什么时候结束的？"

杨谦南没回答。

她逼视他的眼睛，说："没有结束？"

他默认了这一点。

温凛气极反笑，问他："当时我要是答应了呢？"

——当时你让我跟你回北京，如果我不管不顾放下上海的一切，陪你回来了呢？你准备拿我怎么办？

杨谦南把手里的水果刀随手搁在酒柜上，人侧坐在一旁，仿佛想从头说起："凛凛……"

"我问你我当时要是答应了呢？"她打断他，语调咄咄逼人。

——当时你让我留下，再陪你一阵子，如果我一时心软放弃出国，留在你身边了呢？我现在会是什么样？

但他只是淡淡地说：“凛凛，你给我一点时间。”

如果说她有一瞬间对杨谦南彻底死过心，一定是在此时此刻。

温凛从行李箱里拿出一支口红，金色的管身上刻着主人的名字拼写——YAO YUE。她把这支口红攥在手里，那六个字母仿佛六根锥刺，狠狠嵌进她掌心。

“杨谦南你说这话，自己相信吗？”温凛努力把所有情绪都吞咽下去，才发觉嗓子和眼眶一样红，声带一震都在发疼，“我不是不认识姚玥。我知道你妈特别喜欢她。你既然接受她，那就是奔着给你妈交差的心去的。”

眼前这个人，他不是不能安分地活，不是不能为一个人停驻。没有征兆，也没有原因，只是时候到了，他觉得有必要挑一个人安定。

只是那个人不是你。

你生气吗，难过吗？可是这件事本来就没什么道理可讲的。

杨谦南过来在她面前蹲下，将棱角锋利的口红从她手里慢慢抽出来，以免它刺伤她的皮肉。他的脸上又流露出从前那种爱莫能助的神情，说：“凛凛，你要公平。如果没有周正清，你现在可能已经是个美国公民。你不会出现在孟锦文的饭桌上，我也不会再见到你。”

“你回国是因为我吗？”杨谦南双眸微敛，温柔地摇头，“我觉得不是。”

他第一次这样和她讲这么长串的道理，几乎有一种长辈式的宽容，平和又坦然：“你走到今天这一步，是凑巧。我恰好走到这里，也是凑巧。”

但是你不能要求，所有事情都这么凑巧。

温凛忍耐许久，头也不回地出了门。杨谦南没有拦她。

他们双方都需要冷静，需要一点时间来思考这段关系。就连杨谦南也觉得自己需要。

他重新坐回窗前，茶几上放着只果盘，里面是一团来不及收拾的狼藉。因为是元旦当夜，小区里的地灯愈发明亮，透过玻璃投映到他脸上，好像是这座死寂的城市里唯一的光源。

不知坐了多久，门口响起敲门声。

他怔了好一会儿，一时没想起来去开门。

可是在他起身之前，敲门的人就失去了耐心，开始熟练地按密码锁。嘀地一声，大门为她开敞。姚玥看见他好端端坐在客厅里，脚步一顿。

他们已经很久没有见过面。

姚玥性格很高傲，又年轻，并不甘心二十来岁就被绑住。她的人生才刚刚开始，所有精彩都有她唾手可得的那一份，而杨谦南早已经过了那个阶段，连社交圈都趋向于封闭。所以几年里他们经常闹翻，谁也懒得转圜。但无论怎么不联系，小半年过去长辈凑一起吃个饭，又会把两个人拧到一起，彼此成为牢固的备选项。

但破碎的关系再怎么黏得牢固，裂痕也只会越来越醒目。

订婚宴一拖再拖，直到今年两人彻底反目，终于取消。

她低头看见自己被打开的行李箱，蹲下来检视了一遍，发现被动过的全是化妆品，登时面色阴沉，嘲讽地看着他："杨谦南，等后天我爸回来，我们就彻底没关系了。就这么几天你也忍不住吗？"

姚玥生气的时候很有趣。姿态端习惯了的矜贵女孩子，连翻白眼都致力于翻出一种高级感，眼珠子挑上去，克制地抿唇，在隐忍中微微上扬，表示出她的不满与忍耐，以及大发慈悲的不计较。

可惜杨谦南今晚没心情欣赏她的有趣，别开脸没理会。

姚玥仪态很好地蹲在玄关，嫌恶地把启封过的瓶瓶罐罐一个个从行李里挑出来。她疑心有女人用过这些东西，每一样东西都扔出一刀两断的气势，甚至拧开一瓶几乎满装的化妆水，皱着眉在瓶口嗅了又嗅。

杨谦南终于忍无可忍，口气放重："你有完没完？"

她才冷笑两声，啪地合上箱子走人。

这间屋子终于迎来彻底的寂静。杨谦南都不知当天晚上他是怎么睡着的。

醒来的时候天才蒙蒙亮，雾霾散尽，露出晴朗的、空荡荡的天。他对着一望无际的寒天，从来没有哪次觉得这样空旷。

毫无预兆地，他想起2010年的冬天。

也是玄序时节，温凛跟着应朝禹去滑雪，摔得险些高位截瘫。他那时候还没决定要不要和她名正言顺地发展一段关系，而且手头又忙，就只去医院里看过她一次，其他时候无影无踪。她在医院里很安静，他也就心安理得地，不怎么对她上心。

可是有一天他正要去开会，接到了温凛的电话。

杨谦南大概能想象得到她会说什么，也已经做好了向她保证一定抽空去看她的准备。

但她什么也没提。

温凛那天换了药，痛得死去活来，但电话里都不懂趁机卖个乖，只是轻声问他："你开会应该用不到手机？那你能不能接通着这个电话，不要挂断。开静音也行。"

他蹙蹙眉，说："你怎么了？"

她不好意思地捂着手机，吞吞吐吐说："我……想你啊。"

好像从一开始，她的存在就是微弱的，问他要一点席位，一点关注，一点稀薄的陪伴。那些年他有多少流言蜚语在外，恐怕自己也数不清。温凛什么都知道，但从不在他面前提。

她拥有他的时候，什么都没有要求过。

正因如此，他觉得自己走的每一步，都是自个儿迈出去的。

就像那天他开完会，忘了手机还在通话。钱东霆晚上找他有急事，他才发现电话一直接通着。他下意识想挂，但是对着屏幕上长达数小时的通话时间，思量再三，还是没忍心按下挂断键。

那天他有些不适应地对钱东霆说，电话不太方便，要不……你打我Skype（即时通讯软件）吧。

许多记忆就如潮水回溯，一浪高过一浪。以至于他都惊讶，哪来这么多记忆。哪来这么多记忆，代替烟草和尼古丁，堵住他的肺腑，合成一种无可名状的阻塞。

从前觉得她是他身体里多余的一部分，像一粒痣，一块囊肿，一颗良性肿瘤，没了也就没了。

原来就算是多出来的一部分，剖开体腔割下来，那也是一块肉。

Chapter 14

温凛回上海之后，几乎每天住在公司里，连家都没回过几趟。杨谦南倒是找过她几次，找得相当高调，就连顾璃有一天都给温凛发了一条整整六十秒的微信语音，语气跟白日撞鬼没差："杨谦南是疯了吗？他跑来联系我，问我你为什么不理他。你说厉不厉害、佩不佩服？他那个语气就像真的一点都不知情一样。"

但是温凛一直没回应，杨谦南闹腾了一阵子，终于声音渐无。

直到春节前夕，他突然人间蒸发，销声匿迹。

绪康白对她说，钱东霆真的进了局子。

那天他为了告诉她这个消息，开车来接她下班，副驾驶座上就坐着Queena。后者仿佛从未和她决裂过一般，见到她就喊宝宝，说好久没你的消息了，最近都在忙什么？听我老公说你公司前段时间出了点状况，现在怎么样，没事了吧？

温凛很难形容Queena那个好奇的表情，只能借用顾璃的说法——就像真的一点都不知情一样。

她也只好点点头，说没事了。

Queena系着安全带，笑着回头，说："没事了就好。"

钱东霆的案子再大，也不过是法制新闻台普普通通的一篇通讯稿。这城市里所有人都像没事一样，在早高峰里上班，又在晚高峰里下班。

只有杨谦南，他国内的手机号再也没人打通过。

温凛不知道他会不会受牵连，牵连得严不严重，只听绪康白说他人不在大陆。

她逼自己不再想这个人，还没到除夕就回了苏州老家过年。

苏州近几年发展得很快，城区崭新的双向八车道景观大道，较之上海有过之而无不及。她载着父母往外婆家的方向开，已经需要开导航。

一下车，依然是热情的一大家子人。

不过今年的焦点不在她身上。琅琅第一次带男朋友回家过年，所有人都围着他俩转。

温凛从厨房拿瓜子糖果出来，正撞见七大姑八大姨像三堂会审一样，笑意融融和那男生聊天。琅琅嗑着瓜子一个劲地傻笑，把壳都吐在她男朋友手心。男孩子左手帮她托着瓜子，右手托着瓜子壳，举着两只手应付亲戚的提问，始终笑得很温和。

男生相貌不错，人长得高大，又谦逊礼貌，轻易赢得了所有亲戚的好感。

有人暗地里议论，说男方一表人才，可惜工作落不了户，被姨母一句话顶回去："怕什么，琅琅自己有上海户口的呀。"

温凛只不过出来续个瓜子，就被去拿饮料的姨母拉到一边挤眉弄眼，说："你瞧瞧。被你侄女赶在前头！"

她被明里暗里催婚也不是一天两天，已经能对这种暗示一笑置之。

幸好她妈妈很委婉，只是坐在人群中赔笑，悄悄看了她两眼。

饭后，温凛躲在厨房，母亲喜气洋洋地进来端菜，说琅琅这丫头，从小就是有福气的。她突然沉默片刻，说："妈，我要是一直不结婚，你打算怎么办？"

母亲的笑意凝在嘴角。

母女相望好半晌，出乎她的意料，母亲慢慢上前来抱住了她，安慰似的拍拍她的背，说："我们凛凛，已经很好很好了。"

没有人知晓，她在油烟味浓重的橱柜边，挨着母亲早已矮了她半截的肩膀，心里是怎样酸楚地，翻起一浪又一浪的热潮。

那本来是一个温馨的新年。

窗外烟火璀璨，她待在屋里百无聊赖地刷微博。

无意间，点开了很久没登陆的社交软件。

国外的同学们没有假期，一个个拍出自己除夕夜仍在工作的界面，用英文赞颂自己的勤劳刻苦。温凛下意识地刷了几条，疑惑地心想，竟然没有应朝禹。

他们俩近几年变成了点赞之交，极其偶尔会在评论区聊上几句。但由于他更新频率太勤，所以温凛对他的生活了如指掌。

今夜竟然没动态。

温凛等过了零点，发现他竟然已经两三天没更新，困惑地去问绪康白：“应朝禹回国了吗？”

绪康白隔了很久才回，说得很隐晦——他出事了。

生前那样高调显赫的少年，在旧历新年的前夕，悄声无息地陨落。

当时他还在澳洲读书，出事的时候正在墨尔本的街头玩滑板。车祸发生的时候，他还在和同学计划，春节的时候要翘课回国一趟，见见朋友。

他的遗体是专机运回的国内。朋友见到他的时候，已经是一捧骨灰。

今年的除夕烟火，他无缘得见。

温凛耳边嗡嗡响，楼下姨母们在看电视，不知是哪个台的跨年晚会，竟然请了钟惟。她迷幻而破碎的嗓音在喧嚷人声中断断续续地刺激着她的鼓膜，竟像那年红场初见，应朝禹往人堆里一躺，刚坐下就大声嚷嚷——“钟惟呢？钟惟为什么不来？”

她吃年夜饭的时候喝了两口酒，眼眶不住地泛红。

姨母上楼拿钱包去搓麻将，经过时发现她脸色不妙，弯腰关心：“凛凛啊，怎么回事呀？脸色这么差，是不是酒精过敏啦？”

温凛摇摇头说不是，只是有一个朋友……出了事。

姨母哎唷一声，痛惜说大过年的，怎么这么作孽，又热心地在温凛身边坐下，抱着她的肩膀安慰：“是凛凛的好朋友啊？”

温凛摇摇头，说也没有那么熟。

姨母听了隐隐松了一口气，说那就好。

她扯出一抹无可奈何的笑，从应朝禹上万张照片里翻到当年在洱海拍的大合照，对姨母说："这照片里面所有人都是他朋友。是不是找不到我？"

照片是在船上拍的，光线很暗，姨母找了半天，摆摆手说真没找到。

温凛心道是啊，她在他朋友里都排不上号。

可是那些年，他为她唱歌，替她解围，带着她去滑雪，在高山上牵着她的手迎风俯冲，把她摔进医院之后毫无愧色，说下次约她去瑞士，那里滑起来更带劲。

她以为他会纵情声色一辈子。

那张照片是他们送别他去澳洲前的合影，她没有想过会是最后一面。

温凛整个年都过得兴味索然。

有一天她在洗手间撞到琅琅，聊着聊着天，突然问了一句，"你还记得应朝禹吗？"琅琅迷茫地问她："谁啊？"

那个唱歌时像妖孽，璀璨如星辰的少年，就这样堙没进尘土里，成为她心口无处诉说的又一个秘密。

她实在待不下去，才大年初三就逃回上海，约绪康白出来喝酒。

外滩熙熙攘攘，满街都是武警维持秩序。两个人对着杯盏寒暄了几句，竟然不约而同地无话可讲。酣歌醉舞的那个人已经走了，剩下的人留在欢场，徒增寂寞。

没过多久，Queena来接绪康白回家，留温凛一人在露台吹风。

是夜天色阴沉，浓云蔽月。他们俩的车混入暗红色的车流，成为中山路上普普通通的一辆。她嘴角下抿，空空地望着外滩的夜景灯火，望着越来越厚重的铅云。夜空像撕裂的锡纸，留出一条金色的光缝，左半边的云像只灰黑色的熊，右边又像……

又像什么呢。

温凛越想分散注意力，思绪就像铅云，越来越集中。

她望着不息的车流，好像它会回答她，杨谦南现在在哪呢？

他还好吗？

大年初五，一场婚礼把她从这压抑氛围中解救出来。

顾璃找了个小开，在江畔一个酒店大摆宴席，给大学同学都发了请柬，特意叮嘱人到就行，不用给礼金。

年初五还在法定节假日，老同学们来得都很齐。

温凛听说顾璃和新郎认识三个月就闪婚，并没有多惊讶。她只是有点意外，顾璃竟然一视同仁，是个同学就请。她刚一走近大学同学那一桌，就凭借声音认出了周妍。

她正和一个男同学津津乐道："你真别说，那种抠抠搜搜的小婚礼广撒请帖，就显得挖空心思要赚你的红包。顾璃这么一搞，请柬全班同学人手一张，倒像是人家卖你面子。"

而那个男同学，居然是柯家宁。

他没搭周妍的话，见到温凛，很客气地给她拉了张凳子。

温凛愣了愣，不好驳了他的好意，道了声谢坐下。

她从来不去同学聚会，在座十几个人，毕业后她都是第一次见，好些个已经忘了名字。

只有柯家宁，她没法装作忘记他。

婚礼办得很隆重，司仪是沪上一位知名男主持，据说是新郎的朋友，很会调动气氛。一对新人在台上回忆甜蜜时光，时而被逗得捂嘴大笑。顾璃穿着一件定制婚纱，笑容像被厚重的妆容塑封在了脸上，从头保持到尾，甜甜地看着新郎，说："我愿意。"

温凛多喝了几盏红酒，隐隐觉得，新郎笑起来有点像程诚。

但她清楚地知道，程诚是给不了她这么盛大的婚礼的。

餐后，众人都聚在一块儿三两聊天。柯家宁很照顾她，时而自然地和她搭几句话。他近年来气质从容了许多，看起来不再是当年那个哪里呼唤哪里就有他的老好人，也变得有些健谈，酒过三巡，就主动和她怀起旧。

他说："你知道我第一次见到你，是在什么地方吗？"

温凛说不知道。

他便兀自笑起来，说："我记得是系里新生大会那天。离开会时间还早，大家都挤在会议厅外面闹哄哄，有些人带来两个家长，站在门外给孩子不停地交代。只有你没有家长陪同，很早就坐进去了。"

"班主任吩咐我提前进去开多媒体。我一进去，会场灯全是暗的，只开了讲台边一盏追光。我一眼就看见你，静悄悄坐在第一排边角，一只大箱子搁在脚边，眼睛又冷又清。"

他描绘得坦然自若，像在说上辈子的场面："那时候我想，这个女孩气质怎么这么好。不知道她叫什么名字。"

柯家宁说到这里，顿了一下，轻轻一笑："后来我知道了，叫温凛。"

温凛被夸得不好意思，赧然说："是吗？这是在哪里，我没什么印象了。"

柯家宁转过来看她："就是管院那个经常出借的会议厅。你还管过一年钥匙，你忘了？"

温凛呆住了好半晌。

怎么会忘。怎么可能会忘？

那一年，所有的故事都才刚刚开始。

可事到如今，故事里的有些人，这辈子却已见过最后一面。

顾璃和程诚的最后一面，是一次偶遇。

年初新天地一个酒吧开业，请了好些红人去热场。顾璃和几个朋友去喝了两杯酒，精心拍下食物和彼此的侧脸，正在热火朝天的DJ音乐里修图，忽然来了一个熟人。

她其实已经快要认不出他了。

但他一年年的没有改变，竟然还在做夜场领班，只是胸牌上叫得好听，写的是某某经理。他们猝然间重逢，竟互相交换了名片。程诚脾气好了不少，她朋友调戏帅哥调戏到他头上，他也不生气，朝人家笑笑，借着和顾客搭讪的那句话，潇洒对顾璃说，常来啊。

顾璃微笑着点头说一定。

但他们彼此都知道，她不会再去了。

钟惟最后一次见到庄清许，是在后者的婚礼上。

那是很早之前了。2017年她火到有“私生粉”跟踪，去哪里都不得自由。但在一两年之前，她还能自由地出入酒店。

后来她参加过不少极尽奢华的世纪婚礼，连新娘头上披的一块白纱都出自赫赫有名的欧洲设计师之手。相比下来，庄清许的那一场，显得太过普通。钟惟站在照片墙前端详了好一阵子，也没认出她身上婚纱的牌子。

那是国庆节的第三天，地点在北京城里叫不上名的一家五星级酒店。婚宴厅门口摆着巨幅婚纱照，甜点架上，鲜花缠绕粉蓝两色纸杯蛋糕和马卡龙。

最俗气的地点，最俗气的布置，连摆酒时间都不能免俗地挤进国人结婚的大潮里。

钟惟心想，庄清许这个人，可能除了名字以外的部分，全都是用世俗写就的。

她是个正常人。

所以会在婚礼的煽情环节哭成泪人，会哭着点点头对新郎说愿意。

就连出来送别她的时候，她也红着一双水泡眼，说：“你连饭都不吃就走呀？”

钟惟笑她：“你老公知道你这么爱哭吗？”

庄清许小心地擦擦眼睛，说他知道啊。

钟惟挑眉揶揄她：“不嫌弃你啊？”

她摇摇头，说不嫌弃。

钟惟于是点了点头，沉默了几秒，说晚上还有事儿，得先走了。

彼时彼刻，庄清许没有告诉她，她正在借着媒体圈子的资源，收集钱东霆公司暗箱操作的证据。

钟惟也不会料到，几年之后时局大变，案子得以曝光，那条新闻下署名的供稿记者正是庄清许。

那时她走得匆忙，庄清许提着敬酒服跑出来追上她，塞给她一盒喜糖。糖盒是个心形，系着满溢小女人心思的粉色丝带。钟惟拿在手里，听见她殷切地说：“阿惟，你没空吃晚饭，只好给你一盒糖，回去路上吃。”

冰消雪融，又是一春。整个二月，杨谦南依然杳杳无踪。

三月，她的生日前夕，温凛有一天打开自己许久不用的笔记本电脑，发现上面还登着他的账号。

不知是哪次杨谦南来她家，无聊用她的电脑刷网页。历史记录里一堆英文网站，是他工作的时候留下的痕迹。

温凛麻木地浏览着这些痕迹，仿佛在参观一座荒冢。

但哪怕是墓穴里，也能发掘出令人意外的遗迹。

她把历史记录拉到底，突然瞟到一个新浪博客，中文字样格外突出。

现在已经很少有人写博客。温凛点进去一看，最后一篇博文果然发表自好几年前。博主是一位已故的中文系教授。她拿他的名字搜索，百度显示的联想赫然是叶蕙欣。搜出来全是零几年的网页，一群人在本地论坛上七嘴八舌讥讽她的情史。

温凛一目十行，看着那些难堪的过往，实在联系不到那个出没在慈善活动现场、永远一身翡翠首饰的女人身上。

她直到这一天才明白，杨谦南为什么一直和他妈关系紧张。

温凛倒回去看那个博客，上面只有一些学术心得和讲座照片。水平笃深的学者，即便几篇随笔感想也很见功底，偶尔挥毫泼墨，手誊几篇范文正公今体诗钞，字迹简淡秀润，风神疏朗。温凛无意识地往下翻了几篇，电脑忽然卡住。

这篇博文全是大图，刷出来要慢些。

她刚想关网页，却被一张合影吸引住。

那是一次学术活动，博客文字里写了众多领导、知名学者莅临。博主一一感谢，但不知为何博文配图里，每张都有一个他没提到的女人，好像她是自己人，不必向外人介绍。只有最后一张图，是他在著作扉页送给她的赠言，隐晦地提示了她的身份——叶女士惠存。

温凛看了好几遍，那女人的耳垂下，是一对双环绞合，钻石镶嵌的翡翠耳坠。

原来她也不是生来一副宝相庄严，皮笑肉不笑的脸。这些合影里的叶蕙欣姿态端庄，但笑容分明是那样粲然，眉眼都眯成了两条线。

再不堪的故事，再不堪的人，到底也有过那么一两个美好的时刻。

温凛合上笔记本电脑，在说不清道不明的怅然里，听见自己的手机响了一下。

那是一封电邮，一个北京的律师约她见一面，说要找她谈房屋赠与合同。对方声称他的委托人会为她缴纳七位数的产权变更税，俨然一个浮夸的骗局。

但温凛看完详细的产权信息，当天就买了去北京的机票。

她和律师约在一个咖啡厅，开口便要求见他的委托人。

律师素养绝佳，不动声色地向她说明，他只是负责和她拟定赠与书，等到公证阶段自然需要当事人出面——“由于房产所有人杨老太太已经失去自理能力，房屋将由监护人，也就是她的女儿杨蔚女士出面与您签订协议。”

温凛放下咖啡杯，锁起眉道：“我问的不是什么公证不公证。我要见你的委托人。”

兴许是她太过难缠，那位律师最终还是给了她一个手机号。

温凛当场打了过去。

电话一接通，磁波里唯有一阵缄默。

她甚至没有问对方是谁，这片缄默就告诉了她，那个委托人不是杨蔚。

那一霎许多情绪翻涌上来，是怨恨，是不解，是庞如饕餮、吞噬一切的心酸。她声音不住地带哭腔，斥责般问他，你回来干什么啊？

那头默然半晌，还是那副万事不上心的死样子，说：“成天想你。”

直到确认是他，所有情绪反而一扫而空。

温凛双唇泛白，觉得那声音冷静得不像自己——“你出来。”

他们约在夜星。

这间餐厅所有人还是叶骞。应朝禹过世之后他总觉得睹物思人，也无心经营，营业状况很惨淡。但温凛觉得这算是朋友的地方，比较避人耳目，便选了这里。

桌上摆着一碗鱼汤，和律师给她的那份赠予书。

她问起这份合同，他便轻浮一笑，说："生日礼物，喜欢吗？"

杨谦南让她放心收下。

他奶奶意识不清醒之后，财产就由他姑姑全权料理，把颐和园边上那四合院给了他。他说，横竖到他手上也捂不热。这院子是老太太的财产，干干净净。无论他今后会在哪里，它都会安安稳稳地待在她手上。

杨谦南一挑眼，说："正好你住得习惯。"

正值三月，桃红复含宿雨，柳绿更带春烟，院墙内外，皆是好时节。

温凛如鲠在喉，无言地望着他："你姑姑同意你这么胡搞？"

杨谦南是周身烟火气很淡的人，所以能有漠对众生的凉薄，也有拱手山河的气魄。他端起碗给她盛汤，还是那句话，这你别管。

温凛一动不动地坐在他对面，看着他平平稳稳盛足一碗汤，热气腾腾端到她面前。

她克制着声线问他："什么时候回来的？"

"昨天。"杨谦南吹了吹热气，说，"陪你过个生日。"

这顿饭是她付的钱。

北京的春天常有风沙。出商场之后，一道风刮起街道上的沙尘作乱，他们并肩走在这个混乱的阴天，拦下一辆出租车。温凛吩咐师傅随便开，之后便陷入长久的沉默。

风仍在呼啸，他们挨坐在一起听沙沙声响，观赏铬黄滤镜下的京城。

不知过了多久，温凛望着灰秃秃的道路，说："杨谦南，我要这种礼物干吗呢，是敢住还是敢卖？我揣着它做什么，帮你看家吗？"

杨谦南也看着路面，脸上少有表情："那你想要什么？你说说看。"

温凛面朝着车窗。

她想说她什么都不想要。她早就和佛祖交换过心愿，希望他平安地活在世上某个角落，自私冷漠，一生浪荡，一生自由。最好最好，不要再与她的人生交汇。

但当初精心谋算才赶上脚步的人，时过境迁，竟用八年和她打了个死结。

这辆车这么开下去也不是个办法，温凛望着两畔缓缓倒退的街景，忽然妥协一般，轻声说道："你陪我去普济寺拜个佛吧。"

她记得第一次听人说起这个寺庙，也是在京城某条公路上。叶骞讳莫如深道，普济寺年年开春闭寺一天，是因为他妈妈要去敬香。

今年已经不会了。

满城烟沙里，杨谦南执起她的右手，扣着她的五指在唇上一印，轻声说好。那力度是安抚性的，从她手背通达心尖，会有一瞬间的抽搦。

温凛余光里瞧着彼此交握的手，几乎不敢看他的眼睛。

她下车付车费，杨谦南就跟在她身后。他们好像能去任何地方。

温凛到了寺外才知道，她今年的生日正逢观音诞，每座佛刹里皆是人山人海，还没进门便能想其盛景。

北京城仿佛哪里都不缺人。可是他们俩一起挤进人堆里，还是头一遭。

温凛出生在姑苏城，自小被母亲领去过许多江南古刹，无不是宝塔飞檐、层林叠嶂。她对寺庙最深刻的印象，依然是那首著名的"月落乌啼霜满天，江枫渔火对愁眠"。

她从来没有来过这样的地方。香客熙来攘往，莲花幡悬迎风而飞，大风扬起大雄宝殿前宝鼎里的红纸与香灰，像许多破碎的宏愿弥散在空中。

杨谦南和她都没有接法物处递来的香，如同两个过路客，两手插口袋，一进一进佛殿往前走。只从殿外望，佛堂里总是暗的，长明灯燃不尽曛晦，两侧烛檠照亮幔帐，有僧侣一身海青立在门沿，漠视香客下叩。

再往东边去，钟楼隐隐放着大悲咒，来往人群愈发密集。

行至门口再也走不前，杨谦南问她，要不要进去？

温凛点头说："进去看看吧。"

地藏殿是巍峨的三层飞檐，殿宇大而空旷，蒲团摆得齐齐整整，上有僧众念经。温凛独自绕至谛听座下，瞻仰地藏菩萨的佛像金身。

来往人声隐没在浅浅佛乐中，温凛驻足良久，再回头时已然和杨谦南走散。

温凛呆呆地看着眼前画面——杨谦南似乎出佛殿走了一圈，在熙攘人群中遍寻她无果，又折返回来，终于找到她。

他三两步走来，见她站在一柱檀香边，牵她的手让她换个地方站："这地方不呛？"

温凛摇头说没事，却突然一低头，鼻子泛酸。

她喜欢他身陷茫茫人海，人头攒动，烟熏火燎，菩萨低眉颂，红尘万户侯。他下意识地回眸，频频找她。

据闻地藏王菩萨曾发大愿，众生度尽，方证菩提。

到今日，度尽了吗？

她想起许多许多往日，想起许多许多过去，那些恨意淬骨，刀刀锋利。到后来乱剑迷作尘烟，洪流筑成佛像，半生仿佛在这一眼流逝殆尽——

这一生高楼危塔，纸醉金迷。为你疯魔，是我罪名。

[全文完]

后记

书的开篇，我写凛凛的命运，“一生平庸，一生迷恋杨谦南”，许多人翻开这本书，可能以为这个故事就是后面那半句。其实不是的。我想写她的“一生平庸”。

《长夜》是一个普普通通的故事。温凛和杨谦南，就像身边两位不太争气的朋友。你大致了解他们的故事，偶尔为他们唏嘘，可也清楚地晓得，他们是罪有应得的。

所以我没有想把他们俩塑造成什么值得借鉴的爱情标杆。几年前我刚开始写言情小说，总以为值得被歌咏的爱情才有意义，但是当温小姐和杨先生的故事落到我的脑海里，我才开始欣赏那些，联结成篇的无奈。

人生活成什么样，谁不是难辞其咎呢。

《长夜》是一个关于隐喻的故事。每一处细节，其实都暗含着他们的命运。故事的开端，在杨谦南甚至没进入温凛视野的时候，她站在会议厅外，眼中看着的，是她崇敬的学者。那年她二十岁，清澈也清高，见到师长热情客套地迎来送往，心里会感到不适。她不禁挪开眼睛，这才望见了杨谦南。

这是凛凛最初的样子。

总有人执着于她接近杨谦南的动机，执着她后来的有心利用与步步攀高。我觉得实在没必要。凛凛是清高的，又悲观又骄傲。她人生所有的悲剧，可能都来源于这不合时宜的清高。所以她有时候，是有点看不上杨谦南的。她用自己的眼睛审视，能看清这个人身上所有的鄙陋在哪里。

可这份感情却是真的。

杨谦南这个人，可恨归可恨，但凛凛对他的迷恋并不是没有道理。

他不善良。钱东霆因为他教训钟惟，他看在眼里，无动于衷。杨谦南是没有底线的人，无视规则，漠对生死，冷漠起来叫人脊背发凉。

可也因为这样，他的心里没有得失计较。他和凛凛决裂多年，在不堪的饭局上乍然相逢，他有千百个嘲弄她的理由，可他只是平平淡淡问她，这两年是不是不开心？

这是杨谦南式的温柔。

他没有报复心。当年她从他身边揽资源，连绪康白都对凛凛有过非议，可是杨谦南从没在她面前盛气凌人过。他打心眼儿里觉得，她从他这儿拿东西，是应该的。他喜欢她的时候，是实实在在地讨她欢心。至于多年以后，他也不记得她的背弃。他唯一不明白的是，你既然舍得离开我，应该越走越顺才对，你怎么会不开心呢？

杨谦南这个人，虽然外人评价起来寡情冷漠，可是剥落一切，他这个人是没有刺的，一切伤人都是无心。温凛的凛字是肃杀的北地，杨谦南的名字里却是温醇的南方，是谦谦水杨。多年之后褪去争吵，褪去那些鸡毛蒜皮的口角，他留在凛凛的回忆里，永远是三分靡靡笑目。

所以凛凛爱杨谦南，不能是别人，只能是杨谦南。

关于这段感情，其实有太多东西可以剖析。譬如凛凛最初笃信的信仰，那些光明的，清澈的一切，到最后她还相信吗？我猜无论答案怎样，她都依然爱它们。如果那些东西是假的，是死的，那这一生就当供品，这是她的顽执。

她将这虔诚奉予杨谦南。

那个连神佛都不敬的人，至少对人间一视同仁。

写文五载，这个故事对我而言是特别的。主角都是不完美的人，故事也没有功成名就、厮守一生，有的只是求仁得仁。我曾为它付出难以想象的热忱，在一段忙碌的日子里每天熬到天亮一笔一划描摹每一幕场景，不断推翻，不断重写。所以文中写到的几乎每一个日期，那天的天气和温度都是真实的。故事里的雪是存在过的雪，大雨是发生过的大雨。但普济寺是假的。它曾经存在过，但北京城内早已只剩一个遗址。

许多奇迹，存在过就好了。

《长夜》讲的其实是每个人人生中的一段繁华。故事是很普通的。但是代入故事里的任何一个主角，那都是一段回不去的光辉岁月，今生只一次。此后的人生，或许都是依靠着这个真实的幻梦，才敢说这夜空明亮。

这个春节，为了修改出版稿，我到凛凛的故乡苏州住了一阵子。江南下了雪，阴丝丝地冷，每天下午却都是一个平静的晴天，我时常会觉得他们就在身边。温凛和杨谦南的故事，停留在2017年4月。后来那些不被记录的人生，他们会一直活下去吧。这两个经不起考验的人，在漫长的人生面前，会美满吗？

我望着姑苏城的夜，回想起七年前的那个春节，凛凛在天寒地冻里给杨谦南听的那一片烟花声响，忽然不再忐忑了。

命运能拿人怎么样呢？左不过是相安无事，或者分离几年。

许多奇迹，它存在过了。

岁惟

2018年6月

番外：十年一梦

[一]

二〇二二年夏，顾璃再次踏进那座四合院。

院落中央的莲池一如往日，区别是温凛不在。

扛着反光板的助理一进来就相中了池边的凉椅，说这个景很好，可以就在这里拍。顾璃望着水中晃动的人影，蓦地意识到，距离上一次来这里，竟然已经有十年了。

这十年间温凛来住的时日也寥寥无几，如果不是她说要在北京借院子拍照，恐怕也想不起手头还有这处房产。

故事仿佛早已终章，徒留一座深宅旧院，日复一日地浸入黄昏。

拍摄结束得很顺利。顾璃靠在池边等助理收拾东西，打开微信想给温凛发条消息，但编辑了半天，也不知该怎么开头。

这两年什么生意都不好做，连她都把自己从前的自媒体账号捡起来经营。好在早年积累的粉丝量可观，起步不算困难。但也早有八卦网友拿着她的阴私四处宣扬，说她夫家境况惨淡，不过是打着贵妇名号出来卖货。

所以能有温凛这样大方出借院子给她撑场面的朋友，算得上三生有幸。

但另一方面，重游故地不得不想起十多年前年轻无畏的彼此，一时只觉得难以相认。

她家里人倒是一直记得温凛。

前两年她老公家里生意败落，一开始她妈妈还很关切，细枝末节都要紧张地问清楚。但一切尘埃落定之后，打电话来倒很少再过问他的情况，反而问她最近跟温凛关系怎么样。

顾璃有时候听得不耐烦，嗤回去一句："能怎么样，我和温凛又不会离婚。"

她妈妈会操着上海话抬高声调："你这小孩怎么说话的呀？"

她于是就趁乱挂掉电话。

三十多了还是会被叫作小孩，埋怨反倒是不知足了。

回程的车上她还是把信息发了出去。感谢和恭维的话一句也没有说，只拍了两扇合拢的正红漆院门，说"拍完了"，又问她今天在哪里吃饭。

温凛大约正在饭局上，很久没回复。

倒是助理拿着一张打着狗仔水印的照片，凑过来给她看，瞪大眼睛说："这个人不会是凛总吧？"

风云诡谲的年代，离奇八卦一桩桩层出不穷。但没有哪桩比得过这张像素模糊的视频截图。

顾璃第一眼就认出了夜色里的楼栋出自温凛的小区。但她仍把前后九张大同小异的动图一一点开，翻来覆去看了好几遍。直到宅院门前的两排桃树都渐渐远无影踪，她才抬头望向后视镜，意味不明地笑了一声。

十年前的她们会料到吗？有一天她会在娱乐八卦里见到温凛。

[二]

饭局过半，温凛就不见了踪影。

绪康白找上露台，果然见到她在这躲清静。

这几年行业动荡，集团内部也做了大洗牌，拆分出了一个主体做发行业务。恰逢上半年上海封闭，温凛挂帅上任的消息直到年中才披露，没几天就是公司的周年酒会，她俨然作为主角登场。

夜色下的江面灯火斑斓。温凛不知在露台沙发上坐了多久，手边的香槟杯壁已被夏夜挂上水汽。她有些醉态，回头发现绪康白，没跟他打招呼，只是拿起杯子又喝一口酒。

绪康白一坐下就笑着调侃："绯闻女主角一个人躲在这里？"

白天流出的八卦已经在酒会上传为笑谈。也要怪他，前阵子一个活动结束，温凛和一个艺人恰好住在同一小区，他就派车把两人一起送了回去。十几分钟的车程，没想到居然被拍。网友可不管陌生女子身份几何，对着一个模糊的侧影就开始大肆点评长相身材。

这个男艺人本身私德上风评一般，于是澄清效果就更加一般。幸好传播面不算广，不至于有人曝出她的大名编排，最后也就不了了之。

温凛大概已经听得麻木，面对绯闻也没什么波澜，反问始作俑者："Queena今天怎么没来？"

他只好敛起嘴角，说："你不要多想。她没来是因为小孩去了他奶奶那里生病，她放心不下，就飞过去看看。"他解释得莫名详尽，又说温凛的任命其实都有Queena举荐的功劳，又说"送你的贺礼还是她亲手挑的，你待会儿打开瞧瞧"。

温凛好似全然相信，淡淡点头，顺着接了一句："南半球气候差异大，小孩子多半不习惯。她飞来飞去也挺辛苦。"

绪康白扭头想看她的表情，但所见只有江风，浅浅掠过一双不动声色的眼眸。

这一刻他忽然升起一个念头——那照片假如能拍到正面，评论肯定能更热闹。三十岁之后她好像比过去更艳光摄人，尤其这双眼睛，过去不言不语时挟三分凛色，如今更有七分。

平心而论，他其实不希望她变成现在这个情绪莫测的模样。

但十多年前那个温柔天真的女孩没有答应他的工作邀请。

是十年后的他们并肩坐在这里。

不知出于什么心情，绪康白侧过自己快要见底的酒杯，碰了碰温凛手中的杯沿。

水晶杯相撞，回荡着叮当轻响。当年的啤酒罐磕向鸡尾酒瓶，大约不会有这么清脆的声音。

夏季的夜像一泓温泉水，穿着正装身处其中实在不算舒适。可他还是安静地坐在这里，仰头自顾自把一杯香槟喝到底，一直到温凛的手机响起。

通话显示来自杨谦南，温凛盯着屏幕，一直没接起。

绪康白适时地端起空酒杯，说进去招呼一下朋友，你先聊。

温凛向他挥了挥手，只用了一会儿，再低头时，电话竟已断了。

杨谦南打电话向来浅尝辄止，估计也不会打第二个。

她于是干脆给他发信息："起飞了？"

他回两个字："快了。"

她解释："刚刚在酒会。"

还是两个字："你忙。"

杨谦南当晚的航班飞英国。兴许机舱切断了信号，对话没头没尾地结束。

这些年他长居国外，他们见面的次数屈指可数，每日联络也显得没必要，有时甚至十天才传一条简讯。像今晚这样无缘无故地打来电话，才是少见。

所以等了许久也没等到下文，温凛也没有多想。

杨谦南降落时已是国内的清晨，再打来电话，刚好把温凛闹醒，声音低哑地问他怎么了。

他顿了顿才开口，语气倒是平稳："昨晚喝到几点？"

她一时有些记不确切，大约停顿了几秒钟，就听到他又问："喝多了？"

温凛说："没。"

这副睡眼惺忪的嗓音不知为何惹到了他。杨谦南突然不说话，也不挂断，隔了很久，也只传来打火机的两声嚓响。

温凛没有多问，习惯性地把电话接入蓝牙耳机，手上顺带处理一些昨夜遗留的会话，甚至间歇刷一刷资讯。

不知过了多久，才听到他向后靠上了什么，身体连着声音都松弛下来，沉声说："温凛，少沾。"

不知从什么时候开始他变得很爱喊她的大名，失望意味更大于警告。显然指的不是少沾酒。

温凛怔了怔，后知后觉地意识到，昨天的闹剧竟然传到了他耳朵里。

一段关系持续十多年，缝隙里都填满瑕疵，可还是像出土过久保存不善的文物，在彻底崩裂之前，绝无可能放弃修补。

温凛几乎笑出一声。没想到有朝一日百口莫辩的人是她。

少沾的意思，当然是默认她有沾，还或许沾得不少。

她在心里笑他以己度人，但也忽然理解了从前他懒得解释的心情。

也亏杨谦南沉得住气，这时候还能拿出四平八稳的口气，云淡风轻地嘲弄："你年纪小，所以觉得这些有意思。"

温凛弯起唇，更觉好笑："你觉得没意思吗？"

女孩上了年纪，脾气就变得不好，完全不是二十出头那会儿的乖巧。

好在杨谦南向来没什么脾气，听见这话也只是微微挑眉，逗着人玩儿似的："现在这么跟我说话了，是不是？"

温凛于是不应声了。

杨谦南不高兴的理由太多，也许要追溯到她决定和绪康白共事的那天起。她心知肚明，可也并不会因此改变什么。杨谦南心里恐怕也很清楚。

所以他们连拌几句嘴都是疲然，彼此都没有多少火气，吵完还能心平气和地继续聊下去。

温凛甚至把工作信息都回得差不多了，半边脸歪进枕头里，换了个舒服的姿势养神，填补大清早被他吵醒的困倦。

没承想电话太久没声音，她真的回笼睡了过去。再醒过来已是一个小时以后。

通话已经被他挂断，手机上只有一条杨谦南隔了半小时发来的信息：

"无聊就休个假，陪我出去玩玩。"

温凛读完只觉得惊奇，他是怎么会觉得一个刚刚走马赴任的人会闲得无聊。

可是手指落上键盘，写出的仍然是一个好字：“等哪天抽得出空。”

[三]

见面的那天已近年关。他们从罗马入境，但没在罗马停留几天，径直向南飞往巴勒莫。

西西里岛的晚霞炫丽如虹，机场大厅却拥挤陈旧。接机车辆迟迟未到，他坐在原地等她打电话和对方沟通。

温凛的英文发音过分轻柔，听得人困意上涌。挂掉电话之后竟然又收到助理从国内打来的电话，陷入冗长的事务交代。中文英文切了几个来回，不知过了多久，她才终于停止通话。

这情形和从前完全倒过来。杨谦南倒是很怡然自得，坐在原地，耐心等着。

温凛坐下喝水，手里气泡水刚拧到一半，竟然听到他问她，记不记得有一次在日本机场，也是这样坐着。

他打了个电话回来，她就跟他说分手。

她倒是记起来了，转头去看杨谦南的表情，也看不出他旧事重提的用意，只能嗤然反问：“是什么好的回忆吗？”

杨谦南默不作声，拿手指慢慢把她的额发勾到耳后去，才挑眉讥道：“现在觉得不好了？”

温凛到底理亏，一时失语，扭过头去。

他才对她一笑：“也没说你不好。”

幸好约定的司机终于赶到，才结束她的沉默。

一月的地中海沿岸游人不多，气温十几度，如同置身一个潮湿的春天。她也渐渐变得懒散，适应杨谦南的生活节奏，每天只是出去闲逛。

温凛没有问杨谦南为什么选这里度假，所以那天中午他说带她出去吃个饭，她也没有多想。

结果车一直开了很远，沿着小镇盘旋上山。

悬崖边当然没有预想中的餐厅，只有一个教堂边的婚礼现场。新娘是杨靳瑶，新郎是一个意大利人。

温凛没下车就远远看见了绿色山野间环绕的白纱和花墙，她几乎不愿意打开车门，皱眉盯着他："这是吃个饭？"

杨谦南满不在乎："这不也有饭吃？"

没想到和这个人在一起十几年，还能因为他的不着调而大开眼界。温凛已经被骗到这里，无言以对。

宾客席上竟还真有她的名字。一坐下，就有新郎的家人来打招呼。对方热情地用刚学了点皮毛的中文喊她杨太太，杨谦南并不否认，连她也只能礼貌陪笑，夸赞对方的发音很标准。

但人一走，她的嘴角又隐隐垮下来。

温凛是很顾惜礼数的人，这样穿着随意，空手来参加婚礼，还是人生头一遭。

杨谦南看她坐立难安，只好指着巨幅照片上的杨靳瑶哄人："瞧见她头上那玩意儿没有？"温凛如他所愿，望向那顶来历不凡的钻石古董皇冠，才听到后面两句"我送的"和"吃她顿饭总成吧"。

好在姚馨带着小星星也来了，说傅筹忙，实在走不开。杨谦南和她寒暄了几句，小星星就全程窝在温凛身边，喊她凛凛阿姨。

小朋友个子拔得很快，已经比温凛的肩膀还高，温凛去年刚在国内见过她一面，奇怪地问她胳膊怎么黑成这样，小星星答说在学骑马。温凛问一句"好玩吗？"，小星星点头说好玩："我妈妈也在陪我学，凛凛阿姨要不要一起来！"

杨谦南听到，突然转身，替温凛回绝："你少诓她。你凛凛阿姨运动细胞不好，摔了算你的？"

其实温凛健身得当，连瑜伽教练都夸她身体素质不错。但杨谦南总是觉得她孱弱，是过去留下来的刻板印象，尤其不准她去滑雪。

"嘁。没劲！"小星星露出嫌弃的表情，故意对温凛说，"凛凛阿姨你怎么受得了他的呀。”

眼看着一大一小两个人又要吵起来，温凛只好去批评杨谦南，蹙蹙眉低声示意：“你今年三岁？”

杨谦南居然跟她较真：“你帮她？”

她的这碗水是彻底端不平了，小星星占据上风，扬扬得意刺了她干爹几句，就被她妈妈带去别处问好。但被这么闹了一圈，温凛的脸色反而好了不少。

他们来得很早，山崖间的风拂过一张张空置的座位，拂起椅子上的白纱。杨谦南在风里磨了磨她的耳垂，说我们凛凛什么都好，就是耳根子软。

温凛头也没回：“耳根子不软，也不会在这陪你。”

“哦，陪我。”杨谦南好似笑了一声，拿着只金属打火机在手里拨着玩儿，“那怎么还到处遛小男孩儿呢。”

他的口气倒是轻巧，把她形容得跟到处遛狗似的，嘴巴刁起来也是所向披靡。

温凛只好说没有，自媒体爱乱写而已，亏你真的信。

杨谦南或许根本没有多当回事，但不妨碍他借题发挥，柔柔看着她，说：“也没听你嘴里有一句解释，能不伤心？”

地中海的温度让每双眼眸都染上情人的温存，假如她第一次见到这双眼睛，大约也会心神骀荡。

只可惜以前他倒是解释得多，但都是多说不做。

温凛也不知为什么，分明在戏谑的时刻，却不合时宜地沉静，看着他的目光平淡而无重量，像轻纱一样随风起伏。

“杨谦南。至少对你，我问心无愧的。”她甚至认真笑了笑。

宾客渐渐入席，主角登场完成一场漫长的仪式。杨靳瑶的婚纱是简约的缎面鱼尾裙设计，连拿捧花的样子都很俏皮。她随性地拿着话筒，讲述她小学在欧洲交换的时候认识的新郎，很短暂的相逢，辗转几个半球多少国度，阔别十多年后又在一起。

是非常浪漫的婚礼故事。

温凛安静认真地听着。杨谦南不知为何用掌心盖住她的手背，手指严丝合缝地覆在她五指之间。

两个人在无人在意的缝隙里牵着手，谁也没先松开，一直到听完了婚礼上的誓词，司仪喊单身女士上去接捧花。

温凛也被新娘招了过去。

杨谦南看着她站在一群热情活泼的未婚女士中间，一时有些想不起，他们是如何走到今天这样。

有些问题一开始未解决，后来就再也无法根治。像久治不愈的慢性疾病，只能终身服药，与之共存。

可是来时的路多崎岖，谁也无法描摹给新的人看。

他有些出神，没留意到新娘是怎么扔出的捧花。一群人都热情尖叫着开抢，只有温凛浅浅地一抬头，几乎没动。

但那束捧花错失了无数双争抢的手，快要掉落在地。她还是下意识伸出手，捞了一把。

杨靳瑶的捧花直直砸进了温凛掌心。许多素不相识的面孔朝她鼓掌欢呼，她却只觉得难以适从，下意识望向坐在人群中的那个人。

影影绰绰的，见到他似真似幻地一笑。

傍晚时分，他们不急着回程，于是在教堂后的海岸上散步。

天色远比来的那天更柔和，落日的光线把黄昏熏出浅粉的色泽。她手里的花束是纯白的铃兰，寓意幸福归来，很符合一对新人的爱情故事。但作为植物的它，其实全株有毒。

杨谦南看着她拿着捧花不知该往哪放，也不能一扔了之。

“不带回去？”

温凛说：“带回去做什么。”

他说：“家里也不是没有花瓶。”

温凛怔了怔，只是低头拿着它，又走了一段路。

经过悬崖边时她忽然半蹲下来，面朝海风，拆开捧花繁琐捆缚的绸缎。

修剪过的花枝短短长长，终得自由，从她的手中被风带走，飞向不知名的海岸。

天色渐暗，婚礼乐队的大提琴手在远处独奏，提琴曲若隐若现，像月光缓缓沉入山野。

他们站在彼此身边。

黄昏之后，是漫长又漫长的夜。

图书在版编目（CIP）数据

你是长夜，也是灯火：典藏版 / 岁惟著 . — 西安：三秦出版社，2024.02（2025.03 重印）
ISBN 978-7-5518-2962-5

Ⅰ.①你… Ⅱ.①岁… Ⅲ.①长篇小说 – 中国 – 当代
Ⅳ.① I247.5

中国国家版本馆 CIP 数据核字 (2023) 第 180372 号

你是长夜，也是灯火（典藏版）

岁惟 著

出版发行 三秦出版社
社　　址 西安市雁塔区曲江新区登高路 1388 号
电　　话 （029）81205236
邮政编码 710061
责任编辑 王思琴
责任校对 张依晨　温 雅
策划编辑 唐 婷
封面设计 吴思龙 @4666 啊
主 视 觉 MEITINGUAN
印　　刷 北京盛通印刷股份有限公司
开　　本 880mm × 1230mm 1/32
印　　张 10.5
字　　数 310 千字
版　　次 2024 年 2 月第 1 版
印　　次 2025 年 3 月第 2 次印刷
标准书号 ISBN 978-7-5518-2962-5
定　　价 48.00 元

网　址 http://www.sqcbs.cn